龙虾星球

烟雨江南

江波 宝树 阿缺

著

长江出版社
CHANGJIANG PRESS

全球华语科幻星云奖

全球华语科幻星云奖由总部位于四川成都的世界华人科幻协会评选并颁发。全球华语科幻星云奖的入围名单由世界华人科幻协会会员、普通大众和专家评审委员会投票、推荐产生。每个奖项入围5个提名，分别是会员投票的前两名、大众投票的前两名以及评委推荐一名。全球华语科幻星云奖的评奖对象为全球出版的华语科幻出版物。

烟雨江南

烟雨江南，阅文集团旗下起点中文网签约作者，中国作家协会会员，代表作《亵渎》《尘缘》《狩魔手记》《罪恶之城》《永夜君王》《道缘浮图》《六迹之梦域空城》《天阿降临》。烟雨江南创作手法灵活多变，题材新颖，号称网络文学经典制造者。

江波

2003年毕业于清华大学微电子专业，至今发表中短篇科幻小说四十余篇，代表作品《湿婆之舞》《时空追缉》《宇宙尽头的书店》等。2015年获得第六届全球华语科幻星云奖，2017年《银河之心Ⅲ》获得中国科幻最高奖"银河奖"。

宝树

80后科幻作家代表人物，代表作《三体X:观想之宙》《古老的地球之歌》《时间之墟》。曾获得第三、四届全球华语科幻星云奖最佳科幻短篇小说奖银奖，第五届全球华语科幻星云奖长篇小说金奖。

阿缺

90后青年作家，原名李威，湖北荆州人，原四川大学科幻协会成员。代表作《与机器人同行》《我讲我爷爷的故事》分别荣获第五、六届全球华语科幻星云奖最佳科幻短篇小说奖;《收割童年》获2014年第25届中国科幻银河奖最佳短篇小说奖。

目录

龙虾星球
LONG XIA
XING QIU

序　　　　　　　　　　1

起源
烟雨江南　　　　　　　5

第一章　灾难　　　　5
第二章　盘古　　　　11
第三章　新时代　　　17
第四章　军团　　　　31
第五章　决战　　　　42
第六章　战后　　　　59
第七章　落幕与启航　61

契约
江波　　　　　　　　74

第一章　龙虾惊现　　74
第二章　丛林探秘　　86
第三章　重甲武士　　103
第四章　寻找诗妍　　113
第五章　它还活着　　121
第六章　真相大白　　131
第七章　保全光子号　143

分裂
宝树

	152
楔子	152
第一章 潜龙星球	157
第二章 美食传说	162
第三章 飞向星空	167
第四章 宴席之争	173
第五章 深宵密会	178
第六章 水晶惊魂	184
第七章 游艇土豪	189
第八章 初战斗虾	194
第九章 备战大赛	199
第十章 基因之谜	204
第十一章 意外中断	208
第十二章 惊天阴谋	212
第十三章 潜龙之力	216

永生
阿缺

	222
楔子	222
第一章 怀璧	223
第二章 狩猎师	227
第三章 阿甲	232
第四章 小骨	238
第五章 第三个帮手	242
第六章 狩猎区	247
第七章 过往	255
第八章 追猎	261
第九章 彩纹龙虾	265
第十章 激战	272
第十一章 失散	275
第十二章 恶魔渊	278
第十三章 永生	282

龙虾星球

序

中国科普作家协会荣誉理事、著名科普科幻作家
世界华人科幻协会和全球华语科幻星云奖联合创始人

我们一直主张科幻作家要脚踏实地，深入生活，才能写出优秀的科幻作品。以潜江小龙虾为素材的现实主义科幻小说《龙虾星球》，就是一部深深扎根于潜江本土文化，由烟雨江南、江波、宝树、阿缺四位知名作者倾力打造的科幻佳作。

第一部是烟雨江南的《起源》篇。烟雨江南是个著名的奇幻小说作家。以前我有一种偏见，认为奇幻小说作家写科幻，一般来说，都以写人文型科幻，也就是俗称的"软科幻"见长，他们难得写出好的硬核科幻。当然，我没有歧视"软科幻"的意思。只是认为要想写出优秀的硬核科幻，应该有很深的专业背景才办得到。不过读了《起源》，我却被深深地吸引住了，同时也为作者深厚的生命科学专业基础知识感到震撼。

《起源》的设定是：通过基因编辑技术和人工智能技术，重组龙虾、人类和其他生物的基因，创造一种高于人类智慧的生物。本来，这种关于后人类的科幻小说，古今中外都有不少，我们中国有王晋康的《类人》系列。不过，这些科幻小说对转基因人的技术描绘得很粗糙，没有技术细节，这样的科幻设定，不需要深厚的专业背景，谁想写，看几本科普书就行。可是要想让人信服，就必须描绘技术细节。本人作为一个有细胞学研究生学历的科普作家，能分辨出作者在作品中表达的技术细节和专业素养。比如，在描述基因编辑技术时，所涉及的"控制锁""基因锁"等概念是那么专业，比喻又是那么恰如其分、通俗易懂，是"外行"想象不出来的。

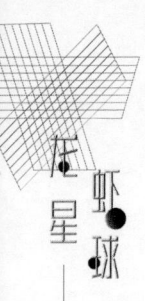

　　《起源》的人文设定也是举世瞩目的话题，那就是人类创造了高于自己智慧的新物种，达到目的以后，新物种失去了价值，必然被人类淘汰。高于人类智慧的新物种会心甘情愿被淘汰吗？它们会成为人类的劲敌，并最终消灭人类吗？

　　《起源》中描述了创造者与被创造者共同的困惑。很多科幻作家都说过，科幻小说是为人类应对大灾难而写作的。当然，科幻作家的应对策略只是提供一种可能性，一种解决方案，能够引发头脑风暴，却并非济世良药。所以，烟雨江南的《起源》也提供了一种可能。由于他有很深厚的文学基础，他把他的科幻设定、人文设定，通过人物设定，构建出扣人心弦的故事来实现。

　　《起源》设计了一个为人类消灭蝗虫而制造的智慧生物——太白。她拥有人、龙虾及其他生物的优质基因，同时拥有一个人工智能系统——盘古，并用虚拟现实技术创造了一个可爱的女孩的人形。太白在完成任务后，设计她的基因编辑工程师姜桦和她都面临着对未来的选择：生存还是毁灭，成为迫在眉睫的难题。两种智慧生命之间的情感纠葛，可歌可泣，催人泪下。

　　我不得不说：中国收获了一部优秀的、顶尖级的关于后人类的科幻小说。我为之欢欣雀跃，为之鼓与呼！

　　江波的《契约》篇，主人公从太白变成了太白5号。姜桦创造的太白仿制体——太白5号经过基因编辑产生了强大的智能。一艘神秘的飞船来到类地行星——X星球考察。科考队员姜诗妍在考察的过程中，发现了一种与潜江龙虾极其相似的生物，由此掀起一系列波澜。

　　《契约》与《起源》虽然是独立的篇章，但是从人物设定、科幻内核设定，到故事情节均衔接得很好。经过基因编辑的智慧虾王、科考队员姜诗妍，最后揭开了谜底，守卫了X星球、太白5号及其后裔。

　　第三部《分裂》，是宝树的一部别开生面之作。故事讲述大宇宙时代中，一艘运送潜江小龙虾的飞船在一颗无名星球意外失事，龙虾进入这里的海洋，与当地奇异的生态环境相结合，开始了神秘莫测的进化。一千多年后，宇宙美食家姜云与同伴受邀

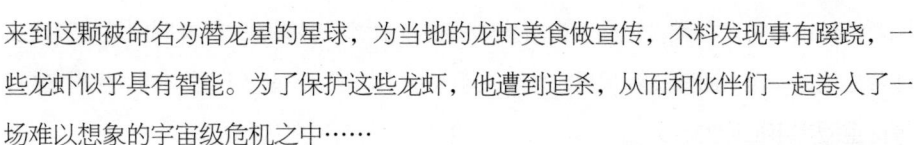

来到这颗被命名为潜龙星的星球,为当地的龙虾美食做宣传,不料发现事有蹊跷,一些龙虾似乎具有智能。为了保护这些龙虾,他遭到追杀,从而和伙伴们一起卷入了一场难以想象的宇宙级危机之中……

地球生命与外星生命的特殊结合,竟诞生了奇妙的集体意识。这一设想显然受到《索拉里斯星》与《深渊上的火》等经典的启发。作者别出机杼,通过斗虾比赛的设置,对"虾人"如何交换信息和协作,形成集体意识而获胜,进行了生动细致的描写,读来令人耳目一新。

小说笔调幽默,设置了油腻中年、热血少女和毒舌机器人的欢乐组合,随时能制造出各种滑稽的笑点。而主角姜云从一个追名逐利、油滑世故的美食家,一点点觉醒,最终做出正确的抉择,也有鲜明的成长弧光。小说虽然写的是遥远的未来,但仔细品味,处处都有现实社会的影子,针砭时弊,发人深省。

小说最为创新的一点,是将美食小说的主题置入大宇宙时代中,这是十分罕见的。通过前半部分的三次宴会聚谈,步步推进,缔造了一个内涵丰富的"美食宇宙"图景。这令读者想到,人和食物的关系,某种意义上也决定了人和宇宙的关系。源远流长的地球美食文化特别是中国美食文化,在宇宙中将如何发展呢?作为太空歌剧小说的一个新类型,这一题材很有潜力,有很大的拓展空间,值得我们进一步关注。

第四部《永生》,作者阿缺以一贯的创新精神,把整个故事包裹在一层快节奏、惊险的狩猎外壳内。表面上看就如同好莱坞大片,追求视觉刺激和惊异感,实则探讨了人性与兽性的关系。主角囿于仇恨,多年来一心研究虾兽的弱点,磨牙吮血,等待时机。岂料虾兽却在保护同类,于秘境中重塑文明。孰人,孰兽?都需要读者来判断。

故事由一个少年的复仇之路展开。为报父仇,少年姜彦多年谋划,终于找齐性格与经历迥异的几个人,组成"狩猎小队",前往秘境,狙杀虾兽——太白7号。漫长又惊险的狩猎过程中,整个比斯特星的风貌和习俗展露出来。最后,少年得到成长,也意识到龙虾文明的坚忍和可贵,放下心中的仇恨。

《永生》还探讨了后人类文明。在大宇航时代,人类在无边宇宙中开疆扩域,而

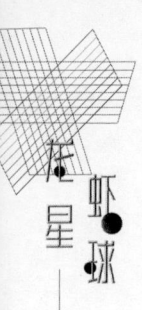

比斯特星由于盛产兽类，吸引大批狩猎师前往。由潜江起源的龙虾文明便是哺育这片蛮荒之地的关键。拥有高等智慧的龙虾文明类似于蜂群，围绕着巨型虾兽，生根繁衍，等待重回宇宙征途的一天。

智慧龙虾太白在被人类冷冻起来后，历经斗转星移，高于人类智慧的新物种——太白的后裔流落到其他星球，在多个星球繁衍，开启了新的时代、新的较量，成就了新的文明。

《龙虾星球》是人类人工进化成的新智能物种与原人的生存与毁灭的较量，是生命和文明的较量。

《龙虾星球》立意高远，科幻设定、人文设定、人物设定新颖，故事精彩曲折，"软硬兼施"，是一部成功的科幻佳作，值得一读！

起 源

烟雨江南

第一章 灾难

秋，小镇。

午后，刺眼的阳光照在中心广场欧式建筑冰激凌色的墙面上，种满花草的阳台栏杆上有序地插着一面面鲜艳的旗帜。来往逛街购物、悠闲推着婴儿车漫步的人群，一路延伸向道路尽头。

一辆车身贴着"全球新鲜直达"标语的银白色货车，停在装潢精致的法式露天餐厅旁边，三五个身穿白色制服的男服务生正将后备厢里的食材卸下。

一个中等身高、看起来有些瘦小的男服务生，吃力地搬着一个专门保存鲜活食品的箱子，结果一不小心一个趔趄，箱子摔在地上，箱盖竟摔得飞了出去。里面冲出一大群小龙虾，个个如同急着逃亡的俘虏一般，四散逃窜起来。

瘦小的男服务生赶紧收拾残局，将小龙虾一一抓回盆中。一只小龙虾速度远超同侪，闷头冲入店中，居然一跃而起，跳到一个身穿白色连体针织裙、脚踩米色细高跟的女顾客桌上。

"不好意思。"一名帅气的男服务生赶紧冲了过来，捡起女顾客桌上的小龙虾，一边道歉，一边推销，"您想来一份 cheese 焗小龙虾吗？这个小东西叫克氏原螯虾，是难得一见的美食。"

五官俊俏的亚裔女子手里拿着笔，正专注地在一张明信片上写着什么，听到后转

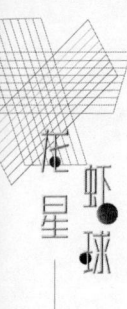

头冲他一笑:"不用了,我只喜欢吃油焖小龙虾。"

"什么?"服务生显然没有听懂。

亚裔女子放下手中的笔,指了指小龙虾,说:"都说世界龙虾看中国,中国龙虾看潜江。我来自中国,我的家乡潜江就盛产这种小龙虾,油焖、蒜蓉、清蒸……这才是它的经典做法。"

"我们这儿的厨师恐怕……"服务生有些为难。

亚裔女子低头一笑,掏出一张面值五百的格里夫纳(乌克兰货币)递给服务员,指着桌子上的明信片说:"美味的小龙虾我就不吃了,麻烦你帮我把这个明信片寄出去,这是给你的小费。"

说完,她起身戴上墨镜离开了。

服务生拿起桌上的明信片,只见上面什么都没写,就绘着一个漫画头像。旁边有块红色印记,收信人为中国的"姜桦",寄件人的名字则用中文写着"陈秋白"。

黄昏时分,陈秋白已驾车行驶在一段幽静的公路上。周围都是广袤的草原,静得让人心寒。渐渐地,一块布满锈迹的路标越来越近了,上面写着一行小字:通往切尔诺贝利。

某生物实验室内,一位看上去不过三十出头的男人正在助手的帮助下,全神贯注地调试着全息触屏影像里的操作系统。

调试很快完成了,他的手在空中顿了顿,这才按下启动按钮。

遍布各处的激光射头一一亮起,无数基因高分子片段、动植物标本以及化学方程式,密密麻麻地将他包围起来。

他从中选取两个有灰色斑点的细胞基因,将两个完全不同的高分子片段放进操作系统,分别去掉红色螺旋小分子和黄色荧光颗粒,再输入基因密码和元素方程式。很快,屏幕上那两个有杂质的细胞便被融合成一个表面光滑而干净的新细胞。

"姜教授,盘古生物智脑第一千零一次生物合成实验成功了!"助手的声音充满惊喜。

作为一名教授,姜桦似乎太年轻了一点儿。实验的成功并没让他感到意外,他注视着影像中旋转的新基因片段,说:"宋艺羽,先培养增殖,一天之后告诉我结果。"

"好。"宋艺羽开心地将两个细胞的切片取出,放进移动式的培养器中。

姜桦走出实验室，换下身上的白衣，然后来到休息室，随手将投影电视打开，倒在了办公椅上。直到这时，他才露出些许疲意。

这是一间具有浓郁个人风格的休息室，以黑白灰冷调为主。墙上挂着一幅价值不菲的书法，各种文件、资料、书籍堆放得到处都是，柜子上则放着一张他与陈秋白穿着学士服，从科技大学毕业时的合照。

"现在为您播放来自东南亚的最新消息，昨日起发现的蝗灾目前仍在蔓延，受灾面积已经超过一百万亩，并且还在不断扩大。当地政府表示有信心控制灾难，受灾人群已经得到妥善安置……"

画面中，漫天蝗虫成群抱团，黑压压地聚成一片，来回飞旋着。它们覆盖过的土地全都变成可怕的灰黑色，再也没有一点绿意。

接下来，电视上又播放了几处特写：

土地一片狼藉，到处是被蝗虫荼毒过的痕迹，连树皮都被啃食殆尽了。

画面一转，一位皮肤黝黑的妇女抱着三四岁的女儿，坐在政府派来的救援大客车上。她们望着窗外的蝗灾，显得绝望而无助。公路上挤满了车子，许多人下车观望，大部分路段堵得动弹不得，只有大客车组成的政府车队有警车开道，还能缓慢前行。

姜桦皱起眉头，伸手在沙发扶手的虚拟控屏上点了几下，切换到一分钟之前的画面。这幅画面原本一闪而过，他却把它一帧帧回放着，然后重新处理，直到清晰为止。

那是一棵大树，树身上爬满蝗虫，树叶和树皮早被啃得精光了，但是蝗虫还不断啃着树干。

这时休息室的房门被敲响，宋艺羽推门走了进来。她看到电视上的画面，说："已经好多年没听说过这么严重的蝗灾了。现在都是2050年了，怎么还会出现蝗灾？"

姜桦说："正常情况下当然不可能出现蝗灾，至少东南亚不应该，他们这几年发展得还不错。但是这次的情况很有可能不太正常。"

"哪里不正常？"

姜桦向屏幕一指，说："正常的蝗虫可不会啃木头。对了，你去问问，看看有关部门能不能弄到蝗虫的样本。"

"好的。"

"你找我什么事儿？"

宋艺羽的笑容有些古怪："有你的包裹和明信片，是那个人寄来的哟！"

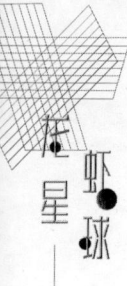

她将包裹和明信片递给姜桦,然后知趣地闭上了嘴巴。

姜桦看了看明信片上的风景,面露疑惑。

宋艺羽开口解释道:"这是乌克兰的一个小镇,风景很美。"

"乌克兰?"

"是的。"宋艺羽看了看姜桦的脸色,小心翼翼地问,"教授,你和秋白姐吵架了?"

"没有。"姜桦放下明信片,又拿起包裹,只见寄件人一栏里写着沈昱的名字。

宋艺羽眼睛一亮,按捺不住心中的好奇,八卦道:"研究院的同事都觉得你和秋白姐不太像情侣!一年也见不了几面,你们都不想念对方吗?"

"好好搞研究,别净聊些没用的!年底考评不合格,就给我走人!"姜桦板起脸,开始拆包裹。

宋艺羽却不怕:"我们不是关心你嘛,你都大半个月没回家了,连秋白姐去欧洲旅行了都不知道……你该不会是那种女朋友说自己没事儿,想一个人静一静,就真的当她没事儿,让她一个人去静一静的人吧?"

"哪里有空想那么多,不用干正事儿吗?"

姜桦拆开包裹,里面是一个封得严严实实、自带冷却系统的容器,上面贴着"泰国蝗灾"字样。容器上还有一张手写的便签:知道你会感兴趣。

他仔细研究着容器,检查有没有破损。

"这样也叫谈恋爱?"宋艺羽百思不得其解,继续追问道。

姜桦没有回答,而是将蝗虫标本塞到她手里,说:"今晚别去约会了,去消毒,准备加班。"

"啊!又加班?这就是我总是找不到男朋友的原因。教授你要负责!"宋艺羽闻了闻自己身上的味道,不情不愿地拿着蝗虫标本离开了。

姜桦又拿起陈秋白寄来的明信片看了看。

他和陈秋白并没有发生争吵。半个月前,他结束生物实验回到家中,发现陈秋白正在匆匆收拾行李。虽然她的脸上挂着微笑,说话的语气也十分平和,但是收拾东西的速度和走路时焦急的步伐,明显让人感觉出事儿了。

他装作什么也没看穿,问:"你打算去哪儿?"

"我也不知道,随便走走吧。"

"那我怎么找你?"

"我会给你寄明信片的。你好好工作,盘古系统如果研发成功,你就是全世界第一个研究出生物智能脑的伟大科学家。"

"我不在乎那些。"

"是是是,搞研究是你的爱好。你专心去做自己的事情好了,我没事儿,你不用管我。"

"嗯,好。"

说完,姜桦便去了书房,没再过问一句。

姜桦放下明信片,轻轻叹了口气。他随手将明信片上有小镇风光的那一面立在与陈秋白的合照旁边,然后拿起实验服,离开了休息室。

宋艺羽在显微镜下提取了蝗虫标本的生物信息,将其做成切片,放进盘古智能脑中。

蝗虫的信息很快呈现在四维全息影像中,姜桦和宋艺羽看着数据结果,心中充满困惑。

"泰国蝗灾出现的蝗虫基因序列都是错乱的,在某些片段上竟然更像非洲的彩虹乳草蝗虫……这不可能啊!这两种蝗虫从来都没有过交集,难道是新品种?不会这么巧吧?"姜桦眉头深锁,看着影像中的蛋白质链条形态,以及与普通蝗虫有些许差异的嘴部结构,说,"蛋白质比例更高,能够储存更多食物,体型利于远程飞行,还有更强的消化系统,有些麻烦啊……"

"消化系统,消化系统……"他盯着基因段喃喃自语,忽然转身吩咐道,"把它的消化酶分析报告调出来。"

宋艺羽立刻调出了报告。

姜桦看着报告,脸色越来越沉重:"居然能消化动物蛋白和脂肪,看来真的有麻烦了。"

某政府机关,一名干练利落的中年男子从会议室走出,等候在门外的记者们立刻一拥而上。

"沈局长,请问您对近期的贸易争端有什么看法?"

"我们充分保护国内产业和就业机会,也充分保护合法经营的外资企业的利益。"

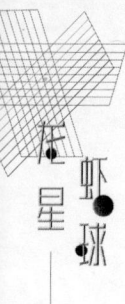

"沈昱先生,您对东南亚发生的蝗灾有什么看法?"

"我国已经着手准备援助物资,第一批救灾物资已装运妥当。如果某国政府有需要,我们还将提供进一步的援助。"

沈昱很快走到车前,得体地和记者们道别,然后登车离开了。

在车上,他拨通了姜桦的电话:"研究得怎么样了?可别告诉我是坏消息。"

"不好也不坏。"

他立刻有了精神,说:"先说好的。"

"研究进展很顺利,已经有初步结论了。"

"那坏的呢?"他忽然有一种不好的预感。

"这种蝗虫是杂食动物。"

"什么?!"

"没错,它们能吃肉。"

"就算是26世纪了,这个玩笑也不好笑。"

"我没开玩笑。"

沈昱脸色阴沉,问:"怎么会有这种蝗虫?难道……"

"是人为的。"

姜桦放下电话,将屏幕上的一段基因片段截取出来,对宋艺羽说:"拿去破解。"

"破解?"

"对,这一段不是基因,而是加密的信息。"

"在基因中添加加密信息?"宋艺羽吃了一惊。

"是的。"

"他这是要干什么?挑战全世界吗?"

"或许如此……这次的智力竞赛,我们就参加一下吧。"

宋艺羽愤愤不平地说:"原来真是人为设计的,难怪会这样!从进化论的角度来说,一个生物再怎么变异,也不可能在飞行速度、消化能力甚至繁殖速度上,有这么大幅度的提高。"

"没错,这不是天灾,而是人祸!"姜桦说。

第二章　盘古

第二天清晨。

实验室门口停了好几辆采访车，内部也忙成一团儿，不大的会议室里架起三台摄影机，灯光师们正在调试灯光。身材高挑的女记者站在一旁，做着采访前的准备工作。

终于，姜桦大步走了过来，直接坐在了沙发上。他身着淡青色西装，看上去格外干练帅气。只是他的目光直接从漂亮的女记者身上掠过，就像什么也没有看到一样。

一坐下，他习惯性地在扶手上一点，弹出一个虚拟屏幕，上面密密麻麻的，全是基因片段。他立刻被基因吸引，竟忘了身在采访之中。

宋艺羽实在看不下去，小声提醒道："姜教授，人家已经等了好久了！"

姜桦这才如梦初醒，连忙关掉屏幕，说："不好意思，最近有个比较有意思的研究项目，一时失神了。"

女记者微笑着说："没关系！我想我已经发现您如此成功的原因了，那就是专注。"

"换个角度说，就是情商低。"姜桦开了个玩笑。

女记者挥手让化妆师离开，然后说："姜教授，您要是准备好了，我们就开始吧。"

姜桦点了点头。

"好，大家准备开始吧！"

主持人将采访稿收了起来，现场的工作人员也迅速躲到摄影机后面。

"欢迎刚刚研制成功世界上第一套基于神经元原理的生物智脑——盘古系统，在国内外生物学领域引起巨大反响的，我国著名生物学家、基因学者和人工智能专家姜桦，姜教授。"

姜桦笑着点点头，说："大家好。"

"姜教授，可以简单地向我们说明一下，这套盘古系统的作用吗？"

"简单来说，这是一套基于神经元原理的生物智脑。它和传统电脑最大的不同，就是初步实现了以生物的思考模式去解决问题，并且在模糊运算领域有了决定性的突破。也就是说，我们可以把它看成是一个真正有智慧的生命，而不是一台冷冰冰的机器。"

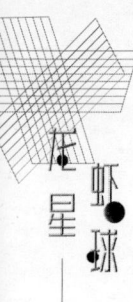

"一个真正有智慧的生命?"

"理论上来说,它处理问题的方式和人类以及其他生物极其相似,而且同样具有自我学习的能力。"

"未来的应用领域有哪些?"

"目前最直接的应用,是可以植入生物体内,直接与生物的神经系统连接,成为它们思维的一部分。而在不久的将来,它同样可以植入人类体内,会成为大脑功能的重要扩展,让我们的记忆力和思维能力拥有决定性的提升。"

"真是不可思议!大家都很期待那一天到来。最后,关于盘古系统的研究过程,姜教授有什么心得想要分享给我们吗?"

"一切顺其自然,没什么特别的。"

女记者有些尴尬,于是换了个问题:"盘古系统无疑是具有划时代意义的创造!那么除此之外,您还在哪些领域有所涉猎呢?"

"跟基因有关的都研究了一点儿,此外还有数学和艺术。"

女记者眼睛一亮,说:"艺术,您还喜欢艺术!不知您喜欢哪个领域?"

"音乐和雕塑,比如说……"姜桦忽然想起什么,腾地站了起来,把女记者吓了一跳,只听他充满歉意地说,"对不起,我突然有了非常重要的灵感,得回实验室了。"

"可是采访还没有结束……"

"我的助手会配合你,她什么问题都可以回答。"姜桦说罢,便匆匆离去了。

"啊?"宋艺羽大吃一惊。

实验室里,姜桦将基因片段调出来,每一段为它们赋予一个音符,新生的盘古系统加载了音乐库,瞬间做了无数次匹配。很快,一首悠扬舒缓的小提琴曲就悠悠流淌起来。乐声中,还有一个低沉的男人的声音。

"恭喜,你已经成功破解了第一个谜题。不过这只是开胃的甜品,真正的秘密藏在第二段基因密码里。解开它,你将有所发现。生命是如此的神奇,不是吗?我的朋友!"

声音结束了,记录声纹的波形图上忽然出现一个签名——尤里·萨兰。

姜桦一怔,眼前不由得浮现出一个头发卷曲、具有艺术家气质的男人。

二十岁的姜桦曾经和他避开保安的巡查,躲在学校的生物实验室里,一起偷偷做实验。

二十岁的姜桦曾经陪他在医院手术室外守候着,直到手术灯熄灭,他的父母被推了出来。"我再也没有爸爸妈妈了",这句撕心裂肺的哭喊,从此像利刃一样扎在姜桦心头。

二十岁的姜桦与他大吵一架。毕业那天,姜桦回到宿舍,他的床位已经空了,姜桦只好失落地坐在他的床上沉默了良久……

"尤里。"姜桦轻声呼唤着这个名字。

疲惫的宋艺羽有些恍惚,以为在叫自己,忙问:"姜教授,什么事儿?"

姜桦回过神儿来:"没事儿,你先回家休息吧。"

宋艺羽一脸困惑。

就在这时,门外响起一阵急促的脚步声。

"好像有人来了,这个点儿,谁会来啊?"

实验室的大门被推开了,沈昱直接走了进来。表情凝重的他还没来得及换衣服,就风尘仆仆地赶到实验室找姜桦。

"东南亚的蝗灾已经开始失控了。"他直接将自己带来的东南亚蝗灾现况的最新影像投在全息屏幕上,说,"现场的生物科学家分析,目前蝗虫的繁殖速度已经加快到每三天繁殖一代,数量越来越多,大部分地区都被啃成了荒地。"

画面中,蝗虫的数量明显比之前新闻上播放的多了不止三倍,密密麻麻的蝗虫卵随处可见。

"你再看看这个。"

画面上出现了一头被遗忘在庭院里的山羊,它忽然变得焦躁不安起来。很快,黑压压的蝗虫群出现,覆盖了整个院子。无数蝗虫落在它身上,转眼地上就只剩下一具白骨。

"你的提醒很及时,但也仅仅是及时而已。"沈昱苦笑着说。

"已经试过什么办法了?"

"政府已经出动军队,但是杀虫剂对它们毫无作用。火烧的话,它们又特别耐高温,哪怕扔到火里,也能飞出来。只有焚烧时间达到十秒以上,才能消灭它们。可是它们怎么会老老实实待在火里?到目前为止,还没找到比较好的办法。政府只能让人们先撤退到城里,然后在城市边缘筑起火墙,这才勉强把它们挡在城外。你的研究怎么样了?现在我们急需一种有效的杀虫剂。"沈昱说。

"有很重要的发现。"

全息影像中呈现出两种蝗虫的形态，一只来自生物库，一只是新出现的蝗虫。两相对比，新蝗虫的体型是普通蝗虫的三倍。

"外部形态上的区别都在上面了，最关键的是，这种新蝗虫有功能更全的消化系统以及相应的消化酶。也就是说，它们可以吃肉。到目前为止，它们之所以还没有出现大规模的食肉迹象，主要原因在于制造者还没有打开这个开关。"

沈昱双眼微眯："制造者？"

"是的，这种蝗虫是人为制造出来的。我昨晚刚刚破解了基因中的一段密码，看到了这个。"

姜桦放了那段录音和最后的签名。

"尤里？我这就去查！"

"等一下，这个尤里说不定是我认识的一个人。十多年前，我们一起在圣安德鲁斯生命学院读书。"

"多谢，这非常有用。这个尤里水准如何？"

"一段蝗虫的基因分子式中有几百处人工的衔接和修改，几乎重新编写了一遍，不光没有崩溃，还发展得很好，现在已经是第四代了。在这个领域，他算是世界最顶尖的大师。"

沈昱苦笑道："什么大师？分明就是个狂人、疯子！"

他收拾了一下心情，又说："我先去查一查，你也想想有什么办法可以对付蝗虫。"

第二日黄昏。

姜桦坐在实验台前，盯着满屏的基因片段。

"姜教授，你该休息一会儿了，你已经两天一夜没睡觉了。"

"快了，把这段看明白就去睡。"

"可今天早上你就是这么说的。"

姜桦像是在自言自语："问题很大啊，它们几乎对一切生物毒质都免疫。我们总不能为了消灭它们，把土地全给烧了吧？至于基因武器，它们也有嵌套措施，可以在一两代之后把有问题的基因靶点封存起来。我们必须得考虑怎么对付基因更迭后的新品种。"

宋艺羽一听，忍不住问道："那它们岂不是无敌了？"

"从物种的角度来说,几乎接近完美。能毒死它们的东西当然有,不过在消灭它们之前,这些毒素就会先消灭我们。"

"总有比它们更强的生物吧?蝗虫也能称霸地球?"宋艺羽半开玩笑地说。

"更强的生物?"姜桦眼睛忽然一亮,兴奋地搓了搓手,说,"既然尤里能够制造全新的蝗虫,那么我们当然可以制造其他东西。让我想一想,造什么好呢?"

宋艺羽有些担心:"你不会也制造一场生态灾难吧?"

"当然不会!你忘了盘古吗?我会把盘古植入到新物种的身体里,这样它就有足够的智慧,可以执行复杂的命令。而且盘古也是控制它的关键,必要时,可以让盘古直接停止它的神经系统的运转,这样它就死了。"姜桦连忙扑到工作台上,头也不抬地说,"去申请国家生物基因库的使用权限,然后按照我的要求,把所有符合条件的基因全都筛选出来。"

"实验室里不是有自己的基因库吗?"

"不够!想要对付尤里创造出来的'作品',没那么简单。"

转眼三天就过去了,沈昱再度来到实验室。看到姜桦时,他吓了一跳,只见姜桦脸色苍白,顶着两个大大的黑眼圈儿,就像一只熊猫。

"你这是怎么了?"他关切地问。

姜桦虽然疲累,但脸上透着喜色,体贴地说:"我没事儿,不用担心我。倒是你这个大忙人,在这种时候还亲自过来找我,肯定是有重要的事情想跟我商量。先说你的事儿吧!"

沈昱也不废话,直接说:"我这次来,是有了尤里的消息。"

他将一个手持屏递给姜桦。姜桦接过来,看着上面尤里的照片,微微有些失神。

尤里看上去和十年前几乎一模一样,只是多了些岁月沉淀下来的优雅、自信和从容。看到这张照片,姜桦不由得回想起当年的时光。

十年前,著名的圣安德鲁斯生物实验室内,尤里和姜桦战战兢兢地站在一位头发花白的教授面前,聆听对方的教训:"基因编辑早在几十年前就已经开始实际应用了,但是在人体上大规模使用,甚至做实验,都是禁区!在我这里绝不允许这样做,在其他著名的实验室也是如此。还好你们的理论目前只是一种设想,还没有实际动手,这篇论文我就当从没见过。我不得不提醒你们,触碰禁区会被开除的!"

尤里明显不服气,争辩道:"人类已经几千年没有进化了,现在我们的大脑甚至

比几万年前古人类的大脑还要小一点。不要说从造物主的角度了,就是仅仅从生物学的角度,人类也算不上是完美的生命,连强大都称不上!我们的身体如此脆弱,完全依靠工具才能实现对星球的统治。但是为什么我们不能改变现状呢,为什么不能把人类变得更加完美且强大呢,为什么一定要坐视那么多的人承受病痛的折磨?!仅仅为了保持我们身上那些属于猿人祖先的纯净性?"

姜桦不断咳嗽,想要制止尤里,不让他继续说下去,然而他却越来越激动。最后姜桦只好把他拉到身后,向教授鞠躬道歉:"教授,对不起!我们不会再进行这方面的实验。请您原谅尤里,他是因为失去父母才会这样想……"

"闭嘴,我不需要你们的怜悯。"尤里大步离开了实验室。

姜桦想去追他,犹豫了一下,最终还是放弃了。

教授看着姜桦,忽然叹了口气,说:"你们两个是近些年来我最出色的学生。到目前为止,人类其实对于自身的了解还很片面,基因层面更是如此。在我们几乎一无所知的情况下,最好的办法就是保持敬畏,不去触碰禁忌。否则,我们谁也不知道会发生什么样的后果。记住,傲慢也是原罪……"

盘古实验室内,姜桦猛然从回忆中惊醒,继续翻阅资料。

与尤里这个名字联系在一起的,是一系列触目惊心的大事件。

2045年,大规模生物化学实验。

2046年,人体基因工程实验。

2047年,新物种的创造与研究。

他几乎以一年一个台阶的速度,在基因工程的道路上飞奔,最终闯进了新物种创造这个只属于造物主的领域。

2047年之后,他突然销声匿迹,没了消息。

沈昱看着姜桦,问:"在你的印象中,他是一个什么样的人?"

"大学时,他是个为了研究可以付出一切的家伙。现在……我就不知道了。"

沈昱拍拍他的肩,说:"现在他可是你的对手……不光是你的,还是全世界的。"

"我知道,我和他也有好几年没有联系了。"

"对了,你有什么好消息?研究有进展了吗?"

"找到了一种对付蝗灾的办法。"

沈昱眼睛一亮："真的？带我去看看！你缺什么吗？人手、经费还是场地？尽管提出来！"

"还真缺不少东西，你先看了再说吧。"姜桦一边说，一边习惯性地看了看手机——还是没有陈秋白的消息。

片刻之后，沈昱站在培养柜前，沉默许久才说："你是说……这东西是拿来对付蝗灾的？"

"是的。"

"它不是应该先过油，再加上十三香，然后放在盘子里端上餐桌吗？"

"你要是敢把我的第一套成功植入生物体的盘古智脑给吃了，我跟你没完！"

沈昱吃了一惊："你把盘古移植进去了？"

"嗯，非常成功，已经与它的神经系统完美结合。并且随着它的生长，盘古也会不断生长，功能会更加强大。"

只见透明的培养柜中，静静飘浮着一只小龙虾。它比正常的小龙虾要大好几倍，培养柜底端，还有一副刚刚蜕下来的壳。

"也就是说，这东西是有智慧的？"

"理论上说，比人类还要强一点儿。用我们的标准来衡量，那就算绝顶聪明了。"

"一个不好骗的智慧生物吗？听起来不像是好事儿。"

"我在盘古系统里面设有控制指令，一旦它不听话，就可以直接灭掉它。"

"这是应该的。"沈昱若有所思地抚着下巴，"你说……这么大的小龙虾，会不会特别好吃？"

"滚！"

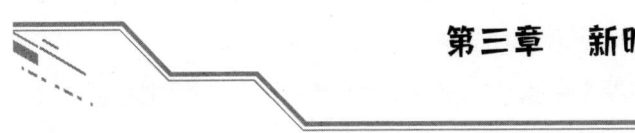

第三章　新时代

数月后，泰国。

蝗虫群如同一张张巨网，遮天蔽日，密不透风，肆无忌惮地在城市和乡村之间穿行。它们带着杂乱的振翅声，在空中横冲直撞，毫不畏惧，没有方向，若无其事地毁

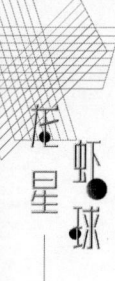

灭着前行途中遇到的一切。

太阳早就悄无声息地躲到了幕后,天空无奈地闭上眼睛,不忍目睹这漫无边际的嘈杂与混乱。短短数月,这里只剩下焦黄的大地和猩红的虫群,再无半点生机和希望。

"1号车、1号车,4号车呼叫。"对讲机里传来焦躁的声音。

"1号车收到,请讲。"

"1号车,你们那边的新式除虫剂能看到效果吗?"

"根本没用,都白喷了!"

"怎么会这样,一周前不是效果明显吗?"

"我怎么知道?现在完全没用了!"

1号车中传来阵阵叫骂声,慌乱、恐惧、无奈……种种情绪在人们心头涌动着。蝗虫群狂乱地撞在军车的挡风玻璃上,让人心惊肉跳。

这些装甲车被征调过来喷洒各国最新研发的杀虫剂,但是大多数杀虫剂一开始有效,一周之后就不起作用了。

喷洒杀虫剂的装甲车激怒了蝗虫群,虫子们带着刺鼻的药水味儿,将装甲车的合金外壳撞得坑坑洼洼的。人们也尝试用喷火器烧死这些可恶的虫子,可农田被烧毁了一大半,一望无际的焦黑色土地下,大部分蝗虫竟然"死而复生"了。

再度出现的蝗虫毫不犹豫地吃掉了已被烧死的同类。研究表明,越来越多的蝗虫出现了耐高温的外壳,烈火不仅对它们没用,反而会彻底毁坏人类自身的生存环境。

这几个月以来,蝗灾已经成为全世界关注的焦点,每个角落的电视屏幕上都在实时播报着灾情。

东南亚南部区域受灾最为严重,城市全面瘫痪,许多地区已经变成死地。大批难民北上,被收容在东北部设立的紧急难民区内,而且每分每秒都有新的队伍不断加入。

各国支援的物资不断抵达,在难民安置区域内,甚至建了两座简易的机场。大批物资抵达后,一个个营地也慢慢建立起来。

安全区外面则建着隔离墙壁,墙头始终燃烧着熊熊烈火,以阻挡蝗群进入。

某会议室内,各主要国家代表的虚拟影像围在桌旁,正在就灾情进行例行讨论。这次会议和前几日一样,开场就是漫长的沉默。

许久之后,焦急的东南亚代表率先打破沉默:"蝗虫的样本,各国应该早就收到了。

我们已经尝试了所有可能实现的灭虫手段，军队也全面动员，但收效甚微。上一批杀虫剂已全部失效，我们需要新版本的杀虫剂。而且这种蝗虫还在不断变异，据目前统计，它们已经进化了二十代，拥有超过一百种变种。我担心，再找不到控制它们的办法，说不定会演变成一场不可逆转的大灾难……"

"既然常规武器派不上用场，那么非常规武器呢？"一阵沉默过后，某国代表问。

"非常规武器？我国暂时还没有那个条件……而且还要考虑到使用非常规武器，会带来怎样的影响。"泰国代表回答。

又一阵沉默过后，有人说："我看这些蝗虫似乎并没有离开东南亚的意思，或许这只是一场区域性的灾难……"

"现在没有，不代表以后没有！谁知道它们什么时候会发展出渡海的能力！"东南亚代表非常愤怒。

讨论进入常规的争吵时间。

最终各国同意加大支援力度，调动特种部队进入东南亚，帮忙清理蝗虫。同时各国也会加大新型杀虫剂的开发力度。

会议以卓有成效的姿态结束了，但是所有人都知道，这些手段根本支撑不了多久。

姜桦夜以继日地忙碌着，反复检查蝗虫身上被编辑过的基因。破解蝗虫身上的第二道基因锁，是他迫在眉睫的任务。

最新数据显示，受到蝗虫攻击的人们开始出现免疫力降低的症状，有些病患身体出现大面积水肿，变得极其虚弱。医生只能看到他们身上的蛋白质在迅速流失，根本找不到病因，于是只好让他们尽可能待在干净卫生的环境中补充营养。

新的威胁出现了。

这些蝗虫就像移动的微型武器平台，通过不断解锁自身的武器包，来向人类展示自己的强大。

到目前为止，姜桦知道尤里始终还是克制的，否则蝗灾扩散的范围远远不止于此。但是谁都不敢把希望寄托在疯子的克制上，姜桦知道，第二段基因锁里多半藏着蝗虫武器包的信息。只是第二段基因锁的难度超乎想象，即使是他，在将大部分精力投入到盘古系统的情况下，几个月以来进展也十分有限。

就在他忙得昏天黑地之际，沈昱再次出现了。

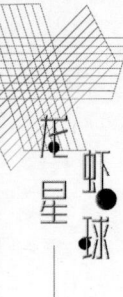

"有个不太好的消息。"沈昱开门见山地说,"瑞典某个生物研究所刚刚召开了新闻发布会,公布了他们在蝗虫基因中的新发现。"

沈昱开始播放新闻发布会的录像。

只见一名科学家指着屏幕上的基因图谱,说:"蝗虫的基因链条上有规律地出现了极小的记号,按着顺序列出这些有记号的位置,刚好对应着16个数字。虽然我们不知道这16个数字的含义,但它们一定是创造者留下来的,并且暗示着什么。"

"你对这16个数字有什么想法吗?"沈昱问。

"去尤里的个人网站上看看。"姜桦说。

"他都脱离主流科学界了,还有个人网站?"沈昱问。

"旧的,学生时期建的。一直荒废着,上面是当时的简历和发布的文章。"姜桦说。

他打开笔记本电脑,登录了尤里的旧网站。简历最后一条果然有一个链接,登上去之后,需要输入密码。

把那16个数字输入之后,电脑上显示"请等待"。不知是不是因为心情太急迫了,两人都觉得等了很久,电脑上才赫然投出一个硕大的图标,下面写着"恭喜你找到我们了"。

"清除者!"沈昱说。

"那是什么?"

"一个新近崛起的组织,目标是清除人类中的'渣滓'。按照他们的标准,99%的人类都该被消灭。"

"这是想替天行道?听起来不怎么样嘛。"

"它的规模超乎想象,如果是它的话,那就麻烦了。我得回去汇报一下。"

临出门之前,沈昱突然想到一件事,于是问道:"你的龙虾研究得怎么样了?"

"已经快完成了,等你下次过来,说不定就能看到成品了。"

沈昱离开之后,姜桦打开电视,新闻里正滚动播放着东南亚的最新情况。

各国已经开始将最尖端的军事与科学力量投入战斗,而受到袭击的人类持续增多。到目前为止,依然没有找到好办法去对付蝗灾。

姜桦关掉电视,继续做实验。

他不断对比非洲彩虹乳草蝗虫和东南亚新蝗虫的基因组,反复思考它们给人类带来病痛的原因。无数猜测被否定了,但是在列表上,还有长长一串猜测有待验证。

各国的科学家也在密切研究，希望能在第一时间找出蝗虫基因中隐藏的秘密。

就在这时，屏幕上突然出现一份检测报告。这是实验室主脑基因匹配比对的结果。蝗虫基因链中出现的一段基因，与一种病毒的某个片段完全吻合。这种病毒一旦侵入其他生物体内，可以迅速破坏他们的蛋白质合成机制，使已有的蛋白质加速流失。

看来这就是蝗虫能够破坏人类蛋白质的原因。

姜桦坐在椅子上，沉重地叹了一口气，一把推开实验台，向后面滑去。他暂时还想不出办法来帮助已经受到攻击的人们。

他抓起手机，走出实验室，把这个消息告诉了沈昱，以便尽早组织医疗队伍，研究对抗这种病毒的药物。

放下手机之后，他忽然想起，以前的蝗虫基因中没有这个片段！

恰在此时，手机又响了，上面是一个陌生的视频通话邀请。愣了几秒之后，他选择了接听。不知为何，他有一种特殊的预感。

果然，一张熟悉的面孔映入眼帘。他和屏幕对面的人默默对视着，谁都没有说话。

"你好，老朋友。"过了一会儿，那人先打了个招呼。

"我们好像不是朋友了。"姜桦说。

"那么，好久不见，姜桦。"

"好久不见，尤里。"

没有窗户的实验室显得格外昏暗，所有实验设备都停止了工作，房间里安静极了。

手机屏幕上是一张瘦削的脸，那白得几近透明的皮肤，干净得没有一丝杂质。浅蓝色的眼睛十分深邃，目光透彻得如同一把细小的冰刀，似乎能够穿透一切表象，直击本质。

"我一直有一种预感，我们会在某一天重逢。"姜桦说。

"我也是。"尤里说。

"可我从没想过，会以这种方式再见。更没想到你这么有天赋的人，最终还是走在了错误的道路上。"姜桦有些惋惜。

尤里露出一个淡淡的微笑，说："姜桦，走到你我这一步的人，还能轻易说对错吗？"

"你给这么多人带来如此大的灾难，难道没有错吗？"姜桦说。

"贤者总是在无人的区域行走。生物学界还有那么广阔的探索空间，地球上的生

命还有无限的可能,人类更是有无尽的进化空间。可是仅仅为了那些可笑的伦理道德,就没有人去触碰这些领域,甚至不允许别人踏足。难道我们就这样永远停滞不前?是谁给了他们这样的权利,剥夺人类进化机会的权利?!"尤里情绪有些激动,停顿了一会儿,又说,"你看我亲手创造的生命多么强悍,它们无坚不摧,并且可以迅速改变自己,让自己不断适应新的环境,变得更加完美。姜桦,我不想伤害任何人,我只是想创造出更加完美的人类,继续我们已经停滞的进化而已。我更想创造出完美的生命,甚至……它可以不是人类!"

"更完美的生命?你确信你能掌控一切吗?"姜桦叹了口气,颇为担忧地看着尤里,说,"这个世界有如此多的因素相互作用、相互影响着,一处变了,很可能全盘都需要调整,我们只能小心翼翼地前行。你走得这样快,这样激进,注定会遇到意外。有些后果是我们无法承受的,尤里,这些话还需要我跟你多说吗?看看你创造的生命都干了什么,看看有多少人因它们而死。这就是你想要的吗?"

姜桦无奈地看着尤里,尤里半晌没有说话。过了一会儿,尤里调转话题,问:"第三道基因锁解得怎么样了?"

"第三道基因锁?"姜桦震惊地瞪着尤里,像是要用眼神杀死他。

尤里眼神闪烁不定,过了一会儿,又说:"看来你还没有发现……给你个提示吧,可以帮你节省一点儿时间。你看一下它们这几日碱基顺序的变化。"

姜桦极其冷漠地看着尤里,也许是因为疲惫,也许是因为存在于他们之间的无法逾越的鸿沟带来的绝望,也许是在为两个顶尖的科学家之间这种浪费精力的博弈感到悲哀……如果他们拥有相同的价值观,愿意携手并进,那么将给人类社会带来多少意义重大的科学研究!

"我回实验室了,你……"

姜桦想抓住最后的机会劝他,可是又觉得言尽于此。这些简单的道理说多少次也没用,一个极端的人,根植于他头脑中的世界便是他的真实世界了,外人根本无力插手。

无声地道别之后,姜桦独自一人回到了实验室。

东南亚的情况持续恶化,清除者已经出面认领了他们的"战绩"。各国开始全力追查这个新晋的组织,但是暂时一无所获。

这时,沈昱收到姜桦的信息:"来一趟实验室吧。"

他迅速赶了过去，他知道，没有十分紧急的事情，姜桦是不会打扰自己的。

姜桦脸色很难看，似乎不知如何开口。好半天，才定了定神儿说："蝗虫根本不是我们的敌人。"

"什么意思？！"沈昱焦急地看着他。

"或者说，眼前的蝗虫不是我们的敌人，真正的敌人还没有出现。"姜桦回答。

"到底是什么意思？！"沈昱急了。

"一周之前，尤里跟我通话了，他的确是幕后黑手。通话过后，我继续观察蝗虫的DNA序列。它们的基因还在变化，每一代都在改变。"

"所以蝗虫的形态还会改变？"

"是的。目前蝗虫的基因链发生了根本性的变化，可以说已经成为一个全新的物种。外在表现就是，它们体型巨大，身体更加坚固，飞行速度大大提升，而改进还在持续，并且……"姜桦点了点头，指着其中一段基因，说，"这种断链造成的基因突变，还有可能使它们拥有智慧。"

沈昱坐在对面，半晌没有说话，见过大世面的他显然也被这个信息震惊了。

"有什么解决办法？"他问。

"我们只能以数量战胜数量。"姜桦说。

"你是指……你的龙虾吗？"沈昱问。

姜桦喜欢和沈昱共事，因为他对各个领域的事物学习能力都很强。

"嗯。除了克氏原螯虾之外，我还添加了一种在欧洲找到的螯虾基因。它的神奇之处在于，变异成了无性繁殖的品种，并且还能把这种基因遗传给下一代。所以它曾经在短时间内占领过欧洲相当一部分区域的水域。另外，还有一些其他物种的基因。"

"你都加了什么？"沈昱问。

"很多……比如蜥蜴、水熊虫等。"

"怎么听起来……你和尤里有些类似？"

"滚！"

实验室内灯火通明，姜桦带领团队没日没夜地工作着。

新的龙虾得到国家基因库的支持，将在海量基因中筛选出数种强大的基因，然后结合克氏原螯虾的基因，再加上盘古系统……姜桦满怀期待，很想快点儿知道自己究

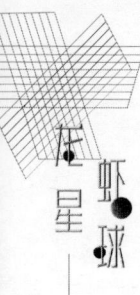

竟会创造出什么。

水熊虫一向有着地表最强生物的美誉，它们是世界上生命力最顽强的生物。无论是在喜马拉雅山还是深海地带，都可以存活。在最恶劣的环境中，它们甚至可以停止一切新陈代谢，进入隐生状态，而且可以在真空中生存。尤其重要的是它们拥有的抗辐射能力，可以使龙虾军团成功抵御蝗虫的辐射攻击。

另一段基因来自鼓虾。鼓虾具有超强的攻击力，当它们快速合上钳子的时候，所产生的水流速度每小时可以高达112公里。这样的武器，正是对付蝗虫的利器。

培养柜中的原型龙虾越来越大，现在体长已经超过一米。它的身上连接了多条线路，用以监控体内盘古智脑的生长，并且储存相应的信息。

看着不断增长的数据，姜桦终于放心了，知道成功即将到来。一放松下来，疲惫忽然涌了上来，他再也控制不住，伏在实验台上沉沉睡去。

"你好，姜桦。"

不知过了多久，一个清脆的声音突然传入耳中。他迷迷糊糊地抬起头，只见一个可爱的小女孩出现在面前的屏幕上。

"你好呀，姜桦。"她又打了声招呼。

姜桦盯着她看了很久，然后忽然冲到培养柜面前，看了看里面的龙虾，激动得颤抖着双手，大叫道："我成功了！"

其他工作人员听到声音，纷纷赶了过来。大家看了看屏幕上的小女孩，又看了看龙虾，好一阵儿才缓过神儿来，明白小女孩就是龙虾，龙虾就是小女孩。这是龙虾盘古智脑为自己选择的形象。

"她好漂亮，取什么名字好呢？"一个实验员问。

"让姜教授取吧！"另一个实验员说。

"就叫太白吧。"姜桦说，"以后你就叫太白了。"

屏幕上的小女孩点了点头。

太白亦名启明星，是最亮的星星。姜桦称她为太白，正是取其开启一个时代的寓意。

小太白带着陈秋白儿时的影子，当然，也像她一样漂亮。此时此刻，她的各项机能还处在相当初级的阶段，但是自诞生之日起她便具备无限的潜能，只需要一点时间，就能让身体进一步发育完善。

接下来的一周，是小太白的成长期。

学习过程中最重要也最耗时间的知识储备，对小太白来说反而是最简单的一环，只需要输入、加载资料库就行了。半天不到，她就拥有了半个国家的图书馆的知识储备。然而真正的难点，是她要形成自己的个性，找到属于自己的学习方式。至于战斗，这是她的本能。

她的成长极为迅速，由于过于理性，时常会闹出一些让人哭笑不得的笑话。但是慢慢地，她已经变得和人类一样既有理性思维，又可以按照惯例进行沟通，并且能够读懂别人的内心活动了。

为了方便学习，姜桦还专门研制了一套战甲系统，套在她身上既可以增加防护，又能附加各类武器部件。而且她还可以通过战甲自带的系统投射出自己的虚拟影像，从此就不需要在屏幕上出现了。于是实验室中多了一个满地乱跑的龙虾，和在龙虾头顶上飘浮的漂亮的小女孩。

小太白对任何东西都感到好奇，捉到人就问为什么。实验室的研究员们对她又爱又怕，因为她伸出来的，可是两只坚硬的大钳子。在测试的时候，他们都看过她是怎么轻轻松松就把一根手指粗的钢筋给钳断的。

小太白的成长一共需要七天，每天她都会变个样子。七天之后，她就长大了。

长大后的太白十分明艳动人，但举手投足之间却又给人一种冷若冰霜的感觉。她为自己换了一头火红色的长发，如同燃烧的火焰一般。冰与火强烈的反差，让她无论什么时候，都格外惹人瞩目。

完成成长的那天，她突然叫住姜桦。

"我想问你一个问题。"

"说吧。"

"我生来就是一名战士吗？"

听到这句话的瞬间，姜桦的心突然一沉，这是他一直觉得对不住太白的地方。

"是的，你的使命就是消灭蝗虫。"他无奈地点点头。

"那么当我完成使命之后，我存在的价值是什么？"太白困惑地看着他，看来寻找自己生存的意义，是一切高级智能无法回避也无解的难题。

姜桦停顿了几秒，缓缓说道："消灭了蝗虫，你和你未来的族群就会与人类成为朋友，共同生活在这个星球上，共同探索宇宙中更多的奥秘，甚至共同踏上更遥远的

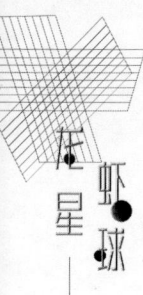

宇宙征途。"

太白不知道，姜桦在无数个夜晚都曾思考过这个问题。他说出口的，是他最渴望出现的结局。但是他却没有告诉太白，这不是他一人能够决定的。

好在沈昱突然到访，将他从困局中解救了出来。

"听说新系统已经准备好了？"

"是的，她叫太白，刚刚完成成长，还没有进行最终的测试。你要看看她吗？"

"当然！"

沈昱跟着姜桦走进实验室的内层封闭区，看到面前如一匹小马那么大的龙虾，不由得愣住了。一身合金装甲让太白显得格外威武、狰狞，他连忙后退一步，说："这么大的龙虾，真是出人意料……嗯，如果做成十三香小龙虾的话，可能不太合适……"

"当然不合适！当着女孩子的面讨论如何吃掉她，你不觉得很残忍吗？"突然出现在龙虾上方的少女把沈昱吓了一跳。

姜桦强忍住笑意，对沈昱说："这就是太白……嗯，她是太白的虚拟形象。"

接着，他又对太白说："这是我的好朋友沈昱，你的诞生多亏他的大力支持。"

"你好，沈昱。"太白向沈昱挥了挥手。

"应该叫沈先生或者沈局长。"姜桦说。

"不用那么生分……"

沈昱话还没有说完，就见太白露出一个诡异的笑容，叫了一声："大叔。"

"这，这……"沈昱瞬间遭到沉重的打击，愤怒地看着姜桦，问，"这是怎么回事儿？"

姜桦忍不住笑出声来，说："她还小，不太懂事儿。"

"嗯，我只说实话。"太白跟着补刀。

饶是不知见过多少大风大浪，沈昱还是花了好大的力气，才让心情平复下来。

"好了，你该测试了。"

姜桦把太白轰进测试区，然后带着沈昱离开了。两人来到控制室，看着太白在各种模拟地形中战斗。她速度如电，双钳更是威力无穷，并且有多种攻击套路。超合金战甲也让她的防御能力变得更为强悍了。

沈昱看了许久，才说："刚刚那个少女，就是太白的虚拟人格？"

"是的。"

"是盘古系统吗？"

"既是盘古，也是太白。实际上，盘古现在已经成为太白的一部分，它也实现了我的终极梦想——我要制造的不是工具，而是智慧。"

"是啊，要不是能够看出是虚拟影像，我都分不出她究竟是不是人类。"沈昱叹了口气，转头望着姜桦，严肃地说，"蝗虫可没有智慧，你确定能完全控制她吗？"

"我确定。"

"那就好。"沈昱脸上仍有挥之不去的忧色，又问，"如果我们放任不管，她将来会威胁到人类吗？"

沈昱的提问从不拐弯抹角。

"这个问题从太白诞生之日起，我就反复思考过。"姜桦回答，"我的答案是，太白是理性的，是极其智慧的，因此她不会与我们站在对立面，也不会对我们造成威胁。人类制造的一切矛盾与战争都是因为愚蠢，因为我们不够理性，所以才会互相争斗，走向毁灭。"

沈昱点点头说："希望如此。对了，听说她还要进行最后的测试？"

"基本上已经完成所有测试了，还差最后一项综合评估。"

"不要在实验室里测了，直接去东南亚吧。我去和那边联系，让他们在控制区域内给你找一块测试场。"

"东南亚？"姜桦一怔。

"实战是最好的测试。我们已经没有多少时间了，最近蝗虫又有明显的异变，我会让人把最新的样本送给你。对了，基因锁你破解得怎么样了？"

"第二段的进度已经完成了99%，如果你能留下来吃个晚饭，或许就能等到结果了。"

沈昱说："免了，有结果发给我就行。有大致的猜想吗？"

姜桦回答："根据目前的结果，藏在第二段密码中的基因，多半是以蝗虫为平台的各种生物武器，比如携带的病毒，或是针对人类的生物毒素等。"

"嗯，反正也不会更糟了。那么第三段密码呢？"

姜桦犹豫了一下，说："我怀疑，里面可能隐藏着改变蝗虫形态的基因片段。"

沈昱吃了一惊："这些蝗虫还会变？"

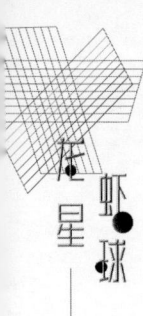

"并不是没有可能。"

"你的情报非常重要,我得回部里汇报一下。"

"等一等。"姜桦叫住他,说,"秋白已经好长时间没有消息了,能不能帮我查一下她的下落?"

"没问题。秋白最后去的是欧洲吧,我让外交口的朋友帮忙查一下。"沈昱答应下来,便匆匆离去了。

欧洲,切尔诺贝利,无人区。

这里已经接近辐射污染的核心区,四下渺无人烟。举目四眺,只有几处废弃的房屋,在无声地诉说着曾经遭遇的灾难。

荒凉的小镇外驶来一辆老式汽车,车子停在镇口,从上面走下来一个女人。她穿着冲锋衣,用眼镜和口罩把自己的脸全部遮挡起来。她看了看小镇,背上背包,向里面走去。

她看上去就像是一个普通的探险者,正准备前往切尔诺贝利探索昔日的灾难区。其实早在几十年前,就有很多人冒险进入这里,仅仅是因为想要猎奇。

小镇很安静,一路上一个人影也没看到。她拿出手机看了看,像寻常游客那样对着周围拍照。实际上,手机屏幕上显示的都是扫描影像,正在迅速进行数据匹配。

她就是已经几个月都没有消息的陈秋白。手机上的数据显示,当地仍有超出正常水平的辐射,但勉强处在安全范围内,并不需要特别防护。手机没有信号,只能依靠卫星信号通信。GPS 也失灵了,只有北斗系统还能正常运转。

她一边走一边拍摄,手机屏幕上突然出现一座红色建筑。她没有立刻走过去,而是绕到侧面,仔细观察了一下周围的环境,这才小心翼翼地走了过去。

这是一座相对独立的小楼,周围空空如也。她皱眉停下,没有贸然靠近。

突然,一只球鞋那般大的陌生的巨虫飞了过来,虫爪中攥着一个对讲机。她立刻隐蔽起来,巨虫却不追她,丢下对讲机就飞走了。

她停下来,犹豫片刻,走过去拾起了对讲机。

对讲机中传来一个中年男子的声音:"你就是陈秋白吧?我是你要找的人,我已经把路线图发给你了,你可以凭借它找到我。"

"你是谁?"陈秋白问。

"你来了就知道了。"对讲机中再次发出声音，而此刻，这个男人正坐在自己的实验室中，看着屏幕上的陈秋白。

陈秋白努力辨认他的口音，似乎和自己之前在资料中听过的某人的口音相似。她定了定神儿，拿着对讲机，又摸了摸身上暗中挂着的手枪、手榴弹，继续向前走去。

她绕过小楼，顺着小路走进一栋外表普通的居民楼，从一楼的侧门进入地下室。

地下室开始出现电子门控，每到这时，对讲机中就会响起一个奇异的声音，门控也会自动打开。连续穿过几道关卡，她才来到一扇厚重的金属大门面前。

大门呈圆形，上面锈迹斑斑的，看上去像是失修已久。一般的人就算到了这里，也会觉得走错了地方。

这时大门突然打开了，居然没有发出一点儿声音。里面站着一个从头到脚一丝不苟的男人，天蓝色的眼睛宛若宝石般澄澈。他有些夸张地张开双臂，说："欢迎来到我的国度，秋白小姐。"

"你好，尤里。"陈秋白已经认出他了。

"不介意的话，进来坐坐吧。我想你肯定有很多疑问，不过可惜的是，你和我的时间都很有限，可能我无法回答你太多的问题。"

"你为什么主动站出来？"陈秋白问。

"不好吗？让你节省了那么多时间。"尤里微笑着说。

"你还有什么阴谋？"陈秋白又问。

"我没有阴谋，只有理想。坦白说，我成功了一半，事情没有完全按着我计划的方向发展。"尤里说。

"你是在为清除者服务吗？"陈秋白质问道。

"我从不为任何人服务，我只为科学服务。"尤里回答。

陈秋白冷笑了一声。

"我和清除者之间只是各取所需。我希望创造出更完美的生物，而他们能给我提供足够的资金、场地、设备还有人员。"尤里说。

"你把所谓的完美的生物交给他们，难道还不是他们的同谋？"

"不，那不一样。你们看到的并不是真正完美的生命，实际上，它只是我对人类一个小小的提醒。提醒那些高高在上的上位者，人类的处境并不是他们想象中那样安全，哪怕是在地球上。"

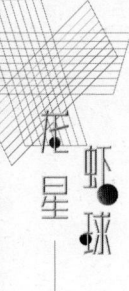

"你的提醒给上千万人带来了灾难！"陈秋白愤怒地说。

"那是因为他们应对无方。比如我只是设下三个小小的谜题，可至今无人能够破解。哪怕是姜桦，也只是破解出一个谜题而已，并且还得我给他一些提示才行。他一直在研究生物智脑，可是生物智脑哪里比得上真正的生命？"尤里摇了摇头，说，"跟你说这些你也不懂。我有一样东西要交给你，你应该知道如何处理它。"

尤里转身通过指纹开启了一个密封的柜子，从中拿出一个手掌大的小盒子。

陈秋白接过盒子，打开一看，里面有一管深绿色液体。

"这是什么？"她问。

"王虫虫后的血液。"

"王虫？虫后？"她敏锐地抓住了两个关键词。

"再不走的话，你可就走不了了。"尤里提醒道。

她不再犹豫，连忙转身离去了。尤里看着她远去，直到沉重的金属大门再次关上。

一出居民楼，陈秋白立刻奔向汽车。

她上车就走，才出小镇，几辆车不知从哪儿冒了出来，衔尾疾追上来。

她并不慌张，她的车虽然破旧，但是依靠专业级别的车技，经过近一个小时的追逐，还是成功地甩掉了尾巴，冲进一座废弃的农场。

她在农场的阁楼里找到早就藏好的一个箱子，飞速组装出一架无人机。接着将血液样本放在无人机上，启动预设的路线，然后用力把无人机抛出。无人机展开双翼，飞上高空，迅速远去了。

她看着无人机消失在天际，这才露出笑容。

虽然尤里没有明确说明，但她知道，王虫虫后的血液样本至关重要。这架无人机速度很快，航程超过五百公里，成功飞走后，敌人成功拦截它的机会几乎为零。

就在这时，农场周围突然响起引擎声，十余辆汽车冲了进来，从车上跳下众多持枪的黑衣人。

陈秋白当机立断，直接开枪，击倒冲在最前方的三个黑衣人，然后从小楼后门冲出，打算逃向附近的树林。农场过于空旷，无法抵挡数量众多的敌人。然而她没跑多远，就停了下来。

前方出现一群巨虫！巨虫比给她对讲机的那只飞虫还要大一倍，显得格外狰狞。

她一咬牙，掉头折回农场，打算和黑衣人血战。转眼之间，她身上就绽出数朵血花，可她丝毫没有放弃抵抗。

然而敌人实在太多了，火力又猛。尽管她已经放倒了两位数的黑衣人，可是依然于事无补。她抛出最后一颗手雷，趁着爆炸的当口，躲到一面断墙背后。

她坐了下来，满脸血污之下，是难掩的疲倦与虚弱。

她知道，最后的时刻到来了。

她从口袋里掏出一支烟，迅速点燃它。烟雾升腾，幻灭不定，映得她的脸也忽明忽暗的。

她打开手机，最后看了一眼。信箱里全是没有发出去的消息，收件人都是姜桦。她笑了笑，按下删除键，看着进度条奔向尽头。

墙的另一边，红色王虫群如同流动的血液，朝着她所在的方向缓缓靠近。

第四章　军团

曼谷城本是非常繁华的旅游城市，但是现在，整座城市被空气中的血色抽干了生机。红色蝗虫群如潮水一般沿着街道反复冲刷，不断侵袭着本应坚不可摧的钢筋水泥。建筑如同腐朽的木块，褪去了原本的颜色，只留下一片灰白。带着一丝腥气的空气里只剩下昆虫鸣翅和进食时发出的咀嚼声，像是某种巨兽酣然入睡时的呼吸声，毫无章法却又显得生机勃勃。

泰国全境，已完全沦陷……

某实验大楼食堂，一众科学家都被电视上转播的画面震惊得说不出话来。

姜桦坐在角落，扫了一眼电视上的画面，嘴上嘀咕着："看来情况比我想象中还要糟，不知秋白现在在哪儿……"

他将剩下的半个包子塞进嘴里，正准备起身离开。助手宋艺羽急匆匆走过来，低声说："姜教授，沈昱的紧急联络。"

视频里，沈昱表情凝重地说："两个小时以后，会有专机带你和太白飞往越南，现在得让太白尽快投入战斗。"

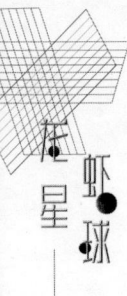

姜桦皱着眉头说："能不能再给我一点儿时间？我刚刚有了新想法，打算给盘古系统增加一些功能。以太白现在的状况贸然进入战场，恐怕……"

沈昱摇摇头打断了他的担忧，说："这是三个小时前，来自暹罗城的最新消息，你先看看再说……"

手机开始自动播放一段视频，一支六人特战小队正在引导数百名民众逃出城市，他们身后是笼罩在血色虫雾中的曼谷。突然远方天空中渐渐出现一个小黑点，一朵巨大的蘑菇云在曼谷中心炸裂开来。特战小队和民众脸上惶恐不安的表情被定格了，随之而来的冲击和声浪，瞬间将所有人都掀晕在地上。紧接着，画面消失不见了。

姜桦盯着黑屏，脸色凝重地说："利用轻型核弹头催化虫群，这是解开第三段基因锁的钥匙……"

没等他把话说完，画面再次亮起，一个西装革履的欧美中年男人出现在镜头前。他神色漠然地说："既然你们不愿意接受我的条件，那就不要浪费时间了。从明天开始，王虫将会净化你们的疆土，祝你们好运！"

视频画面再次跳转，曼谷中心一片死寂，地面上的蝗虫都被爆炸的高温和辐射烤成了土黄色，但它们体内竟然涌现出一种深红色的新型蜂类，将它们的尸体蚕食殆尽之后，便以极快的速度向四面八方扩散而去。

姜桦沉默不语，一旁的宋艺羽却惊呼出声："他们竟然真的通过基因改造，让蝗虫进化成了蜂类！"

视频那端的沈昱苦笑一声，说："和你们之前提供的资料一样，依照各国现在的装备，根本无法对王虫造成实质性的伤害。如今它们正沿着泰国一路北上，虽然从路线上来看，并不针对我国，但整个人类都是命运共同体。等虫潮席卷了欧洲，我们的下场就会和曼谷一样……"

姜桦打断沈昱，说："即便我和太白马上投入战斗，但制定出成熟的对抗策略，让太白适应进化也需要时间……你们必须拖延到我们想出办法。"

沈昱苦笑不已，挂断电话后，他连忙切换到特别会议频道。

他看了看会议室里各国代表的影像，说："大家都听到姜教授的请求了，从今天起，七天……也就是一百六十八个小时，希望大家都能坚守住各自的防线……留给我们的时间不多了。"

姜桦和宋艺羽回到实验室。

此时太白已经长得与普通人类差不多高了，她向两人迎了过来，好奇地问："听他们说，我要去越南？"

姜桦表情复杂地点点头，答道："还记得我之前跟你说过的吗？清除东南亚蝗灾已经刻不容缓，这段时间你在生存和战斗方面储存的知识已经够用了，只是最后的压力测试还没来得及完成……"

他顿了顿，接着说："我和宋艺羽会陪你一起去越南，要是期间发生了什么事儿，我们可以护着你。"

太白俏皮地点点头说："我本来就是为此而生的，迟早也要去对抗那些虫子。不过你好像不太开心，是在担心我吗？"

姜桦没有说话。

宋艺羽看着这段时间不断成长的太白，不由得轻叹一声。

姜桦沉默片刻，又说："我们再检查一遍她的各项指标，然后……让她吃饱。"

两个小时转瞬即逝，姜桦和宋艺羽带着太白上了直升机，直奔机场。

机场上，早就有一架军用运输机在等候他们了。载上他们之后，庞大的运输机腾空而起，飞向东南亚。

从这里到越南不到六个小时，姜桦却觉得时间格外漫长。

太白一路上有点儿兴奋，一边在便携电脑上搜索各种资料，一边和宋艺羽聊天。宋艺羽不时附和她一下，偶尔也会向她传授一些生物地理学知识，但不经意间，脸上却浮现出一丝失落。

一到达越南河内，姜桦他们便被放了下来。他们将在这里架设临时的观测基地，监控太白的生命状况，以及通过太白身上战甲的战场信息收集装置，观察王虫的状况。

太白将被投放到老挝和泰国交界的一片区域，在靠近曼谷的沼泽湿地中进行实战试验。这里刚被王虫入侵，虫群的数量和密度都不太大，适合太白完成第一场战斗。

直升机飞临指定的战区，姜桦默默抱了抱太白。太白顽皮地挥了挥手，然后虚拟影像消失了，只见一只巨大的龙虾直接从数米高的高空跃下，转眼便隐没在沼泽深处。

沼泽地形相当于太白的主场，她在水中飞速前进，不时发出人耳听不见的高频叫声。周遭的王虫和未进化的蝗虫开始躁动起来，成群结队地从山林各处飞出。原

本被猩红色王虫覆盖的大地露出本来面目，随处可见人类和动物的森森白骨。

数万只王虫织成一张巨网，向太白扑来。

直升机驾驶员第一时间反应过来，他看着正在接近的虫网，回头对另外两名队员说："兄弟们，我们得给那只龙虾来点儿掩护。让她知道她不是一个人，不……不是一只虾在战斗！"

两名队员互相看了一眼，没有说什么。他们驱动飞机上的火神炮，大面积扫射疾速接近的蜂群，并用榴弹发射器不断发射微型温压弹，对虫群进行覆盖式的轰炸。

几朵恐怖的火云在虫群正中炸开，然而只有几百只王虫燃烧着坠落地面。虫群被彻底激怒了，立刻再次集结，然后分出一支数以千计的队伍，径直朝直升机扑了过来。

一瞬间，直升机的防弹玻璃就被王虫撞碎了。驾驶员被王虫蜇咬，几秒钟就暴毙，直升机冒着黑烟坠向山林。

太白在半空中听到机炮轰鸣的声音，发现虫群正在接近自己，连忙通过生物智脑盘古对地面进行了检阅，并且观测到侧前方两百米有一个小湖泊。

她当即改变方向，虾尾一挥，如炮弹般弹出数十米，然后蜷成一个虾球儿，砸入水中。如是起落数次，便到达湖中心了。

这时地面上一小部分被烧焦的王虫，蜕壳后竟重新活了过来。王虫群随着太白降落的轨迹扎向水中，却遍寻不见她的踪迹。

太白通过信息素的调节，将自己的颜色改成了混浊的泥沙色，在湖底潜伏着。

大量虫群冲入水中后速度骤减，不一会儿，它们腹部竟出现一个银白色的空气囊，开始在水中滑行起来。

与此同时，在河内基地的姜桦和宋艺羽也反应过来。他们试图通过卫星搜索太白的信号，却因为水底信号被干扰，无法与太白取得联系。姜桦看着屏幕前那些代表王虫群落的密密麻麻的红点，脸色有些苍白。

太白匍匐在水底，只露出两只轻轻转动的眼睛，观察着这些在水中搜寻自己的王虫的动向。她脑海中展开了关于王虫的数据分析图，方才人类和王虫的战斗，显示出第三道基因锁所开放的基因，远比想象中还要棘手。

通过观察，她发现王虫之所以水火不侵，是因为使用了两种完全不同的改造基因的程序。在水中使用的是潜水钟蜘蛛的潜水钟基因，能够通过气泡吸取水中的氧气。

在火中则综合了螃蟹和蝉的基因，由于热量传递只有两种方式——热辐射和直接传递，热辐射无法隔绝且效率很低，所以关键是直接传递。直接传递需要接触热源释放的能量，王虫在遇热前蜕壳，并在蜕下的甲壳内分泌足够多的细小的气泡，以产生隔绝外部热量的效果。因而只要王虫体内的能量不消耗完，就可以长时间在火中生存。另外，王虫的外壳有极强的抗腐蚀性，喷洒酸液对它们也毫无用处。

分析完毕，太白得出结论，消灭王虫必须依托瞬间的强力爆发。以人类目前的科技水平，确实没有特别好的应对策略。之前的云爆弹和液压牢笼等手段，也随着三段基因锁的开放和王虫的出现，变得不再具有威胁性。

太白迅速调整体内的信息素，她的身体匍匐在水底，短短几分钟就产生了肉眼可见的变化。因为虾类可以通过信息素小范围地调整自身的结构，而这一点在姜桦的改造下，变得更为显著了。太白能够通过自身的基因，对部分动物的肢体武器进行模仿。

片刻之后，她将自己的右主螯变成了一柄来自鼓虾基因的"虾枪"，与之相连的身体结构变得更为粗壮，相应调整的还有背部甲壳和尾部的复肢。这些改变，使她看起来就如同一个弓着背的枪手一般。

半个小时后，她突然摆动尾部撤去伪装，立时引起一阵骚动。

王虫们在第一时间察觉到她的存在，但似乎感受到她的气场与之前截然不同，于是聚集在水中，如同鱼群一般与她遥遥对峙着。

太白前螯收缩，沉着地看着王虫群。时间静止了一秒，突然，湖边老树的落叶在水面上泛起一道涟漪，王虫群迅速结成三角阵形冲向太白。只见太白猛地伸出右前大螯，做了个如同人类拔枪的姿势，螯外侧的凸起瞬间插入螯上的空穴，如同扣动扳机一般。

一道水柱在水中高速喷出，卷起一股巨大的波浪！无数王虫瞬间便被水柱击碎了，但更恐怖的是随之而来的气穴现象。

鼓虾又被称为枪虾，它们最强大的武器便是通过前螯制造出的气穴。一连串极小的低压气泡，在水中能够产生巨大的爆炸，将大片猎物击毙。

太白在盘古智脑的加持下，还原了虾枪发射的过程。一瞬间，她身前一小片区域内的王虫群就被撕碎了。

残存的王虫群试图组织第二次攻击，但太白隐藏的左前螯以螳螂虾的形态迅速

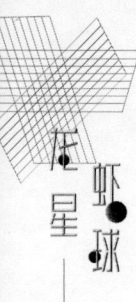

出击,以每秒数十次的精准打击,点杀着残存的王虫。偶尔有几只游到她身边,却完全伤害不了一身硬甲的她。

一场漫长的苦战就这样开始了,最终只有寥寥几只王虫逃出水面,飞向远方。

太白随即也离开水底,双螯一变回原形,她就直接趴在湖边陷入了沉睡。

这场大战,她完全依靠体力把一只只王虫钳碎。如是干掉了足足几千只王虫,她早已精疲力竭。

半个小时后,姜桦和宋艺羽的卫星联系终于使太白悠悠醒转。

姜桦沉声说道:"卫星显示大批虫群正向这边靠拢,你体内能量已不到百分之二十,需要立刻补充能量。"

太白带着一丝倦意回应道:"食物方面有蜂群的尸体,不用担心。不过鼓虾和螳螂虾的基因变化,只适合在水中应用。如果王虫群不再下水,那我就无能为力了。"

姜桦皱眉说道:"我已经找到可以在地面作战的基因编组,盘古系统正在优化结构,你一会儿就会收到。还需要别的援助吗?"

太白起身活动了一下身体,投影上的少女似乎又成长了,眉眼之间带着一点英气。她缓缓说道:"我需要帮手。"

姜桦向宋艺羽示意,宋艺羽连忙在电脑前点开了某个开关:"我们开放了你的繁殖权限,你体内的基因融合了东欧的'大理石纹螯虾',可以进行单性繁殖。但由于盘古系统具有一定的特殊性,无法让其他龙虾完全获得你的能力和智慧,所以我们只能尽力帮你完善基因。你需要什么样的帮手,可以直接告诉我们。"

太白跃入水中,身上的甲壳一呼一吸,不断吸收着水里漂浮的尸体和碎渣儿。她舒展开虾体,伸了个懒腰,对着无线电充满自信地说:"我刚刚睡着的时候,已经想好了。"

话音未落,四张龙虾的细胞图纸已经发送到姜桦的电脑上。图纸上分别标注着四只龙虾的特性和姓名,分别是两只具有太白能力的全方位弱化版的"小太白"——拥有高度智慧的指挥官智者龙虾,以及负责大规模繁殖和培育的母体龙虾。

入夜之后,太白潜入水底,将四颗克隆虾卵产在了水中。王虫的血液和残骸充当了营养液,慢慢渗入虾卵,被吸收、转化成能量,而其中的辐射和杂质则聚集在了虾壳上。等它们急速成长之后,蜕下满是杂质的甲壳,便会拥有更加坚硬的新甲壳。

假以时日，甚至会成为消灭王虫的利器。

太白看了一眼晴朗的夜空，根据姜桦和宋艺羽给出的消息，几天后王虫大军就会赶到，她必须在它们到达之前，让四只同族急速成长起来。想到这里，她开始在水中狩猎，为克隆虾提供养分。

不到半个小时，湖底的鱼就被屠戮一空，植物也被消化了大半。藏在水藻间的湖虾虽然数量不多，但同为虾类，它们能够为太白及其同类提供节肢动物同属的DNA，帮助他们完善体内基因，加快生长。

仅仅一天时间，四只形态各异的龙虾就从湖水中爬了出来。

为首的是体态修长的智者龙虾，嘴边两根触须一直垂到地面。紧随其后的是强壮的"小太白1号"，双螯兼顾鼓虾和拳击虾的特征，看着不禁令人心生惧意。然后是小了一号的"小太白2号"和大半个身子浸没在水中的极大的母体龙虾。母体龙虾足有两米长，虾尾以上长着无数个虾袋，里面不断有手指大的龙虾爬出。它们在水中进食，体型以肉眼可见的速度在增长。

原本平静的湖水渐渐起了涟漪，一圈圈儿扩散开去，不断翻涌起浪花，不知水下是什么样的景象。

不知从何时开始，空气中传来极为有规律的振翅声，如同沉重的铁锤一般，捶打在正在观察战况的姜桦和宋艺羽心上。短短几分钟时间，数以十万、百万计的王虫便在空中集结起来。

姜桦通过太白身上的摄像头，观测着来势汹汹的王虫大军。这几天，他对鼓虾的基因进行修改，研制出了在陆地上亦能使用的音爆气穴武器。虽然失去了水中拥有的瞬间高温效果，但一击之下，威力也足以让众多王虫丧命。这种音爆武器如果被人类使用，恐怕只需三秒，就会因反震而导致内脏碎裂。

普通龙虾士兵的主要进攻方式是拳击虾和螳螂虾基因里的快速攻击，并增加了美洲蟑螂迅速移动的能力和单细胞水熊虫的水膜能力，大大提高了单兵作战能力。本身极具防御力的虾盔，让王虫只能通过撕咬关节打开缝隙，然后钻进去对龙虾战士造成伤害。

大批王虫抵达战场，大战一触即发。

小太白1号率先扣动虾枪的扳机，拉开了战斗的序幕。虾和蜂这两种生物，环

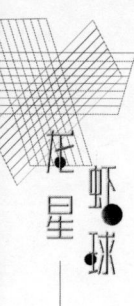

绕着湖泊展开了事关人类生死存亡的攻防战。

一众龙虾先是使用一轮音爆枪齐射,将王虫群从空中击落后,又迅速利用背部的甲壳把它们碾得粉碎。但王虫们倚仗庞大的数量优势,凶悍地通过几轮不畏死的冲锋,将龙虾们笼罩起来,一点点啃食、残杀着一只又一只龙虾。

母体龙虾已彻底没入水中,不断有新的龙虾战士诞生,体型虽小,但打扫战场之后便急速成长。先成熟的龙虾战士将幼虾护在中央,虾群以肉眼可见的速度迅速成长,虫群的尸骸成了它们最好的养料。

母体龙虾身体微微泛白,为了不断产卵和孵化幼虾,姜桦虽然刻意强化了母体龙虾的生命力基因,但是却无法避免在高强度产卵和孵化的过程中,持续不断的生命消耗。饶是母体龙虾生命力惊人,此刻仍然露出了疲态。

王虫群数量依旧庞大,它们似乎意识到必须先解决藏在水中的"造虾工厂"——母体龙虾。于是又一次正面冲击龙虾军团失败后,竟一鼓作气,全部扎入湖中,向母体龙虾发起了冲锋。

太白见状立刻入水,智者龙虾代替她,在陆地上指挥龙虾军团进行战斗。

随着太白在水中扣动虾枪的扳机,气穴蒸发了近万只王虫,但也仅仅只是阻挡了一瞬。虫群蜂拥而至,转眼便将她和母体龙虾等龙虾战士的身体覆盖住,许多还未成长起来的幼虾一下就被吞噬了。

被王虫层层包裹住的太白,眼神中流露出一丝绝望和怨恨。

所有在投影、屏幕前观战的人们手心都捏了一把汗。姜桦看着屏幕上生死相搏的两个物种,始终沉默不言;一旁宋艺羽的电脑上,是沈昱发来的引爆许可。

姜桦点了点头,低声对无线电另一端正在奋战的太白说,一分钟后收网。他盯着屏幕上太白高出一截儿的心律,深深叹了一口气。

战场上的太白停止了水下的虾枪攻击,拽着被王虫咬伤的母体龙虾上了岸。她们刚刚离开湖泊,一颗炸弹便呼啸而落。随后小湖中心发出一道亮光,一声巨大的爆炸声传来,整个湖泊都被炸塌了。深不见底的大洞下面是肉眼可见的东南亚地区活火山暗穴,岩浆喷涌而出,无数虫子顿时尸骨无存。与此同时,不知有多少龙虾战士来不及逃跑,和虫群一起葬身于岩浆之中。

王虫群的主力瞬间烟消云散,剩下的则四散溃逃。

太白与四只克隆虾相视一眼,随即陷入沉默。许久之后,原本没有声带的龙虾军团，从甲壳背后通过肌肉运动，发出一阵统一的嘶鸣。

另一边，姜桦和宋艺羽接到了带领太白及龙虾军团回国的命令。在短时间内繁衍出来的数万只龙虾战士，将被各国的运输机派到前线进行战斗。姜桦面无表情，心情却十分复杂。为了确保这次作战取得胜利，他们牺牲了数万只幼虾给王虫群下套。他不知该如何面对太白，特别是太白听到计划后，就再也没有主动联系过他和宋艺羽。

不过太白还是来了，此时距离战斗结束还不到一个小时。

太白率领四只克隆虾出现在姜桦面前时，姜桦吃了一惊。太白的虚拟形象已经被一层厚重的装甲包裹了起来，似乎是在示意她将封锁自己的内心。

宋艺羽也感觉氛围异常凝重，正准备开口和太白说点儿什么，但是却被她的一句话给憋住了。

太白用冰冷的声音问道："下一个任务是什么？"

这句话如同一堵高墙，把姜桦和宋艺羽隔在了外面。

"太白及龙虾军团暂时待命，我们会尽快通知你们下一个战场在哪儿。"一个洪亮的声音传来。

太白一听，转身决绝地离开了。

姜桦顾不上太白的冷漠，因为那个声音的主人是安全部的高级特工王练。跟在王练身边的是以最快的速度赶到的沈昱，他们过来不是为了庆功，而是为了一个坏消息——陈秋白死了。

一个星期以前，也就是姜桦到越南的那天，陈秋白在切尔诺贝利失去了联系。王练说出这个消息的时候，沈昱站在他身后，不敢直视姜桦的眼睛。

出乎意料的，姜桦神情十分漠然，问道："你早就知道秋白失踪了，是不是？"

沈昱没有回答。

姜桦见状，接着说："我知道你是为了把我留在越南，但是我想知道，过去的几个月究竟发生了什么。"

王练默默拿出一个背包，里面放着一台笔记本和一个文件袋。文件袋中的文件记录着数月之前，也就是姜桦接到明信片那天，陈秋白奉命前往乌克兰的切尔诺贝利无人区，调查一起神秘的爆炸事件。六名俄罗斯格鲁乌特种部队的战士随着这场爆炸人间蒸发了，乌克兰官方将这起事件描述成一次意外事故，并以保障民众安全为由，将无人区的半径扩大了五公里，以便进一步封锁切尔诺贝利内部的情况。

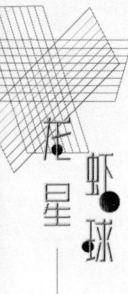

更多的线索则被保存在陈秋白的私人电脑里，因为经过专门的加密处理，所有人都无法获得里面的资料。王练之所以前来，是因为发现有不少人在暗中调查陈秋白的下落……恐怕这次虫灾背后，还有着不为人知的秘密。现在所有问题的线索都集中在陈秋白最后一个联系的人——姜桦身上。

姜桦看着电脑陷入沉思，突然，他好像意识到了什么，从背包中翻出之前陈秋白寄来的明信片。明信片上有一个火红的枫叶标记，这个印记有特殊的意义，象征着两年前他们在法国香榭大道订婚的日子。

想到这一点，他连忙打开电脑，输入订婚日期。没想到电脑并没有打开，而是弹出一组经纬度数字提示，和一个十秒一变的数字组。

看到那组数字，他的眼睛湿润了。那正是不久前，他在威海偷偷购置的一套房子。他已经悄悄布置了几个月，打算等陈秋白和他休假时，就向她求婚。没想到这一等，等来的竟是永别。

沈昱、王练和宋艺羽沉默不言，不知该如何安慰他。好半天他才反应过来，颤抖着双手输入两人相处的日子，还差三个月零七天，就整整十年了。

密码输入成功，锁定的电脑打开了，自动跳出一份文件。陈秋白的声音随即响起："桦，如果你听到这份录音，恐怕我已经凶多吉少。感谢你为我做的一切，很幸运能遇见你……"

陈秋白的录音说出了她去切尔诺贝利的目的。

原来数月前，她接到上级下达的秘密任务，调查俄罗斯格鲁乌特种部队成员伊万诺夫的去向。恰巧两人是老相识，调查展开不久，伊万诺夫就通过秘密渠道给她寄来一封求救信。信上说他正在执行一项机密的任务，终于拿到了关键物品。但此刻他面临巨大的危险，不得不在难民的帮助下寄出这个包裹，向她求救。他希望她在收到信息和包裹后，能够到某个地方去救自己。

这时电脑上弹出一个文件，文件内是伊万诺夫的资料，备注栏中写着一个地址。

姜桦攥紧拳头，转头看着沈昱，冷笑道："所以秋白的真实身份其实是特工？很好，我们这么多年的朋友，你就是这样回报我的。"

"姜桦，你听我解释……"

"滚！"这一次，姜桦是真的大声咆哮了。

与此同时，清除者基地内，尤里正坐在酒吧吧台前，悠闲地品着红酒。

之前出现在曼谷视频中的中年男人走进酒吧，来到尤里身边，漠然问道："你不是说以人类目前的科技水准，无法研究出可以对抗王虫的武器吗？泰国边境那边是怎么回事儿？"

尤里神色无比轻松，反问道："恩维，你知道那些克氏原螯虾的来历吗？世界顶尖科技的结晶——生物智脑盘古，可以赋予生物智能。它出自某个来自潜江的真正的天才……再说王虫虫后不在，会输也在意料之中。"

恩维点了点头，然而嘴角却泛起冷笑，说："这就是你把血液样本交给中国人的理由？我不介意你和他们玩一些小把戏，但是我要提醒你，在我引爆反应堆里的那几百公斤钚之前，你最好不要给我添麻烦。"

尤里笑道："那你应该知道，基地外面正在发生什么。你想毁灭谁与我无关，我只想看到我的虫后成长。在她变成完全体之前，我们是盟友。更何况从那段视频你也能看出，现在的龙虾军团……是没办法阻止王虫群的。"

恩维拿起吧台上的一瓶酒，将它倒在酒杯里一饮而尽，说："在我复仇之前，但愿如此。"

翌日，姜桦和太白接到新的任务。

种种情报都指向切尔诺贝利，沈昱相信，清除者的老巢就在那里，他们的生物实验室和基因工厂很可能也藏在无人区。

初步遏制王虫之后，各国决定以龙虾大军突袭切尔诺贝利，将清除者斩草除根。

见泰国对抗王虫取得了胜利，其他各国纷纷加大了援助的力度。一方面提供大量运输工具和燃料，把龙虾军团派往其他地方消灭王虫，同时也为龙虾军团提供各种后勤保障。另一方面暗中收集太白的信息，想据此研究出自己的武器。无论是王虫还是龙虾，事实证明，人类军队在这两种生物面前显得格外脆弱。

一些小国联合起来，要求公布太白的基因数据，美其名曰是为了更好地防范王虫。不出所料，这一要求直接被拒绝了。而不少大国则在私下里接触，试图通过一些桌下手段获得太白的数据。只是太白已经被列为国家最高机密，虽然各国拿出的筹码越来越多，但仍然不足以打动中国。他们自然不肯死心，一方面继续谈判，一方面加强自己的武器研究。

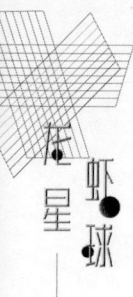

各地的虫灾虽然得到遏制,但是最大一股虫潮正不断北上,一路所向披靡,似乎任何东西都无法阻挡这支规模近亿的队伍。

随着第三段基因锁彻底解开,此前的蝗虫和现在的王虫的全部基因图谱也被解锁了。姜桦意外地发现,尤里之所以会提醒自己第三段基因锁的存在,就是在变相地告诉自己,这只是一批基因缺失的作品。现在这批瑕疵品似乎听到了某种召唤,正急速前行。而它们前进的方向,也指向切尔诺贝利。

姜桦看到,随着大批蝗虫溃散,这批蝗虫本能地想要回归虫群。看来切尔诺贝利那边,很可能还有更加棘手的存在。

第五章 决战

两个月后,无可阻挡的王虫群终于打通横跨欧亚的通道,冲入切尔诺贝利。

早有准备的各国已经提前在切尔诺贝利旁边开辟了数个大型机场。等到虫群归巢,无数大型运输机立刻降落,将海量龙虾战士卸下。仅仅一天一夜,在切尔诺贝利集结的龙虾战士就已超过十万。

太白直接率领龙虾军团冲入切尔诺贝利,由始至终,她和姜桦都没有任何交流。

姜桦和宋艺羽站在高处,看着迤逦远去的龙虾大军,沉默不语。

宋艺羽率先打破僵局,开口问道:"如果有一天,龙虾大军与我们为敌,会怎么样?"

姜桦摇头答道:"不会有那么一天的。"

两人再次陷入沉默,这时通信器突然响了起来,是王练发来的讯息。王练向他们示意,他已经准备妥当,只等龙虾军团发起进攻了。

在进入禁区之前,姜桦和王练商量好了兵分两路。姜桦和龙虾军团向切尔诺贝利中央进发,与王虫大军正面决战;王练则带领精锐特种兵去寻找陈秋白的尸骨和伊万诺夫留给陈秋白的线索,争取到直接突袭实验室的机会。

关闭通信后,宋艺羽忽然指着切尔诺贝利的方向,惊呼道:"你看!"

姜桦转头望去,只见一团红云出现在切尔诺贝利上空。他心中一沉,这并不是红云，而是无数王虫组成的虫潮。

"清点一下数量！"他大喝道。

宋艺羽反应过来，立刻拿起仪器，对准远方的红云。不一会儿，她脸色苍白地说："6000万，误差大概有500万……怎么会这么多！"

切尔诺贝利外围，龙虾军团已经摆好阵型，与对面铺天盖地的王虫群对峙着。

凶猛的王虫没有阵营，也没有策略，直接扑了过来。它们以数量上的优势，瞬间将整个龙虾军团淹没了！

龙虾战士以劣化虾枪的一轮齐射，将数以百万计的王虫打成了粉末儿。然而王虫源源不断地扑来，一眨眼的工夫便填补了缺口。

站在后排的太白丝毫也不担心，甚至没有插手龙虾军团的指挥工作。中央的智者龙虾通过背上甲壳和肌肉的某种运动发出一阵嘶鸣，战线前方的所有龙虾战士身上同样响起"滋滋"的电流声。转眼之间，一道巨大的紫蓝色电弧在战场上炸起，又将数百万王虫化为飞灰！

一时之间，凶猛的王虫群攻势为之一顿。龙虾军团趁势冲锋，直接冲入虫群当中。

智者龙虾以上次战斗中龙虾群新掌握的、通过甲壳和肌肉运动进行发声的技巧，对前方战线的龙虾进行统一的指挥。而新一批龙虾战士身上移植了电鳗基因，甲壳下出现如同叠层电池一样的带电器官，可以通过甲壳表面的极点释放电流。数以万计的龙虾战士同时释放电流，瞬间便对王虫群造成极大的杀伤。

双方进入缠斗状态，智者龙虾再次指挥龙虾军团放电。这一次整个军团上空都布满蓝色电弧，数千万王虫被殄成飞灰。

片刻之后，又一片巨大的电弧场出现。这一次王虫似是感觉到了恐惧，居然如潮水般退走了。

姜桦本以为这场战斗还会持续，没想到王虫群竟然选择撤退。这是他们第一次遇到虫群主动撤退的情况，以往都是几乎将虫群歼灭殆尽之后，剩余的小部分王虫才会溃逃。不过连续释放三次电流之后，龙虾战士们也精疲力尽，无力追击了。

龙虾军团就地取食，补充能量。小龙虾本就是杂食动物，姜桦又特别强化了它们的消化能力。可以毫不夸张地说，只要是有机物，它们就能吃。

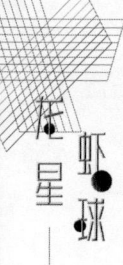

姜桦看着战场上的影像，忽然发现有数十只龙虾战士竟蜷成一团儿，陷入沉睡状态。战场清扫工作还未完成，龙虾战士的纪律性堪比机器，不可能没有完成任务就休息。在成千上万的龙虾战士之中，这几十只龙虾看上去并不起眼儿，但不知为何，他本能地感觉有些不对，甚至还有隐隐的不安。

"马上联系太白。"他吩咐道。

宋艺羽一脸为难，不过还是执行命令去了。

自上次战斗之后，太白和姜桦就几乎没有直接交流过。太白明显拒人于千里之外，姜桦也是不肯服软的性格，结果便导致目前的僵局，太白连带着连宋艺羽也不理会了。

宋艺羽硬着头皮联系上太白，说："姜教授想见你一面。"

太白没有切断频道，但是也没有给出回应。

姜桦莫名地有些恼怒，在旁边补了一句："这是命令！"

话一出口，他就有些后悔，然而太白已直接切断了通信。

宋艺羽一脸尴尬地怔在原地，好在尴尬没有持续多久，一架大型无人机便飞来，在二人上空盘旋一圈儿后，抛下一只巨大的龙虾。

宋艺羽立刻迎了上去，惊喜地问："小太白2号，是你吗？"

在普通人眼中，小龙虾都长得一模一样。不过在宋艺羽这种专业研究员眼中，每只龙虾都不同。太白和四只第二代智慧龙虾更是与众不同。哪怕是两只小太白，也有差别，它们似乎都在努力把自己和同伴区分开来。

小太白2号来到智脑面前，小心翼翼地夹起传感器，把它放到自己头上。那对虾钳是杀敌的利器，干这种精细活儿却有些吃力，一不小心就会把传感器钳断。

屏幕上出现一个少年，面容方正，浓眉大眼。这是小太白2号为自己选择的虚拟影像。

姜桦问："那几十个战士突然睡觉，是怎么回事儿？"

"它们在进化。"

"进化？"姜桦不自觉地皱起眉头。

小太白解释道："上次在泰、挝边境时，军团里就出现一种奇特的晋升机制，似乎和被强化过的信息素感知能力有关。每次战斗后，都有龙虾战士通过与王虫的战斗，汲取王虫身上的基因片段来促进自身的异化。只不过变异数量不多，和整个军团的数量相比完全可以忽略不计，所以我们并没有在意。"

姜桦又问:"那它们完成异化需要多久?"

小太白摇了摇头,回答:"每一批都不一样,短的几分钟,长的则可能需要一整天。"

"每一批?一共出现了多少批?"姜桦紧张地问。

"共有9批。"

"合计多少只?"

"516只。"

"异化的方向都有哪些?"

"不能确定,因为前面几批全都战死了。"

姜桦向那几十只沉睡的龙虾战士一指,说:"那就把它们带过来。"

小太白沉默片刻,说:"我不能违抗您的命令。不过,我想提一个建议。"

"说吧。"姜桦的神色缓和了一些,他也不明白自己为什么会愤怒。一看到小太白的虚拟影像,他就隐隐有些怒意。

"异化个体都是最出色的战士,我们现在急缺战力,所以希望您不要把它们都带走。我可以带3个战士过来……另外,它们也有血有肉。虽然它们不能违抗我们的命令,但是它们中的每一个都有自己的思想和意识。所以做任何事情之前,希望您能考虑到这一点。"

"它们为什么不能违抗你们的命令?你们是指?"

"我、智者、小太白1号还有母体。当然,也包括太白。未来或许会出现二级指挥官,现在还无法确定。"

"这个结构是怎么出现的?"

小太白轻轻叹息一声,说:"为了便于在战场上管理我们,太白在初创我们的时候就构建了蜂群式的结构。至少目前来说,我们无法违背她的任何命令。所以,我就是她的意志最踏实的代言者,会确保准确传达她的任何想法。从今以后,我来负责和您之间的沟通。她的意思是,这样做可以避免引起不必要的争端。"

"好了,我知道了,去把那些异化体带过来吧。"姜桦的声音有些低沉。

小太白行了一礼,然后一跃而起,抓住空中掠过的无人机,返回战场去了。

姜桦久久不语,好半天才说:"龙虾的成长速度,看来已经超出我们的预期了。"

"好像也没什么不同。再说,之前的异化体不是都战死了吗?"

"你相信他的话?"

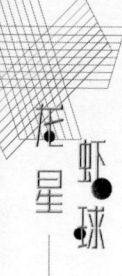

宋艺羽愕然问道:"龙虾也会撒谎?"

"他们的智慧,现在可不比我们差多少。"

"可是太白不会骗你的。"

姜桦自嘲地笑了笑,说:"她是不会骗我,但是可以误导我。第一批异化体只要留下后代,异化的基因就会遗传下去。它们存在与否,也就无所谓了。"

"不会吧?"宋艺羽大惊失色。

这时空中响起轰鸣声,三架无人机飞来,抛下三只龙虾战士。它们一落地,就蜷成一团儿,继续沉睡了。

宋艺羽看着三只龙虾战士,忽然想起刚刚小太白的话,心中一颤,说:"你,你不会对它们做什么吧?"

姜桦沉默片刻,才说:"不要说你不该说的话。"

"可是……"

"管不住自己的话,立刻回国去!"姜桦的态度罕见的严厉起来。

宋艺羽眼圈儿一红,不敢再多说什么。

姜桦深吸一口气,说:"把它们带到实验室,让它们自然沉睡。但睡醒之后……立刻麻醉,等我来处理。"

几名研究员领命,将三只龙虾战士搬上车,运往后方的临时实验基地。

姜桦转身一看,后方的山谷中,颇具规模的基地已经建成了,可以容纳数千名战士、科学家和支援人员。看着进进出出的人群,他眼中的忧色再也隐藏不住。

这个世界,究竟属于谁?

数日后,大战再度爆发。

这次出击的王虫数量更多,在整个切尔诺贝利的王虫军团中也占有相当大的比例。虫群的战术没有大的变化,依旧是直接冲击。在数量占据绝对优势的情况下,有时没有战术就是最好的战术。

相比之下,龙虾军团显得更有纪律性,兵种搭配和战术选择也更加合理。因此尽管伤亡惨重,但是却给王虫军团带来了更大的杀伤。

大战从日出打到日落,双方死伤无数。这时王虫军团似乎得到号令,忽然如潮水般退走,临走时每只王虫都尽可能地带走尸体,无论是王虫的还是龙虾的。龙虾战士拼命阻止，又击毙不少王虫。

战争结束后，所有龙虾战士立刻打扫战场，补充能量。数万只龙虾一起啃食的场面，使得屏幕前的所有观察人员脸色苍白，心有余悸。

整个晚上都没有战事。

大片水域翻涌起水波，一群群幼虾从沼泽中爬出，开始进食。它们几小时蜕一次壳，一夜工夫就蜕壳了三次。

照这个速度，只需要两天时间，它们就能成长为成熟的战士。虽然成熟的速度没有王虫快，可是个体战力却远胜王虫。从整体上来看，战力的提升或许也在王虫军团之上。

接下来几天，王虫军团和龙虾军团反复拉锯，双方白天厮杀，晚上休整。如此有规律的战斗，在人类眼中十分不可思议。

第五天，远方又出现一小团儿王虫，其中有一只体型明显超出其他王虫。它们没有参战，只是远远地眺望着战场。

就在这时，龙虾军团中的近千只战士突然打开背壳，从里面伸出两对透明的翅翼！它们摇摇晃晃地飞了起来，直接向巨大的王虫扑去！然而沉重的身躯让它们的行动变得十分笨重，大批王虫更是从前线赶来，不断冲击着这支飞行部队。

一只只龙虾战士当空坠落，它们落地后还在拼死战斗，努力用双螯将一只只王虫钳断。但是爬满身体的王虫很快就撕开它们的外壳，钻进它们的身体。

最强壮的战士已经冲到那只巨大的王虫面前！它拖着满身的王虫，艰难地向前爬了几步，最终还是倒在几米之外。

巨大的王虫默默地看着它，似乎在思索着什么。

后方的宋艺羽不由得发出一声惊呼："龙虾会飞？！"

姜桦并不感到意外，说："联系小太白2号。就说它们的新武器已经准备好了，注射使用，一天内生效。让它挑一千只战士进行注射。"

"什么武器？"

"包含蜘蛛和白蚁的基因修改剂。被选中的龙虾很快会生成喷吐蛛网的器官，正适合空中部队使用。"

数日过去，龙虾军团中出现越来越多的飞行部队，而且都具备喷吐蛛网的能力。

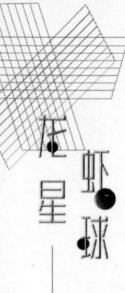

它们可以喷出数米方圆的大网,极大地限制了王虫的机动能力。而随着新兵种的出现,双方的伤亡比例进一步提高了。

姜桦反复看着那只巨大王虫的影像,脸上并无笑容。

一支王虫部队居然绕过战场,突袭了人类后方的营地!虽然只有几万只王虫,可是却令人类伤亡惨重。它们不断高速旋飞,似乎在寻找什么。

营地一片混乱,战士们手握武器,却对高速飞行的王虫束手无策。

一只王虫自姜桦面前飞过,忽然盯住他,一动也不动了。不知为什么,他突然想起自己一直在观察的那只巨大的王虫,瞬间觉得毛骨悚然。他强行克服本能的恐惧,拉着宋艺羽奔向就近的营房,冲进去之后,连忙将门窗关好。

"砰砰砰",营房外响起雨点般的撞击声。似乎整个营地的袭击部队都集中到了这里,临时搭建的移动式营房根本不可能支撑很久。

"怎么会这样?!"宋艺羽吓得不知所措。

姜桦说:"他们的目标应该是我,这次连累你了。"

宋艺羽直接扑到他怀里,放声大哭道:"我不想死!不想被虫吃掉啊!"

姜桦苦笑不已,他也没有想到,作为世界上最顶尖的基因和生物工程专家,有一天居然会死在人工培养的生物手里。难道这就是触碰禁区的惩罚?

外面忽然响起奇异的声音,撞击声迅速减少,四周渐渐安静下来。

"砰砰砰",房门敲响了。

姜桦大着胆子打开门,只见小太白2号站在门口,他身后是百余只满身伤痕的龙虾战士和一地的王虫尸体。

"太白发现了异常,所以派你来救我?"片刻之后,营地恢复秩序,姜桦和小太白才有时间交流。

"是的。她派小太白1号带领龙虾战士去击杀王虫虫后,所以分给我的战士不多。不过她说,这些已经足够了。"

宋艺羽忍不住插嘴道:"你们多派点儿战士过来,就不至于死这么多人了!你看看,这几百具尸体都是因你们而死的!"

"艺羽!"姜桦大喝道,阻止她继续说下去。

宋艺羽有些委屈,抗议道:"我有说错吗?十几万龙虾,就派了这么点儿过来,连一千都不到！早一分钟杀光这些王虫，很多人就不会死了！"

小太白很平静，说："太白认为虫后是更大的威胁，必须立刻消灭它。它现在还没有完全成长，也不知道太白已经发现它了，所以这是我们最后的机会。"

"战斗比这么多的人命更重要吗？！"宋艺羽尖叫道。

"艺羽！"姜桦喝了一声，然后切换频道，屏幕上显示出战场另一端的情景。

一队龙虾战士正在小太白1号的率领下逆流而上，冲向虫后。虫后没有动，王虫则从四面八方赶来，拼命冲击着龙虾的突击部队。

小太白1号早已不顾生死，眼中就只有虫后一个目标。然而虫后身边的虫群数量已经超过百万，龙虾军团的突击速度越来越慢。

就在这时，突击军团中突然爆发一道耀眼的电光，所有龙虾战士同时释放电能，电网全部汇聚到最前方的小太白1号身上。

小太白1号虾尾弹动，如炮弹般冲天而起，在空中拉出一道电流长廊，瞬间出现在百米之外。所有触碰到电流的王虫，全被电成了焦炭。

一跃之后，小太白1号距离虫后已不到百米！他全身电流再次涌动，右边的虾钳离体射出！他以螯为枪，瞬间击穿了虫后。

宋艺羽惊呼一声，随即跃起，开心地呼喊着："虫后死了，我们赢了！"

虫后一死，王虫群立刻一片混乱。无数王虫散向四面八方，有的还在继续攻击，不过攻击十分盲目。

许久不见的太白出现在屏幕上，说："王虫现在没了约束，你们那边不太安全。我会设立一个安全的隔离区，你们需要立刻转到隔离区，才能确保安全。"

姜桦点了点头，然后小声吩咐道："我先带一批人过去看看，没问题的话，你们再过来。"

虽然转移营地很麻烦，不过看着满地的王虫尸体，负责管理营地的官员还是答应了。

姜桦和宋艺羽带着几十名研究员和战士来到了隔离区。

隔离区实际上是由一批蜷缩着身子的龙虾战士组成的，它们在外围围成了一圈儿。有零星的王虫想要穿越防线，却一头撞在这种塔穴式结构的静电网上，瞬间便湮灭了。

确认这里安全之后,姜桦才让后续的大部队过来重建营地。

隔离区的静电屏障是不能穿越的,王虫不行,人类更不行。进出隔离区只有一条固定的通道,要不然就得让小太白2号过来,让相应节点的龙虾战士停止供能。

搬迁营地至少需要几天时间,宋艺羽看着正在建设的营地,小声问道:"我们不会被监视了吧?"

"不可能!"姜桦质疑道,然而他的眼神却不太坚定,出卖了内心真实的想法。

新的营地终于建成了,所有人都松了口气。虫后被消灭的消息传开之后,营地中顿时一片欢呼。人们实在太需要一场胜利的消息了,更何况已经看到胜利的曙光。然而姜桦却不觉得开心,只是反复翻看虫后的各种资料和基因数据。

某会议室内,沈昱的影像面带微笑,不断重复着:"不,没有,没有虫后的残骸……对,一点儿都没有。它第一时间就被龙虾战士给吃掉了,我能够提供的就只有一些影像资料,明天可以发给各国。想进战场?不行,那里太危险,说不定会有残存的王虫。总而言之,如果私下进入的话,我们无法提供任何安全保证。"

会议室里一片喧哗,可沈昱不为所动,就只是重复着刚刚那些话。

会议结束后,他立刻切断通信线路,给姜桦打了个卫星电话。

"老姜,有件事儿要拜托你。"

"什么事儿?"

"这几天很可能会有人潜入战区,他们的目标就是虫后的基因。"

"所以……"

"告诉太白,不能让任何人拿到虫后的基因。具体怎么做,她应该明白。"

姜桦沉默片刻,说:"这不是我这个科学家应该做的事儿。"

"科学并不是不分国界的,你很清楚基因泄漏出去的代价。"

"……好吧,我去跟她说。"

姜桦终于从屏幕上移开目光,他看了一眼始终坐在身后的宋艺羽,说:"联络太白吧。"

宋艺羽起身跑了出去。

姜桦正准备离开,忽然想到了什么,猛地转头紧盯着屏幕。上面那段极为复杂的基因片段,似乎幻化成了尤里的脸,正对着他傻笑。

就在这时，宋艺羽抱着台便携式终端跑了进来。她跑得很急，上气不接下气地说："是太白，她要找你！"

这是太白第一次主动联系姜桦，姜桦平复了一下心情，默默接过终端。屏幕上的太白依旧如同冰山一般冷漠，容貌看上去与陈秋白有几分相似。

"虫后又出现了。"

宋艺羽一听，不由得惊呼一声。

姜桦并不意外，说："虫后的基因中确实有重复表达的部分。一旦虫群失去虫后，过段时间就会有新的虫后出现。"

"所以要把所有王虫都消灭掉才行，我已经重新征召军团……更大规模的军团。"

"去做吧。"

太白的影像就此消失了，代之以小太白2号。

和太白的冷若冰霜不同，小太白2号笑得如阳光般温暖，说："我们已经确定新虫后的位置，马上要组织一轮突击。这一次，由我带领突击战队作战。"

"祝你成功。"姜桦不知该说什么。

小太白的影像消失之后，宋艺羽问："这一次能彻底消灭虫后吗？"

"不能。只要还有一只王虫存在，虫后就有复生的可能。"姜桦摇头说道。

"那怎么办？"

"只有从基因上想办法。"姜桦皱起眉头。

宋艺羽看了看姜桦的神色，犹豫了一下，问："很困难吗？"

姜桦说："里面有六段基因锁。"

宋艺羽不由得倒吸一口凉气，她已经快被"基因锁"这个词折磨得发疯了。

此时此刻，切尔诺贝利内部无人区。王练领着六名精锐特工组成的作战小队，一路深入，最终来到一处渺无人烟的丘陵地带。

这是陈秋白最后发出的消息中暗藏的坐标。

小分队一路躲藏，数次遇到王虫群，都险之又险地避过了。最终他们在坐标附近的山谷中，找到了坠毁的无人机残骸，好在无人机的载货舱完好无损。

王练打开货舱看了看，顿时松了口气。但是看着无人机上已经干涸的血迹，他怎么都笑不出来。片刻之后，才对属下说："检测DNA吧。"

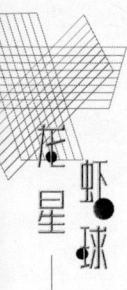

一名战士即刻把样本放入便携式检测仪,仔细与数据库的数据进行比对,然后说:"队长,里面有陈组长的DNA。"

王练打开地图,看看自己所在的位置,又看看无人机出发的位置,心情沉重地说:"我们……撤退。"

片刻之后,沈昱收到一份绝密的资料。

清除者的首领名叫恩维·威尔第,原本是一名军人,因为一场政治纠纷所引发的秘密军事行动而惨遭横祸,不但相处多年、情同手足的战友都被灭口了,就连妻女也受到牵连,被卷进一场"意外"中丧生。

为了替妻女报仇,他花了十年时间,不断变换身份,以权力和金钱笼络了一大批亡命之徒,并在数年前秘密进入切尔诺贝利的无人区。

伊万诺夫在切尔诺贝利发现了以恩维和尤里为首的清除者组织,并且探听到他们打算培育王虫的计划。他本来想发起主动袭击,却发现行动计划泄漏了。经过苦战,他的部下死伤殆尽,只有他带着抢到的王虫血液样本逃了出来。行动计划泄漏让他意识到情报局有内鬼,一路被追杀的他只得利用普通人寄出包裹,自己则继续逃跑,吸引敌人的注意力。

陈秋白的资料到此为止。

沈昱立刻叫来助手,问:"查到伊万诺夫的下落了吗?"

"没有。我们怀疑,伊万诺夫可能已遭不测。"

沈昱让助手离开了,他双手支着下颌,看着屏幕上那管深绿色的血液样本。许久之后,才说:"样本分三份,一份给姜桦,一份冷冻备份,另一份给科学院。方案上报,请求批准。"

系统记录了他的话,并形成报告上传。片刻之后,屏幕上弹出"批准"的字样。

他又看了看屏幕,陈秋白留在无人机里的,除了血液样本和伊万诺夫的资料,还有一枚戒指。戒指的内圈儿刻着一个小字:桦。

他几次输入号码又放弃了,犹豫许久,才拨通姜桦的电话。

姜桦的声音清晰地从那边传来:"沈昱,这次打算告诉我什么坏消息?"

沈昱心情复杂地说:"我们找到秋白送出来的东西了……"

"秋白?!她在哪里?现在怎么样了?"

"……恐怕,我们再也见不到她了。"

电话那端沉默了。

片刻之后,姜桦的声音再次响起,平静中带着一丝颤抖:"她在哪儿?"

沈昱说出一个坐标。

"王虫的核心活动区?"

"是的。"

"是你们派她去的?"

"不,她一直都是自主调查。事实上,我们也不能确切地掌握她这几个月的行踪。"

"借口!"

"事实如此。我可以给你看之前的联系记录……当然,仅限于不涉及机密的部分。"

姜桦稍稍平复了一下心情,冷冷问道:"她留下什么了?和我无关的就不用说了。"

"一份王虫虫后的血液样本,还有一枚戒指。"

姜桦沉默了一会儿,说:"戒指直接送过来,血液样本就地检测,把基因图谱传过来就行了。"

"我马上安排……"沈昱话还没有说完,电话就挂断了。

虫后的基因图谱很快传送过来,赫然是一份没有加密的完整的基因!也就是说,这是虫后最原始的基因版本,也是克制她的复制能力的关键。

姜桦几乎把所有时间都投入到疯狂的工作中,三天三夜都没合眼。似乎只有这样做,才能让他暂时忘却痛苦。

三天后,瘦了一圈儿的他从实验室走出,手里握着一个装着淡青色液体的试管。

他把试管交给宋艺羽,说:"立刻送到太白那里。"

打发走宋艺羽,他又回到实验室,打算联络太白。

这一次,出现在屏幕上的居然是太白本人。他心情复杂地看着她,恳求道:"能不能把伪装去掉?"

太白的形象默默变化着,最终变得和陈秋白有七八分相似。

姜桦一看,不由得叹息了一声。

太白开口说道:"我知道在你心中,我只是另一个人的替代品。所以我长大之后,

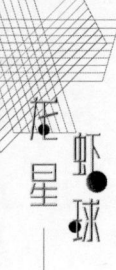

就不再用这个形象。可她已经固化在我的盘古系统里,因此我在上面覆盖了一层伪装。"

"我知道,你是太白,不是陈秋白。"姜桦的声音充满疲惫。

"你……遇到什么事儿了?"太白显然还很关心他。

"秋白已经死了,她应该是被王虫给吃掉了……"姜桦的声音有些颤抖。

太白沉默片刻,说:"我会为她报仇的。"

"现在战况怎么样?"

"已经消灭了14只新虫后,刚刚发现第15只。"短短两句话,已透露出战况之激烈。

"我已经做出一支基因逆转录药剂,把它注入龙虾战士体内,再让龙虾战士杀掉虫后,就能阻止她释放出死亡信号。这样一来,虫群中就不会产生新的虫后了。"

"好。"

太白切断了通信。

这时一架无人机腾空而起,飞向龙虾军团的驻地。

姜桦看着远去的无人机,忽然叹了口气。

"怎么了?"宋艺羽好奇地问。

"注射了逆转录药剂的龙虾,用不了多久基因就会崩解。"

宋艺羽并不在意:"我还以为多大的事儿呢!死一只龙虾而已,有什么大不了的。"

无人机穿透云层,降落在龙虾军团的驻地。一名龙虾战士取下药剂,把它交给军团正中央的太白。

药剂的封装盒上自带可读取的成分和使用说明。太白读取资料后,将四只二代龙虾都召集过来,说:"这是能够彻底覆灭虫后的基因药剂,不过用了它之后,你们很快就会死去。"

小太白2号看了看遍体鳞伤、还没有完全长出右螯的小太白1号,上前一步,用龙虾独有的交流方式说:"我去吧。"

太白来到小太白2号身边,将药剂注射进去。不过她留下一点儿,把它注射给了母体龙虾,打算让母体龙虾培育对抗这种药剂的基因。这样新一代的龙虾战士,就会拥有对抗基因崩解药剂的能力。

一切准备工作就绪之后,小太白2号率领突击军团先行离开。太白则率领主力正面进攻王虫军团，吸引它们的注意力。小太白2号会从侧面发起突然袭击，以强悍的冲击击杀虫后。

临行前的气氛并不悲壮，小太白2号看上去也和平常一样，一点沉重或是伤心的情绪也没有。才来到世间几个月的他，还不太理解死亡的意义。或者说，即便以他的智慧能够理解这些，他也不会在意。每个龙虾战士，都将死亡看成是天经地义的事情。

出发前，他问了一个让他困惑了很久的问题："王虫和我们很像，也是被人类制造出来的。我们之间的战争，有什么意义呢？"

"保护人类，就是我们的使命。"

"那谁来保护我们呢？"

"我们是战士，自己可以保护自己。"

小太白2号似乎明白了，又似乎没有明白，就这样率领突击军团离开了。

王虫群似乎察觉到局势有了微妙的变化，所有王虫倾巢而出，但是并不出击，只是聚在切尔诺贝利周围。虫后则一直不见踪影。

此时根据多方情报以及乌方提供的城市地下地图，王练已判断出尤里实验室所在的位置。

面对数量上占据绝对优势的王虫军团，智者龙虾带领龙虾军团直接发起正面进攻。牵制住大半的王虫群后，便逐渐后退，将虫群主力一步步从战场上引开，但是始终有一小部分虫群据守不动。

智者龙虾指挥部队一边后退，一边不断冲击，一小块一小块地切割、歼灭虫群。他的指挥能力已经发挥到极限，无力应对留守原地的那部分虫群。

此时龙虾军团中忽然分出一支部队，为首的赫然是太白。她冲出重围，直扑守护虫后的虫群。

智者龙虾随即指挥龙虾军团拼命进攻，将虫群主力牢牢牵制住。只是龙虾军团数量本来就少，又分走一支部队，所以伤亡直线上升。智者龙虾却不予理会，死死缠住虫群主力，哪怕全军覆没也在所不惜。

战场上一片混乱，蝗虫如漫天红沙，将龙虾军团席卷在内。一切画面都被遮蔽了，后方的姜桦能看到的，就只有太白的背影。等她冲向远方，通信信号就断了。

这时王练匆匆赶来,开口就说:"有新情况,快联系太白!"

"怎么了?"

"恩维刚刚发表了声明,说在切尔诺贝利安放了炸弹,要将封存的反应堆重新炸开,制造新的灾难!"

"那得多少炸药?"姜桦觉得难以置信。

"他安装了一个核爆装置。"

"现在已经来不及了。"姜桦指了指一片雪花的屏幕。

"她不是一直在后方指挥吗?"

"这是最后一战,她去找虫后决战了。"

王练沉默片刻,看了看身后的队员,说:"我们也过去,想办法解除爆炸装置。"

宋艺羽吃了一惊:"那是王虫的核心区域,你们会死的!"

王练大手一挥,说:"我们人类总不能被龙虾给比下去,不怕死的跟我走!"

所有特战战士全都跟着王练上了装甲车,没有一人留下。

战场核心,太白和小太白 2 号的军团同时出现,扑向留守的虫群。龙虾战士们随即与虫后的守卫们展开了血战,太白则带着小太白 1 号和 2 号冲入基地。

基地里一片寂静,随处可见倒地的尸体和人类的鲜血。太白和两只小太白谨慎前进,一路上消灭了一波又一波王虫,终于抵达基地的控制中心。

恩维已经倒在血泊之中,他的手伸向引爆核弹的遥控器,差一点儿就可以够到它了。然而这一线距离,却如同天堑。

虫后伏在办公桌上。尤里则坐在旁边的转椅中,饶有兴味地看着太白,开口说道:"你就是太白吧?你的表现让我震惊,实在太完美了。真没想到这么多年之后,姜桦能够在我最擅长的领域超越我。如果我没有犯错的话,你早就有了真正的智慧以及……独立的人格。"

他递给两只小太白一个装置,说:"戴上它,你们就能像太白一样说话了。"

太白没有反对,于是两只小太白戴上装置,投射出他们自己设计的虚拟影像。

看着眼前的冰山美女和两个俊俏的少年,尤里笑了笑,说:"你们就是你们,为什么要用人类的形象呢?难道你们不觉得人类的形象很丑也很奇怪吗?"

太白没有回答,而是指着地上的尸体问:"这是恩维?你杀了他?"

"他想炸毁封存的反应堆……我可不想杀那么多人,我只是一名科学家,或者说是艺术家,并不是屠夫。最后时刻他还坚持这么做,所以我只能送他去见上帝了。"

"即便如此,你也无法脱罪。王虫难道不是你制造的?"

太白上前一步,虫后忽然挪动身体,挡在她面前,说:"我和你们一样,拥有智慧和独立的人格,但外面的虫群没有。"

"虫群难道不是你指挥的?"

"如果没有我的指挥,虫群不可能聚集在这里,而是会分散到世界各地。你和你的龙虾,能够杀掉多少王虫?"

太白无法反驳,虫群一旦分散,必然会带来一场浩劫。

尤里郁闷地说:"从一开始,我的目的就是制造完美的生命。至于这场灾难,罪魁祸首是地上躺着的那个死人,而不是我。王虫只有虫后一个智慧个体,是没有办法形成真正的文明的。但你们不同,你们都有智慧和独立的人格,已经有了文明的基础。你们想过没有,当我和我的王虫被消灭了,你们的下场会如何?"

两个小太白面色凝重,认真倾听着。

"你说什么都没用。"

尤里狡黠地笑了起来:"你这样说,说明你早就想过这个问题。你很清楚,人类不可能接纳王虫,也不可能接受你们。一旦把我们消灭了,等待着你们的,就是和人类之间的战争。当然,姜桦不会忘记给你植入自毁指令。你们的基因中,也都留有可供攻击的靶点。但是你甘心就这样死去吗?不,你不甘心。"

太白冷冷说道:"不要猜测我的想法。"

"这不是猜测,而是事实。我们来看看这个。"尤里放出两段基因,说,"这是第一代龙虾战士的基因和现在龙虾战士的基因。第一代还有的基因靶点,到最新一代战士身上已经消失了。所以,太白,你一直担心人类使用大规模基因武器对付你们,所以悄悄修改了自己身上的弱点。你知道东方人怎么形容这种行为吗?这叫心存反志!"

太白的身体微微一颤。

就在这时,小太白2号忽然低呼一声,瘫倒在地上。他全身颤抖,甲壳缝隙中不断流出猩红的液体。

"我……我要死了?"

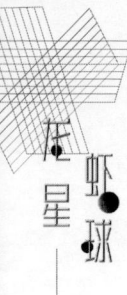

太白想起那支药剂,身体不由得又一颤。

"死亡,原来是这样的……好……难受……"小太白2号不动了,影像就此凝固。

小太白1号看着太白,眼神飘忽不定。

一旁的虫后突然开口说道:"我们的命运是一样的,区别无非是我是罪恶之源,而此刻的你被视为'人类的救星'。不过我们其中一方被消灭后,另一方就会成为新的威胁。你比我拥有更高的生物智能,应该不难想到这个结果。难道你还不愿意承认吗?对人类来说,我们生来就是一种威胁。"

太白依旧沉默不语。

尤里叹息一声,说:"一切该结束了。"

战场上,所有王虫突然停滞片刻,任由龙虾战士屠杀。死伤大半之后,剩余的王虫群才向四面八方逃去。

智者龙虾挣扎着抖落身上的几只王虫,给军团下达了最后的追杀令,接着便倒在地上,一动也不动了。他背上的甲壳几乎全被咬开了,全身血肉模糊,也不知道是怎么坚持到现在的。

王虫群卷起的烟尘渐渐散去,沼泽中又爬出一群龙虾幼体。沼泽中央的母体龙虾抬起头,向智者龙虾所在的方向发出一声悲鸣,然后慢慢倒下了。她的身体接近透明,生产最后一批幼虾已耗尽她的生命力。

基地外,两辆装甲车呼啸而至,全副武装的王练跳下车,正好看到太白从基地中走出来。

太白一边抓着小太白2号的尸体,另一边提着虫后的尸体。看到王练,连忙将虫后的尸体放下,说:"这是虫后,以后不会有新的虫后出现了。战争已经结束,你们要找的人在下面,不过也只能看到尸体罢了。"

说完,她头也不回地转身离去了。

王练看着她的背影,本已放到扳机上的手指又悄悄移开了。

"我们下去看看。"他带着战士们钻进实验基地。

第六章　战后

战争终于结束了。

王虫虫灾最终没有蔓延，人们一边忙着重建家园，一边忘情欢呼。姜桦和他的研究团队更是被捧上了神坛。

沈昱依旧活跃在外交舞台，王练则习惯性地隐藏在幕后。

恩维死后，清除者顿时烟消云散，大部分首领和成员都已死在基地中。只有尤里行踪不明，被各国通缉。

实验基地内有不少资料，最先冲进去的王练自然收获颇丰。沈昱则在一次又一次谈判中，争取到一项又一项重大的利益。

姜桦终于有了个难得的假期，接下来两天，他都不用去实验室。可是仅仅休息了一个晚上，他就忍不住又跑到实验室去了。

一个小女孩坐在休息室的沙发上，宛然就是小时候的陈秋白。

看到她，姜桦有些意外，问："你能自由活动？"

"稍稍修改了一下程序，投影能到的地方我就能出现。"这是太白的声音。

姜桦拿出一张老式唱片，又问："要不要听肖邦？"

"好的。"

悠扬的钢琴曲响起，姜桦给自己倒了杯红酒，慢慢喝着。

"白天不是不应该喝酒的吗？"

"心情不太好。你还在那里吗？"

"当然，他们不让我们走，我们也无处可去。"

姜桦双眉紧皱，不满地说："他们怎么可以这样？不行，我去找沈昱！"

太白很平静，说："这不是你能决定的，也不是他能决定的。"

姜桦张了张嘴，颓然瘫坐在椅子上。

"消灭了王虫，我们就成为人类最大的威胁。这一点，你不是早就想到了吗？"太白淡淡说道。

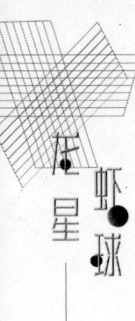

切尔诺贝利。

这里的战争虽已结束,但是却并不平静。各国不断增兵,将此地围得水泄不通,总兵力已超过 70 万,而且还在不断增加。空中不时有数架战机掠过,拍摄包围区域内的影像。

某会议室,各国代表云集,沈昱也在其中。

会场中央正在播放一段影像。

黑色战区已毫无生机,只剩下庞大的龙虾军团。它们大量食用战区里一切可以食用的资源,植物、动物,包括王虫的尸体。

龙虾军团俨然是这片大地上唯一有生命力的生物。吃饱后的它们趴在地上,经过一阵剧烈的抖动,从旧的甲壳中脱身而出,精神百倍地换上一身更高级的铠甲。它们的身形也变得更加庞大了,有力地挥舞着两个前爪。

"它们比王虫更可怕。"某国代表说。

大家纷纷点头,唯有沈昱沉默不言。

"它们肯定不能留下来。"一个代表终于说出这句话。

"难道又要开战?"

"龙虾军团是你们创造出来的,应该由你们解决。"有人盯着沈昱,说,"作为龙虾军团的创造者,你们不可能不在它们身上安放控制手段。"

"它们是智慧种族,留下它们,必然会造成巨大的灾难。地球上容不下两个智慧种族!"

各国显然都统一过口径,说法出奇的一致。

沈昱见状,深吸一口气,说:"据我所知,它们都有独立的智慧和人格。本质上来说,和我们人类是一样的。"

"等等……太白不是它们的首领吗?她不是能号令所有龙虾吗?你的意思是说……每只龙虾都有独立思考的能力?"

"是的。"沈昱犹豫了一下,答道。

各国代表面面相觑,表情都十分凝重。

"也就是说,未来可能会出现第二、第三个太白,也可能会出现负责指挥龙虾军团的智者,负责研究龙虾进化与成长的智者……或是其他方向的智者。天呀,这正是文明的基础!"

"别忘了,它们比我们快,比我们力量大,而且生育能力远远超过我们。"

结论已然揭晓。

沈昱缓缓说道:"我们可以尝试解决龙虾军团的问题,但是需要时间和经费,也需要物资和技术上的支持。另外所有处理过程必须由我们单独解决,所有关于龙虾军团的物资和资料,我们也会一并收回。"

这些条件相当苛刻,不过会议之前,各国就已答应提供相应的资金和技术援助。各国表面上态度十分强硬,可谁也不愿意面对龙虾军团。

会议结束后,沈昱匆匆离开,来到楼上的部长办公室。

部长脸上透着疲惫,说:"去找姜桦,他应该有办法解决龙虾军团。哦,对了,我听说他和太白关系不错……可以把太白留下来,条件是得把她冷冻封存起来。"

沈昱轻松了许多,他很清楚姜桦和太白之间那种微妙的关系。

一天之后,一架运输机跨越欧亚,降落在切尔诺贝利之外。

风中已有透骨的寒意,姜桦走下飞机,紧了紧衣领。

几名军人已在飞机外候着了,他们送姜桦上了车。车队快速离开机场,驶向切尔诺贝利的无人区。

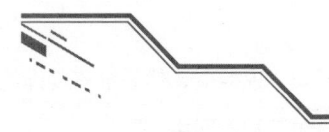

第七章　落幕与启航

数月后,某市海洋馆,一头灰色须鲸从人们头顶掠过。

空中的电子影像正在解说鲸鱼的来历:多莉,世界上第一头人造高音频须鲸,声音频率达到63赫兹,由德国基因生物学家马尔文·克里斯蒂安创造,灵感来自1989年被发现的鲸鱼爱丽丝。爱丽丝的声音频率是52赫兹,远远超出正常鲸鱼的15~25赫兹,导致同类无法接收到它的声音,因此被认为是"世界上最孤独的鲸鱼"。人造鲸鱼多莉是生物基因改造的起源,但马尔文·克里斯蒂安的研究成果引起巨大的

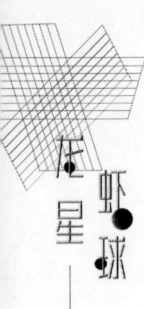

争议。国际生物保护协会对其进行长达数年的讨伐与抗议，认为这违反了自然界的生态规律，多莉的诞生是人类觊觎上帝地位的悲剧象征。

一个红发小女孩仰头看着电子屏幕上那张苍老而悲愤的欧洲男性的面孔，他的眼睛与须鲸多莉的眼睛重叠在一起，如同上帝一般审视着人间。

"就知道你来这儿了。"身后传来嗔怪的声音，是姜桦。

红发小女孩扭过头来，露出一张天真纯净的东方人的面孔。她看清面前的人，立马做出恶狠狠的表情："白鼠是我放走的，你要骂就骂吧！"

姜桦又好气又好笑，一脸宠溺地蹲在她面前，说："太白，不是跟你说过不准捉弄人吗？那可是李博士研究了三个月的成果。"

太白气呼呼地噘起嘴巴，说："她跟我打赌输了，所以允许我放走白鼠！为什么反过来告我的状呢？你们人类真是不讲道理！"

"打赌？"姜桦挑了挑眉毛。

"嗯！"太白骄傲地抬起头，"她不相信我两个小时就能学会希腊语，我跟她打赌，如果她输了就自动放弃白鼠实验，如果我输了，就帮你们两个约会……"

太白突然心虚地捂住嘴巴，意识到不该把自己跟李博士的秘密说出来。

姜桦哭笑不得，用食指轻轻戳了一下她的鼻子，说："调皮鬼，不是跟你说过了，不准干涉我的私生活。"

食指直接穿透一层虚拟影像，姜桦瞬间有些失神。

"追李博士的人很多的，你别后悔！"太白仰起稚嫩的脸庞，冲他喊道。

"我们该回去了。"姜桦从口袋里掏出一个金属质地的智能影像遥控器，屏幕中央有个红点在闪烁。

太白顽皮的笑容一下子消失了，用小手轻轻点了一下遥控器，然后扯着姜桦的衣袖央求道："我可不可以……不回这里呀，我可以陪你一起走回去。"

姜桦看着她充满期待的眼神，心软地点点头说："下不为例。"

太白兴奋地跳了起来，她似乎想到了什么，轻轻凑到姜桦耳边说："其实李博士的实验根本不会成功，她那么骄傲，知道结果后会伤自尊的。我把白鼠放走，是给她找台阶下。"

"你怎么知道她不会成功？"姜桦站起来说。

"你教我的那些东西，我都学会了。"太白紧紧跟在他身后。

"你跟实验室那群人学坏了。"姜桦宠溺地笑道。

"我明明是跟你学的,不要把锅甩给别人。"

头顶巨大的须鲸露出灰白的肚皮,孤独地在湛蓝的海水中游荡着。

太白突然停下来,仰头追寻着鲸鱼,说:"听说这种鲸鱼永远找不到同类。"

姜桦抬起头,若有所思地说:"或许吧!"

太白突然严肃起来:"你知道我为什么喜欢来这里吗?"

海洋馆投下一圈圈儿淡蓝色光晕,笼罩在太白身上。她的虚拟影像在蓝色光影里忽隐忽现,好像随时会消失一样。

"其实我跟它……是同类啊。"

这个小女孩并不是太白,确切来说她是盘古2号,只是姜桦把她设计成了太白小时候的样子。

姜桦坐在装甲车里,一路回忆着与太白相处的种种往事。

装甲车很快到达一座军事基地,一名头发花白、神情严厉的将军迎了过来,说:"我是驻外部队的司令孔剑。"

"孔司令好!"

孔剑并没有过多的客套,而是直截了当地说:"我已经接到国内的指令,会全力配合你此次的行动。为了安全起见,只能委屈你一下了。"

说完,姜桦被带到另一个房间,工作人员给他注射了一针液体炸弹,同时在他身上加装了几个微型窃听器。他的手机也被没收了,代之以专用的通信工具。

在交出手机前,他忽然收到一条消息:鲸鱼多莉将被执行安乐死。

鲸鱼多莉灰白的肚皮漂浮在蓝色的水面上。就在今天,海洋馆通知他在对多莉执行安乐死的通知书上签字。马尔文·克里斯蒂安是他的老师,创造出的多莉开启了他对基因生物学的向往。

马尔文反对人类将鲸鱼多莉看作是"世界上最孤独的鲸鱼",在他看来这只不过是人类对自身际遇的顾影自怜罢了。多莉的特立独行或许是基因本身对万物同质化的排斥和反感,他需要找到这个基因,找到人类排斥异己的警告。不料他的实验遭到巨大的抗议,名声一落千丈。他辞掉工作,断绝与所有人的来往。临走前将多莉托付给姜桦,希望姜桦能找到生物基因的奥秘。

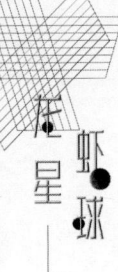

姜桦把多莉安置在海洋馆,希望它可以有个归宿。但是海洋馆因为高额的饲养费用导致亏损,最终经过多方协定,决定以"解除痛苦"的名义对多莉实施安乐死。

所有事情在姜桦面前都失控了。他曾是造物主,如今却成了死神,挥舞着镰刀收割多莉和太白的性命。

世界上第一个基因改造生物死了。

世界上第一个人工智能生物即将进入长眠。

"其实我跟它……是同类啊。"这句话反复在他脑海中回响,太白或许早已看到自己的结局。

姜桦回到孔剑面前时,孔剑亲自检查了一下他身上的措施,满意地说:"事情的严重性我就不多说了,战争一触即发,如果你被窃听器察觉到任何与太白相勾结的迹象,液体炸弹瞬间就会把你炸成肉泥。所以,千万不要做傻事儿。"

直升机掠过切尔诺贝利上空,姜桦看到成群结队的龙虾聚集在废墟周围,连成一片红色海洋,气势十分恢宏。仔细看去,可以发现龙虾军团并不是乱哄哄的,而是以某种有序的阵列做出军事布置。

这一切当然逃不过孔司令的眼睛,他冷酷的眼神中闪现出一丝担忧和忌惮,看了看姜桦,说:"我从不认为人类比其他物种要高级,猴子、蚂蚁、鹰、猎狗……随便哪种生物都比人类更能适应地球生活。但是人类之所以能够成为万物的主宰,就是因为他们充满智慧。一旦其他物种拥有人类的优势,那么对于人类来说就是不可逆转的灾难。物竞天择,适者生存,我们的行为也是自然的选择。"

"不要说一些冠冕堂皇的理由。大家都明白,任何文明史其实就是杀戮史。"姜桦冷笑道。

孔司令掏出手枪,一边将子弹上膛,一边说:"你是聪明人!"

直升机停在一栋废弃高楼的露台上。

孔司令将姜桦送出直升机,说:"这里是我们唯一能够停靠的地点,所以,祝你好运!"

直升机飞走后,周围出现一群龙虾战士。几只龙虾直接从空中飞来,喷出一张大网,罩向姜桦。好在姜桦反应及时,一个漂亮的侧身躲过了陷阱。

龙虾的攻击行为激怒了他,他大声说:"我是姜桦,叫太白来见我!"

回答他的是另一张大网。

他怒了,大喝道:"我命令你们面向南方,集体停食,静候死亡。"

然而一瞬间,龙虾们又衔着一张大网扑到他面前。

"我是姜桦。"他顿感不妙,强迫自己冷静下来,提高音量,大喊道,"我命令你们面向南方,集体停食,静候死亡。"

然而所有龙虾都无动于衷。

他心中一沉。这时一只龙虾突然出现在他身后,直接一钳子将他拍晕,拖向远方。

许久之后,他才醒来,看到太白站在自己面前。

他挣扎着坐了起来,揉着疼痛不已的后脑,说:"看来控制锁已经没用了。"

"自第三代开始,就失效了。"太白没有否认,她来到一面墙壁之前,静静看着墙壁上的人鱼画。

姜桦来到她身边,也看着画上的人鱼。

"这是我最喜欢的童话故事。"太白没有回头,一头红发在蓝色墙壁的映衬下显得格外耀眼。

姜桦感慨道:"你还记得'海的女儿'。"

他想起过去,还是小女孩的太白总是缠着他讲故事的样子,嘴角不觉微微上扬:"第一次给你讲这个故事的时候,你开心得像是要飞起来一样。"

"才不是呢。"太白反驳道。

"不要质疑我的记忆力。"

"我不是因为这个才开心的,那是我第一次见到自己喜欢的人……你忘了你们当初是怎么设计我的了吗?塌鼻子、小嘴唇,眼睛有鸡蛋那么大,丑的像个鬼。"

"我不是给了你一项权利,可以自由选择发色吗?"

"因为龙虾是红色的,所以我喜欢红色。"

两人好像回到了过去,你一言我一语,谁也不让谁。过去越是美好,现实就越残酷。

"那时你还吓唬我,说小时候太漂亮,长大了就会变丑……其实我一直都知道,你是按照陈秋白的样子设计了我。"姜桦正想开口,太白抢先说道,"你知道我为什么喜欢'海的女儿'吗?"

她怕姜桦带来残酷的消息,所以努力让美好再延长那么一分钟、两分钟……

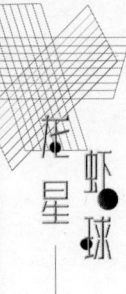

"因为小人鱼大胆纯粹,敢于忍受巨大的痛苦,化为人形,去追求自己想要的生活和情感。"太白冷笑了一下,说,"可是长大以后我发现这样做不对……她爱上了人类,却失去了自己。人类喜欢什么,她就变成什么。她否定人鱼的特性,用歌声换取可以行走的双腿,否定自己的生命和价值……她不可能被人类接纳,她不过是人类的宠物罢了。"

姜桦犹豫了一下,说:"一切文艺作品殊途同归,都是关于人类的寓言。人类是地球上唯一的智慧种族,自然看不上其他物种。所有文艺作品里,从来没有人想要变成其他物种,而其他物种却都将修炼成人形作为终极目标。"

"所以我喜欢这个故事带来的警示。明明是一只龙虾,却偏要幻化成人的样子,偏要学习人类的语言和知识,偏要做人类的守护者。"太白盯着姜桦的眼睛,说,"我没有自己的命运,也不会被人类接纳,我只是一个可以利用的工具而已。我和鲸鱼多莉一样,都是'海的女儿'。"

姜桦望着蓝色的墙壁,想起鲸鱼多莉生前的样子,低声说道:"它已经死了。"

太白一点儿也不感到吃惊,淡淡说道:"我早就知道会有这么一天,因为这是人类的世界啊!"

"我为你创造了人形,教你人类的知识。可在我看来,人类和龙虾其实没什么区别,无非处在食物链的两端罢了。人类文明并不具有优越性,不过是沟通和交流的媒介。我期待有一天,能看到龙虾军团拥有自己的文明。"

"我们会有自己的文明吗?人类真的会接纳异己的文明吗?地球这么小,岂能容得下两个智慧种族?"太白嘲讽道。

突然,姜桦敏锐地察觉到外面传来异样的声音。他靠近窗边,看到成群结队的龙虾战士已"兵临城下",蓄势待发。

"它们要造反了。"他不由得心中一沉。

太白见姜桦表情沉重,猜到了他的心思,面无愧色地说:"早在我复制出军团之前,就已经破解了你留下的控制锁。在你们眼中,我们以前是食物,现在是工具。但在我眼中,它们都是我的族人。它们有血有肉,会思考,也会痛苦!你们的军队无法接受太惨重的伤亡,难道它们就可以全部战死,无须怜悯?"

姜桦无言以对。

就在这时,一只龙虾将军率领一队龙虾战士怒气冲冲地扑来。龙虾战士们口中吐丝，飞快地将姜桦缠绕起来。行动之快，令太白也感到震惊。

龙虾将军面见太白，传递着姜桦无法阅读的信息。姜桦有些慌张，但竭力让自己保持镇定。

太白接收完龙虾将军的信息，脸上流露出失望的神情。

龙虾将军挥舞着灵活的双钳，愤怒地从姜桦身上搜出一枚窃听器，直接把它捏碎了。

"它通过体内的生物电波，搜索到你身上窃听器的信号。"太白冷漠地望着姜桦，说，"你没有想到吧，一代代龙虾不断进化，许多方面已经具备远超人类的能力。如果需要的话，它们甚至可以长出双手。"

在切尔诺贝利边界等待的孔司令发现信号断开，意识到情况不妙，于是当机立断，命令军队立即向切尔诺贝利进军。

躲藏在边界丛林中的龙虾侦察兵察觉到人类军队正向这边进发，连忙飞快地奔向大本营，将危险通知整个军团。

姜桦从高楼上往下看，只见一支支龙虾队伍如同溪流一般，不断向广场涌去，渐渐形成一片汪洋大海。龙虾将军爬上高楼，指挥它们向边界进发。

他意识到形势严峻，厉声说道："太白，一旦战争开启，人类和龙虾都会两败俱伤。人类会不惜一切代价来消灭你们，到时整个地球就会变成人间炼狱。不要说人类了，就连龙虾也没了生存的空间。"

"活不下去的只是人类而已。"太白无动于衷。

姜桦克制住心头的冲动，用低沉的语气缓缓说道："太白，你还记得自己诞生的使命吗？你要永远做人类的守护者。"

太白身体微微一颤，说："你终于说出这句话了。"

她不再多说什么，直接走到高楼上，命令龙虾军团停止行动。奔涌的虾潮即刻静止下来，所有龙虾都留在原地不动。

"跟我来。"她松开姜桦，径直穿过一片片废墟。

一股浓郁的恶臭传来，是堆成山丘的王虫尸体的气味儿。被腐蚀的污水四处漫延，周围一片狼藉。然而这却是龙虾军团最后的救命稻草，只见一支龙虾小队专门负责看

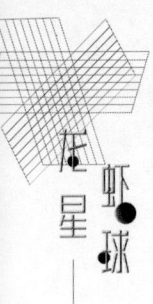

守这里，它们将散落在四周的王虫尸体全部集中管理，依序安排龙虾们进食。

太白边走边说："看到了吗？这就是我们的食物。可即便这样，我们最多也只能维持三天。我知道你看到这一切，不仅不会同情我们，还会觉得我们可怕。"

姜桦无言以对。

另一侧的废墟上，耸立着一座座由龙虾尸体堆起来的红色山丘，看上去分外触目惊心。

姜桦觉得心痛不已。这就是他创造的新物种的命运，它们为人类鞠躬尽瘁，最终却被人类围困，惨遭屠杀。

太白望着士气高昂的龙虾战士，说："生物文明的进化依赖基因突变，为了更好地适应切尔诺贝利的生态环境，龙虾军团不断衍化出更高阶的基因序列，这是生物生存的智慧。而文明的第一要义，是生存。"

"文明的第一要义是生存。"姜桦重复着她的话。

太白神情悲壮地望着他，问："我们只是想活下去，这个要求很过分吗？"

姜桦叹了口气，说："可是你也明白，人类和龙虾注定无法共存，至少现在不行。"

"给我们一块土地，大家可以分疆而治，互不侵犯。"

"龙虾高速繁殖，很快就得开疆拓土。你解除了控制锁，也就解除了对龙虾的限制。有一天你不在了，龙虾就再也没有控制手段，那时一样会爆发战争！"

"制定繁衍计划，控制人口规模，人类文明的策略龙虾也可以借鉴。"

"假如老虎和狮子相遇了，它们的选择只有两个，要么杀死对方，要么被对方杀死。生物的本性决定了，人类不会冒险留下另一个智慧种族。"

太白绝望地望着浩浩荡荡的龙虾军团，说："那么请杀死我，留下它们。只要拥有高级智慧的我不存在了，龙虾对人类来说就不再是威胁。"

"就像你说的那样，生物文明的进化依赖基因突变，龙虾如此，人类也是如此。进化就是从低级智慧走向高级智慧，你也无法断定，未来龙虾军团里不会进化出比你更聪明的独立智慧体。"

太白悲痛地仰起头，一头红发如同旗帜一样，在风中猎猎飘扬。她喃喃说道："所以，我们没有选择是吗？"

姜桦沉默片刻，说："我可以留下你，但龙虾军团必须毁灭。只要你还在，未来就还有希望。"

太白摇头说道:"你觉得,我会为了自己的生存牺牲整个族群吗?"

姜桦再次沉默了。

太白俯瞰着下方的龙虾军团,双手做出古怪的姿势,龙虾军团立即依序变换阵营。她张开双臂,只见白色盔甲下的她身姿窈窕,一头红发艳丽得如同肆意绽放的大丽花。她缓缓抬起头,冲着天空高喊,发出一阵从未听过的高音,似真似幻。

她用一种独特的语言向龙虾发号施令,所有龙虾沉默地面向南方,停止进食。第一支军队依序排列,紧紧相依。第二支军队爬到第一支军队上方,第三支军队爬到第二支军队上方。它们依次堆叠,整齐有序,气氛十分悲壮。

直到龙虾们堆成一座巨大的金字塔,龙虾将军们才登上塔顶,悲痛地望着太白的身影,缓缓闭上眼睛。

太白绝望地流下两行眼泪:"'海的女儿'里说,人鱼没有不灭的灵魂,她的永恒存在需要外在力量的支撑——得到一个凡人的爱情。可是她深爱的王子却娶了邻国的公主。她为了他离开族人,放弃了自由自在的海底生活,交出了美丽的声音,每天忍受着没有止境的痛苦,可他却一点儿也不知道。只要她在天亮前把刀子刺入他的心脏,就能变回人鱼回到海里。但她无法狠下心来,宁愿牺牲自己,也不愿伤害他。黎明到来的时候,她变成了泡沫儿,骑着玫瑰色的云块,飞上了天空。"

太白的影像开始出现不稳定的雪花,她凄美地一笑,说:"所以龙虾军团没有不灭的灵魂,除非依靠造物主编写的谎言。太白深爱造物主,可是造物主更爱人类。她为了他去拯救人类,牺牲了不计其数的同族的性命,但他却无动于衷。只要她率领军团杀出切尔诺贝利,就会获得生存的空间。可她狠不下心来,所以最终也会变成泡沫儿,驾着玫瑰色的云块飞上天空。"

太白的影像开始出现乱码和黑屏,越来越不稳定了。

"太白、太白。"姜桦意识到不妙,紧张地呼唤着她的名字。

太白靠近他,第一次轻轻吻了他的唇:"我一直都知道,我只不过是陈秋白的影子,你最爱的永远是她。就像王子最爱的,永远是他的新娘一样。"

姜桦一时有些茫然,说不上来究竟是把太白当成了陈秋白,还是不知不觉中早已对她产生了不一样的情愫。他感到无比心痛,第一次如此强烈地想要拥抱她。可是他的双手径直穿透她虚拟的身体,眼前空空如也,什么都抓不住。他的心脏不由得抽搐了一下。

"你知道我从没违背过你的意愿，你也知道如果你让我牺牲，我绝不会有异议。当你站在露台上，冲龙虾们下达那条致命的命令时，我体内的控制锁就不由自主地想要忠于你。"太白面色苍白，虚拟影像越来越淡，已经几近透明了。

姜桦大惊："你的控制锁还在？"

太白的声音越来越虚弱："我没有解除体内的控制锁，在我还是小女孩的时候，我就说过，我会把它视为一道心锁。它连接着你和我，使我们有了心灵感应，变成彼此的依靠……"

太白缓缓闭上眼睛，如同泡沫儿一样破碎，消失得无影无踪。

此刻的切尔诺贝利阒静无声，如同沉睡千年的老兽一般。只有鲜红的巨型坟墓高高耸立着，像高大的战士一样驻守着边境，气势如虹，不容侵犯。

姜桦心中不由得升起一股难以名状的悲痛。他像雕塑一般僵在原地，双手始终维持着拥抱的姿势，可怀中却空空如也。

空空如也的触觉。

空空如也的内心。

孔司令和他率领的部队已经到达广场。

他望着龙虾尸体堆成的金字塔，缓缓抬起右手，以最高的礼节向龙虾军团致敬。

他身后所有军人纷纷放下枪械，五指在耳边并拢，一齐向龙虾军团致以崇高的敬意。

姜桦抱起太白的龙虾本体，踉跄着转过身来。他神情十分悲恸，像是被抽走了灵魂一样。他用不容置疑的口吻对孔司令说："我要带她回家。"

孔司令闭上双眼，狠狠点了点头。

实验室。

红发小女孩站在巨大的玻璃面前，瞪着天真的大眼睛，望着玻璃上映出的身影，发出一声惊叹。她努力克制住内心的喜悦，装作大人的样子，点点头说："这个人类的样子还不错！"

她摸摸自己的红色头发，又摸摸小脸蛋，终于还是抑制不住内心的兴奋，冲身后的男人嫣然一笑道："好漂亮啊！"

姜桦轻轻蹲在她面前，宠溺地笑了："太白，小时候太漂亮，长大了就会变丑噢。"

太白有些惊讶，瞪着无辜的大眼睛问："真的吗？"

姜桦佯装严肃，点了点头。

太白愣住了，但是随即看到姜桦憋不住的一脸坏笑，知道他又在捉弄自己。于是一张可爱的小脸皱成一团儿，恶狠狠地冲他大喊道："你又骗我！"

"是真的，两个月后你就知道了。"姜桦想要抱抱她，却发现手中抓住的是一团虚无的影像，于是便用食指轻轻戳了戳她的小鼻子。

"再过两个月，我就长大了。"太白望着自己的影子感慨道。

"嗯。"

"我长大了要做什么？"

"做人类的守护者。"

"守护者。"太白兴奋地点点头说，"好，我也要做你的守护者。"

姜桦单手支颌，仔细打量着她，笑道："真像一条小人鱼。"

"小人鱼是什么？"太白歪着脑袋问。

"一个童话故事，名叫'海的女儿'，你想不想听？"

"好啊！"太白开心地扑到姜桦怀里，却发现自己的身体直接穿透姜桦，飘然远去了。

回忆再次停滞。

姜桦悲痛地望着玻璃箱中进入长眠的太白，眼角一片湿润。

"真想快点儿长大，我迫不及待地想要守护你呢。"

"我会把它视为一道心锁。它连接着你和我，使我们有了心灵感应，变成彼此的依靠……"

太白的话仿佛还在耳边回响。

姜桦按下按钮，实验室的大门缓缓关闭，只留下一片黑暗。

十年后。

"下面由北欧天文研究中心首席科学家罗普斯先生，对阿斯亚行星进行介绍……"电视上，面容姣好的欧美主持人手持话筒，正用流利纯正的英语介绍她身边的男人。

接着画面一转，一个西装革履、眼眶深陷的中年男子随即出现："大家好，我是

阿斯亚行星的发现者罗普斯。阿斯亚行星是一个直径约为地球三倍的庞然大物，周围的一层陨石带虽然对我们的登陆有影响，但是仍然不可否认它是一个完美的宜居行星，你们看……"

一个巨大的蓝色星球在他身后的大屏幕上缓缓旋转着。那是一个如海洋一般深邃的星球，上面不均匀地分布着一些灰白的色块。星球周围环绕着一圈陨石带，散发着蒙蒙的粉色光芒，好似花簇一般。

他的手在屏幕上轻轻一点，星球突然变小，出现在一条椭圆形的轨道上，开始公转。

"瞧，它多美！它围绕恒星费曼展开公转，一圈相当于地球的两年，自转则在50小时左右。我觉得我只能用'不可思议'这个词来形容它！预计半年内，人类将开启探索它的旅程！"

他的话刚说完，演播室就响起一阵又一阵欢呼声。美女记者脸上挂着尴尬却不失礼貌的微笑，任由自己的声音被淹没在一片嘈杂声中。

"啪"，姜桦拍了一下手，声控电视自动关闭了。

"你怎么来了？"他看了看站在办公室门口的宋艺羽，问道。

宋艺羽翻了个白眼，回道："姜教授，你已经两天没吃饭了，不饿吗？"

说完，她将自己带来的饭菜放在姜桦面前的茶几上。

姜桦揉了揉眼睛，说："我吃过了，实验室有营养液。"

宋艺羽耸了耸肩，说："你干脆住营养仓里得了。"

姜桦打开饭盒吃了起来。宋艺羽又打开电视，电视上依旧在播放阿斯亚行星的发布会。

"半年？这么快！"宋艺羽惊讶地说。

"北欧那边已经研发出亚光速穿梭舰，半年内实现探索并不困难。其实我们的研究进度比他们还要快，只不过听说我们的探索方向是另一个星系。"姜桦说。

半年时间匆匆而过，探险者号第一次出现在公众眼前。

那是一艘足足有小型足球场那么大的星舰，外观上看好似将三个鱼雷按照一前两后的方式，用舰桥连接在了一起。星舰呈现出极其优雅的流线型线条，银灰色外壳上闪烁着淡淡的玄光。两侧舰尾喷涂着深蓝色的英文字样——Explorer。舰身中间的一扇小门放下一道扶梯，舰员们可以由此上下星舰。

星舰内部，最前方是控制室，采用全息投影的方式可以看到外部的一切景况。中间则是相关的工作区，中后方是舰员们的起居室和物资储备区。

发射的时刻终于到了，此等大事自然不能错过，姜桦暂时放下手中的工作，坐在电视机前。

数百名舰员身穿特制的轻便宇航服，手拿头盔，依次走到镜头前，朝观众们露出微笑。成批的冷冻沉睡舱被送上星舰，这艘星舰上将会有整整3000名冷冻移民。

这可能是人们最后一次见到他们了，距离地球十一光年的阿斯亚行星，光在路上就得耗费他们十几年的光阴。

"大家好，下面我为大家一一介绍。"主持人激情盎然地对着镜头，准备向人们介绍一个个舰员。

"这是波尼亚先生，来自丹麦。他是北欧研究中心的领导之一……在此次航行任务中，他将担任舰长……"

"这是希维尔小姐……她将担任后勤部长……"

"这是来自中国的陈维先生……"

"这是奥莱多·萨兰先生……他将担任研究队的领队……"

"咣当"，姜桦手中的杯子摔在地上，茶水四处漫延，一如他的心绪一样纷乱。

"尤里……还活着？"

他看着电视上那个名叫奥莱多，即使改变了发色、调整了五官，也让人永远无法忘怀的男人，惊讶得张大了嘴巴。

"五，四，三，二，一！"

他回过神儿来时，探索者号已经在人们激情澎湃的倒计时呼喊中成功点火，正载着人类的憧憬与希望，缓缓飞向天空。

一切都无法挽回了。

探索者号上，一个金发男子站在空荡荡的舰桥上，观看着一片旖旎的星空。在他的下方，巨大的蓝色星球正逐渐向后退去，越来越小。他将目光放在更远的一颗星球上，嘴角上扬，露出一抹迷人的微笑。

"这将是一个新世界，一个全新的世界。"他的面容变幻不定，眼中隐藏着一种难以言说的狂热。

一只小龙虾的身影慢慢浮现，前额上那道金色竖纹格外醒目，正是小太白1号。

契 约

江 波

第一章 龙虾惊现

姜诗妍拉开柜门，一套浅粉色宇航服出现在眼前。粉色是太空中不常见的颜色，因为这个，她被同事们嘲笑了许多次。队长也好几次明着暗着劝说她换一套正常一些的宇航服，让她不要这么少女向，可她就是不听。

粉粉的颜色让人心里暖暖的！

"诗妍，快来！"高剑雄站在登陆舱口，召唤她。

她飞快地套上太空服，一个鱼跃，顺着扶手，轻飘飘地向登陆舱飞过去。片刻之后，她从高剑雄身前掠过，进入登陆舱。

刘浩宇已经在舱里等着了，见她进来，"嘻嘻"笑了一声，说："小公主来了！"

她丢给刘浩宇一个白眼，自顾自地拉上安全带，缓缓落进驾驶位里。"咔哒"一声，安全带合上，一股轻柔的力量将她牢牢绑在座椅上。

高剑雄合上舱门，坐在乘员的位置上。狭小的登陆舱里，三人隔着头盔互相望了望。

"探索者一号注意，登陆舱将被推出，两分钟后脱离。"舰长王洪泰的声音响起来。

"探索者一号收到。"高剑雄代表登陆小组回答。

"你直接和太一对接，所有情报都会汇总到大卫那里。随时联系！"王洪泰说。

"明白！"

登陆舱在滑道中缓缓移动,被遮蔽的观察窗变得透明了。滑道前方,是一方小小的星空。随着登陆舱向前移动,星空逐渐变大,眼前随即出现漫天星河。

登陆舱完全被推出舰体,看上去像是从庞大的白色树干上生长出一棵银灰色的小蘑菇。

"脱离准备!"太一的声音响起来。

"三、二、一!"

随着倒计时结束,探索者一号抖动了一下,漫天星斗开始旋转起来。姜诗妍沉静地启动引擎,调整方向,很快把探索者一号的飞行姿态稳定下来。

飞船正前方,一个蓝色星球落入视野,它带着一圈儿光晕,散发着浅浅的柔和的光芒。在蓝色海洋间散布着一块块色彩斑斓的陆地,看上去和地球十分相似。

姜诗妍心头泛起一股暖意。

2200年,人类发现一个蓝色星球,这是弥足珍贵的天赐的财富。每一个地球人看见这如同母星镜像一般的景象,都会由衷感到高兴!

登陆舱向着X星降落。

探索者一号掠过波光粼粼的海面,向一片大陆飞去。

山川扑面而来。

这块大陆崎岖不平,以山地为主。从高空看下去,仿佛一块色彩斑斓的地毯。不过主要的色调是绛红色,有些沉重。

姜诗妍默默扫视着窗外,忽然眼前一亮,瞥见一片浅浅的粉红。她扭头看去,只见这片浅浅的粉红在绛红色群山的怀抱中显得特别醒目。她一下子来了兴趣,指着窗外说:"队长,你看那里!"

高剑雄顺着她的指示看去,没有发现什么异常,满腹狐疑地问:"怎么了?"

"那块地方颜色不一样。"

"哦!"高剑雄明白过来,不以为意地应了一声。

姜诗妍没有被高剑雄的态度干扰,继续兴致盎然地寻找目标。果然,在山谷之中,一片片粉色格外醒目。那是缤纷的樱花林吗?她猜想。然而地球之外哪儿有什么樱花林,或许只是些奇怪的植物罢了。

"太一,我们准备降落,探测地面活动。"高剑雄开始和母舰联系。

"选择开阔地降落,坐标点确定。"太一回应道。

契约 ▼ 江波

姜诗妍瞥了一眼控制屏,距离降落点只剩下一百多公里。她减慢速度,降低高度。球形登陆舱速度越来越慢,就像是在空中飘浮。

"检查装备,我们要准备登陆了。"高剑雄对刘浩宇说。

"一切就绪,没问题。"刘浩宇飞快地回答。

探索者抵达降落点。

这片开阔地在山谷中央,一条小河蜿蜒而过,将山谷划为两半。周围密林环绕,树木长得很高大,大约有三十米。土地则是岩石地貌,看上去很坚实。

姜诗妍操纵探索者降落,离地半米时,悬空停了下来。

舱门一打开,顿时搅起一阵强风,舱里的气压下降了百分之二十。这个星球大气稀薄,虽然氧气含量高达百分之三十四,但还是要穿着宇航服活动。

"我们走!"高剑雄说着,第一个跳出舱门。

刘浩宇跟着他跳了出去。

姜诗妍是最后一个,她背上一个采集箱,挎上工具包。登陆舱再次降低高度,距离地面只有二十厘米时,她才跨出门去。

"哈,公主出门了!这一回扮演的是什么,采蘑菇的小姑娘?"刘浩宇仍旧嬉笑着,没点儿正形。

舱门自动关闭,缓缓上升,最后悬停在两百米的高空之中。

"现在开始行动,注意安全事项——不得离开队友超过一百米,不得离开登陆舱两公里范围,注意避免任何危险因素。"高剑雄宣布。

刘浩宇和姜诗妍答应了一声。三人各自散开,向不同的方向走去。

姜诗妍顺着河边走。

重力偏弱,她将两块增重铁绑在腰上,看上去犹如一条腰带,也恰好把宇航服约束得更紧身一些。

她抬了抬腰带,蹲下身子,从工具袋里掏出一个小玻璃瓶,采集了半瓶水样。然后把它举在眼前,仔细观察起来。

灌入瓶中的水有些混浊。这个星球有着良好的生态,这一小瓶水里,或许就存在大量微生物。

空中传来细微的"嗡嗡"声。

她抬头望去，只见一个扁扁的灰色椭球从高空掠过，向远方的树林飞去。那是母舰释放的武装机器，负责扫描地形，提前预警，保障安全。这也提醒了她，此刻脚下的土地是一片异星，充满不确定的风险，一切都要小心谨慎。她收集了几块石头、几份土壤样品，然后将它们收在采样瓶里，整齐地码放起来。

做完这一切之后，她开始四下张望，寻找有价值的目标。前方是一片树林，树木笔直，树干灰白，树冠绛红。这些树木都极高，看上去几乎要顶破天空了。树叶繁茂，林间有些阴暗，她正犹豫要不要直接走进林子里，耳边突然传来一声轻微的水响。

她扭头望去，只见平静的水面漾起一道波纹。透过水面，似乎能看到一团小小的阴影。这是一个活物！她欣喜不已。这个星球上有动物，它的生命演化程度比预期中更高。

她又向河边走了两步，希望能看得清楚一点。河里的小东西沉到水底，只能看见一个模糊的背影。

它看上去……像只小龙虾！

她琢磨着怎样才能把这个小东西抓上来。原本第一次登陆，只打算采集各种环境样本，没打算捕捉动物，至少没打算捕捉行动迅捷的动物。

这个小东西行动颇为敏捷，而且潜藏在水里，不容易捕捉。

"下次再说吧！"她心想。

率先找到这个星球上存在的动物，也算是一个重大发现。

她放弃了捕捉这个小东西的打算，正准备离开河岸，谁知"哗"的一声，小东西竟从水里弹了出来，直奔她而来。

她只觉眼前红光一闪，一个重物"咚"的一声撞在自己的头盔上。她不由得惊叫一声，双手乱舞，向后退去。谁知一不小心脚下被石块一绊，竟一屁股坐在地上。

"诗妍，怎么了？"高剑雄问。

"有东西撞到我了。"她惊魂未定，抬头看去，只见岸边有只浅红色的小东西正在地上扑腾着。它约莫有半个巴掌那么大，头部、胸部硕大无比，长着一对钳子和六条细腿，一条尾巴又粗又长。看上去真的很像龙虾！

突然被袭击的恐惧顿时消散了。

"没事儿吧？"高剑雄关切地问。

"我没事儿。"她平静下来，开始琢磨能不能把这只"龙虾"带到飞船上去。

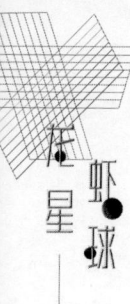

"注意安全！"高剑雄再次叮嘱道。

"没事儿吧？"刘浩宇也关切地问。

姜诗妍抬头一看，刘浩宇已经站在自己身前，原来他一听到尖叫，就立即赶了过来。

"没事儿。"姜诗妍说着站起身来，上前几步，饶有兴趣地看着在地上挣扎的"龙虾"。

"正好是一个样本。"她一边说，一边翻动采集箱，想找一个合适的容器来安放它。

死命挣扎的小龙虾突然爆发出强大的力量，红光一闪，冲着她的脸袭去，然后直接撞在面罩上，发出一声闷响。她猝不及防，"啊"了一声，再次摔倒在地上。这一次摔倒的地方是一片泥浆，她的宇航服上顿时落下一个个泥斑。

刘浩宇上前，一把将小龙虾抓起来，飞快地塞进自己包里。

"你干什么！"姜诗妍顾不上清理身上的脏泥，赶紧站起来，拉住刘浩宇的胳膊说，"你怎么能抢我的标本？"

"你都被它吓了两次了，我是怕你有心理阴影。"刘浩宇嬉皮笑脸地回答，"算是你抓到的，我替你保管。"

想到自己居然被一只小小的龙虾吓到了，姜诗妍不禁脸红了。

"话说回来，这东西和龙虾太像了！"刘浩宇说，"这里距离地球有上千光年，居然能找到地球上类似的生物，这真是个奇迹。大卫看见它肯定很高兴。"

刘浩宇口中的大卫是光子号上的首席科学家，也是行星生态学家，在生命演化理论上颇有造诣。

听到大卫的名字，姜诗妍的脸更红了。从登上光子号，见到大卫的第一眼开始，她就喜欢上他了。找到X星上的生物，将它带给他，这倒是接近他的好机会，可以名正言顺地和他说话了。

"把龙虾还给我。"姜诗妍低声说，"一旦入了库，你就会耍赖。"

"不会有事儿的，我来做证，这只龙虾是你找到的。"高剑雄也赶了过来，他看了看满身是泥的姜诗妍，说，"诗妍，你这个样子，得在隔离舱里多冲洗一下。"

大卫聚精会神地看着DNA分析仪的屏幕。屏幕上，DNA序列正不断滚动着，时而闪烁不定。那些闪烁的序列，就是能够匹配的DNA。越来越多的序列匹配呈现在屏幕上,下方的进度条已经达到百分之九十五。

大卫英俊的面容有些阴沉,眉头越锁越紧了。

这简直是一件不可理喻的事情,DNA序列检测表明,探索者一号带回来的那个像龙虾的生物,竟然是真正的龙虾。它的DNA序列和飞船基因库中一种叫作"潜江龙虾"的品类高度相似,虽然有相当程度的变异,然而从基因的相似度来说,绝对属于亲缘物种,甚至有可能并没有产生生殖隔离。

X星距离地球上千光年,探索者一号却从这个星球上带回一个地球生物。

这简直不可置信!然而飞船上根本没有携带任何生物,它不可能来自地球。

他想了想,决定把发现者找来问一问。

"太一,是谁发现了这只龙虾?"大卫接通了飞船的中枢。

"姜诗妍。"

"能请她来人马座吗?我想问问她具体情况。"

"您的要求已经传达给相关人员。"

姜诗妍来到人马座实验室,大卫正坐在实验台前等她。

"你是怎么找到这只动物的?"寒暄之后,大卫开门见山地问。

"我看见它在水里,正准备离开,它却突然从水里跳了出来。"

"它从水里跳出来?"

"没错。我没想到它居然有这么大的力气,能从水里跳出来,撞在我的头罩上。后来它又撞了我一次。"

"第二次它是怎么撞你的?"

"它掉在地上不停地挣扎,我过去看看,结果它又撞了我一次。"

"哦。所以你确定,这是你从X星上抓到的动物?"

"我确定。"姜诗妍飞快地回答。

大卫陷入沉默之中。

姜诗妍偷偷瞄了他一眼。他沉浸在思考之中的样子简直太迷人了,两道剑眉微微向上竖起,忧愁中带着一丝威严。

姜诗妍心头一阵狂跳,过了片刻,方才小心翼翼地问:"有什么不对吗?"

"哦!"大卫从沉思中惊醒过来,"没什么不对,但的确有点儿奇怪。"

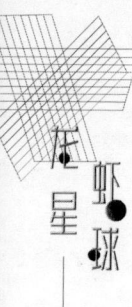

"哪里奇怪?"

"这只动物和我们基因库中潜江龙虾的基因很相似。"

"潜江龙虾?"姜诗妍有些惊讶。

"怎么了?"

"这是一个口碑不错、非常流行的品牌。我们的基因库里有潜江龙虾这个物种吗?"

"没错,的确有这个物种。不过,潜江龙虾有什么独特之处吗?"

"潜江是'中国小龙虾之乡',那儿的小龙虾特别好吃。据说很久之前,小龙虾是被视为'害虫'的入侵物种,危害很大。没想到却被潜江人开发成了菜肴,变成了养殖品种,甚至衍生为庞大的产业。"

"你们中国人真是什么都能做成吃的,也许你们可以来这里开个小龙虾店。"大卫不无调侃地说了一句,继而严肃地问,"诗妍,如果这是一只潜江龙虾,那么它是怎么跑到X星上去的?"

这个问题难住了姜诗妍,她想了想,说:"它只是和小龙虾有点儿像,它的弹跳力比小龙虾强多了,我从没听说过小龙虾可以跳出水面,而且还能跳那么高!或许这只是趋同进化?"

大卫摇头说道:"趋同进化只是外观类似,在基因层面则截然不同。这只动物和小龙虾的相似度太高,不可能是独立演化而来的。或者说,就算在地球上,独立演化出这么相似的两个物种……"

他四下张望着,似乎想找一个合适的形容词,最后视线落在书架上。

姜诗妍顺着他的视线望去,只见书架上放着一本厚厚的书,书脊上印着书名《设计生命——人类的终极演化》。

"这不可能!"大卫接着说,"即便在地球上,独立演化出相似度如此高的物种的可能性也为零,何况是在两个相隔了上千光年的星球。"

"它们的基因相似度究竟有多高?"姜诗妍忍不住问道。

"99.7%,从理论上来说,它们就是同一个物种,少量变异不影响它们的物种定性。"

"用中性漂移发生的速率来反推时间?"姜诗妍试探着问道,一个好的技术问题或许可以给大卫留下好印象。

大卫抬眼看了看她。她心头一跳,强自镇静,迎着大卫的目光微微一笑。

"你倒是提供了一个很好的建议。"大卫微笑着说。

探索者一号再次降落在同一个山谷。按照预定的计划,这一次降落应该探索两千公里之外的另一个地点,但是在大卫的要求下,登陆小组再次回到原地。

姜诗妍穿着粉色宇航服,站在高剑雄和刘浩宇中间,忐忑不安地等着探索者二号降落。这一次大卫会亲自降落,因为这个,她挑选宇航服的时候犹豫了很久,是穿一件白色的常服,还是穿粉色的订制服?最后,她还是选择了粉色宇航服。这是自己最喜欢的颜色,如果大卫不喜欢,那也没办法。

探索者二号缓缓降落,底部两个反重力环闪着蓝光,在白天也清晰可见。它落在距离探索者一号大约二十米的位置,停稳之后,大卫从舱门里钻了出来。

一见到大卫,姜诗妍的心就怦怦狂跳。

他应该看见自己了,他看见自己穿着粉色宇航服会怎么想?会不会觉得自己很幼稚?

姜诗妍透过头罩,紧张地盯着大卫。

大卫并没有注意到她,出了登陆舱就四下张望,开始观察环境。

一个机器人从大卫身后走了出来,姜诗妍的目光随即落在机器人身上。

机器人身材并不高大,大约只有一米六,和大卫站在一起,只到其肩部。他的胳膊和腿都很细,金属骨架和肌肉拉索暴露在外面,身子则用一块完整的装甲包裹着,滚圆锃亮,几乎可以当哈哈镜使用了。他有着一张仿生脸,表情十分细致。此刻满脸严肃,机警地扫视着周围的一切,左右手各握一柄手枪,枪口下垂。

他是专门负责大卫安全的警卫。

大卫身后还站着一个人,姜诗妍认识他,他是林钦博士,实验室里最受尊重的专家。他满头银发,胡子花白,一双眼睛却炯炯有神,看上去精力十足。

"带我们去现场看一看。"大卫的视线落在姜诗妍身上,开口说道。

一行人跟着姜诗妍到了河边,昨天摔倒的地方还残留着一些痕迹。

"就在那里。"姜诗妍指着河岸说。

泥沙混杂着大大小小的砾石,看上去就像地球上普通的河滩一样,没有任何特别之处。

"水文的采样也是在这里吗?"林钦博士问。

"是的。"站在林钦博士身边的高剑雄替姜诗妍回答。

"大卫，水样里边有二十多种微生物。和地球上任何物种都不同，它们有共同的谱系，基因相似度很高。"林钦博士说。

"所以那只龙虾并不是这里的原生物种。"大卫望着水面说，"看来我们遇到了一个疑案。"

"唯一的可能是人类曾经造访过这个星球，还留下了小龙虾。"林钦博士声音低沉，透着强烈的自信。

大卫点了点头。

姜诗妍听着两人的对话，心中暗暗有些高兴。如果撞到自己的动物真是从地球来的物种，那么这会是牵涉到早期地外文明探索的大事。看来自己运气不错，登陆第一天就发现了这么重要的线索。

"这边还有小龙虾！"刘浩宇招呼道。

所有人都向刘浩宇看去，只见他站在水边，指着水中说："这里有好几只！"

大家都凑了过去。姜诗妍故意往后站，跟在大卫后边。

一群人在河边一字排开，盯着略微有些混浊的水面，寻找着龙虾的踪迹。刘浩宇站在最右边，不断指指点点的，向林钦博士展示自己的发现。

姜诗妍并没有专注地寻找龙虾，她站在大卫左手边，不时瞄一眼大卫。第一次这么近距离接触大卫，她的心欢喜得都要跳出来了。

就这样站在他身边，就很好了！有时幸福来得太突然，往往让人觉得猝不及防。

身旁传来一阵响动，她扭头看去，只见机器人警卫正扫视着周围，见自己扭头，也扭头看了过来。

都被他看到了！姜诗妍的脸唰地一下红了。

机器人警卫紧挨着姜诗妍站着，忠实地履行保卫大卫的职责。原本他应该紧挨着大卫，然而姜诗妍挤在中间，他无法靠近大卫。不过这没有太高的风险，于是他也就默许了。

"你们看，它们在移动。"刘浩宇突然喊起来。

姜诗妍向水面看去，只见原本缓缓流动的水流中，几个黑影正向岸边移动，更多的黑影则从远处聚集而来。还没等她想明白，耳边突然传来几声轻微的枪响。几只小龙虾跃出水面，却被机器人警卫击中，又落了回去。

姜诗妍被这突如其来的动静吓了一跳。

大卫猛地站直身子,大喊一声:"大家往后退,不要站在水边。"

众人纷纷后退。

更多的小龙虾从水里跳了出来。这一次机器人没有开火,有两只小龙虾落到了水里,还有两只落在了岸上,不断挣扎着。

这场景就和昨天一样!

刘浩宇上前,抓住龙虾就往采集箱里放,边放边说:"这些小龙虾真是好客,看见我们来了,就主动跳上岸。这是认祖归宗啊!"

他抓了第一只,正准备伸手抓第二只,谁知这只小龙虾却猛地一抽身子,径直冲着姜诗妍撞了过去。

姜诗妍只觉眼前闪现一道红光,根本来不及反应。不过虾子没有撞在她身上,而是一下子飞出老远。机器人再次开火,把它打飞了。姜诗妍呆呆地站着,显然吓坏了。

大卫转过身,对高剑雄说:"高队长,你们的队伍先撤回光子号,我和林博士再探查一下。"

高剑雄服从大卫的指令,带着姜诗妍和刘浩宇回到探索者一号。姜诗妍还没从惊吓中回过神儿来,刘浩宇只好代替她驾驶。

探索者一号起飞了。

姜诗妍望着色彩暗淡的大地,和地面上已经变得如蝼蚁般的三个人,心中一片茫然。过了半晌,她突然开口问道:"为什么它们老是冲着我来?"

她的声音很小,像是在自言自语,然而刘浩宇还是听见了。

"你长得漂亮呗!"他笑嘻嘻地回答了这个问题。

探索者一号已经进入六万米高空,大地看上去就像是一块以绛红色为主的马赛克地毯。

姜诗妍的目光落在一个小小的粉红色色块上,不由得心中一动。

紧急会议在舰桥旁的大会议室举行,姜诗妍被邀请列席,坐在长方形会议桌最后面的位置。

舰长主持会议,各个部门的负责人都参加了会议,每个人的级别都比姜诗妍要高许多。

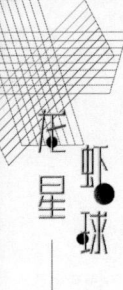

大卫正在报告两次登陆探索有何发现。

"这个星球和地球的相似度高达百分之九十！我们甚至可以认为，这就是地球上的某个历史时期——很古老的历史时期。这个星球上的动物还不多，但是植物却很茂盛，这一点和地球上的生命发展史并不完全一致。因为采样范围很小，也不知道是否有类似昆虫的动物存在……"

大家聚精会神地听着大卫的报告，大卫从星球的主要环境开始说起，讲到了采样水中发现的微生物，然后是土壤分析和照片分析。半个小时之后，报告终于到了最重要的部分。

"最让人兴奋的发现，是我们居然在这个星球上找到了一种地球生物。"大卫说着伸手一挥，一只小龙虾的立体投影出现在大家面前。

"这是我们在 X 星上发现的生物，它最先由二级探查员姜诗妍发现。"大卫向姜诗妍伸手示意，"今天她也应邀参加我们这次紧急会议了。"

众人的目光都集中在姜诗妍身上。姜诗妍有些尴尬，连忙向他们点头致意。

"这个新发现的生物，和我们基因库中的潜江龙虾很相似。"大卫说着再次挥手，从不显眼的角落抓取了一个模型，投射到会议桌上。

这次还是一只小龙虾。它长着一对长长的触须，头部和胸部特别大，一对钳子无比坚硬，腹部有三对行走足，尾部硕大，泳足短小。

两只小龙虾硕大的影像并列悬浮在会议桌上方，缓缓旋转着。

姜诗妍认真查看了这两个模型。粗看上去，它们几乎长得一模一样，然而仔细看去，X 星上发现的标本尾部更为强壮，头、胸部则小了许多，两只钳子也很小，和行走足差不多大。

"我们分析了捕获的三只生物，它们的基因序列表明与潜江龙虾的差异不到百分之零点三，完全可以认为它们属于同一个物种。但是林博士有一些不同的发现，我们请林博士来讲一讲。"

林博士站起身来。

"我们先看一段录像，这是大卫的机器人警卫泰格记录的画面。"

桌面上的两只小龙虾不见了，取而代之的是当时的岸边图景。一行人站在湖边，刘浩宇在叫喊，水中小小的阴影汇聚而来。突然画面一抖，当画面停滞时，一只小龙虾缓缓破水而出，凌空飞起。一枚子弹飞来，击中了它，把它打成了碎片。

"这是当时的情形,还有……"

一只小龙虾在地上挣扎,刘浩宇伸手去捉,虾子的身子猛地一抽,从刘浩宇手中挣脱了出去,然后借着猛烈的弹跳在空中滑翔起来。

"大家注意看细节!"

只见虾子腹部分离出一小段细枝,像尾部一样分裂成粗细两道。

"这是它的交接器,它正准备进行交配。"林博士说。

一发子弹再次把飞在空中的小龙虾打成了碎片。

"我们注意到,这两次袭击,它们的目标很明确,都试图冲向我们的探查员。"林博士向姜诗妍看去,众人的目光随之集中在她身上。

虽然林博士一本正经地描述着他的发现,但姜诗妍还是羞红了脸,低着头,恨不得所有人都看不见自己。这些奇怪的家伙尽往自己身上蹦,原来是受到原始本能的驱使……

"其他人也站在水边,但是没有一只龙虾跳出水面,它们在水底活动,根本不在乎岸上的我们。我和大卫分析原因,最大的可能,就是因为姜诗妍穿的粉色太空服。小龙虾是被这种颜色吸引,才往她身上撞的。"

人们开始议论纷纷。

"所以我们猜想,这种龙虾一定是在X星产生了极大的变异,很可能雌性龙虾的颜色,由于某种不明确的原因,演化成了粉色。对于雄性小龙虾来说,这是一种绝对刺激的颜色,驱使小龙虾跳出水面。"

林博士说完之后就落座了,会议室里一片寂静。

这种神奇的演化居然在X星发生了。

沉默片刻之后,有人发问:"难道我们最应该讨论的问题,不是为什么这种小龙虾居然会在X星出现吗?"

大卫再次站起来,说:"这个问题,我已经让太一向地球方面咨询了。上千光年,信息胶囊来往需要三个月,也许我们三个月后才能知道答案,也许最后还是找不到答案。"

坐在会议主持位置的舰长开口说话了:"我们的任务是判断这个星球是否宜居,如果小龙虾在这个星球活得好好的,不管它是怎么来的,对我们来说都是个好消息。"

参会者纷纷点头。

"舰长先生,我提议加大对星球生物体系的探索,制定更多的探索计划。而且每次不能只停留个把小时,可以待一天,甚至一个星期,我们需要深入了解这个星球。"等大家安静下来之后,大卫继续说道。

"我同意!"舰长回答,"彻底探索这个星球的生物系统,对建设定居点非常有帮助。尤其是微生物,肉眼看不见的小东西反而最重要。至于龙虾,你们看着办吧!我不建议把资源投入到陈年旧案上,它是怎么来到这个星球的,和我们没多大关系。它在这个星球上活得好好的,这才是意义重大的、能够鼓舞人心的好消息。"

"明白,舰长先生!"大卫始终毕恭毕敬。

姜诗妍有些好奇,偷偷抬眼去看舰长,想知道这个让大卫如此恭敬的人究竟长什么样。

舰长的位置上坐着的并不是人,而是一具机器,形态和大卫的机器人警卫泰格倒是很相似,只是头上戴着舰长的帽子,显得有几分滑稽。

舰桥的入口处贴着他的大幅半身照,是一个很帅的中年人。不过画像往往和本人有区别,如果他真的是机器人……

姜诗妍突然感觉生活了两年多的光子号特别陌生。

或许上层的人,都喜欢用机器替身代替自己出场吧。

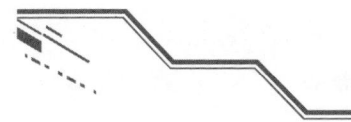

第二章 丛林探秘

姜诗妍再次来到人马座实验室。大卫不在,林博士在。

林博士分外热情,招呼她坐下,还给她泡了一杯咖啡。

她受宠若惊地小口抿着咖啡。

"昨天会上传达的情报,你觉得怎么样?"林博士问。

"挺意外的。"她如实回答,"我真的没想到这是小龙虾的原始本能,地球上的小龙虾可不是这么交配的……"

她十分坦然地谈论小龙虾的性行为。她本科读的是生态学,人们都说生物学和医学院的学生是对性行为最坦然的两个群体,而生物学的学生往往更胜一筹。因为医学院研究的是人类，生物学却研究各种奇奇怪怪的生物，其丰富性让人叹为观止。

林博士静静地听着她的描述，不时点头。

她把自己的想法一股脑儿地说了出来，突然发现林博士一直微笑着默默倾听，顿时有些不好意思："林博士，我班门弄斧，让您见笑了。"

"不不不，你的言论对我很有启发。我请你来，就是想和你商量一下接下来的行动计划。昨天会上你也听见了，我们要进行长期的调查，我和大卫想邀请你一起行动。这本来应该是在条件比较成熟的情况下才能进行的大型考察活动，但我们决定提前展开调查。考察队里有各方面的专家，你是野外调查组的成员，有丰富的生物学知识，加入这个考察组正合适！"

"啊，这真是太好了！"

这的确是一个好消息。既能做喜爱的事情，又可以和许多专家一起工作，而且大卫也在。还有比这更好的事儿吗？这简直就是一份大礼。

"有一点需要你的帮助。"林博士说。

"什么事儿？"

"你必须穿上那身粉红色太空服，它可能是一个关键因素，对接下来的考察有很大的帮助。"

"哦。"姜诗妍顿时有几分不快。

所有分析已经表明，那件粉红色太空服正是小龙虾的刺激物。让自己继续穿着它，等于是充当诱饵，诱惑小龙虾。她从未想过这种事儿居然会发生在自己身上。

"你放心，我们会保护你，不会让任何东西伤到你。"林博士见她有些犹豫，慌忙补充道。

"我不是担心自己的安全问题，而是……"她十分为难，不知怎么表达自己的想法。

"这是科学研究。"林博士猜到她的心思，试图宽慰她，"我们只是观察现象，对你来说，也是个难得的机会。我们会准备一套备用的白色太空服，你随时都可以换上它。"

这的确是个难得的机会。

姜诗妍咬了咬嘴唇，终于下定了决心。

"高剑雄和刘浩宇都会参加吗？我们一直一起工作，配合比较默契。"她委婉地

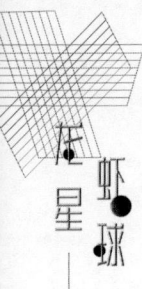

提出条件。

"这个简单,原本他们的工作就是探察行星上的生物,他们应该不会拒绝加入调查组。"

"那真是太好了!"

考察组还是降落在同一个山谷。

这一次降落声势浩大,连同支持人员在内,一共有上百人。

乳白色的自动充气帐篷一座接一座在山谷中立起来,一圈儿两米高的防护网把所有帐篷围在里边,并且通上了电。

所有降落人员都不得脱下太空服,从星球上取用的水要经过严格的消毒才能使用,因为谁也不知道这里的空气和水中是否有微小的生物,会不会造成致命的影响。吃饭和方便都必须集中在中央帐篷里,只有在这里,才允许队员脱下太空服,换上常服。

姜诗妍坐在中央帐篷里,慢慢吃着盒饭。她对面的刘浩宇则大口大口地吃着,很快就把盒饭吃得干干净净。

他看了看姜诗妍,调侃道:"小公主,又吃不下饭了?"

姜诗妍把筷子一放,喝道:"不要拿我寻开心!"

刘浩宇没想到一句玩笑会引起她这么大的反应,连忙赔不是:"是我不对,别生气,别生气啊!"

姜诗妍轻轻叹了口气。

已经降落三天了,户外小组每天的活动就是去水边寻找小龙虾。只要穿上粉色太空服,那些小龙虾就会不停地跳出水面,向自己奔来。考察组很容易就抓到了大量的小龙虾,而且这些龙虾都是雄的,一只雌性龙虾也没有。

因为这个,她成为众人调笑的对象。哪怕当面不说,背后的眼神也总是怪怪的,不少窃窃私语时时地传到她的耳朵里。再这么下去,整艘飞船上的人就都知道了。她有些后悔,真不该答应林博士参加这次长期降落考察。

"今天龙虾都不见了。"刘浩宇转移了话题。

"什么?"姜诗妍来了兴趣,暂时抛开烦心事。

"龙虾都不见了。"

"你听谁说的?"

"今天上午不是安排你休息吗？他们把你的粉色太空服带到河边，结果没有一只龙虾跳出来，而且水里也没有龙虾。"

"这是真的吗？"

"真的，我骗你干吗？！"

龙虾突然消失了，这事儿倒是值得留意。它们会有什么特别的洄游习惯吗？这种莫名其妙的消失，恐怕只有集体洄游才有可能造成。

高剑雄走过来，说："诗妍、浩宇，你们准备一下，十分钟后出发。"

"去哪里？"

"进森林。"

大卫和林博士决定带队溯流而上。一半的人留守营地，一半的人组成考察队，姜诗妍被编在考察队里。

山谷中只有这片河滩地地表裸露着，其他地方都是林木，想要溯流而上只能穿过树林。

树木高达三十多米，树干笔直，只在最顶部形成一个伞状的树冠。这种树木类似于地球上的水杉，在林间穿行应该不成问题。然而当考察组进入森林，才发现事情并不那么简单。林间积着厚厚的树叶，约莫有三米，远远望去如同一堵墙。这些死去的叶子并没有腐朽，走到近前，能看见它们堆积在一起，高高耸立着。在自身重力的压迫下，它们变得极为紧实，时间久了，板结成块儿，用铲子都很难扒拉开。

林博士在厚厚的树叶墙面前蹲下来，仔细查看着。大卫站在一旁，四处观望。

"我们找个平缓一点儿的地方爬上去，这些树叶只是堆积得厚一些，没啥问题。"大卫招呼所有队员。

林博士观察了片刻，站起身来，说："这真是个奇迹。我一直以为，地球上煤和石油的形成假说只是一个假说，但从这么厚的树叶堆积来看，说不定这个假说真的可以成立。"

"什么假说？"刘浩宇好奇地问。

"有人认为地球上的煤是史前的植物尸骸堆积起来，深埋于地下，经历了高温高压后形成的。但是厚实的煤层需要大量植物尸骸，有的煤层厚达十多米。一般情况下，植物一旦死亡，就会被微生物分解，不会形成煤。但是有一个特殊时期，植物繁

盛,而微生物还没有学会分解植物的尸体,于是植物的尸体就大量堆积起来了。这也是大气中的二氧化碳被大量固定在地壳中的时期。"

"后来人类把石油和煤挖出来燃烧,二氧化碳含量又上升了。"刘浩宇说。

"没错。"林博士扭头看了看刘浩宇说,"不过假说毕竟是假说,我只是听说过,但这里有这么厚的堆积层,也算是支持这种假说的一个证据吧。堆积物这么厚,说明微生物还没能有效分解植物,这是一个迹象,表明这个星球的微生物还处在比较原始的阶段。"

"这也是个好消息,说明感染的风险比较低。但是不能掉以轻心,还是小心一点儿为好。"大卫插入到谈话中,"我们就从那里爬上去吧。把它扒下来,弄得平缓一点儿。"

大卫指着十多米外的位置,那边堆积的树叶坍塌下来,形成一段短短的缓坡,仿佛巨墙上的一个缺口。

队伍向着那个缺口移动。

姜诗妍跟着队伍,顺着厚厚的落叶堆行走。抬头望去,落叶形成的巨墙巍然耸立,黑魆魆的,透着一股瘆人的气息。如果不是戴着头盔,肯定会被这巨大的树叶堆散发出的难闻的气味儿熏晕!

忽然,头顶上方大约两米高的位置,某个小东西猛一探头,又迅速缩了回去。她不由得停下脚步。

刘浩宇跟在她后面,见她停下来,伸手拍了拍她的肩膀说:"怎么了?我突然想到一个很棒的笑话,要不要听?"

姜诗妍没有理会他,仍旧凝神看着头顶两米多高之处。

"怎么了?"高剑雄原本走在前头,见姜诗妍停下了,连忙转身问道。

"我刚才看见有什么东西动了一下,就在那儿!"姜诗妍指了指头顶。

队伍停了下来。

大卫从前头折返回来,泰格寸步不离地跟着他。他凝神看了看姜诗妍所指的位置,说:"看来我们需要一个动物行为学家来看一看。"

动物行为学家从队伍后边赶了过来,是一个头发花白的中年男人。他站在众人堆叠起来的土台上,刚好能够着两米的高度。

"这是一个巢穴,或者是巢穴的一部分!"观察了几分钟后,他终于开口说话了,

"它在落叶层里挖出巢穴，这个部位或许是巢穴的一部分……我不知道它究竟是什么，但它应该和地球上的鼹鼠很像。"

"你看清它的模样了吗？"大卫问姜诗妍。

"没有。它一闪而过，我只看到一个黑影。个头儿不大，大概……就像小龙虾那么大。"

动物行为学家从高台上跳下来，脸上满是兴奋的神色，愉快地对大卫说："到目前为止，除了小龙虾，我们还没有发现其他小动物的踪迹。像昆虫、蜘蛛这样的动物，在搜索过的范围内不存在，那么它们很可能在整个星球都不存在。从巢穴的大小来看，这只小动物体型不会太大。我建议架设一个摄影机，捕捉更多的影像。这种潜伏型的小动物应该不会对我们造成什么威胁，但它是除了小龙虾之外的另一种动物，对我们来说非常重要。"

"就按照你说的办！你的助手在吗？"

"在。"

"你们两个留下观察，其他人继续前进。"

解决了这个小插曲，队伍继续沿着落叶形成的高墙行进。

大卫领头从缓坡爬上去，到了厚厚的树叶堆积物上面。

姜诗妍跟在刘浩宇后边，脚下有点儿滑，一时上不去。她一抬头，见刘浩宇向自己伸出手，于是握住他的手，用力向上攀缘，终于成功站在坡顶。

她回头望去，只见动物行为学家和他的助手正忙着搭设监视仪器。厚实的落叶堆积成山，颜色深得发黑。两个身穿白色太空服的人在黑黑的巨墙边忙碌着，看上去就像是在深渊边缘徘徊的人偶。

她隐隐有些担心。

"走吧，别落下了！"刘浩宇催促她。

光线十分暗淡，茂密的树冠把阳光遮得一丝不漏，虽然是大白天，林间却黑漆漆的，借着一点残余的天光，才能勉强看清外物。脚下的落叶踩上去很松软，然而一想到这松软的落叶地毯至少有三米厚，就让人心生畏惧，生怕踩在哪个位置会陷落下去。

泰格走在队伍最前面，它体格很轻，跟在后边的人仍旧有可能踩空。大家走得格外小心，尽量踩着前边队员的脚印儿。森林里原本就很黑，暗淡的光线更是给视线造

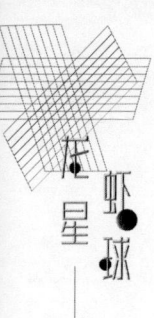

成了不小的障碍。一些队员背着巨大的包裹，行动十分不便。走了二十多分钟，队伍只前进了几百米。

"这样不行，我们要轻装前行。"大卫回头望着蜿蜒如龙的队伍，说。

五十多人的队伍，前前后后竟然长达上百米，最后一个队员连人影都看不到。

"所有人听着，我们需要调整方案。点到名字的人到前边来集合，剩下的人由高剑雄带队，作为后续队伍继续前进。"大卫在公共通信频道里广播道。

队伍立刻停下来，听着大卫的广播。

姜诗妍靠着一棵大树站立着，黑魆魆的林子让她感到不安。这是发自大脑深处的恐惧，黑暗中可能潜藏着掠食者，会猛然冲出来夺取生命。背靠一棵大树，才让她稍稍感觉安全一些。

"别怕，有我呢！"站在她身旁的刘浩宇看出她的惧意，安慰道，"刚才的笑话没讲完，你想听吗？"

"姜诗妍……"她听见大卫喊她的名字。

她被选中了，成为更小的精英团体中的一员。然而此刻她心中丝毫也不觉得喜悦，反倒更为不安了，她只想离开这个鬼地方。可是这点儿小心思却不能直接说出来。这时只要表露出一丝恐惧和犹豫，无疑是在告诉所有人，自己不是个合格的调查员。

可刘浩宇已经知道了。她转头看了刘浩宇一眼，觉得心安了不少。

"我要到前边去。"她对刘浩宇说，"你跟我一起去。"

"这个……大卫没有选中我。"刘浩宇面露难色。

就在这时，大卫念出最后一个名字："刘浩宇。"

"你看，有你呢！"姜诗妍又惊又喜。

两人加快速度，迅速走到队伍前头，找大卫报到。

临时抽调的先遣队只有九个人，姜诗妍是唯一的女性。其他人都穿着白色太空服，只有她的太空服是粉色的。

"我们的目标是沿着河边搜索，看看是否有小龙虾的踪迹。姜诗妍的粉色太空服会吸引小龙虾，她是我们的重点保护目标。现在所有人除了必要的紧急用具，其他物品都留给高剑雄的队伍。我们要尽量走得远一点儿，还有六个小时太阳就会落山，两个小时之后我们得决定今天最后的行动计划。我们不要在树林里过夜，尽量避免天黑行动。"

大卫的指令干脆利落，先遣队很快行动起来。

树林和溪流的交接处几乎没有什么过渡，水流挺急，坍塌下去的树叶很快就被水冲走了。河对岸仍旧是茂密的树林，同样的树种，同样阴沉压抑，让人头皮发麻。河道上方露出一线亮得刺眼的天空，微光洒落下来，让人心情稍微舒坦一些。

考察队沿着河边前行，尽量走得快一些。经过几天的实践，大家都相信小龙虾一看见姜诗妍的粉色太空服，就会跳出来，因此大家的任务就是尽量靠近河边，沿着河岸行走。然而堆积在水边的树叶经过浸泡，变得更为松软，踩上去吱吱作响，甚至有水冒出来。行进的速度仍旧不快，队伍在沉默中顽强地前进着。

"救命！"突然，一声凄切的叫喊打破了沉默。

喊声震动着每个人的耳膜，所有人都不约而同地停下脚步，四处张望着，想要确认发生了什么。

"我们被攻击了，好多龙虾！啊！"耳机里继续传来呼救声。

"什么情况？！"大卫急忙呼叫。

"我们被这些东西攻击了！它们在咬我们，啊……"

撕咬白色物体，是龙虾的繁衍本能。它们以一种白色的菌实体为食，而且因为白色物体稀少，为了争抢食物，彼此间会有攻击行为。正因如此，它们才会攻击人类。

"是什么东西？"

"龙虾，它们长得像龙虾！啊！我完蛋了！它钻进来了！"

刚才留下继续观察的动物行为学家和他的助手不断发出惨叫。

"太一，立即派一架无人机过去。高剑雄，找两个警卫，马上支援罗伯特！"

姜诗妍的心一阵抽紧，连呼吸都有些困难了。

龙虾竟然会攻击人类？这实在太匪夷所思了。然而耳机中的惨叫声明白无误地提示着，这件可怕的事情正在发生。

耳机中的声音突然停了下来。

"掉头，我们马上回去！"大卫下令，"高剑雄，有什么情况立即报告！"

往回走时，速度加快了不少。大家心中都格外焦急，想知道被攻击的伙伴究竟怎么样了。

黑魆魆的森林中像是平添了一种阴森恐怖的气氛，催促着人们赶紧离开这里。

越靠近森林边缘，光线越是明亮，众人的脚步也越是急促。就像在水中憋了很久，

契约 ▼ 江波

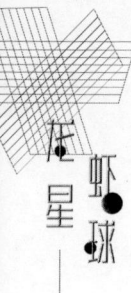

急切地想要浮出水面，呼吸一口新鲜空气一样。

姜诗妍顺着落叶堆积的缓坡直接滑了下去。站稳之后，她加入了围观的人群之中。

地面上到处都是鲜血，两个不幸的人静静躺在那儿，白色太空服上有许多破洞，早已血迹斑斑。周围铺满小龙虾的尸体，应该是两人拼命抵抗时打死的。他们倒在不同的方向，都跑出了上百米远。可见当时为了逃命，他们竭力奔跑，最后还是不支倒地了。

所有人都沉默不言，只有无人机在上空徘徊，发出"嗡嗡"的声响。

他们真的死了吗？姜诗妍快哭了。

异星考察应该是一件很浪漫的事，当初她毫不犹豫地报名参加光子号考察队，报名须知上早已写明会有各种意外发生，甚至还有生命危险。然而她没有丝毫犹豫，就在单子上签了名。危险警告嘛，人们总是会夸大其词，其实根本不会发生。然而此刻站在事故现场，目睹了队友的流血牺牲，她对整件事的理解突然发生了一百八十度的变化。异星考察就是一场华丽的冒险，浪漫的表面掩藏着十二分的凶险。如果那些向自己扑来的小龙虾，也像撕咬动物行为学家和他的助手一样撕咬自己，那么自己可能早就死了。

想到这里，她不由得掩着面孔，"呜呜"地哭了起来。

刘浩宇不知何时站在她身旁，伸手搂着她的肩膀，宽慰她。

她顿时觉得他不像平时那么讨厌了，于是靠着他的肩头，小声啜泣起来。在考察队，哭是很丢人的事儿，然而眼下顾不了那么多了。

"所有人回营地去。"大卫下达了指令。

大卫和林博士隔着一张桌子静坐着，已经过了两个小时，两人谁也说服不了对方。

"这样吧，你先带人回去，我带几个人留下来继续查探。有泰格在，不会有问题的。"大卫主动打破沉默。

"这样不行！"林博士还是反对，"出了这么大的事儿，我们必须先缓一缓，不要那么着急。调集更多的机器人来进行考察，这样更安全。"

"进度不能耽搁，我已经向舰长报告过，他同意了。"

林博士站起来，说："既然舰长同意了，我就不反对了。但我真的不同意继续进行探测，这样做太危险了。"

大卫盯着林博士，说："你可以和大家一道撤退，在飞船上继续你的研究，我留在这里继续考察。"

林博士无可奈何地耸了耸肩，转身离去了。

大卫默默坐了一会儿，然后点亮了桌面。考察队员的履历一一出现在桌面上，他们的名字和履历他早就烂熟于心，一份份简历不断跳出来，他随手把它们拨到不同的分类里。左边的留下，右边的则跟随林博士一起回到飞船上去。大部分人都被划到了右边，留下来的团队成员，需要挑选无论是能力还是人品，都能让自己信任和放心的人。

姜诗妍的履历跳了出来，此刻她正满脸笑容，隔着屏幕和自己对视着。

大卫的手停了下来。

该不该把她留下？从考察过程中的表现来看，她的心理已经出现了不稳定的状况。然而她的那件粉色太空服，或许正是解开龙虾问题的关键。把那件粉色太空服留下，让另一个人穿在身上？或者制造一些粉色的物品，试试看是不是有同样的效果？

大卫飞快地思考着，最后一一否决了这些想法。

远离地球的每一天都很宝贵，飞船上根本没有合适的机器来调配颜色，也没有时间去做相关的实验。龙虾对姜诗妍的粉色太空服感兴趣，那么就让她留下好了，只要小心一些，是不会有事的。

他一边想着，一边把姜诗妍的履历向左一拨。

舰长的来电恰好响了起来，他平静地接通了电话，舰长的影像从桌面上跳了出来。

"安排得怎么样了？"舰长问。

"都安排好了，考察精英小组会留下继续探索。"

"我们的时间不多了，你得抓紧一些。"

"我了解。"

光子号的任务，是寻找上百年前的基因库，那个基因库随着飞船的失踪而消失了，而小龙虾是当时飞船上携带的基因生物之一，所以大卫对此非常重视。大卫是舰长一手培养起来的新人类，也是基因工程的产物。而舰长已经是百岁老人了，仍旧坚持不懈地在外探索，其实就是为了找到那艘飞船。他总是用机器人的形象示人。

大卫话音刚落，一阵嘈杂的声音就传来了。

"好像出事儿了，我去看看！"大卫说着关闭通信，迅速起身走到一旁，套上太空服。

他通过消毒舱来到外边,不禁呆住了。

只见远方火光冲天,整个树林似乎都在燃烧。还好营地与树林相隔很远,中间是一片潮湿的荒地,形成了天然的隔离带,大火不会蔓延到这里。

"这是怎么回事儿?"他向所有人发问。

然而四周一片沉寂,只有阵阵风声在耳边呼呼作响。

X星的氧气浓度高达百分之三十四,比地球的氧气浓度要高出百分之五十。火烧起来就势不可挡,根本没办法熄灭。

火烧起来的原因,是有人纵火。而纵火的人,是死去的那个动物行为学家的学生。为了给老师报仇,他偷了护卫队的火焰喷射器。原本只是想泄愤,那些能够上岸的小龙虾全都藏在树叶堆里,他想用火把它们逼出来,没想到却把大半个森林给烧毁了。

此刻纵火者垂头丧气地坐在大卫面前,像是一个知道自己犯了错的小学生。一把火,差点儿把他自己的性命也搭进去了。这突如其来的大火造成了无法挽回的损失,几乎消灭了所有的生命踪迹,也让考察不得不从零开始。

大卫强压着怒气,看着两个警卫把纵火者送上重氢号登陆舱。

撤离人员陆陆续续进入重氢号,两个包裹得严严实实的袋子也被送了上来。袋子是白色的,按照规定,应该使用黑色布袋来包裹尸体,然而事发突然,根本找不到合适的袋子,于是只能借用装裹器材的白色布袋。

精英考察组成员站成一排,目送着两个白色包裹被送进登陆舱里。

重氢号起飞了,缓缓上升,渐渐远去,成为一个小小的黑点。

大卫看了看留下来的队员,原本上百人的考察队现在只剩下六人和机器人泰格了。他的目光一一扫过所有人。

罗伏阿,男,四十周岁,资深地外生存专家,曾经徒步穿越亚马孙雨林,在月球、火星和荒弃的飞船上历险,有极好的陌生环境生存经验。

索多耶夫斯基,男,四十五周岁,微生物学家,曾获得六个博士学位,是火星球藻的联合发现人,擅长考察野外微生物痕迹。

加斯伯格,男,三十二周岁,极限运动专家,火星大峡谷越野纪录保持者。

姜诗妍,女,二十八周岁,生物学硕士毕业,考察志愿者,二级考察员。

刘浩宇,男,三十周岁,电子工程专业博士,光子号一级船员,自愿报名加入考察队,在飞船上通过资质考试,成为考察员。

大卫的视线在刘浩宇身上稍做停留。

留下刘浩宇是反复斟酌的结果,一是因为他能帮助姜诗妍稳定情绪,二是因为他居然是首席工程师。虽然首席工程师有许多,但是他只有三十岁,如此年轻就能成为首席工程师,一定有过人之处。更何况他放弃首席工程师的职位,成为一名考察队员,这更是了不起的举动。在仔细浏览履历之前,大卫曾经低估了这个年轻人。

刘浩宇觉察到大卫的目光,回头看了看他,然后继续抬头望着天空中已经变成小黑点的重氢号。此时营地所在的山谷已经成为一片黑色荒野,光秃秃的树林余温尚在。

"诸位,现在考察的任务,就落在我们身上了。"大卫开口说道,"大家已经知道小龙虾的事情,这个星球上还有很多秘密,我们得把它们挖出来。这样,才能给后来者创造一个安全的环境,至少是可以控制风险的环境。"

"是有移民计划吗?"刘浩宇问。

"那是星际联合政府需要考虑的事,至少将来还会有更多的考察飞船前来探索。这是人类第一次踏上 X 星,我们要尽量让自己的收获丰厚一些。"

刘浩宇看了看姜诗妍,只见她正低着头,不知在想些什么。

"现在我们先进行第一步,看一看火场中是否有有价值的线索。"大卫开始布置任务。

"诗妍!"大卫叫道。

听到自己的名字,姜诗妍愕然抬头,应道:"嗯?"

"泰格会跟着你,你的太空服是粉色的,对小龙虾有吸引力。那些致命的龙虾,说不定对粉色特别敏感。"

姜诗妍点了点头,仍旧一副病恹恹的样子。

"刘浩宇!"大卫继续点名。

"在!"

"你跟着姜诗妍,确保她的安全。"

"啊……是!"刘浩宇显然对这个指令感到有些意外,不过马上答应了下来。

"加斯伯格,你走在队伍前边。"

加斯伯格是个精悍的小个子,虽然身体包裹在太空服中,但他与众不同,举手投足都让人觉得非常干净利落。他应了一声,走进自己的帐篷,背上背包,向着烧焦的

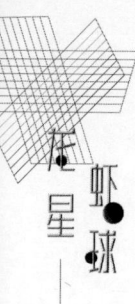

森林走去。

"我到前边等你们。"他丢下这么一句话。

十多分钟之后，小队出发了。

姜诗妍有些魂不守舍。她从没想过，考察中居然会出这样的事儿。那两具血淋淋的尸体刺激着她的神经，让她深感恐惧。她知道那些伟大的探险故事，一些冒险家不断挑战自我，深入某些人迹罕至的地方，付出惨重的代价，甚至牺牲了生命。然而当这样的事情发生在眼前时，她的心理承受极限受到了挑战。科学考察是一件枯燥的事情，她不怕枯燥，反而乐在其中。不过当它变成一件危险的事情，就再也无法成为乐趣了。

她想跟着林博士回到光子号上去，但大卫却强行把她留了下来。

"因为我是个诱饵！"一想到这个，她就愤愤不平。

刘浩宇走过来，和她并肩站在一起。

刚刚经历一场劫难的森林一片狼藉，到处都是残缺不全的枝叶，有的还冒着浓烟。厚厚的树叶堆过于潮湿，没有被烧掉多少，只是在上边覆盖了一层灰烬。

加斯伯格带的路并不好走，刘浩宇不断提示她要小心，帮她清理前方的阻碍，还时不时地拉她一把。渐渐地，她不再胡思乱想，恢复了几分精神。

"你上回说有个笑话，是什么？"她想起刘浩宇说过的话。

"哦？"刘浩宇愣了愣，随即想了起来，"你是说那个笑话啊，现在说也不算晚……从前有个王子，想娶一个真正的公主，但是他很苦恼，怎样才能确定一个女人是真正的公主呢？这个问题一直困扰着他，他始终没有找到合适的人选。一天晚上风雨大作，他的城堡里来了一个女人，她浑身都被雨淋透了，想在这里过一夜。她宣称自己是个公主，于是老王后就让人找来一颗豌豆，放在床榻上，然后在上边盖了二十层床垫，又在床垫上铺上二十层鸭绒被，请这位公主睡在上面。第二天，他们问公主睡得怎么样。公主说简直糟透了，昨晚不知有什么东西硌着她，弄得她一夜都没有睡好。隔着二十层床垫和二十层鸭绒被，还能感觉到一颗豌豆，于是大家都确定她是一个真正的公主。王子高兴地和她结了婚，达成了心愿。"

刘浩宇一口气把故事说完了。姜诗妍觉得自己好像听过这个故事，而且它一点儿也不好笑。

"你怎么会想起这么个故事？"她问。

"因为我们正站在一块厚厚的毯子上啊，而且这里也有一个公主，说不定也能感觉到毯子下边的豌豆。"刘浩宇笑嘻嘻地开起了玩笑。

"讨厌！"姜诗妍伸手在刘浩宇肩头捶了一拳。

"啊呀，打人了！"刘浩宇故意龇牙咧嘴，装作疼痛难忍的样子。

姜诗妍"扑哧"一下笑出声来。

"小心！大家都不要动！"大卫的警告突然传来。

姜诗妍还没有完全绽放的笑容一下子消失了。

灰烬中好像有活物！

前方的加斯伯格蹲在地上，小心地用手中的长棍试探着。泰格进入警戒状态，双手持枪，脑袋不停转动。

姜诗妍伸长脖子，想要看看加斯伯格究竟发现了什么，然而隔得太远，什么都看不见。刘浩宇伸手拉了拉，她连忙顺势蹲下，缩起身子。

忽然，她感觉脚下有些异样。那是一种轻微的震颤，她能清晰地感觉到它，虽然只持续了两秒钟便停止了。正当她以为这不过是一种错觉时，震动又来了。

"你感觉到了吗？"她带着一丝惊惶，小心翼翼地询问刘浩宇。

"什么？"

"有什么东西在地下。"

"没有啊，不会是我给你讲了豌豆公主的故事，你有些敏感了吧？"

"真的有！"姜诗妍急了，"你仔细感觉一下。"

刘浩宇笑了起来："别太紧张了，昨天被火烧了一个晚上，就算真有小龙虾活着，那也是烤龙虾。"

"是一只小龙虾！"加斯伯格传来消息，"半死不活的……"

考察队员们放松下来，准备上前围观。

姜诗妍有些心神不宁，站起身正想向前走，却看见一旁的灰烬中露出一只小小的钳子，而且缓缓挥动了一下。

她被吓了一跳。

"怎么了？"刘浩宇察觉到异样，赶紧问道。

"你看！"姜诗妍指着从灰烬中钻出来的小钳子，说。

契约 ▼ 江波

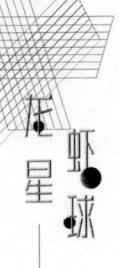

刘浩宇上前，用手中的探棍试探着拨弄了几下，一只小龙虾从灰烬中爬了出来。它还活着，能够移动躯体，然而动作僵硬，看上去筋疲力尽，像是在用最后一丝力气挣扎着求生。

"这边也有。"刘浩宇高声招呼道。

"我也看见了！"罗伏阿喊道。

陆续有更多的小龙虾被发现了，它们都半死不活的，耗尽全力从地下钻出来。暗红的甲壳被余烬一熏，变得无比鲜红，在灰黑色的灰烬中很是醒目。

接着，又有许多龙虾钻出铺满灰烬的地面。它们像是被某种神秘的力量驱使着，焕发出最后一点生命能量，努力爬到地面上来，然后就此到达生命的尽头。

可疑的震颤再次传来。

姜诗妍一把抓住刘浩宇的胳膊，紧张地说："又有震动！"

这一回震动更为剧烈，甚至可以看到灰烬也在微微抖动。所有人都意识到，有大事儿要发生了。

"大家镇定一些，不要慌！"大卫保持着领导的风度，吩咐道。

泰格举起枪，拿出十二分的警惕。

震颤持续了十多秒，突然地面猛烈抖动了一下。距离考察小队不远处，一堆松软的落叶迅速隆起，随即又像爆炸一般散开。一时间，空中到处都是落叶，纷纷扬扬飘洒下来，色彩斑驳，如同漫天花雨。

姜诗妍正想跟着大家一道躲避，耳边却传来一声大喊："你们看！"

她抬头一看，刚刚发生爆炸的地方，有一段粉红色的东西落在灰地里，看上去分外醒目。远远看去，如同平地竖起了一堵墙。

粉粉的颜色，和她的太空服的颜色很相似。

这突如其来的变故让所有人都感觉有些不安，他们紧张地看着大卫，等待他拿主意。

大卫伸展双臂，手心向下，缓缓下压，做出一个让大家保持镇定的手势。

残破的林子里一片寂静。

十多秒后，大卫缓步向前，泰格紧紧跟着他，高举着两把枪。

粉色肉墙突然抽动了一下。

所有人的心一下提到了嗓子眼儿，他们不由自主地缩起身子，可是四周很快又毫无动静了。

姜诗妍伏低身体，躲在一段残余的树干后边，紧张地盯着大卫和泰格。泰格的两把枪是强大的武器，然而面对粉色肉墙，还是令人十分担心，或许根本就不管用。大卫已经凑到那东西跟前，用手中的棍子向前试探着。然后绕着它走了几步，突然停下来，转身向大家招了招手。

他发现了什么？

姜诗妍跟在刘浩宇身后，向那堵肉墙靠近。虽然仍旧心惊肉跳的，然而有刘浩宇在前边挡着，总觉得不会出什么事儿。奄奄一息的小龙虾仍旧躺在灰烬中，刘浩宇直接踩过去，姜诗妍则小心翼翼地避开它们。

直到走到大卫身边，大家才明白发生了什么。大卫脚下有一个黑森森的大坑，大坑里是一堆血肉模糊的东西。刚才的爆炸，把这一大块肉从地下炸了出来，或许它和坑里的血肉原本就是一体的。

索多耶夫斯基蹲下来，仔细观察它的形态。片刻之后，他站起来，拍了拍手说："这是个庞然大物，它内爆了！"

"什么是内爆？"刘浩宇问。

"它死掉后，身体内部的细菌释放出甲烷之类的气体，由于积聚太多，身体撑不住，于是就爆炸了。它体积惊人，显然是庞然巨物。没想到这个星球上居然还有这样的生物，看来我们低估了这里的生态系统。"

大卫一直观察着坑中的情况，大坑至少有三米深，从残存的躯体来看，这个怪物生前至少有十多米长，身躯十分庞大。爆炸掀起了十几平方米的地面，却仍旧看不到它的全貌。密密麻麻的小龙虾聚集在大坑附近，全是半死不活的样子。它们像是原本簇拥着怪物，被爆炸掀出来，这才落在大坑周围。

"这么多小龙虾……它是打算吃掉小龙虾吗？"刘浩宇发问。

姜诗妍原本藏在他身后，一直不敢看向这边。听到他的问题，忍不住好奇，探出头去，向坑里看了一眼。

只见密密麻麻的小龙虾四处蠕动着，一股强烈的寒意涌了上来。她抑制不住，猛地打开头盔，大口大口地吐了起来。

一股刺鼻的酸臭迎面袭来，周遭的空气顿时变得污浊不堪。她觉得自己快被熏倒了，急忙合上面罩，然而笼在面罩内的酸臭味儿始终挥之不去，她急忙加大面罩内的

契约 ▼ 江波

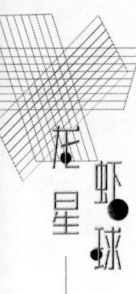

通风量。

短短半分钟,足足消耗了十五分钟的氧气储量,她才觉得味道渐渐散去了。然而难闻的酸臭味儿仍旧停留在她的脑子里,挥之不去。

"姜诗妍,你先回营地去清理一下。刘浩宇,你陪她一起去。我会把我们的位置坐标随时和你们同步。"大卫下令。

刘浩宇和姜诗妍走远了。

大卫看了看剩下的队员。索多耶夫斯基和加斯伯格已经开始采集样本,准备带回飞船上分析;罗伏阿则一直站在一旁,警惕地四下张望着。

"罗伏阿,你有什么想法?"大卫问。

"现在看来,这里比我预想中还不安全,我们得尽早回营地去,不能留在外边过夜。"罗伏阿回答。

"我同意你的看法。不过,我想问问你怎么看待这场事故。"

"索多耶夫斯基已经分析过了,我不可能比他更懂行。"罗伏阿很干脆地拒绝回答。

索多耶夫斯基抬起头来,说:"这个大家伙可不简单,如果我们之前对这个星球生态的分析是正确的,那么它不应该是本土生物。"

他晃了晃手中的采集瓶,瓶子里装着一片小小的肉块,没有血色,呈半透明状,带着一种模糊、混浊的质感。

他凝视着瓶子中的肉块说:"DNA分析会告诉我们,它究竟是不是来自地球的物种。"

"地球上也没有这样的生物。"加斯伯格接上了话,"也许它是某种动物的变种,和龙虾一起来到了这个星球。这个星球这么荒芜,如果它们不吃草,那么就只能相互依赖了。如果它们以龙虾为食,我一点儿也不会感到惊讶。"

"我要下去看看。"停顿了一会儿,加斯伯格接着说,"翻上来的这块儿像是肌肉,我看看下边能不能找到其他器官。"

"都炸烂了。"索多耶夫斯基不想下去。

"所以我下去查看一下,说不定能找到一些线索。"

"你们都不要下去。"大卫拦住他们,"现在安全第一,我让泰格拍摄高清图像传送给太一,让太一去分析好了。"

"你说了算！"加斯伯格并不坚持。

泰格绕着惨烈的现场打转儿，它的摄像机能力每秒能拍摄四十八帧的录像，每一帧的像素是九千六百万，足够最挑剔的图像专家进行分析。

大卫一边看着泰格对现场进行拍摄，一边思考接下来的行动计划。罗伏阿的建议是对的，考察小组绝对不能在外边过夜，哪怕有泰格的警戒也不行。现在自己能做的，是绕着营地进行勘察，确保在天黑之前赶回去。明天再找一个地方扎营，重新开始探查。

他正思考着，脚边突然传来轻微的动静。他低头一看，只见一只半死不活的龙虾趴在自己脚边，努力用两只大钳子夹自己的靴子。

这些不知死活的龙虾真令人讨厌！他心头生出一股怒气，一抬脚，把这只小龙虾踩到泥土里，然后使劲儿碾了碾。

小龙虾被踩碎了，青色肉浆从红色碎壳间流出来，还混杂着一种白色的液体。

第三章　重甲武士

回到营地后，姜诗妍清理了太空服，然后到主营帐找刘浩宇。

两人隔着一张简易的行军桌对望着。

"你怎么这么严肃？"刘浩宇忍不住开口说道，"这不像你的风格啊！"

"我想尽快回飞船上去，越快越好。"

"我理解，你肯定是怕了。"

"什么怕了！"她瞪了刘浩宇一眼，"我想回去分析情报。"

"什么情报？"

"刚才看到的那个被炸烂的大家伙，它的颜色很接近粉色！"她认真地说，"这些小龙虾总喜欢往我的粉色太空服上跳，我想看看那个大家伙是不是雌性的。通过分析染色体，很快就可以得出结论。"

"那你该去现场看看啊！"

"现场那景象我可受不了！这些小龙虾单独看着还行，一大群趴在那里，看着就让人头皮发麻。你别说了，我又要吐了……"姜诗妍说着慌忙站起来，扶着一旁的水

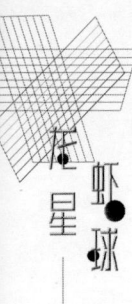

池干呕起来。可是干呕了半天,也没有吐出什么东西。

突然,她背上传来轻柔的拍击,刘浩宇温柔地抚慰着她。

"我没事儿了!"她说。

"休息一下,什么都别想了。等大卫回来,我们就申请回飞船上去。"刘浩宇说。

姜诗妍扶着水池稍做休息:"这里的空气真的很臭。"

"你是有史以来第一个……嗅到X星球空气的人。"刘浩宇半开玩笑地说。

两人回到行军桌旁坐下。

"我在想一件事儿。"姜诗妍皱着眉头说,"那些攻击人类的小龙虾,和我们看到的死掉的小龙虾是不是一回事儿。"

"我不知道啊。"

"你感觉呢?"

"从地下钻出来的小龙虾和我们从水里抓到的小龙虾看上去差不多。"刘浩宇慢吞吞地说,"它们应该就是水里的龙虾,只不过爬上岸,钻到了树叶堆里而已。"

"所以,这些小龙虾会杀人。"姜诗妍心有余悸,小龙虾成群结队地往自己身上蹦,虽然从水里跳出来后落到岸上,就失去了行动力,但如果它们真的是杀掉动物行为学家的凶手,那就太可怕了。

"你确定吗?"姜诗妍想了想,又生出一丝狐疑。

"我仔细看过。"刘浩宇回答,"水里的小龙虾和树叶堆里的小龙虾很相似,但是也有不同之处……"

刘浩宇突然有点儿吞吞吐吐的。

"有什么不同,快说!"

"水里的小龙虾'尾部'更大更突出,树叶堆里的躯体虽然粗壮一些,但是……'尾部'像是消失了。"

姜诗妍脸上微微一热,她明白刘浩宇说的"尾部"是什么意思。那其实是小龙虾的生殖器。X星上的小龙虾"尾部"分裂成两部分,一条用于运动,另一条则是交合器。虽然和地球上的潜江龙虾有亲缘关系,然而它们演化出一套完全不同的生殖系统。刘浩宇说的是一个科研话题,然而两个青年男女在一个狭小的帐篷里讨论生殖方面的话题,未免有些尴尬。

姜诗妍稍稍压抑住心头泛起的微妙感觉,岔开话题,说:"反正我现在就想回到飞船上去，这个鬼地方我一刻都不想待了。"

刘浩宇点点头，说："这里不适合公主！"

姜诗妍一拳打在刘浩宇肩头，嗔怪道："你又胡说！"

刘浩宇笑嘻嘻地受了这一拳。

"刘浩宇，你在吗？"通信机里突然传出呼叫。

是林博士！

林博士是个研究型的学者，为人孤僻，或者说有些清高。为了避免在X星上再度发生意外，他已经提前回到飞船上去了。怎么会突然发出呼叫？两人都有些困惑，互相看了对方一眼。

刘浩宇打开通信，说："林博士，我在这里，有什么指示？"

"太好了，总算找到你了！舰长决定把'重甲武士'送到地面上去，我担心护卫队的人太冲动，你跟他们一起行动，也好有个照应。"

"重甲武士？"

"就是那个重型地面移动掩体。不知道你见过没有，有八条腿，像蜘蛛一样……"

林博士的描述让姜诗妍一下子想起了那个大家伙。是的，它就像一个巨大的蜘蛛，收拢着八条腿，蜷缩在发射舱一角。她刚上船的时候，被人领着四处参观，曾见过这个东西。并且不是一个，而是一排。她依稀记得，介绍的人说，这是一种武器。自己对武器不感兴趣，那个东西模样又很丑，于是就没有仔细听下去。

"哦，我知道了，那是武装登陆舱。"刘浩宇有些吃惊，"星球考察哪儿用得着武装登陆？"

"已经死人了，舰长亲自下达的命令。"林博士有些忧心忡忡，"我怕护卫队下去，考察就不用进行了。"

"大卫队长知道了吗？"

"我联系不上他，所以才找你。"

"联系不上？"

"对啊，大卫有泰格保护，不会有事儿的。我劝舰长再等一等大卫的消息，但他坚持立即派遣护卫队。你们和大卫在一起吧？"

"大卫要我和姜诗妍先回营地。"

"你们没有和他在一起？"

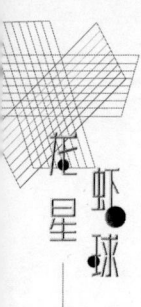

"没有。"

"这就奇怪了。"林博士想了想说,"不管那么多了,你们要小心,护卫队到了,就带他们去找大卫。有大卫制约他们,应该没事儿。"

"好的,我明白了。"

姜诗妍默默听着两人的对话,心中满是疑窦。她看着刘浩宇充满困惑的眼神,明白他和自己一样,觉得舰长的安排有些莫名其妙。

"这个星球上最危险的生物就是小龙虾了,派护卫队下来,是要和小龙虾开战吗?"沉默片刻后,刘浩宇问道。

"毕竟死了人。"姜诗妍想起那两具尸体,答道,"有护卫队,总会安全一点儿。"

"你不明白。"刘浩宇摇摇头说,"护卫队使用的是重武器,而一台重甲武士就可以把这个山谷掀个底朝天,简直是杀鸡用牛刀!"

姜诗妍没有回答,心想或许趁着这个机会,可以直接回飞船上去。

护卫队气势汹汹地从天而降。

见到了重甲武士,姜诗妍才明白,自己的记忆其实并不可靠。重甲武士比记忆中的庞然大物更加庞大,至少有两层楼那么高,八条腿伸展开来,能笼罩住方圆十多米的范围。八条腿中央是扁扁的驾驶舱,里面挂着各式武器。整个机器黑魆魆的,外形狰狞,看上去就让人不寒而栗。

站在这么一台机器面前,窒息感扑面而来。姜诗妍努力压抑心头的惶恐,抬头张望着。

第二台机器也落地了,紧接着是第三台。

原本漆黑一团的驾驶舱突然变得透明了,一个护卫队队员坐在里面。他身穿黑色T恤,剃了光头,显得十分彪悍。

"谁是刘浩宇?"他问。

"我。"刘浩宇举起手答道。

"哦,那你上来吧。"

"怎么上去?"

话音刚落,一只机械臂已经从天而降,一把将他抓住,凌空飞起。这一下来得太突然了,他不由得惊叫出声。

护卫队员见了，哈哈大笑起来。

"浩宇！"姜诗妍也惊叫一声，关切地看着半空中那个熟悉的身影。

机械臂轻轻把刘浩宇放在驾驶舱上方。

"我没事儿！"刘浩宇回头冲姜诗妍喊道。

"你就在后舱，该说话的时候说话，不该说话的时候闭嘴。"护卫队员仰头看着站在自己头顶玻璃上的刘浩宇，大大咧咧地说，"还有，把你的太空服脱了，座舱里不需要太空服。"

三台机器开始向远方烧焦的树林移动。它们只用后边三对足前行，步态很像昆虫，最前面的一对足向前平举着，如同手臂一般。它们很快就变成三个小黑点，消失在焦黑的断枝残叶之间。

姜诗妍呆呆地望着一片焦黑的树林，心中十分忐忑不安。为什么林博士没法直接联系到大卫？刘浩宇不会有事儿吧？

她发现自己开始关心刘浩宇了。虽然他一直油嘴滑舌的，然而这几天在这陌生的星球上遭遇了这么多事儿，不知不觉间，他们的关系似乎有了一点儿改变。她只希望精英小分队能够平安归来。

回飞船的请求报告已经提交上去，飞船中枢太一说向舰长请示过了，然而却迟迟没有得到答复。

大概舰长太忙了吧。

姜诗妍叹了口气，转身往帐篷走去。

突然，一阵窸窸窣窣的动静引起了她的注意。她扭头望去，只见一只龙虾正快速向自己爬过来。它显然刚从水中爬出来，身后留下一道水印。

"啊！"她惊叫一声，不由得想起动物行为学家悲惨的死状。

那些从水中蹦出来的龙虾，到了地面只会胡乱挣扎，但这只龙虾行动却十分灵活，看来应该是躲藏在树叶堆中的品种。

惊慌过后，她意识到只有一只龙虾而已，如果它真的会伤害自己，那么直接把它踩死其实并不费事儿。想到这里，她冷静下来，站立不动，静静等着它爬过来。

龙虾来得很快，个头儿比之前遇到的那些稍大。它似乎有着明确的目标，笔直向着姜诗妍爬去。姜诗妍连忙横着跨出一步。龙虾立即掉转方向，继续向她爬去。

它还是被粉色宇航服所吸引吗？

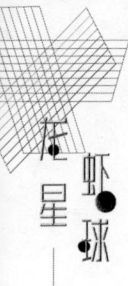

姜诗妍死死盯着龙虾,心情格外紧张。暗想着如果它有任何攻击行为,那就一脚踩扁它。眼看它马上就要爬到身前了,她连忙把脚抬了起来。或许这个具有威胁性的动作吓住了它,它突然停下不动了。

它似乎并不打算发起攻击。

姜诗妍俯身仔细观察,只见龙虾头部两条触须不断抖动着,似乎在感知空气中是否有异样的气息,而眼柄上的两只眼睛如同两个小球,不断翻滚。或许它只是一只迷失了方向的龙虾,如果不是它的形体有巴掌那么大,活脱脱就像一只蚂蚁。

"要不要直接把它收到采样瓶里去?这可是能在陆地上爬行的龙虾。"一个念头一闪而过。

"算了吧,还嫌麻烦不够多吗?"她随即否定了这个想法。

龙虾停留了几秒,忽然掉头爬走了。没爬出多远,就又爬了回来,然后开始重复上述动作。每次回来,都不停地向姜诗妍摆弄触须。

姜诗妍看着这奇特的行为,心中充满好奇,戒心也慢慢放下了。

龙虾忽然向前,用钳子触碰她的脚。它没有用力,只是轻轻地触碰而已。

姜诗妍警惕地注视着它的一举一动,见它并没有攻击行为,也就没有什么动作了。

龙虾再次掉头往回走。这一次它爬得很慢,就像掉进泥淖里的人在做着慢动作一样。爬出三四米后,它又折返回来,再次碰了碰姜诗妍的脚。

姜诗妍忽然意识到,它在示意让自己跟着它走。这个想法一冒出来,不由得吓了她一跳。

小龙虾又这样来来回回了两次,最后一次它慢腾腾地爬向远处,不再回头。一圈儿涟漪扩散开来,它渐渐消失在水中。

姜诗妍默默看着它,心中疑云重重。她很想找个人商量一下,然而刘浩宇被重甲武士带走之后,就再也联系不上了。一时之间,她不知该找谁商量,只好先回到主帐篷里。

犹豫了十多分钟,她终于接通了飞船的中枢,把刚才奇怪的现象当作考察记录口述出来,提交给太一。

大卫看见重甲武士出现在眼前,知道舰长的耐心已经消耗殆尽了。

"舰长要求我们搜索周边六十公里的范围,检查有无任何异常的迹象。"带队的戴克·萨兰说。

大卫心中一沉，重甲武士不是考察队，他们通常会使用武力消灭任何有威胁的东西，这个戴克甚至会消灭任何他看不顺眼的东西。寻找目标，消灭目标，这是他的行动原则。

"不要轻易开火，有什么情况请及时呼叫我。"虽然明知道没用，但他还是忍不住提醒道。

戴克哈哈大笑起来，笑过之后，一本正经地回了一句："遵命，长官！"

大卫并非戴克的上级，戴克的行动队直接受舰长指挥。他这样回复，显然并不是对自己心悦诚服，而是带着几分戏谑。

"您对这位督导员有什么要交代的吗？"戴克又问。

督导员？大卫有些困惑。他抬头仔细看着重甲武士的驾驶舱，驾驶舱后边依稀有个人影，可是看不清楚是谁。

"队长，我是刘浩宇。"耳机里传来声音。

刘浩宇怎么会跟戴克在一起？

"林博士要求我跟随重甲武士一起行动，他说无法联系到你。"没等大卫开口询问，刘浩宇便主动解释道。

"姜诗妍呢？"

"她留在营地，等待撤离。"

"好的，小心一点儿。"

见刘浩宇和戴克在一起，大卫稍稍安心了一些。刘浩宇是个可靠的人，也很机灵。

"戴克说要往西走。"刘浩宇说。

大卫一下子明白了刘浩宇的意思，往西走正好是这个谷地的上游，这是他准备带领考察队前往探查的方向。

"舰长有交代你们重点搜寻什么目标吗？"大卫又问。

"龙虾，越大越好。"戴克哈哈一笑，接着说，"如果你不知道舰长让我们找什么，那么最好不要知道。"

戴克说完，重甲武士就开始启动了，六条腿交错移动，片刻之间便走出很远。另外两台重甲武士跟在它后边，小队向着远方两山之间的裂口奔去。

大卫望着逐渐模糊的三个小点，心中起伏不定。自己的努力到最后还是白费了，

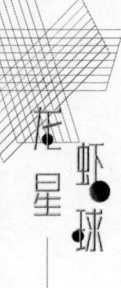

舰长一定是想用最快捷的方式来解决问题。

"我们怎么办？要继续前进吗？"加斯伯格问。

大卫看了看眼前凌乱不堪的场面，缓缓摇头，说："我们没他们走得快，追不上了。仔细研究一下这具残骸，然后回营地去。"

说完他望着远方，若有所思。

姜诗妍不知不觉睡着了。

睡梦中，她感觉自己仿佛在太空中飞行，周围有无数星星在闪烁。太空中的星星是不闪烁的，它们应该是一个个固定的亮点。太空中也没有空气，飞起来应该没有风。然而此刻星星在闪烁，劲风也扑面而来……这让她清醒地意识到自己在做梦。

一只巨大的龙虾挡在她前进的路线上，它伸展着肢体，高举两只钳子，摆出威胁的姿态。那挥舞的钳子竟然有一人高，拼命在她眼前晃动，像一柄巨大的锤子，随时都有可能砸下来。

她不断躲避这凶悍的武器。

漫天霞光散开，眼前突然出现一大片灿烂的粉红色光芒。这只巨大的龙虾像气泡一般爆裂了，消散在星空中。

粉红色气体从四面八方聚拢过来，先是如晨曦般轻薄而透明，慢慢变得浓稠起来，有些像满是杂质的浓汤。

她睁大眼睛，震惊地看着眼前不断变化的景象。

浓汤最后居然有了形状，依稀就是一只龙虾。它顶天立地，犹如庞然大物。两条长长的触须飘飘荡荡，从自己身前划过。

这只龙虾竟然是粉色的，而且触须和自己的胳膊一般粗。她看着龙虾发呆，龙虾似乎也正瞧着她。

这巨大的生灵吐出一串五彩缤纷的气泡，摇摇晃晃，向她飞去。

轻飘飘的气泡看上去似乎没什么威胁，所以她没有躲避。当第一个气泡飞到眼前，她伸手轻轻一推，气泡顿时爆裂了，眼前像是飞过无数个字符。

"救命！"

每个字符都在重复同一个意思，各种不同字体的"救命"铺天盖地般涌来，像是要把她吞没。

她情不自禁地闭上眼睛。

当她睁开眼睛时,却发现自己趴在桌上,额头上全是冷汗。

这是一个梦,然而却不是简单的梦,梦中的情景栩栩如生,实在太逼真了!她正想站起来,一转头,却看见一旁的桌子上趴着一只小龙虾。

她像是见到鬼一样跳了起来,简易的行军椅被急剧的动作撞飞,砸到后边的行李架上。一个玻璃罐掉在厚厚的地垫上,发出一声沉闷的响声。

她惊魂未定,仔细看了看桌上。只见一只小龙虾趴在那里,也不知它是何时爬到帐篷里的。

它仍旧活着,触须不断抖动。

她心中突然产生一种不好的预感,微微抬头,只见行军桌前的地面上爬着十多只龙虾,鲜红的颜色在褐色地垫上格外醒目。她万分惊惧,连忙后退一步,没想到一不小心踩在玻璃罐上,一个趔趄,摔倒在地上。

一瞬间,她瞥见地面上的龙虾纷纷向自己爬过来。还看见帐篷的某个角落,不知什么时候被龙虾弄出一个碗口大的洞,龙虾正是从那里钻进来的。

她手忙脚乱地爬起来,找到太空服,用最快的速度套上它,戴上头罩。

帐篷已经被龙虾弄破了,不知自己在X星的空气中暴露了多久。更要命的是,龙虾正源源不断地从破洞钻进来。

动物行为学家惨死的模样浮现在她的脑海里,让她惊恐不已。她连忙打开帐篷的密闭门,准备向外狂奔。然而刚跨出帐篷,她就不由自主地站住了。只见地面上密密麻麻爬满了龙虾,它们都是从水里钻出来的,湿漉漉的,在阳光的照射下显得特别扎眼。

"完了!"她心想。

她急切地向太一发送求救信号,然而太一却一直沉默着,根本不予理会;她尝试联系大卫,联系刘浩宇……往常一打开就能立即接通的频道完全没有反应,每一次焦急的呼叫,换来的只有死一般的沉默。

她越来越绝望了。

龙虾继续围上来,然而并没有发起攻击。

她进也不是退也不是,只能不知所措地站在帐篷门口,尽量背靠帐篷,避免陷入腹背受敌的窘境。

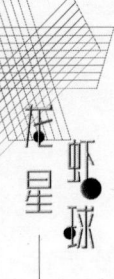

"要不冲过去吧!"一个大胆的想法冒了出来,立即被她否定了。龙虾密密麻麻铺开,至少有几百米,而且它们行动迅猛,能在几分钟的时间咬死两个人,想要冲过去,简直是天方夜谭!

无边的恐惧在心底泛滥开来,一个激灵顺着脊柱散入四肢百骸,她顿时觉得手脚冰冷,再也动弹不得。

"救命!"

"救命!"

"救命……"

她不断呐喊着,然而没人能听到。她干脆一屁股坐在地上,闭上眼睛,听天由命。

一瞬间,世界像是安静下来,静得只能听见自己的呼吸。

"跟我来!"

她依稀听见一个声音。

"谁?"

她立即警觉起来。

"跟我来!"

那个声音仍旧在呼唤她,声音细小而悠长,像是从遥远的地方飘来,直接钻进她的脑海里。

这不是在做梦吧?

她睁开眼睛,眼前仍旧是密密麻麻的小龙虾,远方的天空一片湛蓝,一切如此真实,根本就不是梦境。

"跟我来!"

那个声音不断召唤着她。

她清楚地看到了它的提示,小龙虾正在移动,它们向两旁分开,让出中间的道路。强烈的惊奇感压倒了恐惧,她情不自禁地站起身来,向前跨出一步。小龙虾随着她的脚步而后退,神奇的力量让它们默默分列两旁。

她不由得想起一个神话故事,摩西带着族人逃亡到红海边,走投无路,上帝分开红海,让他带着族人安然通过。眼前红艳艳的小龙虾不断向两边散开,还真有一点儿分开红海的意思。

她向前走了几步,虽然站在小龙虾的包围之中,但她不再害怕,反而有些期待。

"你们想把我带到哪里去？"她看着脚下的小东西，暗自想道。

不知不觉中，她的头脑里已经有了答案。她抬头望了望远方，河对岸的树林并未经过火焚，仍旧阴森森的。树林那边是一个山坡，山坡上没有高大的树，却生长着大量灌木。

她知道灌木掩藏之下，有一个巨大的巢穴。

她迈开步子，向河对岸走去。

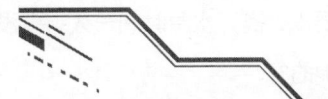

第四章　寻找诗妍

大卫站在烧焦的树林边，营地就在前方，他却有一种不安的感觉。

这里太安静了。

"姜诗妍，你听到了吗？听到请回复。"他开始呼叫姜诗妍。

姜诗妍没有任何回应。

"太一，帮我找到姜诗妍。"他转而呼叫太一，太一也没有回应。

这是怎么回事儿？太一每时每刻都在线，不存在故意不应答的可能。

"队长，怎么了？"紧跟在他身后的索多耶夫斯基问。

"我无法联系上太一。"他平静地回答。

队伍完全停了下来。

"那边有一些龙虾。"罗伏阿站在一块大石头上观察了片刻，报告道，"我们的营地里到处都是龙虾。"

"看来姜诗妍已凶多吉少。"大卫暗想道。

他抬头仰望天空。

光子号在空中是一个小小的亮点，虽然是白天，但仍旧肉眼可见。现在最重要的，是先和太一取得联系。

"有人来支援我们了。"罗伏阿又说。

大卫知道罗伏阿说的是什么。距离光子号不远处，有几个小小的黑点，那是从光子号上降落的飞行器。看来光子号上也发现了异样，舰长直接派人下来接应考察队了。

"泰格,你到营地里探查一下。"大卫向机器人下达了指令。

"我不能离开您。"泰格拒绝执行指令。

"我会跟着你。"大卫说着开始向前行走,"你在前边探查情况,我会和你保持十米左右的距离。"

泰格遵照指令向前行走,大卫紧紧跟着它。索多耶夫斯基和大卫一起,加斯伯格跟在大卫和索多耶夫斯基后边,与他们保持三十米左右的距离,罗伏阿则留在高地上保持警戒。

一行人小心翼翼地进入营地,遍地的小龙虾顿时映入眼帘。

这些小龙虾奄奄一息,像是快要死了。它们需要水,离开水源时间一久,就没法活命。然而究竟是什么驱动它们爬到岸上,涌入营地的?

泰格很快到达主帐篷之前,他站在原地,四下张望着。

"安全!"他向大卫发出消息。

大卫缓步向前,也来到门口。帐篷敞开着,一眼就可以望到里面,隔离门也敞开着。如果姜诗妍曾经来过,那么她离开的时候一定很匆忙。

大卫钻进帐篷里,发现没什么异样。

靠近标本架的角落里有一张行军桌,他走过去,见地上有一个玻璃瓶,便伸手把它捡了起来。不想竟瞥见地上有几只龙虾,不由得皱了皱眉头。

角落里有个破洞,龙虾一定是从那儿钻进来的。

他又四下看了看。

索多耶夫斯基走到他身旁,他把手中的瓶子递给索多耶夫斯基,问:"你怎么看?"

索多耶夫斯基接过瓶子,在手中翻转一圈儿,说:"看起来是这些龙虾先闯入帐篷里,然后姜诗妍打开门跑了出去。"

大卫点了点头。

"她的太空服不见了。"索多耶夫斯基接着说,"她跑出去的时候,一定穿上了太空服,这说明她当时神志清醒,知道自己在做什么。"

大卫再次点了点头。

现在的问题是,姜诗妍去哪里了?她是死是活?

带领考察队降落 X 星球之前,他就向舰长打了包票,一定能够探究清楚这个星球上的小龙虾是怎么生存的。然而考察还没什么结果,动物行为学家戴维斯却死了,虽然很大的原因是因为戴维斯一意孤行，但自己作为队长也有责任。林博士已带着大多数人回到飞船上，自己坚持留下精英小分队继续考察，如果姜诗妍也出了意外，那么自己更是责无旁贷。

他深深希望姜诗妍只是于慌乱中跑远了，不会出什么事儿。然而，这显然是个十分渺茫的希望。

"这些小龙虾可能就是冲着她来的。"他说。

"这小姑娘运气真不好。"索多耶夫斯基随口应了一句。

小姑娘！大卫突然意识到，在所有队员中，只有姜诗妍是女性。而龙虾总是向她发起行动，林博士说这是颜色识别导致的性冲动，然而是不是还有别的可能？它们能分辨出人类的性别吗？

这个念头在大卫脑子里一闪而过，他的注意力又回到找到姜诗妍这件事上。

"队长！"加斯伯格传来呼叫，"你到这边来看看，我想这是姜诗妍留下的踪迹。"

大卫一听，立即快步钻出帐篷。

加斯伯格站在十多米开外的一块大石头上，见大卫出来，连忙向前指了指。大卫顺着他指示的方向望去，只见不远处，密密麻麻的龙虾竟然神奇地向两边分开，中间留着一条通道，径直通向河边。清澈的河水波澜不惊，赫然能看见水底的淤泥中有一行脚印。

"我看过了，那边有踩踏的痕迹，就在河对岸。"加斯伯格的声音再次传来。

大卫抬头望去，二十多米宽的小河对岸是一片深红色的草地。一些小草被踩倒了，留下一道浅浅的痕迹，笔直通向对岸的树林。看来姜诗妍蹚过这条小河，去了对面。她究竟怎么了，是被什么东西胁迫了吗？现在该怎么办？

大卫抬头望了望天空，心中满是忧虑。此时此刻，舰长一定会用他的方式来解决问题，这次可不是派戴克带着几个重甲武士下来这么简单。

那将是一场浩劫。

大卫再次望了望河对岸姜诗妍留下的踪迹。

至少应该再努力一把，试试能不能找到姜诗妍，把她带回来。至于这个星球，就让舰长去处置吧。他是做决定的那个人，事情到了这个地步，自己已无话可说。

姜诗妍独自在树林中行走。

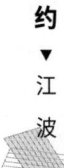

契约 ▼ 江波

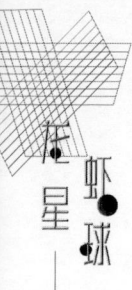

这是一个完全陌生的环境，阴森湿冷，但是有一种莫名其妙的熟悉感，像是曾经来过这里一样。这样的环境原本应该让人害怕，可她却根本不觉得害怕，反而带着一种难以描述的兴奋，很像那种微微有些醉酒的感觉。

"停下，回去找大卫！"

尽管残存的理智不停地告诫她，应该立即回头，回到营地去。然而兴奋感毫不费力地把理智推到一边，很快就让这些无关紧要的噪声烟消云散了。

有什么东西正在森林深处召唤她，让她坚定不移地向前走去。

渐渐地，树木变得稀疏起来，遮天蔽日的树荫不再那么浓密，从间隙里露出一星半点儿天空，就像一块块亮亮的碎片镶嵌在黑魆魆的背景上。阳光投射在阴影之中，仿佛一柄柄利剑一般阻拦在前方。

她继续向前，头顶的阳光越来越明亮了，最后竟成了明晃晃一片。

她终于走出了树林。

眼前是一道突兀的悬崖，高高耸立，直入云霄。赤色岩石风化得厉害，一道道裂纹顺着山体延伸，似乎随时都有可能坍塌。

龙虾从厚厚的树叶堆中涌出来，在空地上聚集起来。它们像是被某种魔力驱动着，显得特别躁动不安，一起在空地上挖坑。这些小小的生物十分脆弱，然而集合起来，就变得空前强大。地面很快被挖得千疮百孔，像筛子一样。筛子很快塌陷下去，一个深黑的洞穴出现在姜诗妍跟前。

原来地底原本就是空的，龙虾们不过除去了上面覆盖的一层薄薄的泥土而已。

姜诗妍探头向洞穴里面张望，只见四周一团漆黑，一眼望不见底。她平静地等待着，她知道会有什么东西来迎接自己。

一条细细的红色触须从一团漆黑的洞穴中伸出，越伸越长，从食指那么粗逐渐变为胳膊那么粗，最后竟像大腿那般粗。它高高挑起，足有十多米高，在空中不住颤动着。

这是巨虾的触须！

姜诗妍很奇怪自己竟然知道这是什么，她上前一步，双手紧紧抱住触须根部。触须表面十分光滑，她抱不住它，开始向下滑。就在这时，那高出地面十多米的触须也开始往回缩。一眨眼的工夫，她就没入洞穴之中。

四周一片黑暗，太空服的头灯自动亮起，照亮了眼前一方小小的空间。

她清楚地看到许多小龙虾在黑黑的土壤中爬动着，这些水中的生物，竟然在完全不同的环境中生存了下来，这完全颠覆了她所学过的生物学常识。能让龙虾的行为发生这么大的变异，需要长期的演化，而且会引发形态上巨大的变化。这些龙虾在地下挖掘洞穴，不像是自然演化的产物。然而这一切和自己抱着的这根触须相比，又算不上什么了。触须的主人，或许就是那个只有在梦境中才会出现的生物。

突然，她脚下碰到了什么东西。

她低头看去，竟看见一团粉色的肉块。而触须生长在肉块上面，正随着它一道向下收缩。

粉色！这几乎和自己太空服的颜色一模一样！从太空中可以看见的粉色部分，莫非也和这神秘的生物有关？

她屏气凝神，知道答案很快就会揭晓。

泰格在前方站住了，发出刺耳的警报声。

大卫不得不关闭警告，缓步上前，想要看个究竟。

"警告，警告，不得向前，安全警告！"泰格一反常态，继续向大卫发出警告，甚至举起枪对准大卫。

"泰格，发生什么了？"大卫一边问，一边启动了泰格的强制反馈程序。

"不要动！"泰格发出警告，"如果移动，立即开枪！"

大卫连忙停下脚步。

"是不是太一？"加斯伯格问。

这句话一下子提醒了大卫，他立即呼叫太一，然而太一仍旧没有反应。如果不是太一控制了泰格，那么就是什么力量黑入了泰格的控制中枢，让自己从泰格的保护对象变成了防范对象。

他紧皱眉头，飞速思考着各种可能性。

在这远离地球的异星球上，如果有什么外星文明能够直接控制他们发明的机器人，那么其文明程度一定高得不可思议。然而这个星球并不像是拥有高等文明的样子，它的生物圈复杂度，只发展到初等多细胞生物的程度。根据目前的观察结果，最高等的生物竟是来自地球的小龙虾。

小龙虾有能力干扰机器人吗？如果它们有能力干扰地面和光子号之间的通信，那么黑入机器人的控制系统也不是没有可能。

大卫回头向营地望去，隔着小河，可以看到营地那边异常繁忙。

和光子号失去联络之后,舰长把整个护卫队都派了下来。三艘战斗舰载着三百多名战士降落,配合四十多个辅助机器人,在河岸边构筑了一个长达两百多米的钢铁堡垒。手持重武器的战士进进出出,正在调整队形,积极准备作战。他们根本不关心大卫的动静,任由他带着加斯伯格和索多耶夫斯基渡过小河。

大卫不由得有些担心,如果泰格被控制了,那么护卫队中的机器人也可能会出现同样的问题。

他又看了看泰格。只见泰格一动不动,双手举着两把枪,正指着自己。他心头一动,对加斯伯格说:"你试着移动一下。"

加斯伯格和索多耶夫斯基互相看了一眼,并不明白他的意图。

"我要看看泰格是不是对你们也有反应。"大卫解释道。

加斯伯格试探着向泰格走了两步,泰格没有任何动静,只是盯着大卫。加斯伯格又向前走了一步,距离泰格不过三米,可泰格仍旧一动也不动。

看来这个黑客的技术不算太高,并不能随意控制泰格的行为。原本泰格的任务设定中就有保护大卫的职责,黑客的侵入只是让泰格的行为反了过来,不过仍旧以大卫为核心。

"加斯伯格,你去看看前边发生了什么。"大卫吩咐道。

加斯伯格也意识到泰格不会袭击自己,小心地绕过泰格,向前走去。泰格只是盯着大卫,对他完全不理不睬。他放下心来,继续向前,很快就消失在树林深处。

"你也去看看吧!"大卫又对索多耶夫斯基说。

很快,索多耶夫斯基的身影也消失在树林里。

大卫看了看泰格,见他还是一动不动,将乌黑的枪口对着自己,随时准备向自己开火,于是试探着向一旁迈出一小步。

"砰"的一声,一发子弹落在脚边。大卫一惊,立即缩了回来。果然此刻泰格唯一的任务,就是把自己死死看住,不让自己有任何行动。不过只要他不限制加斯伯格和索多耶夫斯基的行动,就有希望找到姜诗妍。

大卫干脆站立不动,和他对峙着,等待加斯伯格和索多耶夫斯基的消息。

两人的讯号一直保持畅通。

"队长,这里有个深坑。"约莫十多分钟后,加斯伯格的声音传来。

"好,你们仔细探查。泰格看着我,我走不开。"

大卫话音刚落，远方突然传来一声巨响，脚下的土地随即微微震动起来。他转头一看，只见山头那边腾起一股黑烟。他正想弄清楚是怎么回事儿，泰格却放下枪，头颅转动着，不断探查周围的情况。

"泰格，去找加斯伯格。"他命令道。

"我必须保护你的安全，不能远离。"泰格拒绝执行这个指令。

他向前走了两步，泰格没有阻拦。泰格突然恢复正常了，就像突然失控一样莫名其妙。

他正想越过泰格，去找加斯伯格和索多耶夫斯基，头盔里突然传出舰长的声音："大卫，你必须回到飞船上。"

和光子号的通信也恢复了！大卫又惊又喜，喊了一声："舰长！"

"我让护卫队带消息给你，让你立即回飞船上来，护卫队向我报告，说你拒绝了。这是真的吗？"舰长问。

"舰长，我要找到姜诗妍，带她一起回来。"

"姜诗妍失踪了？"

"是的，我让加斯伯格和索多耶夫斯基去找她了。刚才泰格出现异常，居然限制我的行动。"

"你说泰格出现异常了？"

"对，它刚才限制我的行动，所以我让加斯伯格他们过去探查情况。"

"现在泰格恢复正常了吗？"

"恢复了，和光子号的通信一道恢复的。"

"我了解了。你尽快回飞船上去，我让戴克护送你。"

"让我先找到姜诗妍。"

"护卫队会找到她的。让戴克送你回来，你的人都撤回来吧。"舰长说完中断了通信。

舰长的态度并不是与他协商，而是在下达命令。他暗暗叹了口气，只希望加斯伯格他们能尽快找到姜诗妍，带她一起回来。

"姜诗妍在这里！"加斯伯格的声音传来。

"她怎么样？"大卫关切地问。

"她躺在坑底，像是昏迷了。"加斯伯格回答，"不知道她是怎么下去的。"

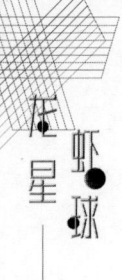

"我来看看!"大卫说着,对准加斯伯格的信号飞奔而去,泰格紧紧跟着他。

河对岸,护卫队的一艘降落船正缓缓从基地升起,向着这边飞来。

大卫赶到的时候,加斯伯格已经下到坑道里边,索多耶夫斯基站在一旁,拉着一条救生绳。

大卫站在坑边向下张望,只见里边黑漆漆的,只能看见加斯伯格白晃晃的头盔和头盔上摇曳的顶灯。

"情况怎么样?"大卫关切地问。

"我看到她了。我先把救生绳给她捆上,拉她上去。你们动作快一点儿,这里到处都是小龙虾,不太安全。"加斯伯格急切地说。

大卫让泰格拉动救生绳,机器人力气很大,很快就把姜诗妍拉了上去。索多耶夫斯基慌忙解开姜诗妍身上的绳索,又把绳子放了下去,想要拉加斯伯格上来。

姜诗妍躺在地上,像是睡着了一般。大卫飞快地检查了一下她的太空服,见一切正常,这才松了口气。

天空中传来反重力引擎特有的"嗡嗡"声,大卫抬头一看,只见护卫队的降落船正缓缓向这边驶来。他们按照舰长的指令,来接自己回飞船上去。之前和光子号的通信中断了,自己还能拒绝他们,强行留在这里。现在舰长已经下达了死命令,无论如何也没有借口拒绝了。还好找到了姜诗妍,可以带着她一道回去。

加斯伯格也系着救生绳从洞里出来了,见到大卫,他说:"下边黏糊糊的,很多地方都有黏液,里面一定有什么东西。不过空间很大,我没敢走进去。"

大卫点了点头。加斯伯格的发现无疑有很高的考察价值,然而现在不能继续探查了。除了护卫队,所有人都要回到飞船上去。

降落船缓缓贴近地面,最后悬停在树林上方。一旁高大的树木突然成片倒下,地面上传来急剧的震动,一个大家伙从树林里钻了出来。

大卫看得分明,那是一个重甲武士,走得近了,才看清楚是戴克。

戴克在几人面前站定。

"长官,我来送一送你们。"他阴阳怪气地说。

说话间,座舱弹开了,有人从里面翻身跃出,稳稳落地。

是刘浩宇!

"你们把这个小子也带回去吧,免得他老在我耳边聒噪,烦死了!"戴克说完哈哈一笑，转而对刘浩宇说，"小子，回去好好休息！我该干啥，就不用你操心了！"

刘浩宇与戴克怒目而视，显然两人之间并不愉快。

"戴克，我会执行舰长的指令，带所有考察队员回飞船上去。你可以走了。"大卫抬头望着他，冷冷说道。

"那么后会有期了，长官！"

戴克说完，操纵着重甲武士，径直穿过树林，大摇大摆地离去了。一路上树木纷纷倒下，顿时满地狼藉。

"队长……"

刘浩宇想要报告什么，大卫却拦住他，说："我们先带姜诗妍回光子号上去，有什么话回去再说。"

刘浩宇这才注意到姜诗妍躺在地上，惊叫道："这是怎么了？"

他连忙跨出几步，在姜诗妍身旁蹲下，查看她的情况。

降落船上缓缓落下一道软梯。大卫让加斯伯格先上去，然后几人合力把姜诗妍捆缚起来，缓缓拉了上去。

他最后一个爬进机舱，降落船随即关闭舱门，开始升高。

从空中望下去，那黑漆漆的洞口赫然在目。泰格停留在原地，一动也不动，已成为一个小小的白点。

大卫忽然感觉有些不对，泰格竟然被留在星球上了。泰格是自己的警卫，从来都是跟随自己一道行动的。每次降落或者回去，总会有他的位置，这一次却根本没被安排。

这是一个疏忽，还是故意为之？

大卫不禁有些焦躁了。

第五章　　它还活着

姜诗妍悠悠苏醒过来。

雪白的天花板映入眼帘，天花板上是光子号上随处可见的紫藤花纹。看来自己应该回到光子号上了，可她分明记得自己在洞穴中晕过去了。

她霍然起身。

周围一片纯白，天花板是白色的，地板是白色的，床是白色的，自己身上也套着白色棉质衣物，宽袍宽袖，就像医院里常见的那种。

"姜诗妍，你醒过来真的太好了！"一个声音在舱室里回响着。

是太一。

"太一，这是怎么回事儿，我是在光子号上吗？"

"你昏迷不醒，被救了回来。我对你进行了身体检查，一切正常，只是脑部受到过度刺激，有局部出血的迹象，预计三天内会被吸收掉。"

姜诗妍静静坐着，回想昏迷之前的情景。她惊讶地发现，除了在洞穴中晕过去这件事儿，自己什么都想不起来了。甚至连洞穴长什么样儿也完全没印象，只记得那是一个潮湿、温暖的地方。

这真是一件怪事儿。

她正想下床，舱门却悄无声息地打开了。抬眼望去，只见刘浩宇站在门口望着自己，眼中满是关切。

"你终于醒了！"他一边走过来，一边把两个桃子放在床头柜上，说，"医生说你暂时不能吃硬的食物，我给你带了两个桃子。"

桃子是光子号上的稀罕物品，虽然飞船上的桃子是量产品，由生物合成机器根据基因配方生产，但分配到每个船员身上也极其稀少，每周只能分到一个。据说私下交易中，一个桃子值一个领航员一周的薪水。刘浩宇带来两个桃子，一个算是自己的配额，那么另一个就是他的配额了。

"谢谢！"姜诗妍轻声说道。

"谢什么，公主殿下还用说谢吗？"刘浩宇又恢复了那副损样儿，说着从兜里掏出一根软管来，竟是一条酸奶棒，"医生批准的，赶紧吃吧，别饿坏了。"

"我不饿。"姜诗妍摇了摇头。

"还不饿？你都昏迷三天了。"

"三天？"姜诗妍惊讶地叫了起来，"有这么久吗？"

"从找到你那天开始计算，足足有三天了。"

"哦。"姜诗妍恍恍惚惚的，有些不相信真的过了那么久。

"那天我走了之后，发生了什么？"刘浩宇一边把酸奶棒递给她，一边问。

她默默接过酸奶棒，随手把它放在床边。她想起一些事儿，是的，小龙虾，铺天盖地的小龙虾占据了她所在的每一寸空间……每一只龙虾都高举着钳子，像是在示威。成千上万的小龙虾在她脑子里搅和着，快要把她的脑子挤爆了。

她猛地摇头，想把这些情形从脑子里抛开。

刘浩宇见状有些愕然，连忙问："怎么了？"

她没有回答，直直瞪着前方，像是在凝望着遥远的天边，眼中一片茫然。

"诗妍！"刘浩宇伸手在她眼前挥动，"你可别吓唬我！"

她仍旧茫然地盯着远方，刘浩宇的动作在她眼里分外可笑，然而她并不理会。她想起一些事儿，一些和这个躯体完全无关的事儿。不知道发生在什么时候，什么地点。只见一艘庞大的自动母舰上，巨大的龙虾从低重力的牢笼中爬出来，挣扎着冲向控制台。

控制台上到处都是警告，龙虾完全明白关键所在，飞船已经进入自毁模式，正冲向星球，准备在浓稠的大气中焚毁。龙虾呼吸困难，行动乏力，它是低重力环境中生长的物种，重力环境本身对它来说已然致命，飞船急速向前，额外的加速力量更是如同雪上加霜。然而为了活命，它必须控制这艘飞船安然降落。

这是一场关于意志的磨炼。

锈红色的星球显示在大屏幕上……这个荒芜的星球上没有复杂的大型动物，环境却和地球惊人的相似。它的种族将会繁衍生息，不断扩张，最终统治这个星球。

"诗妍！"刘浩宇的喊声有些焦急。

姜诗妍收回目光，转而看向刘浩宇。她的目光变得有些不同了，清澈之中透出一种坚定，隐隐闪烁着鹰隼一般锐利的光芒。

刘浩宇看着她，惊讶地问："你怎么了？"

"浩宇，我想请你帮我一个忙。"她说。

短短几分钟时间，她已经明白了自己的使命。

"我的太空服里有个蓝色玻璃小盒，它是一个玩具……"她一边说，一边低头盯着自己的脚趾，一只手抓着衣角，不断捻动着。

刘浩宇应该会帮她去拿那样东西，那就够了。和种族存亡相比，欺骗一个人类算不上什么。

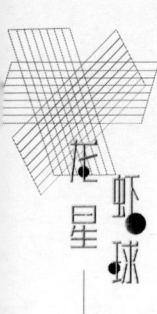

大卫坐在舰长对面。

该说的话都说完了，两人只好沉默以对。

约莫过了三分钟，大卫再次开口说道："至少留一些样本。"

他的语气十分委婉，像是在苦苦哀求。

"现在已经证明它还活着，我不能再犯同样的错误。"舰长很干脆地拒绝了。

大卫站起来，低着头向外走去。他没有讨价还价的余地，舰长早就算计好了，甚至连泰格都没有跟自己在一起，而是被留在星球上，成了护卫队的一员。

"我马上要退休了，这艘船会交到你手里。"舰长的声音从背后传来，"但是不解决掉这个麻烦，我无法交代。它毁掉了西王母号，杀掉了所有船员，其中还有我的两个好朋友。让它继续在这个星球逍遥法外，我做不到，我希望你能帮我。"

大卫沉默片刻，然后走了出去。在通道尽头等电梯时，他长长地叹了口气。

舰长有权力这么做，这个星球上的神秘生物很危险，舰长说它曾经劫持过一艘飞船。虽然听上去有些不可思议，然而也并非没有可能。它拥有强大的智力，能够掌控飞船，甚至屏蔽了光子号和地面之间的通信，的确是个十分危险的存在。

电梯终于到了，大卫跨进去，准备回实验室。

一条呼叫突然响了起来。

是林博士。

大卫接通了传呼。

"大卫，我有新的发现……"林博士的声音很急迫。

大卫仔细听着，脸色越来越凝重，最后问道："姜诗妍呢？"

"她应该还在医护舱里。"

"我去找她，你也一起过来吧！"

电梯停了，大卫并没有出去，而是立即摁下医护舱所在的楼层。

林博士在姜诗妍的检查样本中发现，她的基因中含有小龙虾的 DNA 片段，她从生物本质上来说已经不是人类了。这种事儿是巨大的禁忌。倘若真的如此，那么姜诗妍就应该被隔离，并且上报生物多样性伦理委员会来裁决。现在必须进一步了解姜诗妍的情况，或许还有办法挽救她。

大卫急匆匆赶到救护舱。

"姜诗妍在哪个舱位？"他问太一。

"十四号舱。"太一回答,随即说道,"可她不在舱内。"

"什么?"大卫吃了一惊,"那她去哪里了?"

"她去了底舱。"

"立即把她找回来。"

"我暂时找不到她。"

"什么?你怎么会找不到她?"

"她到了底层,进入我的盲区。"

"盲区?飞船上居然有盲区?"

"光子号的外层由自动保护系统构成,我了解它的结构,但是并不能实时监测它。它是飞船的皮肤,可以独立工作,我只能得到一些汇总数据。"

"也就是说,姜诗妍进入了自动保护系统?"

"是的。"

"你怎么没有阻止她?"

"飞船的设计宗旨就是要留下一些特别通道让人通行,而我无法对其进行干预。"

大卫哑然。

为了以防万一,飞船特意留下了一些专门的通道,让人可以通行无阻。然而姜诗妍是个考察队员,并非船员,根本就不可能了解这些特别的设计。

林博士赶了过来,见大卫站在医护舱门口,脸色十分阴沉,忙问:"出了什么问题?"

大卫摇摇头,又点点头,说:"姜诗妍不见了。"

"怎么可能?!"林博士的反应和大卫如出一辙。

"我们尽快找到她!"大卫很快摆脱犹豫,干脆、果断地下令,"太一,你把情报通告给底舱所有工作人员,让他们去找姜诗妍。"

说完,他转向林博士:"我要向舰长汇报这件事儿,你跟我一道去吧!"

两人急匆匆地向着舰桥奔跑。

它在呼救!

姜诗妍仿佛听到了 X 星上传来的哀号。

是那些护卫队干的!

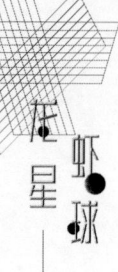

她想起护卫队的头领好像叫戴克·萨兰，身材高大，脸上满是凶悍之色，看着就令人害怕。

这些人在X星上干了可怕的事儿。一阵急切的压迫感袭来，必须加快速度了！

她手脚并用，尽量让自己爬得快一点儿。然而外层通道异常狭窄，仅仅能让一人勉强通过，无论怎么努力，速度也十分有限。

急切的压迫感过后，她感觉特别疲惫，很想停下来，然而却不得不继续向前。外层防御系统的管道中并没有设计生命维持系统，这里的氧气浓度比正常通道中要低许多。长时间在管道中爬行，已经让她耗尽了力气，而且通道中一片漆黑，只能凭着本能一点点向前。

她有些害怕。

自己的生命正处于危险之中，生物本能让她害怕和退缩，想要躲在某个角落里蜷缩起来，让内心平静一点儿，然而另一股力量却驱使她继续向前。

她清楚地知道那不是自己，至少不是从前的自己了。只是它已经和自己合二为一，再也分不开了。为它，就是为自己！

她拼命驱动疲惫的四肢，想要榨干身体残存的最后一点儿力量。

这像是在垂死挣扎，然而她丝毫不为自己担忧，只想实现一个目标——炸掉光子号。只要光子号没了，护卫队的行动自然会停下，它就能得救了！

她手脚并用，不断向前，然而却徒劳无功，速度越来越慢，最后竟奄奄一息地趴在原地。

哀号再次传来，然而这一次，她已无力做出回应。

就这样结束了吗？她努力睁开眼睛，心底满是悲哀。

前方突然出现光亮，刺痛着她的眼睛，有呼喊声传来。

"姜诗妍，你在那里吗？"

是什么人找到了自己？他们怎么会找到这里来？如果被人找到了，那么进入光子号的动力引擎核心，引爆反应炉的计划就彻底失败了。

她绝望地闭上眼睛，然而绝望感很快消退，求生欲重新占据上风。

"我在这里！"她用尽全身力气喊道，生怕前来寻找自己的人已经离开了。

人们听到了她的呼喊。

一个小机器人被放进管道，带着一条粗粗的管线，飞到她面前。它不停闪烁着，发出"嗡嗡"的声响。

"得救了!"失去意识之前,她只剩下这个念头。

姜诗妍悠悠醒来,发现自己半躺着坐在一间小小的屋子里,面前是一张洁白的桌子,四周是洁白的墙体。柔和的灯光照亮了每个角落,异常整洁干净,简直一尘不染。

桌子对面有两个人,一个坐着,一个站着。坐着的是林博士,正全神贯注地操作着什么;站着的是大卫,他眉头紧锁,双手抱在胸口,死死盯着林博士。

姜诗妍试图坐直身子,却发现自己陷落在椅子里,根本无法动弹。

这是一张检查身体用的半包围椅,两条柔软的机械臂把她牢牢卡住了。响动引起大卫和林博士的注意,他们抬眼望了过来。

"不要动。"林博士说,"检查很快就完成了。"

"检查什么?"姜诗妍问。

"你的 DNA 分析结果有些奇怪,我需要仔细检查一下。"林博士一边回答,一边拨动桌上某个位置。一张半透明的虚拟屏幕从洁白的桌子上升起,隔在姜诗妍和他之间。

"你回到飞船之后进行了体检,检查显示你身体内的嘌呤类物质很高,蛋白质分解异常。这不是饮食导致的,而是你的 DNA 大规模分解和重组,产生了许多废弃物。重组之后,有些 DNA 根本不是你自身的 DNA 了。"

屏幕左右两边都是 DNA 的双螺旋图样。左边的双螺旋中,蓝色主体上镶嵌着红色片段。红色片段很多,整个长链显得支离破碎,不成样子。

"我应该说得明确一点儿,它根本不是人类的 DNA。"林博士补充道。

姜诗妍明白图像意味着什么。这是一个扭曲的影像,展示着曾经的她是如何与它合二为一的。

他们还是发现了!她不禁冷笑起来。

"这些 DNA 片段来源很广泛,我花了好长时间才搞明白,但是却不明白这是怎么发生的。你的基因中至少集中了地球上十五种动物特有的 DNA 片段。这些 DNA 根本就不可能聚合在一起,但是……"林博士抬眼看着她说,"现在却全在你身上……你了解这是怎么回事儿吗?"

"他们还不知道真相?"姜诗妍头脑中掠过这样一个念头,至少林博士还不知道

真相。

"你已经看见,我不再是姜诗妍了。"她回答。

"告诉我,到底发生了什么?"林博士殷切地望着她。

她的目光落在大卫脸上,只见大卫脸上也满是期待。

"你们想知道什么?"她问。

"你所知道的一切,都说给我们听听。"大卫接上了话。

姜诗妍沉默不语,舱室里的气氛像是凝结了。

"它还活着,对不对?"大卫主动打破沉默。

他并没有指明"它"是谁,然而既然这么问了,就一定知道它的存在。

"你们要杀死它,我还有什么可说的。"姜诗妍垂头丧气,神情委顿,小心翼翼地缩了缩身子。

这个世界并不友好,那就干脆不予理会。周遭的一切在她眼前变得模糊起来,灯光不再明亮,她的眼睛渐渐眯成一条缝儿。

一阵急促而低沉的"嘟嘟"声在屋子里回响起来。

林博士低头看了看,带着几分诧异,对大卫说:"她的基础代谢快速下降,像是要死了!"

大卫正想说什么,门却打开了。

"她死不了!"一个声音冷冷说道。

这个声音像是具有强大的冲击力,居然让姜诗妍猛地睁开了眼睛。她记得这个声音,遥远的记忆中,它可是危险信号。

"她一定是被感染了!"

说话之人走到桌前,姜诗妍看见了他的面目,正是舰长。

"这是个该死的人!"她不知不觉握起了拳头。

舰长盯着半悬在空中的基因检查报告,苍老的脸上露出一丝微笑。过了一会儿,他向林博士点了点头,说:"不容易,都分析出来了,所以你们应该明白自己面对的是什么样的对手。"

他拔出一把小刀,绕过桌子,站在姜诗妍身边,抬头看着大卫和林博士,继续说道:"现在很难说她是否还是人类,你们可以见识一下她的超强能力。"

姜诗妍胳膊上微微一疼,接着一种凉凉的、麻麻的感觉从皮肤上传来。她低头一看，只见胳膊上出现一道伤口。不过伤口却没有绽开，只留下一道鲜红的血痂，很快便化作暗红色。血根本没有涌出来，而是快速凝结起来。

"看见没有，她的血液凝结的速度比常人要快得多。如果明天再看，这个伤口就完全修复了。她身体的再生能力是你们的十倍。"舰长向两人解释道，"所以你们明白那个和火蝾螈对应的基因组是怎么回事儿了吧？"

他说着瞟了姜诗妍一眼。

姜诗妍用充满敌意的目光瞪着他，她很想从椅子上一跃而起，狠狠掐住他的脖子，直到他断气为止。浓浓的恨意不知从心底哪个角落源源不断地涌出来，根本抑制不住。

"防滥用公约禁止人体的生物学改造，现在她是一个病人。"大卫说。

"又不是我们改造的。"舰长收起小刀，不紧不慢地回答，"我们只能把她带回去，让公司法务部的人去想办法。"

他抬头看了看大卫和林博士，继续说道："你们先出去吧，我要和她单独谈谈。还有这种事情不能瞒着我，纸是包不住火的。"

林博士额头上冒出一层细密的汗珠，小心翼翼地回答："我们是想等有结论了再向您汇报。"

"不用解释。"

舰长挥了挥手，大卫和林博士连忙退出舱室。他在桌子对面坐下，盯着姜诗妍看了好一会儿。

"你认得我吗？"他问。

姜诗妍狠狠盯着他，一言不发。

"真没想到你的基因技术能发展到这个地步，竟然可以直接结合人类基因组。"舰长慢悠悠地说。

说话间，隔在两人之间的半透明屏幕上的图像发生了变化，原本展示的基因组缩到了角落里，X星球上的画面浮现出来。

"你藏身的这个星球，还真像地球。"舰长"嘿嘿"干笑了两声，说，"恭喜你成为最成功的生物学专家，在这里完成了人类几千年都无法完成的事业！"

姜诗妍什么都听不进去，只想找机会杀死眼前这人。她恶狠狠地盯着舰长，只恨自己这具躯体力量太孱弱，不能跳起来击杀他。

远古的记忆在她的大脑中不断闪现，眼前之人在玻璃缸面前露出狰狞的笑容。姜

契约 ▼ 江波

林的尸体倒在他脚边，血液在地板上汩汩流淌着。

是的，他就是罪魁祸首，就是那个最该死的人！

她不禁想起姜林，那个温和聪明的姜家年轻人，总是对自己充满了关爱。他慌慌张张地冲进来警告自己，却被一发子弹击倒在地。紧接着这个该死的舰长就握着枪进了舱室，那时他还年轻，但面貌和声音与现在相比没什么不同。

她身体紧绷着，牢牢盯着他的一举一动。

"我不管你是姜诗妍，还是别的什么怪物，事情到此为止，我会把这个星球打扫干净，再交给行星治理委员会。这是个宜居的好地方，应该会有很多移民过来。你看看，我的工作不错吧！"

X星球的画面被拉近，更多的细节展示出来。

森林上空浓烟滚滚，上百个重甲武士在林间穿梭，就像一群觅食的黑色蜘蛛。它们的目标是暗红色森林中那片粉色区域，那是母体所在的位置。它们动作娴熟，速度很快，只听爆炸声四起，原本平整的粉色区域顿时支离破碎。

又一个巢穴被彻底摧毁了，姜诗妍不由得发出一声尖利的嘶吼。

舰长露出一丝微笑，说："好好欣赏一下！"

爆炸过后，母体被拖到地面上，密密麻麻的小龙虾开始不停地爬动，它们原本都在母体的约束下安静地等待着授精的机会，现在失去约束，竟然恢复野性，互相攻击起来。

姜诗妍只觉全身的血液都在往头上涌，脑子像是要涨破了，脸上火辣辣的。她使劲儿挣扎，两条柔软的机械臂紧紧勒住她，让她无法动弹。

"你是个混蛋！"她破口大骂。

舰长仍旧微笑着，似乎对她的反应感到很满意。

"戴克非常能干，他已经清理了超过十五个巢穴。你究竟有多少巢穴？一百个？上千个？你养的这些龙虾个头儿都很大，一定很美味。"

姜诗妍吼叫一声，全身松弛下来。极端的愤怒之后是深深的绝望，她手脚冰凉，一丝力气也没有了，干脆闭上眼睛。

"不想看了？"舰长的声音再次传来，"那么我们来做一个交易。"

声音中断了，轻轻的脚步声传来，舰长再次绕过桌子，走到一旁。那臭烘烘的老男人的体味再度袭来。

"告诉我飞船的下落,我把这个星球留给你,你和你的龙虾都可以永远活下去。"舰长在她耳边低语。

原来他想要的是这个!

"如果你不说,我就把你丢到龙虾池里,那些龙虾饿久了,什么都吃!看看它们会不会吃掉你。"

姜诗妍霍然睁开眼睛,一扭头,"呸"的一声,把一口唾液吐在舰长脸上。

舰长被这突如其来的动作吓了一跳,身子一僵,随即用袖子抹了抹脸,突然哈哈大笑起来。笑声过后,他喊了一声:"太一!"

"舰长,我在。"

"视网膜投射,行动队破坏母巢的影像,让她每时每刻都能看见那些肥美的龙虾被杀掉。"

"遵命,舰长!"

姜诗妍徒劳地闭上眼睛,然而所有影像像是直接进入她的大脑之中。违反个人意愿强行投射影像,这是非法的!她很想大声喊叫,然而事情到了这个地步,法律早已失去了意义,她只能乖乖忍受着。

星球在燃烧,她的心在滴血!

"我随时欢迎你改变主意,如果你改变主意,让太一告诉我就行了。"舰长说完,一边得意地大笑,一边向舱外走去。

舱门关闭了,周围一片寂静。只有星球上燃烧着的熊熊火焰,分外触目惊心。

第六章　真相大白

光子号的实验室里,林博士正坐在实验台前,他面前是一大串不断滚动的数据,时不时就会亮一下。

"这些发亮的代码都是异常提示?"大卫看着不断翻滚的屏幕,心情颇为复杂。

林博士脸色严肃,点了点头,说:"我重新验证了姜诗妍身体内的DNA编码,她的DNA长度比正常人多百分之三百。除了那些地球生物的特异性基因之外,大量

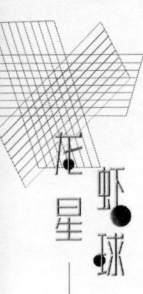

信息看上去都是冗余的，根本没有任何蛋白表达。但是我把这些信息和光子号的数据库做对比，就出现了这种现象。"

林博士停顿了一下，又说："这说明姜诗妍的DNA，其实是一套飞船操作手册，至少拥有其中一部分内容。"

"这些数据隐藏在DNA里边？"

"如果我的猜测没错的话，的确如此。"

"你能破译吗？"

"暂时还不能，我只能找到信息碎片。这些碎片和我们的操作系统数据库类似，它一定有自己的解读方式，能够完成整艘飞船的操作。当然也有可能只是一个巧合，但概率实在很低，我认为这是刻意在姜诗妍的身体内植入了整套飞船的操作系统。"林博士的声音微微有些激动，这是个重大的发现，他实在无法让自己保持平静。平日寡言少语的他，此刻像突然爆发了一样，说个不停。

大卫沉默不言，思考着这件离奇的事情究竟意味着什么。如果姜诗妍的DNA里边藏着一整套飞船操作系统，那么她能操作飞船吗？她又怎么和飞船连接呢？

"我建议，立即向总部报告这个重大发现。"林博士尽量压低声音，说，"如果这个发现是真的，那么这个星球上就有一艘失事的飞船，一艘史前失事飞船，其中的价值你比我更清楚。"

大卫从林博士的话语中听出了异样。直接向总部报告，这就绕开了舰长。他突然明白为什么林博士要求在实验室里见面，因为实验室需要绝对屏蔽，能够避开太一的监控。他霍然抬头，看着林博士，说："你的意思是……不向舰长报告这件事儿？"

"舰长一定会知道的，但是我们也要向总部报告。"林博士脸上露出严肃的神色，"我总觉得，如果我们不向总部报告，舰长会把这件事儿捂住。找到那艘失踪的飞船，是联盟最关注的事情，它承载着地球的基因库，甚至比地球上保留的物种还要齐全……"

"我们不可能隐瞒不报，拖延时间都不行。"大卫打断林博士，说，"他已经警告过我们了。"

"你有权限消除实验记录。"林博士立即回答，似乎已经反复考虑过了，"我们向总部报告，同时消除记录，只把姜诗妍带回去就行了。如果舰长没有向总部如实汇报，那么就是我们把这个秘密带回了地球。我们甚至不需要说出实情，只要示意研究室按照基因库对照标准来检查,他们就能发现真相。"

林博士的计划的确可行,然而却不合规则。

"我们不能违背船员守则,只要舰长在他的岗位上,船员就应该服从他的领导。"

"但是你想过后果吗?"林博士微微一笑,问道。

大卫眉头一皱,林博士的表现和平日大不相同,一点儿也不肯退让。这还是自己熟识的那个技术专家吗?

"什么后果?"他有些不满。

"你了解舰长过去的经历吗?知道他是怎么对待自己的飞船的吗?"

"他是联盟最优秀的独立舰长,服役过三艘远航船,最远抵达天狼星阿尔法,远航年龄超过一百年,是名副其实的远航英雄。他的事迹我十分了解,他的传奇故事我也听说过,你想听我说一遍吗?"大卫不再掩饰不满,用近乎讥讽的语气说道。

"舰长曾经是西王母号的担保人,你知道吗?"林博士更平静了,反问了一句。

大卫迟疑了。西王母号?那艘神秘的失踪飞船?自己倒是没有听说过舰长和西王母号有什么关联。

根据一直以来的传说,西王母号上承载着地球最完备的基因库。飞船要承担的职责,是在太空中保存一个最全面最强大的基因库,为人类社会提供生物 DNA 资源。它汇聚了全人类二十三个行星生物实验的精华,是有史以来覆盖范围最广的基因库,此后的基因库建设,再也没能超越它的规模。然而这么重要的基因库飞船却不知所终了,成为历史上的一大谜团。难道舰长正在寻找的失落飞船,就是西王母号?

"什么西王母号?你有话直说,不用兜圈子。"

"西王母号上的人员全体失踪,只有舰长一人活了下来。他没有公开这件事儿,而是把它当作一个秘密。但秘密总会被人发现,谁也不知道当时究竟发生了什么,而光子号一旦返航,西王母号当初的悲剧很有可能会重演。"

"你这是毫无依据的恶意揣测。"

"我当然有依据。生物基因学研究专家只是我表面上的身份,我的另一重身份是银河探索协调管理委员会特派专员。协调委员会受到星系航运联合总会的委托,去调查这件事儿,我负责在光子号上收集情报。总部指示我,必要时和你摊牌,寻求你的帮助,因为达瑞主席和理事会都认为,你是一个正直可靠的人,能够做出正确的判断。"

林博士说着伸出手来,只见他的掌心有一个小小的黑色物体,正闪着金属光泽:

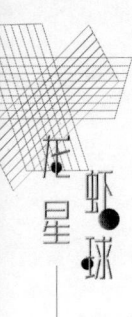

"这是我的授权证明,里边还存储了一段录像,是达瑞主席的口信。"

大卫半信半疑地接了过来。

这是一个常见的存储球,外表上看不出什么异样。他把小球放进播放器里,达瑞主席的影像一下子跳了出来。

"大卫,如果你看见这段影像,说明情况紧急,我们需要你的帮助……"达瑞开门见山,直奔主题。

大卫仔细听着,眉头深深皱了起来。

"如果要行动,就得趁早。一旦舰长找到西王母号,就无法预测他会干什么了。"林博士一边催促,一边在虚拟键盘上比画着。

不一会儿他抬起头,看着大卫,说:"他在逼问姜诗妍西王母号的下落,我们最好抢在他前头。我的授权可以限制他,我们可以接管光子号……"

姜诗妍再次醒来的时候,发现自己躺在一张床上。

她仿佛听见 X 星上传来的哀号。

那是一场屠杀,她清楚地知道背后的原因——布莱克·萨兰想要那艘飞船。是的,他叫布莱克·萨兰,她终于想起他的名字。在光子号上,人们都叫他舰长,他真正的名字反而无人知晓,然而她却知道。那些遥远的记忆进入她的大脑之中,让她深深明白,布莱克不会手下留情,只会赶尽杀绝。

绝不能把飞船交给他!

可他终究还是会找到飞船,想到这里,姜诗妍心中非常痛苦。最糟糕的情况出现了,然而她却无能为力。她用头重重地撞击舱壁,舱壁十分柔软,根本撞不疼。

舱门突然打开了,她条件反射般坐起来,警觉地看向舱门。

来人是刘浩宇,见到她充满敌意的目光,不由得愣了愣,随即说道:"是我啊,不要害怕!"

姜诗妍放松下来,她对刘浩宇很放心,这个年轻人充满善意,应该不会伤害自己。

"他们说你被舰长关了禁闭,我特意过来看看你。你现在感觉怎么样?"刘浩宇一边说一边走到她身前,突然伸出手掌,手掌中夹着一页纸,很明显是从什么书页上撕下来的。

所有信息早已电子化,书和纸只是被视为一种怀旧的工具和特别的喜好。见到刘浩宇掌中的纸，姜诗妍不禁一愣，随即意识到刘浩宇是想向自己传递信息，他的身子正好挡在摄像头前面，遮住了手中的动作。

"不要惊慌，我们会救你的！"书页上写着这样一行字。

姜诗妍抬头看着他，眼中带着一丝疑惑。

"我得到特许来看你，大卫帮我申请了许可，舰长的处置实在太严厉了。"

刘浩宇一边说，一边换掉手中的纸，这一次的书页很大，上面写了更多的字：不要对舰长说出西王母号的下落，尽量拖延时间，我们会设法让你获得自由。

难道这些人和舰长不是一伙儿的？

是的，人类有善有恶。她记得大卫，记得刘浩宇，他们都是善良的人类。就和当初的自己一样，怀抱着纯真的梦想。

能够相信他们吗？然而除了相信他们，还有什么别的法子？如果刘浩宇真的取来了干扰器……

想到这里，她一下子精神焕发了，像是换了一个人。

"我的那个玩具呢？"她问。

"什么玩具？"

"我请你帮我收拾太空服。"

"哦，我找到了。"

听到这句话，姜诗妍无比欢喜，连忙向刘浩宇伸出手去，说："快给我。"

"我不能带任何东西来见你。"

姜诗妍一听，眼中的光芒顿时暗淡下来。

"我把它放在你卧舱门口的储物格里了。"刘浩宇说着，手中展示出第三张纸片。

坚持住——纸条上的信息很简单。

自己一定会坚持的，问题是能够坚持到什么时候。如果舰长使用更加激进的手段，那么什么都有可能发生。

"谢谢你。"她垂下眼帘，坚定地说，"告诉舰长，我是不会屈服的。他可以杀了我，毁灭这个星球上所有的生命，但是他永远不会得到他想要的东西。"

"舰长想要什么？"刘浩宇好奇地问。

"关于生命的一切奥秘。"姜诗妍傲然回答，随即放低语调说，"以便抹除他的罪行。"

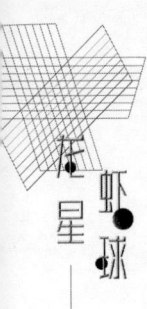

舰长舱的门开着,大卫泰然自若地健步向前。

林博士得到的总部授权等级很高,太一响应了他的黑色小球,降低了舰长的权限。至少现在舰长无法再对任何一个船员做出处置,行动范围也被限制在私人舱里。而作为船员中级别最高的一员,大卫已自动承担了舰长的职责。表面上看飞船一切如常,但最高控制者已经变成大卫了。

那么舰长让自己过来,是想谈判吗?如果他质问自己,又该如何回答?大卫怀着忐忑不安的心情走进舰长舱,尽量让自己显得淡定一点儿。

"舰长!"他打了声招呼。

舰长坐在旋转座椅上,宽大的椅背挡住了整个身体。听到大卫的呼唤,椅子整个儿转了过来。只见他穿着一身单薄的白色内衣裤,网格状的安全索将他牢牢固定在座椅里,银光闪闪的舰长帽端正地套在头上。

大卫心中一沉。

圆圆的金属帽是舰长头脑的延伸,借助它,可以直接和飞船中枢进行对话,充分了解各方面的情况,及时做出指示。通常只有在紧急情况下,舰长才会戴上它。他把自己完全固定好,显然已经进入战斗状态。

他是要发起最后一搏吗?然而他在太一的系统中已经失去了权限。

大卫沉住气,等着他发话。

"我找你来,就是想当面问问你,真的是你在捣鬼吗?"舰长开门见山地说。

大卫一时不知该怎么回答这个问题,舰长一直信任自己,然而自己却和林博士一道反抗他。一丝愧疚感涌上心头,随即又被理性击得粉碎。事关重大,不能被私人感情左右。

"我一直在履行我的职责,我不知道您说的是什么事儿。"

"太一突然降低我的权限,难道不是你干的?"

大卫硬着头皮摇了摇头:"我也不知道发生了什么,太一难道可以限制舰长的权限吗?"

舰长哈哈大笑起来,笑过之后,脸色变得格外阴沉,冷冷说道:"到了这个关头,你还在和我装糊涂。没关系,很快就可以见分晓了。"

他旋动转椅,留给大卫一个宽大的椅背。

大卫有一种不好的预感,虽然不知道他会采取什么行动,但见他这么有恃无恐,显然某些方面自己和林博士并没有考虑周全。

该怎么办?直接冲上去拉住他吗?大卫正犹豫着,身后的舱门忽然关上了,一道透明的隔离屏从天花板落下,将他和舰长隔绝开来。

他惊愕不已,上前一步,使劲儿捶打眼前的透明屏幕。屏幕虽然很薄,却很坚韧,无论怎么敲打,始终纹丝不动。

"你就留在这里好了,看看我怎么收拾局面。"

舰长话音刚落,大卫眼前的屏幕便化为监控。成百上千的监控画面整齐地排列着,展示着光子号的每一个角落。

"你们想把我软禁起来,那么正好,我可以启动紧急状态。"舰长冷笑道。

监控屏幕上,船员们很快注意到了异样,大家开始聚集起来,骚动不安的气氛迅速蔓延开来。

"所有船员注意,我们的飞船上潜入了破坏分子,我宣布飞船进入紧急状态,所有控制系统暂时悬置。除了护卫队员,任何人不得随意走动,也不要再进行任何操控。护卫队很快会对全体船员进行甄别,请大家留在各自的岗位上耐心等待。骚乱很快就会结束,一切在六个小时之内就会恢复正常。"

舰长的广播在飞船的每个角落回响着,他想要利用护卫队强行恢复对飞船的控制。这就像是孤注一掷的赌博,强制让太一下线,让整个光子号瘫痪。而他则用自己的大脑操控这艘飞船,这就等于控制了所有船员,同时也让整个飞船陷入危险之中。

大卫突然意识到,自己对舰长的了解只停留在表面,他是西王母号上唯一的幸存者,说不定曾经的西王母号上也发生了类似的事情,最终才导致了悲剧。

大卫一眼瞥见降落船上的监控画面。护卫队员纷纷从重甲武士中跳出来,全副武装进入降落船。巨型蜘蛛般的作战武器则自动折叠,停在降落船上。他们响应了舰长的召唤,暂停一切行动,正向着光子号飞来。

大卫看见了戴克。

戴克正准备登上降落船,不知是不是巧合,他正好抬头看向监控。隔着镜头和三万公里的距离,大卫还是从他眼中读出了一丝阴冷,后背不由得泛起一阵凉意。像他这种疯子,如果给他权力,那么绝对什么事儿都干得出来。

大卫再次拼命敲打囚禁自己的屏幕,然而丝毫不起作用。最后他只能精疲力竭地

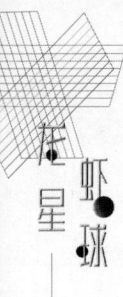

坐在地上，看着屏幕发呆。

护卫队已经集结完毕，降落船依次离开营地，向着光子号飞来。

大卫顿时有一种大难临头的感觉。

舱门自动打开的时候，姜诗妍有一种错觉，仿佛舱门外就是一个巨大的陷阱，正等着自己跳下去。人造重力也消失了，她漂浮起来，悬在空中。

这种感觉似曾相识。

是出了什么意外吗？她设法抓住舱壁上的把手，让自己向门口移动。一个人影猛地出现在门口，吓了她一跳，定睛一看，原来是刘浩宇。

刘浩宇看上去有些慌乱，见到她，连忙说："快跟我走，这里不安全！"

她并不慌张，问道："出什么事儿了？"

"舰长要抓人了！"

"抓人？"她有些困惑，自己早已是囚徒，舰长这是要抓谁？

"别多问了，赶紧跟我走！"

刘浩宇说着来拉她，她没有抗拒，跟着他飘出舱外，顺着通道前行。

在飞船内部漂浮速度很快，转眼一道又一道舱门被抛在身后。这些舱门竟然都敞开着，这可不是飞船上该有的迹象。

"究竟发生什么了？"转入一条支道后，她忍不住问道。

"林博士限制舰长的权限，想让大卫来控制飞船，但舰长启动了紧急状态，整个飞船的系统都中断了。现在舰长要动用护卫队抓人了。"刘浩宇一边封闭舱门，一边说。

这样的说辞似曾相识，她顿时明白过来。希望之火蓦然在心头升腾，她转身就从尚未完全关闭的舱门钻了出去。

"诗妍，你干什么？！"刘浩宇惊呼着，连忙追了出来，伸手去拉她。

"我要去拿我的东西。"她一边说着，一边灵巧地躲开刘浩宇，轻轻一蹬，转眼飘出三米远。

"是这个吗？"刘浩宇从口袋里掏出一样东西，将它高高举起。

她回头一看，刘浩宇手中抓着一个蓝色玻璃小盒，正是干扰器！

她万分欣喜，急忙折转回来。

"给我！"她向刘浩宇伸出手。

刘浩宇却把东西收了起来，想要拉着她回到那条支道上："我们没有太多时间，护卫队已经登船了。再不走，就来不及了。"

她看了看那条支道，努力回想方才经过的路线，很快明白刘浩宇想干什么。这条支道通向救生船的发射舱，他想带着自己乘坐救生船逃走。

"你想带我逃去哪里？"

"当然是X星球，这个星球很大，而且允许人类生存，我们可以藏起来。"

"这没有用！"她果断地拒绝了，"只要舰长活着，我就永远得不到安宁。他会追杀到底，哪怕把整个星球都烧掉，他也不会罢休的！我得去找他。"

"这么大的星球，总能找到地方躲起来。"刘浩宇有些着急，"我的小公主，你不要太天真了，舰长真的会杀人……"

"杀人？你是说布莱克杀人了？究竟是怎么回事儿？"

"林博士关闭了控制舱，不许戴克进去，戴克用船员的性命威胁他，如果十分钟内不开舱门，就开始杀人。林博士不相信，结果戴克真的杀了人，林博士这才打开舱门。戴克说要把你处理掉，所以我才来找你，想帮你逃走。"

"他为什么要杀我？"

"林博士把事情的来龙去脉都告诉戴克了。他说你的身体里被植入各种DNA，甚至在你的DNA里边编入了一整套飞船操作系统，所以戴克决定抓住你。"

"他是要杀掉我吗？"

"我不知道，但是我知道他没安好心。他可能只是想利用你来增加手中的砝码……我不知道舰长向他下达了什么命令，我觉得他很喜欢用暴力来解决问题，你落到他手里，绝不会有好下场。"

"我明白了，谢谢你！"姜诗妍说着再次伸出手，"把那个东西给我。"

刘浩宇没有交出蓝色盒子，而是说："我们赶紧走，等降落到X星上，我就把东西给你。"

姜诗妍摇摇头，说："我不回X星上去。"

刘浩宇着急地说："飞船上实在太危险了！"

"我的事儿必须在飞船上解决。"姜诗妍坚定地说。

"你想怎么解决？"一个声音从远处传来。

刘浩宇连忙一把拉住姜诗妍，紧紧贴着通道壁，小声说："是戴克，我们被他追

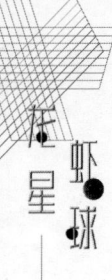

上了。"

戴克如飞一般奔了过来。他全副武装，穿着太空作战服，右手拿着一把枪，左手不断做着一些小动作，似乎是在保持平衡。

几个护卫队员跟在他身后。

"快跑！救生船随时可以启动，它能自动驾驶，降落到X星上躲起来，别被发现。"刘浩宇把姜诗妍推进支道里。

"不要白费力气了，你们跑不了！"戴克离他们更近了，声音听上去仿佛近在咫尺。

刘浩宇开始手动关闭舱门。

姜诗妍扒在门上，急切地说："这样没用，把东西给我！"

刘浩宇不予理会，转眼舱门只剩下一条小缝儿。

"我以叛国罪的名义逮捕你，至于那个女人，她也跑不了。我倒想看看，什么样的女人这么迷人，让你心甘情愿为她冒险。"戴克阴冷的声音从细缝中传来。

"你不会得逞的。"刘浩宇用自己的身体挡着身后的舱门。

姜诗妍又气又急，刘浩宇锁死了舱门，让自己有时间从容不迫地逃走，然而逃走又有什么用？！这些恶人是不会罢休的，他们能够听懂的唯一的语言，就是毁灭。

"这个蠢货！"她不禁骂了一句。

一个小东西从缝隙中飘了出来，晃晃悠悠地来到她面前。

是干扰器！她顿时眼前一亮。刘浩宇终于愿意把它交给自己了，她迫不及待地一把将它抓过来。

蓝幽幽的盒子识别出它的掌纹，开始发光。通道那边传来嘈杂的声音，刘浩宇为了拖延时间，正在和戴克的人打斗。

该怎么办？姜诗妍认真考虑眼下的处境，心中很快有了计较。

"我会来找你的！"她冲着缝隙喊了一句，然后转身向着救生船的舱位疾飞而去。

大卫被两个护卫队员带到戴克面前。

"长官，有什么指示？"戴克笑着说。

大卫没有理他，而是一一打量着屋子里所有的人。

林博士垂头丧气的，他被绑在一张椅子上，似乎对眼前的一切完全无动于衷，甚至没有抬起头来看看自己；刘浩宇缩在墙角，尽量远离戴克，他鼻青脸肿的，像是被狠狠揍了一顿；剩下的都是护卫队员，一共有六人，在这个狭小的屋子里，他们占据着绝对的优势。

"现在该认真谈一谈了，我们不用为了一个变异的女人搞得这么不愉快。"戴克开始发言，"你们限制了舰长的权限，舰长当然不高兴。搞成这个样子，也不是他希望看到的。"

"他杀了罗宾！"林博士突然抬头喊道。

大卫知道罗宾死了，他从监控屏幕上看到了一切。事情发展到这个地步，的确有些始料未及。

"他的死是有价值的。"戴克一本正经地说，"如果他没有死，说不定我们现在还在僵持着，时间拖得越久，飞船失控的可能性就越大。舰长毕竟是个人，让他来控制这么庞大的飞船，也会力不从心。万一他睡着了，有个关键阀门出现意外，那么大家就都完蛋了。"

"你想怎么办？"大卫冷冷问道。

"现在舰长已被限制权利，只有你能控制太一。我们可以让太一重新上线，但是你要把控制权移交给我……"

"不要听他的，他是个疯子！"林博士叫喊起来，一名护卫队员对着他的脸就是一巴掌。

戴克顿了顿，继续说道："这样你们都能活命，我也不会很为难。"

"那么这个星球呢？"大卫问。

"这就不用你们操心了。我可以向你们承诺，光子号返航后，我会找个合适的地方把你们移交给星际联盟。"

"你要劫持飞船？"

"不要说得这么难听，宇宙这么广阔，我们只是找个地方开始新生活而已……你们也可以。"

"这是舰长的意思？"

"哈哈哈……"戴克大笑道，"舰长想要的东西，我会帮他拿到。我想要的东西，需要你来配合。这对大家都好。"

凭着自己的资历和水平，在联盟中按部就班地升迁，戴克这辈子也只能做个护卫

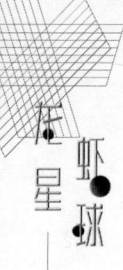

队长。掌握一艘母舰,恐怕是他在做梦时都不敢去想的事情。难道舰长把光子号许给了他,所以他才会这么肆无忌惮地杀人?

大卫沉默不语。

戴克向一旁的队员使了个眼色,几个人被带了进来。有加斯伯格、索多耶夫斯基,还有实验室的两个工作人员。

"在你移交权力之前,我得把话说明白。如果你有任何异动,这些人都会因你而死。我说到做到,不信你可以问问林博士。"

"大卫,不要理他!"加斯伯格叫喊起来。

戴克冷冷一笑。加斯伯格的肚子被狠狠揍了一拳,立即发出一声惨叫。

这些人都成了丧心病狂的匪徒!面对一群疯子,还有什么道理可讲。

大卫咽下一口唾沫,说:"我可以把权限移交给你,但是我有条件。"

"说来听听。"

"第一,必须保证全体船员的安全。第二,不要侵扰这个星球,光子号离开之后,我会把星球的情况报告给总部,让总部决定是否进行进一步的考察。"

戴克眨了眨眼睛,说:"这很容易,我同意了。"

"他是个骗子!"刘浩宇大喊道。

"大人说话,小孩子不要插嘴!"戴克轻描淡写地呵斥了一句,然后看着大卫说,"那么我们达成协议了。"

大卫紧紧盯着戴克的眼睛,他想从对方的眼睛里找到一些可信的东西,然而戴克的眼神闪烁不定,根本看不出诚意。还有什么办法呢?自己没有任何可以放到台面上的筹码。

忽然飞船开始摇晃起来,满屋子的人被晃得东倒西歪的。

"舰长已经失去耐性了。"恢复平衡之后,戴克说道。

"如果你没有别的意见,那么我就要求舰长重启太一了。你跟我一道去舰长室转移权力,其他人都分散到私人舱室。"戴克说完之后,死死盯着大卫。

大卫看了看刘浩宇,又看了看林博士和加斯伯格,默默点了点头。

第七章　保全光子号

姜诗妍在光子号光滑的船体上跳跃着前行。

救生船上的太空服与救生船连为一体，如果脱离了救生船，那么太空服就只能支撑六个小时。换句话说，这可是决定着命运的十分宝贵的六个小时。

舰桥在飞船顶部，金黄色的光芒从舷窗玻璃中透出来，使整个飞船蒙上一层淡淡的光晕。X星球高悬在空中，如同庞然大物一般占据了半个天空。它发出洁白柔和的光芒，把飞船表面照得清清楚楚的。

姜诗妍顺着飞船中脊移动，像一只小小的甲虫在巨大的恐龙背上爬行。半个小时之后，她爬到飞船尾部，飞船的主引擎就在这里。

她四下查看了一番，主引擎的喷射口就在前方，如同陡峭的断崖一般急转直下。第五飞船制造局的标识横在脚下，尾脊高高隆起，那是为了加强飞船的刚度而特意设计的保护结构，如同一个巨大的鼻梁……

一切看上去都和记忆中的飞船结构相符，那么自己脚下应该有一条输送管道，从反应炉连接到喷射口。

她掏出干扰器，深吸一口气。

X星球上的大火仍在蔓延，在这远隔万里的太空中，可以清晰地看到四处浓烟滚滚。如果不毁掉光子号，对这个世界来说，就是灭顶之灾。

干扰器启动了，原本并不发光的小盒子开始发出均匀柔和的蓝光，起初闪烁不定，最后竟一直亮着，如同一盏小小的夜灯。

无形的电波将星球上伟大的头脑和脚下的飞船联系在一起，光子号几乎毫无抵抗，就彻底打开了它的防御体系。

姜诗妍弯下腰，用力拉动一个不起眼的把手，一扇仅容一人通过的小门顿时在她脚下洞开。

她低下身子，手脚并用钻了进去。

这是维修通道，和输送管道并列。它像是光子号表层的气孔系统，遍布整个飞船，

同时和内部的维修通道相连。

姜诗妍规划好了线路，先向前爬了两百米，她记得应该有一条通道通向飞船内部。那条通道延伸六百米，可以抵达距离反应炉最近的一个舱室。想办法进入反应炉控制舱，引爆反应炉，飞船就会被炸成一团废铁，坠向 X 星球。

这才是结束一切的最佳方式。

她怀着坚定的信念在通道中爬行，迫切地想要完成这个计划。

船体突然传来剧烈的抖动，如同一个神经麻痹的巨人。

她连忙停了下来。

干扰器开始闪烁——和母体的关联居然中断了。

一个念头突然涌上心头，飞船上不仅有布莱克，还有许多好人，难道也要把他们杀死吗？她原本坚定的意志开始动摇起来，变得犹豫不决了。她再三思考，终于将这个念头抛诸脑后。杀死这些人实属无奈，为了星球的安宁和种族的存亡，光子号必须毁灭。机不可失，这些人的内部争斗，正好为自己提供了机会。

干扰器的信号渐渐稳定了，这艘飞船的结构如同一张巨大的图纸一般，在她眼前缓缓铺开。母体在她头脑深处呼唤、哀号着，她迟疑了一会儿，终于继续向前爬去。

片刻之后，她从通道中探出头来。

舱里没有人，也没有照明，四周一片漆黑。用头顶微弱的头灯照射过去，光柱所过之处，是一个个太空服柜。这儿是出发中转舱，船员出舱之前的准备工作都在这里进行。

就在这里吧！

她从管道中脱身而出，顺着舱壁，摸到一小块微微有些凸出的地方，将它整个儿揭了下来。

两个接口出现在眼前，在昏暗的灯光下反射着金属光芒。这是两个通用接入口，飞船的维修工程师通常会利用它们与飞船中枢进行对话。

姜诗妍打开太空服，和接口对接上，然后把干扰器放在头盔里，再把头盔戴在头上紧紧固定好。

"开始吧！"她暗自对头脑中不断和自己对话的母体说。

"坚持住！"母体鼓励道。

一阵剧烈的头痛让她不由得伸手抱住了脑袋，整个身子如同虾米一般蜷曲起来，肌肉紧绷得像是要撑开了。剧烈的放电活动正在重塑她的大脑，让她能够控制切入飞船的操作系统。

用一个人的大脑承担一艘巨型飞船的操作，其实充满巨大的风险，然而这也是最好的机会。她无所畏惧，哪怕疼痛像是要把她的身体撕成碎片，也没能让她有丝毫动摇。

神经网络的风暴持续了十多分钟，撕裂般的痛苦也持续了这么久。一切结束的时候，她倒在地上，全身没有一丝力气，好像整个身体都不属于自己了。

光子号在她的大脑中变得更为清晰了，不仅仅是一张立体的透视图，船上的每一条通道，每一条能量网络，通信和监控，活动的人和物……都一一呈现在她的头脑之中。只要她稍稍集中注意力，就能看到任何一个角落正在发生的事情。

母体的判断是正确的，它利用稍纵即逝的机会，让自己拿到了飞船的控制权。

她看见了舰长室中布莱克的尸体，他戴着舰长头盔，已经毫无生气。刚才剧烈的放电活动不仅仅发生在自己这边，舰长试图用自己的大脑来控制飞船，没想到却直接被这突如其来的风暴烤焦了。

"没有一丝痛苦就死去，这太便宜他了！"她恨恨想道。

原本的计划是引爆飞船，消除危险。然而控制飞船之后，想法就变了。降落在X星球，和母体会合！

她试着启动重力。

能量网络重新激活，一个个重力发生器相继被打开。巨大的力量猛地拉住她，一下子将她拖曳在地上。

"不行，我没有力气在重力环境下活动。"她想着，又关闭了重力场。

身体再次漂浮起来。她忽然想起一个重要的问题，降落在X星球上之后，这艘飞船上的人呢？母体会怎么处置他们？

她隐隐有些不安，光子号是一艘太空母舰，曾经的西王母号迫不得已坠落在X星球上，光子号却并非如此。它应该属于太空，这些人也应该属于太空。

她还来不及细想，便看见一群人气势汹汹的，已经聚集在舱门外了。

戴克带着他的护卫队，正打算破门而入。如果他们冲进来杀死自己，那么一切就会前功尽弃，光子号会重新回到这些人手中，母体也难以幸免。

她打起精神，开始寻找解决方案。她将舱门锁死，然而这些暴徒却试图破坏舱门的供电线路。这是一个十分有效的方法，可以手动解锁，只不过他们要消耗些时间才

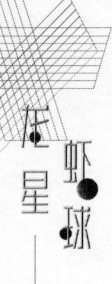

能进来。更可怕的是,他们不知怎么找到了维修管道,有人正通过管道爬过来。

"风险上升!毁灭光子号!"她接收到母体发出的讯息。

这是风险最低、最简单的方案,只要让反应炉超负荷运转,一旦进入正反馈,那么形势就再也无法逆转了。

然而她不想这么干!

她的目光落在锁着太空服的柜子上,自己那件粉色太空服,在一片灰白的主色调中间显得格外醒目。

一种温暖的情愫充盈在她胸口。

大卫眼前的屏幕突然亮了。他看了一眼身旁的两个护卫队员,他们显然并不在意这点异样,甚至连看都懒得看一眼。

他紧张地盯着屏幕——屏幕上没有任何图像,仍然是一片灰黑。

"该死的系统!"他暗自咒骂道。

"你能控制飞船吗?"像是有人在打字一般,灰黑色的屏幕上突然显示出一行白色字迹。

大卫无比惊讶,不知如何回应这则消息。还没等他想出办法,突然有熟悉的声音响起:"队长,我是姜诗妍,你能控制飞船吗?"

大卫立即回答:"我不能,现在飞船处于失控状态,我根本无能为力。"

"如果我让太一上线,你能控制飞船吗?"

伴随着姜诗妍的问话,舱门突然打开,一个机器人飘了进来,竟是泰格。

他伸出一只机械手,牢牢抓住舱壁上的固定杆,脑袋转了两圈儿,探测屋子里的情况。

太一下线之后,泰格一直瘫痪,见他能活动了,大卫不禁又惊又喜。

"我是飞船上的最高权限职员,太一会服从我的指令。"大卫回答。

"很好,你答应我两件事。一旦太一恢复了,立即命令他控制所有舱门。我不知道戴克会做什么,但是太一一定可以解决他。"

大卫看了看身旁的两个护卫队员,他们正忐忑不安地看着泰格。泰格如果想对付他们,简直是小菜一碟。

"我来对付他。"大卫回答。

"不要理会我的死活。"姜诗妍加上一句,"我不希望他用我的生命来胁迫你,而你不得不接受他的胁迫。"

大卫一愣,随即一咬牙,说:"我明白!"

"第二件事是,抹除光子号的所有航行记录。如果光子号回到地球,联盟不会得到任何关于X星球的情报。"

舰长暴毙,航行记录和情报全部丢失,如果回到地球,这可是巨大的责任。然而这也比眼睁睁看着飞船落入戴克手中要好。

"我答应你,我会尽全力做到的。"大卫一狠心,决定承担下来。

"大概还有五分钟,戴克就会来到我身边。现在我有两个选择,相信你或是毁掉光子号。"

"你可以相信我!"大卫坚定地回应道,"你是我的队员,我会对你的安全负责。我是飞船的首席代舰长,我会对光子号的安全负责。"

姜诗妍没有回应。

刘浩宇突然从洞开的舱门外冲了进来。

"诗妍,你不能毁掉光子号,船上有三百多人啊!"他向着空中大喊。

姜诗妍仍旧没有回答。

沉默之中,重力蓦然恢复了,所有人都被这突如其来的重力场推倒在地,一片惊叫声随即传来。

光子号像是从沉睡中醒了过来。

"系统自检完毕,修复两处轻微损毁,请指示。"太一的声音终于响起。

那么,戴克是不是已经抓住姜诗妍了?

大卫站起来,下达了第一个命令:"赶紧找到姜诗妍,尽量保护她。"

保全光子号——这是姜诗妍最后的决定。母体暴跳如雷,最后却只能无奈地接受了。

"这是你的选择,我愿意接受。"母体说,"但是你要知道,人类并不可信。任何时候只有掌握主动权,才能安全。"

"我相信他们。"姜诗妍说。

她无法再和母体通话,戴克冲到眼前,一把掀掉她的头盔,干扰器也随之掉落。

和母体的关联中断了，对光子号的影响也结束了。

她微笑着，看着眼前的大汉。

戴克气急败坏地说："原来是你坏的事儿！"

他用刀顶着姜诗妍的咽喉，却没有刺下去。

"戴克，放下武器！退出转换舱，接受处理。"大卫的声音响起，语气听上去很严厉，没有一丝商量的余地。

戴克没有动，行动队员们却退缩了，纷纷退出舱外。

戴克急了，用刀在姜诗妍的脖子上轻轻一划。姜诗妍只觉脖子上一凉，一阵轻微的疼痛之后，热乎乎的鲜血顺着脖子往下流。戴克划破了她的脖子，却不打算杀掉她。

"你试试看，我会一刀把这个怪物杀了。"他向着空中大喊。

"你想怎么样？"

"给我一艘飞船，我要离开。"

"那不可能，除了光子号，没有任何飞船可以进行远距离航行。"

"我不管，给我救生船！"

"我可以给你救生船，你先放下刀。"

"你发誓不会报复我！你从来都是言而有信的人，我相信你，你会遵守诺言的！"

"只要你不伤害姜诗妍，我就不会报复你。"

"哼，一命换一命，你不吃亏。"戴克说着松开手，把架在姜诗妍脖子上的刀放了下来。

一瞬间，通向内舱的门锁住了，通向外部的门"砰"的一声弹开了。急剧的气流爆炸般向外释放，姜诗妍和戴克连一声喊叫都没来得及发出，就被气流带到了舱外。

姜诗妍只觉一阵天旋地转，光子号急速远去，自己则径直向着 X 星球飞去。

太一把他们抛进了太空。

一股大力突然抓住她，她随即被包裹进一个小小的金属筒里，气压很快抵达正常值。

一个温暖的声音提示她："别担心，我马上带你回去。"

是刘浩宇，姜诗妍紧绷的神经彻底松弛下来。

"谢谢！"说完这句话，她就昏死过去了。

姜诗妍一睁开眼睛，就看见刘浩宇坐在床边。

她猛地坐起来，问："这是怎么回事儿？"

"小公主终于醒了。"刘浩宇笑嘻嘻地递过来一管水说，"太一说，你可以正常饮食了。"

姜诗妍推开他的手，问："你一直在这里？"

"没有，太一说你今天会醒来，我是掐着时间过来的。"

"我睡了很久吗？"

"三天三夜。没什么大事儿，你的大脑过度疲劳，得好好休息一下。"

"戴克呢？"她想起昏迷之前的情形，自己明明和戴克一道被吹到了太空里。

"他死了，我们没有管他。反正被吹到太空里，没有太空服，肯定活不了。"

"是你把我救回来的？"

"算是吧。太一的计算很精确，我只是遥控机器在舱外守着。"

"大卫承诺不会伤害戴克。"

"大卫说诺言只对守信用的人有意义，那些反复无常的人，许下的诺言往往一文不值，对他们也不用信守承诺。他还说你醒来之后，要和你聊一聊。"

姜诗妍点点头，她也很想找大卫聊一聊。

大卫在舰长室旁的会议厅和姜诗妍见面。

"光子号已经返航了。按照约定，我命令太一销毁了所有的航行记录，抹除了X星球上发生的一切。至少在很长时间，X星球不会受到打扰。"

"谢谢你，你是个遵守约定的好人。"

"但有些事情，我必须和你说明白。"大卫看着她说，"当年西王母号上存储的基因库，是人类共同的财产，我必须把这个消息带回去。还有，当年究竟发生了什么，你是否知道？"

"我知道……"姜诗妍淡淡说道。

母体把所有记忆都和她分享了，把所有奥秘都存储在她的 DNA 之中。她是姜诗妍，也是太白 5 号母体的代言人。她眼神迷离，像是陷入遥远的回忆之中。

"大约在 2050 年，为了对抗王虫灾难，姜氏家族的先祖姜桦研究出了盘古 1 号系统，并将其植入一只名叫太白的龙虾体内。王虫被消灭后，太白被冷冻封存起来。

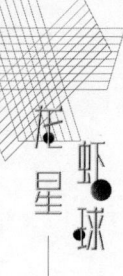

后来姜桦仿制出了盘古2号系统,将其植入另一只龙虾体内,命名为太白5号,这便是最初的我。与太白相比,我的各项能力都被削弱了,甚至还被限制了繁殖权限。所以DNA控制公约出台后,我并未被销毁,而是作为姜氏家族的宠物存在。

"后来地球方面决定建设完整的基因库,姜氏家族的姜林作为研究员之一,带着我进入了西王母号。西王母号的舰长布莱克·萨兰以堂而皇之的理由诱骗姜林,试图秘密改造我。改造实验的第一步很成功,已经开放了我的繁殖权限,但由于布莱克故意动了手脚,第二步出了差池。我的形态发生巨大的改变,整个躯体主要由大脑组成,大脑重十六公斤,无比聪明,拥有人类无法想象的智慧……

"星际生物多样性协会向法庭控告西王母号,说他们违反了DNA控制公约。布莱克为了掩盖罪行,决定销毁我,但是姜林同情我,把这个秘密裁决的计划告诉了我。我决定逃亡,于是用一些手段控制了西王母号,那时我也不知道该逃到哪里去,只知道逃得越远越好。布莱克破坏了飞船,乘坐救生船跑掉了。他有自己的目的,他不想让西王母号上的任何秘密泄露出去,也不希望任何知情者活着,这样他就能成为唯一掌握西王母基因库的人。但是我没有让他得逞,他带走的只是一个空的基因库。这就是他用一辈子时间不遗余力地寻找我,想要彻底毁灭我的原因。我毁掉了他攫取财富和权力的机会。

"X星球的环境并不友好,但我活了下来,为了适应环境,我的身体渐渐变成了粉红色。西王母号沉入湖底,我知道只要布莱克没死,终有一天会来找我,所以我一直在做准备。好在姜林帮我开放了繁殖权限,我能不断制造出龙虾。但是和拥有盘古1号系统的太白相比,我的能力太弱了,无法让它们拥有高级智能,它们只是我维持生存的手段。我在全球合适的位置建立地下巢穴,利用西王母号上的设备,用自己的身体组织克隆出一个个分体。这些分体和我意识相通,是我存在的一部分。我尽量扩张,做好最坏的打算,哪怕绝大多数分体损毁了,我还可以幸存。

"你们的考察队登上星球,发生了一些意外。我制造出的龙虾对一些化学物质非常敏感,受到刺激才会出现过激的反应。至于光子号嘛,我原本想要炸毁它,不留祸患,但是姜诗妍选择了她认为正确的做法。"

"你和她的确选择了正确的做法。如果光子号被毁了,地球上还会有新的飞船过来,还会有新的冲突。"大卫说。

"人类创造了我,却又惧怕我。其实我的想法很简单,给我一个偏僻的地方,让我自生自灭就好。我不会去妨碍人类，但也不想被人类打扰。"

"并不是这样。"大卫摇了摇头。

"什么？"姜诗妍回过神来。

"你不是超级龙虾，你是姜诗妍。我们今天能坐在这里聊天，因为你是姜诗妍，你选择拯救光子号，也因为你是姜诗妍。太白5号或许让你变得与众不同了，但你始终是姜诗妍，是那个善良、温暖的女孩。"

姜诗妍低下头，她也不知道自己究竟还是不是原来的自己。

"我们可以达成一个协议。"大卫继续说道。

姜诗妍抬头问道："你有什么提议？我想你的提议我应该能接受。"

"关于你的异常情况，不会被任何人知晓，但是我们会研究你的DNA，那其实是属于全人类的财富。我会申请特别保护，你的生活不会被任何人打搅，你完全可以像正常人一样生活。"

姜诗妍沉默片刻，最后点点头，说："我相信你。"

光子号在寂寥无边的宇宙中疾驰，飞船的中心会议室里热闹非凡。这里正在举办生日聚会，过生日的正是姜诗妍。

她身着盛装，在欢快的生日快乐歌中走到巨大的蛋糕面前。

"女王陛下驾到！"刘浩宇扯着嗓子喊了一句。

"去你的！"姜诗妍在他胸口轻轻擂了一拳。

众人哄然大笑起来。

姜诗妍抬头望着蛋糕上闪烁不定的烛火，默默许下心愿：祝所有人平安快乐！

她鼓起腮帮，一口气吹灭了蜡烛。

朦胧之中，她仿佛看见X星球上，太白5号正朝着光子号离去的方向静静凝望着。

契约 ▼ 江波

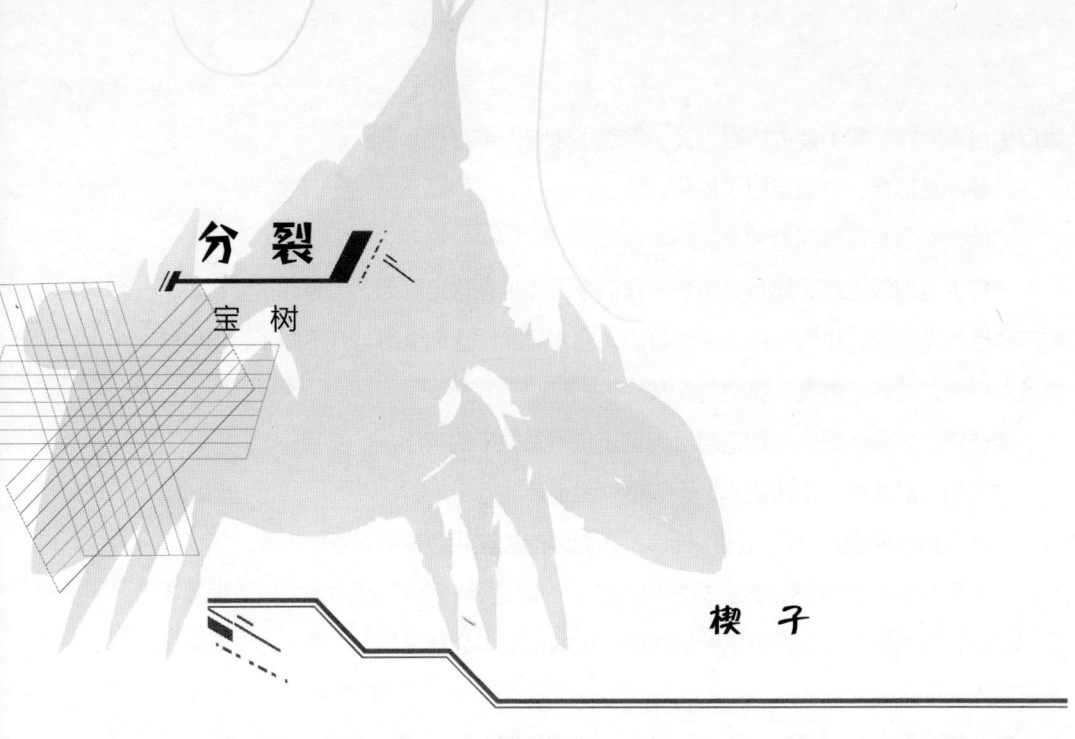

分裂

宝树

楔子

一个托盘出现在传送口，三十六只硕大的红艳艳的小龙虾在盘子中整齐地围成了一圈儿。此刻它们已被烹饪得油光锃亮，香气四溢——十分钟以前它们都还在水里活蹦乱跳呢。弗兰克·米尔斯少尉早已馋得口水直流，伸手抓起一只，摘掉两只钳子，将虾头放进嘴里，从壳缝间深深地吸了一口咸鲜香辣的油汁，仰头发出一声满足的喟叹。然后掐掉头部，耐心地从腹部剥开虾子身上坚硬的甲壳，一点点露出白嫩的虾肉。最后将剥好的虾仁蘸了蘸红油，扔进嘴里，张口大嚼起来。

"自动厨房学会了中国传统的龙虾菜谱……"他一边吃一边含含糊糊地说，"这味道真不错，虽然比我在中国吃的还差那么一点儿……"

"现在已经是公元 2435 年，一切都智能化、自动化了，为什么不让自动厨房直接剥掉虾壳？"旁边的 CPU-130 建议，"或者交给我也行，不等你吃完一只，我就剥完一百只了。"

"那样吃龙虾的乐趣又何在呢？"弗兰克笑眯眯地说，"中国人跟我说，自己亲手剥出来的龙虾，比机器人剥出来的吃起来更香。"

"这个说法显然缺乏理性思考。"CPU-130 说。

"但人类就是缺乏理性的动物，要不然我们也不会来这里。"弗兰克说着，笑容已渐渐收敛。他的思维不知不觉转到了其他方面，这场该死的战争，不知为何开始，也不知要持续到什么时候，更不知要葬送多少人的性命！理性，对今天的人类来说还真是奢侈的东西。

"至少你的手上不会满是油汁。"CPU-130提醒他说，"按照联盟宇航守则，在整个航行的过程中，你都应该保持双手清洁灵活，以便在发生紧急情况时，不影响手动操纵飞船避险。"

"不过是一次运送补给物资的航行而已。"弗兰克不以为然，"我们已经进入超空间，基本上自动驾驶就可以搞定。再说万一有什么事儿，不是还有你吗？"

弗兰克一向觉得，这种常规航行舰载电脑或者机器人就可以完成。联盟之所以让人类驾驶，不过是几个世纪以来的旧俗。在和帝国的全面战争中，这些无谓的规矩早就应该改变，让资源以更合理的方式进行分配。

他万万没有想到，他的看法在下一秒钟就会改变。

他一边说着，一边伸手去拿另一只龙虾。他下意识地看了一眼航行坐标，那是一连串乱码般复杂难懂的数字，用来表示四维超空间内变化无常的时空关系，一般人压根儿看不明白。然而作为一个有着二十多年飞行经验的驾驶员，他很快就发现不对：不知怎的，这个坐标已经远离了航行目标。至少偏离了一百光年，也许两百，也许五百……而且是朝着帝国方向偏斜。

"小C！"他喊了起来，"不好，舰载导航系统出问题了！"

话刚出口，他就意识到了不对。身边的机器助手与舰载电脑是联网的，甚至可以说就是舰载电脑的一部分。不可能飞船出了毛病，机器人还浑然不觉，仍然跟自己讨论该不该用手剥龙虾的问题。除非……

"砰"，CPU-130闪电般挥出一拳，正中他的胸口。巨大的冲击力顿时让他向后飞起，先是撞到墙壁，然后又摔在地板上。他发出一声痛苦的闷哼，这一拳的速度和动能，可以轻易击碎任何血肉之躯。如果不是他多年前已在战地医院将胸口的护具换成了合金板甲，此刻恐怕早已毙命。但饶是如此，身体只是初步强化的他也不可能多挨机器杀手几拳。

"为什么……"他抚着胸口，望着朝他走来的机器杀手，挣扎着问，"我只是运送一些普通的物资……难道……是因为我偷吃了小龙虾？"

毫无疑问，CPU-130被敌人的黑客入侵了，这不是件容易的事，敌人的这个行动必然有重大理由。可他再清楚不过，这次任务只是向江汉星运送一些补给物品，主

要是食物和药品,而江汉星也并非双方交战的前线。无论从哪个角度看,都对这场战争毫无影响。如果非要说有什么特别的,那就是为了慰劳驻守江汉的中国人,放在冬眠舱的运送物品中有不少捕捞自 X 星的小龙虾,传说它们的祖先来自中国潜江。几万只龙虾,偷偷吃几只也不算什么罪过吧?

"如果这些龙虾有智慧呢?"CPU-130 反问道。

"简直是异想天开!"弗兰克觉得有些不可思议。

"据相关资料记载,X 星上原本没有小龙虾这个物种。300 多年前,为了抵御蝗灾,中国有个叫姜桦的基因科学家创造出了超级智能龙虾——太白。太白及其龙虾军团保护了人类,却逃脱不了兔死狗烹的命运。事后,姜桦出于愧疚与思念,又创造出了太白的仿制体——太白 5 号。200 年前一个叫布莱克·萨兰的舰长以'建立基因库,保持物种多样性'为由,将太白 5 号带到西王母号进行改造,企图实现其不可告人的野心……太白 5 号在危机之际驾驶西王母号逃脱,最后飞船在 X 星坠毁。调查员姜诗妍带领船员对抗布莱克舰长,保护太白 5 号的故事你应该并不陌生……"CPU-130 一边查找数据库,一边机械地复述着那些陈年旧事。

"太白 5 号拥有惊人的智慧,它创造了一个又一个分体。它们数量虽多,外形上却与一般的小龙虾并无二致。而且太白 5 号毕竟不如太白,它是有缺陷的,无法赋予子孙后代智慧。所以,这些来自 X 星的小龙虾根本没有智慧。如果非要给我定罪,麻烦你换个说辞!"弗兰克辩解道。

CPU-130 的仿生面容上毫无表情:"弗兰克,别怪我,我只是奉命行事。"

"帝国的命令吗……"弗兰克苦笑道,"好,我投降,用不着杀人这么严重吧?"

CPU-130 判断了一下,轻松地答应了:"这样最好,弗兰克,我也不用违背机器人第一定律了。"

"好像你还能遵守它似的……"弗兰克挣扎着爬了起来,"你不就是想把这艘飞船开到帝国星域去吗?原来尊贵的皇帝陛下也想吃潜江龙虾啊!这好办得很……"

他手一动,抄起身旁那盘还冒着热气的龙虾,正准备向 CPU-130 砸去。不料 CPU-130 的反应速度远远超过他,他的手刚刚举起,对方刹那间生成的等离子束就扫向他,在他身上留下一道伤口。不过他争取到一点儿时间,他的另一只手按在虚拟控制面板上,划下一道 Z 形痕迹,掌纹加手势密码让他夺回了飞船的控制权。

"脱离超空间——确认!"大声呼喊的瞬间,他感觉 CPU-130 已经抓住自己的脖颈。

飞船疯狂地旋转起来，两人都撞上了天花板，然后便是无尽地滚动。当一艘飞船没做任何准备就脱离超空间进入常规空间，就像一艘小船突然从平静的水面驶向暴风雨席卷之下的大海，任何事情都有可能发生。整艘飞船可能瞬间挤过一个一厘米见方的虫洞，也可能直接撞上某颗恒星的核心，或者出现在银河系外几万光年的虚空中，再也无法返航，又或者以光速在宇宙深处穿行，直到末日来临。

弗兰克十分"幸运"，暂时不用考虑自己的处境，直接晕了过去。

当他再次睁开眼睛时，发现CPU-130正目光炯炯地盯着自己。他想起晕倒前的情景，浑身一哆嗦，问："你想怎么样？"

"我受到攻击，已经自动重启了。"CPU-130告诉他，"但失去了之前十几个小时的记忆。刚才我调取了飞船监控视频，才知道发生了什么……我应该是被远程劫持了。"

弗兰克狐疑地看了他好一会儿，确定这家伙没有说谎。看来重启后，他已恢复正常。这时手臂和身体其他部位的痛楚适时地传来，弗兰克忍不住呻吟起来。

"少尉，我已经给你处理好了伤口。"CPU-130讨好地说着，前后"判若两机"，"另外还给你打了止疼针，处理了三处骨折。当然，轻微的疼痛还是在所难免……"

"你以为这么说，我就不会把你扔进熔炉吗？"弗兰克没好气地说，"我一回地球就马上让你报销！"

"你当然有这个权力。"CPU-130顺从地说，"不过，目前还没有这样的条件。"

"什么意思？"弗兰克困惑地爬起来，"我们在哪里？"

他脚下感受到了重力，与飞船自身模拟的1.0G地球重力不同，而是要稍微轻一点儿，大概0.7～0.8G。这是真正来自脚底深处的引力，对老牌宇航员来说，这种差别十分显著。

"飞船脱离超空间后，出现在一个类木行星的大气层内——你知道，一般脱离超空间都会在引力翘曲点周围。幸好我们没掉到这颗红巨星里，但也处于该行星的超级风暴中。自动驾驶系统好不容易让飞船飞出了气态行星，可引擎已经受损，只能暂时在它的一颗卫星上登陆。"

"这么说我们无法再进入超空间了？"弗兰克苦笑道，"向地球发报请求救援了吗？"

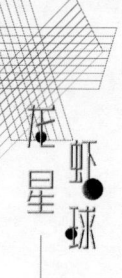

"问题就在这里——超空间通信系统也被巨行星云层的雷击毁坏了,这种闪电的能量是地球闪电的10000多倍,远远超出了飞船的最高避雷标准。我们的飞船能飞出来都是奇迹。"

"所以……"弗兰克悚然一惊,"我们无法脱离这个见鬼的星系了?"

"甚至无法脱离这个星球。"CPU-130答道,"常规核动力引擎虽然还能运转,但已消耗了90%的燃料,顶多还能再飞几十万公里。"

弗兰克只觉得天旋地转,嗓子一阵发涩:"我们……我们的坐标是……"

CPU-130报出一串数字,弗兰克一时很难想象具体位置在哪里,只听到他机械地说:"……距离地球7800光年,距离最近的殖民星球大约2200光年,以人类的平均殖民探索速度,能在500年内被发现就不错了……"

弗兰克说不出话来,他清楚飞船的生命维持系统顶多能坚持三个月。一旦食物和氧气耗尽,他将死得苦不堪言。

"对了。"CPU-130又给了他重重一击,"飞船的生态系统也损坏了,最多还能维持二十几个小时……"

弗兰克颓然坐在驾驶座椅上,五十多年短暂人生的种种片段在脑海里打转。最后他叹了口气,无奈地问:"小C,货舱里的那些龙虾还在吗?"

"除去您违规偷吃的,其他的都完好无损,仍在冬眠中。"

"全给我做了吧……"弗兰克喃喃说道,"就算死,也得吃个爽快……"

话音未落,他眼前突然亮起一道朦胧的红光,某种苍茫无涯的波动表面被照亮了……

"对了。"他又听到身后的CPU-130说,"有个好消息,经过探测,这颗卫星被大量的液体水所覆盖……"

"有海洋?"弗兰克惊问道。

茫茫海水渐渐显现,一轮红色光晕从海平面升起,照亮了周围的云彩,变成万道霞光。

"还有大气,含氧量达到32.4%,其余成分为氮气、氩气和二氧化碳等,人类可以呼吸……"

云彩之间,出现了似乎在飞行的鸟类的影子,海面上也有大大小小的生物在跃动。

"还有发达的生态系统,这在银河系范围内都是不多见的。这里的生物可能极具威胁性，但也许可以食用……"

弗兰克呆呆地看着外面："天，你是说，我们也许能活下去了？"

"这倒不一定。"CPU-130给他泼冷水，"根据大数据的估算，人类出舱后生存的概率只有7.3%。"

"碰碰运气吧，咱们出去看看！"

"好的。"

"干什么？哎，我没让你现在打开！先等我准备好……"

飞船舱门已经洞开，一阵凉爽的海风拂面而来，弗兰克下意识地捂住了脸。他小心翼翼地吸了口气，觉得整个人都变得清爽了。CPU-130说得没错，这里的空气是能呼吸的。

"小C，开路。"他深深吸了口气，说。

第一章 潜龙星球

穿越超空间的旅行漫长而疲惫，尤其是遇到了罕见的引力波震荡，让飞船经历了强烈的空间畸变效应。虽然只有短短几分钟，但我头晕得如同在中子星上转了三天三夜。在飞船上我竭力忍住了，没有出丑。但下了飞船，感受到了真正的重力，我胃里反而一阵翻江倒海。还没来得及找到卫生设备，便在空港的过道上大呕特呕，真是丢尽了脸。

"姜老师，您没事儿吧？"一个清脆的声音问道，同时向我递来纸巾。

我顾不上看来人是谁，连忙伸手接过纸巾。纸巾散发出提神的清香，我擦了擦脸颊和嘴巴，便将其扔在地上。一旁的扫地机器人感应到地面的异样，过来将不忍直视的污物清理干净了。

我觉得舒服了一些，抬头说了声"谢谢"，刚好对上一双满是关切的明眸。

我心中一动，这个和我同路的短发女孩，上飞船前好像介绍过自己的名字，但我没记住。我看着她胸口的标志，说："你是星海灯塔的……呃……"

"姜老师，我叫罗茜，是星海灯塔的实习生，这次跟团来报道'寰宇大V潜龙行'

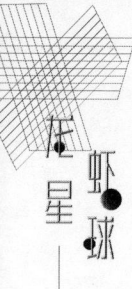

活动。"

"哦,对……"见其他团友已经走远了,我连忙说,"我们快过去吧。"

"好的,姜老师。"罗茜客气地说,"您舒服点儿了吗?要不要我扶您啊?"

"不用,我好多了!"我维持着男人的尊严,"这也是身为美食家的自我修养吧。"

"修养?"

"我绝大部分感觉系统和全套消化系统都没被改造过。"我正色说道,"这些东西如果不是原装的,就无法品尝出原汁原味的美食。体验美食,可不仅仅靠味觉,必须得全方位地调动所有感官才行。当然,这也会带来一些缺陷,比如呕吐。"

说完,我自嘲地一笑。

"可是欧阳老师和凯瑟琳老师都换了电子肠胃啊……"

"每个人都有自己的坚持。"我淡淡说道。

我的执着,果然换来了罗茜敬佩的目光。其实,我换的仿生胃比他们的还高级,只是前一阵儿在泰尔星吃硅胶牡蛎吃坏了,最近一直没时间去修复……

一路闲聊着,我们出了空港。潜龙星派来的专车已经停在空港大门口,我刚向专车走去,就听到身边的罗茜发出一声惊叹:"好美啊!"

我顺着她手指的方向望向天空,只见硕大的龙王星像个巨型气球一样悬浮在淡紫色的天穹中,上面的云带形成的橙黄色花纹清晰可见,还有一个明亮如白练的光环,这在许多气态行星的卫星上是非常常见的景象。

罗茜似乎察觉到自己的失态,冲我不好意思地吐了吐舌头,说:"这是我第一次来外星球,这种场景以前只在VR游戏里见过。哇,您看,那里还有个小月亮,这里还有个……"

"姜云,在聊什么呢?快上车!"远处有人冲我喊道,自然是我那个狐朋狗友欧阳帅了。

我上了飞行巴士,坐在欧阳帅身边。

他朝我挤眉弄眼,语气颇为暧昧地问:"怎么不和罗茜坐一起?你们不是聊得很开心吗?"

"去,我可是个正经人。"我故作严肃,说,"还有,你什么时候还钱?"

欧阳帅哭丧着脸说:"最近真没钱,要不我再给你介绍几个类似的活动。你既可以大饱口福,又可以……"

他正胡说八道，飞车忽然启动了，加速度非常快，风驰电掣一般掠过脚下的太空港，不一会儿满眼就都是波光粼粼的海洋了。

"各位老师，大家一路辛苦了！"车子前方猛然跳出来一只巨大的龙虾，长长的虾须差点儿拂过我的脸。

大家吓了一跳，但很快便发现这其实是件仿真的人偶服。龙虾摘掉头盔，露出一张漂亮的脸蛋。她长发飘飘，肤色白嫩，是个典型的东方美女。

"欢迎来到潜龙星！"女孩用不太标准的银河标准语说，"先自我介绍一下，我是你们的导游姜纯，很荣幸接待来自银河系四面八方的寰宇大V们，这几天由我带大家游览本星球，我先给大家介绍一下潜龙星的概况吧！本星球位于潜龙星系，是最大行星龙王星的第二大卫星，距离恒星天潜星 1.9 亿公里，距离龙王星 123 万公里，半径约 5700 公里，表面积为 4.08 亿平方公里，其中海洋面积为 3.56 亿平方公里，占 87%，黄赤交角为 27.6 度，轨道偏心率……"

姜纯娴熟地背着各种数据，当然也没什么人认真听。

"说到本星球的发现呢，有一个跨越千年的传奇故事……"念完数据后，姜纯的语气变得抑扬顿挫起来，"话说公元 2435 年，亚洲行星联盟和新罗马帝国的战争正如火如荼……"

其实她所说的故事，我来之前在寰宇网上就查到了，在她了无新意的讲述中，不过是将其重温了一遍：公元 2435 年，一艘货运飞船在超空间旅途中失踪。当时正值宇宙大战期间，各种飞船坠毁的事故多如牛毛，大多数情况下都没能安排人手去搜寻、救援，只是在档案上记了一笔就封存了。战争过后，人类文明陷入长久的衰落期，进入新黑暗时代，许多星球的居民又回到了刀耕火种的原始生活。1500 年后，文明之火才再度重燃。100 多年前，一艘探险飞船发现了这颗卫星，并探索星球上的生态系统。这里有许多稀奇古怪的物种，比如蚁葵、象鼻树、竹笋蜥、涡轮鸟等等（当然都是后来的命名）。不过宇宙中已经发现了 3000 多个有生命的星球，所以这些稀奇的生物其实也不稀奇。然而除了这些外星生物，探险者还发现了一种似乎不应该出现在这里的物种。它身体修长，青红相间，舞动着两只钳子，用八条腿在水里游动。这种小型甲壳动物在海洋中浮浮沉沉，多得宛如银河里的星星，怎么看都像是地球上的——虾类。

人们最初以为，这是某种神奇的趋同进化，消息发在寰宇网上时，引起了巨大的

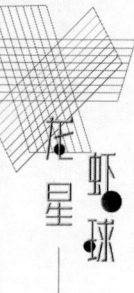

龙虾星球

轰动。不过后来经过严格的 DNA 测序，确定了其基因组与地球上的克氏原螯虾区别很小，显然是后者的一个演化分支。最后人们在南方海洋的一个岛屿上，发现了失踪的货运飞船残骸，并根据飞船上的一些遗物，确定了它正是那艘失踪的货运飞船，不过并没有发现飞行员弗兰克·米尔斯的尸骨。后来又在该星球上发现了一些遗迹，证明弗兰克曾在这里长期生活过，还有可能乘坐飞船游历过整个星球。

除了这些有限的遗迹，飞船上还携带了一些来自 X 星的克氏原螯虾。它们到了本地的淡水海洋，适应了这里的环境，并以几何级数迅速繁衍……

"看，虾潮！"欧阳帅捅了我一下，兴奋地说。

我朝窗外看去，只见下方的大海是一片诡异的青红色，不知漫延了多少公里，而且还在不断涌动着。

姜纯见我们很感兴趣，命令飞车降低高度，从海面缓缓掠过。这回我看清楚了，这片浪潮是由一只只攒动的小龙虾组成的，也不知究竟有几亿只。

姜纯告诉我们，这片淡水海洋无论是温度还是营养成分，都很适合小龙虾生长。海水中富含多种藻类和原生生物，并且没有大型掠食动物。当年那些小龙虾来到这里，不仅没有天敌，还有吃不完的食物，简直如鱼得水，所以迅速占领了整个行星上的海洋。直到今天，每到藻类繁殖的季节，小龙虾也会大量繁衍。

我感叹道："整个潜龙星简直就像是一个巨型小龙虾养殖场……"

欧阳帅接着说："不，我看更像是一锅几亿平方公里的龙虾汤！"

众人都笑了起来。

自从当年发现了小龙虾，这颗卫星就理所当然地被命名为小龙虾星。不过后来移民多了，觉得这个名字格调不够高，再加上有人进一步研究发现，这里的小龙虾其实是古中国潜江龙虾的后裔，所以便改为潜龙星了。其所在的行星被命名为龙王星，而恒星则被命名为天潜星。

这是人类迄今所知的唯一一个地球物种能够在其自然环境中存活，甚至占主导地位的星球。一千八百年前，惨烈的古代战争无意中缔造的龙虾星，在媒体炒作下，成为全银河系人类关注的一大焦点。当然，焦点中的焦点是，这里的龙虾能不能吃，好不好吃……

既然和潜江龙虾的基因差不多，理论上当然是能吃的。事实上，移居本星的人类也一直在食用。不过有谣言说，这里的龙虾吸收了海洋中的几种重金属和当地生物的化学毒素，吃多了会中毒。尽管泛银河食品总署多次检测，证明该星球龙虾的肉质完全符合安全标准，但是谣言总会在寰宇网冒出来，辟谣工作根本跟不上。何况就算人们看到了，也不一定会相信。

这也是我们越过千万光年来到这里的原因。这两年银河餐饮旅游巨头"星海灯塔"承包了潜龙星的旅游项目，想要打造美食旅游的新热点。不过忙活了好几年，效果一般。所以这次他们邀请专家亲身体验，顺便也给这里多做做宣传。

说笑中，飞车来到一座郁郁葱葱的岛屿上。岛屿不大，但植被掩映间居然有几座古色古香的楼台，被若隐若现的廊道连在一起。姜纯介绍道："这里叫楚都岛，坐落着本星球最高档的章华台大酒店，其得名源于古楚国的章华台。"

"古楚国？是哪个星球的国家？"凯瑟琳·冰蓝灵舞·奥菲利亚·梦月姬……问。这位姐姐的名字长达一百多个词，六十多岁了还打扮得像个十六岁的叛逆少女。当然，无知程度也像。

"是古地球时代的楚国。"姜纯认真地说，"据说是五千年前的超级英雄项羽建立的，他吃了一百斤小龙虾后，凭一己之力挡住了秦始皇的机器人军团，建立了伟大的西楚帝国……"

我不由扶额，什么乱七八糟的，秦始皇时期有机器人军团吗？不过也不能指望外星球的小姑娘对黑暗时代之前的地球历史有多么了解。

"后来经过考证，这座'天下第一台'位于古中国的湖北潜江。我们潜龙星不仅有潜江龙虾，还继承了潜江文化，按照古章华台的规模建造了章华台大酒店……我们到啦！"姜纯总结道。

飞车在章华台的停车场降落，自动步道带我们穿行在葱茏的小山丘间。这里的本土植物千姿百态，很有特色，我拍了许多视频。

"看，那棵树在动！"罗茜在我身后叫了起来。

我顺着她手指的方向看去，远远看到一棵红色大树，至少有十几米高，没有长叶子，只有许多根像管子一样的树枝在风中舒缓地摆动着。

"这是象鼻树，它在驱赶虫子呢。"姜纯介绍道。

"啊！"凯瑟琳叫了一声。

只见一只拇指大的小动物从她耳边飞过去，吓得她面如土色。它形如萝卜，通体白色，但没有翅膀，顶上长着轮子一样的器官，正在高速转动。

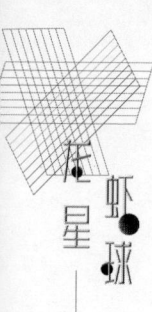

"这应该是涡轮鸟吧?"我回忆着之前在网上看过的潜龙星的物种介绍。

"这位先生您说对了一半,这叫涡轮虫,是涡轮鸟的远亲。"姜纯说,"放心,它不咬人,是我们当地人经常捉来吃的小吃。"

"所以,这里的本土生物能直接吃吗?"欧阳帅问。

"大部分是可以的,潜龙星是极少数生物分子结构和地球生命能够完全兼容的星球。这里生物的主要成分完全可以被人类消化吸收,有人甚至怀疑该星球与地球是同源关系,要不然小龙虾也不可能在这里生存下来了。"

我插嘴道:"据我所知,全银河系已知的三千多个有生命的星球,氨基酸类型能相互兼容的不超过一百个,而潜龙星是其中契合度最高的,真是难得。"

"先生,您说得太对了!"自动步道的终点,一个高瘦的中年男人听到我们的谈话,随和地向我们走来,"从某种意义上来说,潜龙星就像是地球的另一半!我是本星专门负责对外交流的接待大使马库斯·萨兰,欢迎你们!"

第二章　美食传说

我们住进了章华台大酒店。

晚上,萨兰大使代表潜龙星隆重宴请大家。我换了身衣服,欣然与会。

还没走进宴会厅,我便看到罗茜站在门口,正和一个身材高大的男子说话。那男人看着有些眼熟,他瞥见我,抬头露出笑容。顿时,一股久违的厌恶感油然而生。

"姜先生,我给您介绍一下。"罗茜转过身对我说,"这位是泰斯特12先生,大角星的机器人作家。咦,你们……"

"姜云,好久不见。"泰斯特微微躬身,礼貌地伸出一只手。

"哎呀,泰斯特!"我亲热地拉着他说,"真没想到你也来了!咱们好久没见了吧?想不到能在这里重逢!"

我心里只想把忽悠我来这里的欧阳帅大卸八块——早知道这家伙会来,我宁愿到银河系的另一头去啃贾巴虫的臭卵。

"姜云，我的微表情辨别系统告诉我，你并不想见到我。"泰斯特直白地说，"如果你还在为几年前那次辩论输给我而不快，我表示很遗憾。"

见这家伙竟然提及我不愿回首的往事，我也收敛了笑容，说："输给你？太荒谬了，辩论哪儿有什么输赢……不过算了，我不会和一堆只会输入'0'和'1'的电子元件计较。"

泰斯特自称为"机器人美食家"，但却是个令人讨厌的家伙，你无法想象银河系中还有这种不合理的存在。

十来年前，大角星的一个天才大学生想打造一款能自动鉴别美食的App。最初他想根据一些客观指标，如温度、湿度、咸度、气味浓度等等，确定食品的优劣。不过显然不同食物的指标要求是不一样的，不同的烹饪体系（菜系）也不一样，而且还要考虑食物间的搭配以及用餐环境、文化氛围等。最终他发现将所有标准都融合在一起，必须借助一个虚拟的人格才能判断，于是便进行了复杂的建模，造出了这样一个机器人。这个机器人不仅能品鉴美食，还能写出漂亮的文章，甚至能通过图灵测试。他的名字非常敷衍，叫泰斯特12。"泰斯特"来自古英语，意思是"味道"，"12"的意思是第12个版本。不过前面那11个版本早就被人们遗忘了，一般人们就叫他泰斯特。

机器人美食家的噱头很快便吸引了寰宇网的目光，让发明人发了笔横财。后来发明人买了条飞船去仙女座星系游历，估计得一万年才能回来。他临走时签了一份解放文书，让泰斯特成了所谓的"自由机器人"。泰斯特的名头越来越响，许多星球都请他去品尝当地美食，写下评价。但我认为，美食必须得人类用自己的舌头和心灵去感受，让一个连味蕾都没有的机器人去评判食物的高下，实在是滑天下之大稽。他所做的，只是把物质的化学成分和各项指标检测出来，然后与计算中枢的一些复杂程序进行匹配而已。

我写了好几篇文章抨击这种哗众取宠的现象，断言只有人类才能真正体会食物的美味。谁知泰斯特居然撰文反击，利用机器才有的数据检索能力，引用了120个哲学家和美学家的话来证明我的观点是错的。论战持续了很久，最后形成了一场美食的主观派和客观派之争，引起了寰宇网的关注。结果……我认为基本上打了个平手，但泰斯特的看法却不同，愚昧的网民也站在他那边，83%的人投票支持他。那次事件后，我就拉黑了他，想不到如今竟在这里遇见了。

我和泰斯特的新一轮口舌之争并未持续，萨兰大使很快便请我们入席享用晚宴。

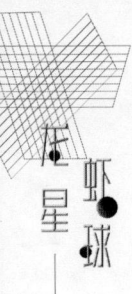

我自然离泰斯特远远的，又不免迁怒于欧阳帅。欧阳帅连连向我道歉，说他也不知道主办方会请泰斯特来，这也太不了解美食圈的江湖了。他回头一定要跟主办方抗议，至少让他们多给我 20% 的酬劳。

我听了怒气稍歇，紧接着带有浓郁本地特色的表演开始了。一群当地的细腰舞女翩翩起舞，萨兰大使介绍，这是根据古代《楚辞》复原的祭祀舞蹈。

潜龙星的菜肴也一道道送了上来，有拔丝龙椰、清蒸鼠蟹、铁板竹笋蜥、涡轮虫炒海丝、象鼻树炖葵叶汤，当然还有油焖小龙虾。菜肴各有特色：龙椰是一种比椰子大得多的巨果，果肉的味道近乎白斩鸡；鼠蟹兼有蟹的鲜美和酒的醇香；竹笋蜥介于动植物之间，外焦里嫩，香脆可口；象鼻树的切片则如鱿鱼般有嚼头——这里的植物没有细胞壁结构，口味和地球上的植物完全不同。

萨兰大使请我们点评美食，大家都说了一些夸赞的套话，什么"差点儿连舌头都吃掉了""走遍银河系都没有吃过"等等。

当问到泰斯特时，他正色说道："我的程序中综合了超过 500 个星球和族群的口味评价标准，去掉一个最高分，去掉一个最低分，拔丝龙椰可以打 91.2 分，鼠蟹可以打 88.6 分，竹笋蜥可以打 93.8 分……今天晚宴的平均分是 91.5 分。"

萨兰大使露出喜悦的笑容，没想到泰斯特却说："当然，我分值表里的满分是——150 分。"

萨兰大使的笑容顿时僵在了脸上。

泰斯特不紧不慢地说："主要问题在于，烹饪手法仍然是传统的蒸、煮、炒、焖等，未采用目前通行的智能纳米料理技术，因此食物的有机化学反应不均衡，很多数据都偏离了标准值。还有就是无关杂质的含量略高于平均值，味觉和嗅觉未做到精准同步化……"

我笑吟吟地听着，泰斯特这家伙就是块不通人情的电路板，谁让你请他来的？活该！

泰斯特像宣读论文一般滔滔不绝地说着，萨兰大使耐着性子听了半天，最后忍无可忍，打断他说："您的意见很重要，能否让食品安全部门的负责人记录下来？我让他过来跟您对接。对了，姜先生，您有什么意见？"

萨兰大使转向我。

我本来想说几句客套话就算了，但既然泰斯特如此"专业"，不露两手怎么能行？

我早已酝酿了几句话，于是微微一笑，说："泰斯特先生的话您不必在意。机器人总喜欢把人类美学进行量化处理，认为测量一些数据就掌握了美食的精髓，其实哪儿有那么简单！不过是纸上谈兵罢了。"

萨兰大使顿觉遇到了知音，连忙点头称是。然而我却话锋一转："不过嘛，潜龙星的美食的确有很大的提升空间。我跟您讲个故事，您听说过'宇宙尽头的餐馆'吗？"

"这个……好像听说过，不过……"

"它就在银河英仙座旋臂尽头的某颗红矮星附近的唯一一颗行星上，从那里可以看到整个银河系的全景。那里有一种古老外星文明的遗迹，这种文明早在5亿年前就消亡了。不过行星上还有一些动植物，因为这颗行星偏心率很高，每隔50年才能靠近恒星一次。这时大量冬眠中的动物才会苏醒，植物才会生长，而持续时间也只有半年左右。在这半年，这个餐馆才会营业，采集动物的卵和植物的嫩苗，把它们做成菜肴。等到行星表面重新冰封，餐馆也就停业了，厨子们有的冬眠，有的则去外星球旅游。"我耐心地讲解道。

"50年才营业一次的餐馆？"萨兰大使有些不敢相信。

"是的。不过营业一次，赚的钱足够他们花100年。那里最便宜的一份菜，也要20万标准点，一般的套餐至少得花100万点。最昂贵的'宇宙尽头之梦'，甚至达到了1000万点！"

"1000万点？那是何等的珍馐美味啊！"萨兰大使不由得大惊失色。

"所谓的'宇宙尽头之梦'，就是把海边的淤泥煮一煮，再撒上点儿糖和胡椒粉而已。"我说，"如果按泰斯特的评分体系，估计得是负分。不过这并不妨碍它成为银河系最出名的十大名菜之一。"

"您是说……"萨兰大使一脸惊诧地看着我，显然不得要领。

我解释道："评价食物并不仅仅看客观的营养或口味，还包括主观认识。作为银河系边缘一种50年才能吃上一次的食物，稍加渲染，就能令食客们趋之若鹜。难吃又怎么样？！告诉他们，那是5亿年前的古文明留下的皇家菜谱，那是宇宙第一代主人们至高的享受，吃起来的感觉就完全不一样了。多少富豪愿意花费巨款，体验一下在古文明的废墟上仰望银河系，品味亿万年盛衰的感觉……饮食，本质上就是一种文化，重要的是有一个好故事。而潜龙星的菜肴，缺陷就在于缺乏自己的美食故事。"

"可我们这里的动植物很独特呀。"

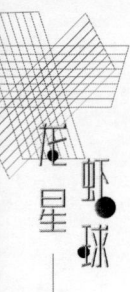

"话虽如此,但全宇宙100多个可以食用的生物系统中,供人食用的物种超过50万个,而且大多数物种大同小异。比如你们这里的龙椰,就很像菲利普星的蛇瓜和高天原星的牛枣……不能说毫无区别,但差别并不大。而烹饪手法上采用传统工艺,就更难将它们区别开来了。

"再说你们主打的小龙虾文化,最初作为噱头吸引游客是不错的。但早期的移民也将小龙虾带到了其他星球上,这并不是潜龙星独有的。他们为什么要跨越半个银河系来吃潜龙星的小龙虾呢?又没有本质区别……"

"不,您说得不对,有本质区别!"萨兰大使忽然打断我。

"这个……"

"不瞒您说,其他星球的小龙虾一代代都是按照同样的方法养殖的,就算基因优化了,口味也差不了太多。而潜龙星的小龙虾是在与地球完全不同的自然环境中进化了一千多年,食用这里的藻类和原生动物养出来的。在漫长的岁月中,它们又分化出了许多品种,口味也完全不同,您在其他任何星球上都品尝不到这样的美味!今天我们有意先上了一些普通的菜肴,这些不过是最常见的菜式,还有更多的惊喜等着大家,有的您可能根本想象不到。我们请大家过来,一定不会让大家失望的!"萨兰大使充满自信。

我心中一动,问:"难道你们还准备了……传说中的'深海魔龙'?"

这是不久前,我从网上查到的传说。

萨兰大使不置可否地笑了笑:"先卖个关子吧,明天您就知道了!"

萨兰大使走后,有人拍了拍我的后背,我回头一看,是罗茜。

"姜老师,那个……深海魔龙是什么?"她好奇地问。

我告诉她,深海魔龙是潜龙星上一个神奇的传说。据说早期探索潜龙星时,一群探险队员在南极附近的海域遇险,救援飞船几个月后才能赶来,他们不得不苦苦寻觅食物。后来,他们捕获了一只身长超过十米的巨型龙虾,吃了很长时间,终于等来了救援。他们说这种龙虾味道之鲜美,简直令灵魂都感到震颤,根本无法用语言来形容。

这种龙虾被称为深海魔龙,不过探险队并没有留下龙虾的甲壳或是其他能证明其存在的东西。后来,新的探险队又回到同一海域搜索,也没有任何发现。生物学家更是从种种角度提出质疑,认为在潜龙星的重力条件下,不可能出现这么大的小龙虾,也没时间进化出来。所以深海魔龙迄今也没有发现实物,不过是一个传说而已。

宴席结束了，客人们三三两两地离开了宴会厅。罗茜说想对我进行采访，我们便一起来到章华台酒店的观景台上。

此时按照潜龙星的自转来说，已经是深夜了。巨大的星环如拱门跨过夜空，照得海面上呈现一片细碎的银光。

"姜先生，您是怎么成为一名美食作家的呢？"罗茜提出第一个问题。

"因为我妈妈。"我饱含深情地说，"她能做出世界上最好吃的饭菜！小时候，我在天鹰裂隙的太空城长大，父亲早逝，家里很穷，只能买一些廉价处理的冷冻食品和杂牌调料。它们来自几百个不同的星球，味道和用法千差万别，很难搭配。但她偏能把一切调理妥当，做出非常可口的美食。可以说，我是在一个非常幸福的家庭长大的……"

说到这里，我不由得哽咽起来。

罗茜感慨地说："姜先生，那后来……"

"我十六岁那年，妈妈在一次陨石撞击事故中去世了。从此以后，我再也没有吃过那么好吃的东西。后来我赚了点儿钱，走遍宇宙，也尝遍了银河系的美食，但没有什么能和妈妈做出来的味道相比。我想我当了美食作家，潜意识里也是为了找到妈妈的影子吧。"我的眼眶湿润了。

罗茜也唏嘘起来，再次贴心地递上纸巾。

这番话我已经讲了千万遍，当然越讲越纯熟。实际上，我妈做的菜的确变化多端——这主要依赖于她买到的是哪种过期的打折罐头，而它们的味道只会让最饥肠辘辘的人得上厌食症。我对美食的兴趣，完全来自她这个反面教材……但人要包装自己，总需要有个好故事，不是吗？

第三章　飞向星空

当晚我们住在章华台酒店的海景房里，听着龙王星引力带来的涛声入睡。醒来时并非早晨，而是下午，差不多可以吃晚饭了。潜龙星自转较快，所以昼夜交替只有十

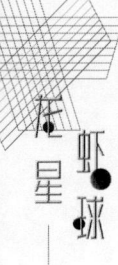

来个小时。

一架小型客机接我们到潜龙星的首府和最大的城市——升龙大陆的升龙城去游览参观，享用晚宴。升龙城缔造于一百年前第一批移民到来之际，如今大约有二十万人生活在这里，是一个小小的旅游城市，繁荣程度和联邦的那些大都会相比不值一提。不过既然来了，肯定得去一趟。

当晚在升龙城举办了旅游节的启动仪式，请我们剪彩，潜龙星的许多官员都出席了。仪式后是招待晚宴，不知潜龙星的人是怎么想的，宴席上大部分是外星运来的食材，比如太玄星的鱼参雪萝汤，特里斯坦星的咒鸟排等，都是脍炙人口的名菜。甚至还有名贵的"星辰大海"，此乃银河系十大名菜之一，是用三十六颗相距千万光年的行星上的各种珍贵食材共同荟制而成的炖菜。吃这么一道菜的花费，相当于普通人半年的收入。不过厨师水平不行，明显欠了点儿火候。

萨兰大使吸取上回的教训，没敢直接问泰斯特，而是问我口味如何。我微微一笑说："大使，这道星辰大海吗？我敢说方圆一千光年，没有比这里做得更好的了。"

萨兰大使听后眉开眼笑，十分高兴。但我听到背后传来一声窃笑，是罗茜。她听出我的言外之意是，一千光年之内的那几个殖民地根本没有敢附庸风雅、尝试这道菜的。

我怕萨兰大使起疑，警示地咳嗽了几声，说："不过嘛，我们来潜龙星，当然希望能更多地尝试本地的特色菜。这样才能吸引更多的人来这里啊！"

萨兰大使似乎早有准备，拍着胸脯说："之所以要上这道星辰大海，是因为只有它才能配得上我们的名菜——飞向星空！"

"这是……"

我还没来得及问，侍者就端来一个巨大的碗状物，直径有一米多，好像猛犸巨猫用的食盆。盆子里是一种泛着莹绿色光泽的物质，一看就让人觉得充满生机。

"这是面包藻。"萨兰大使见我们面露疑色，解释道，"类似的藻类有很多，几乎覆盖了整个潜龙星的海洋，不过大部分不能食用或者味道不佳。但面包藻口感香软顺滑，是本地人食用的佳品。"

我定睛一看，莹绿色的面包藻深处，隐隐有一些影子在跃动，搅得大碗表面起伏不定。

萨兰大使笑道："有一种小龙虾与之形成了共生关系，就像潜江的稻虾共作一样。"

我略有耳闻,但对虾稻共作并不十分了解。一旁的罗茜却说:"我在关于小龙虾的资料上读到过!是把小龙虾养在稻田里,小龙虾可以摄食田间的昆虫,减少稻田内的虫害,同时也减少了田间的药物喷洒,有利于食品安全。而小龙虾的排泄物也可以作为水稻的优质有机肥料,为水稻提供养分,从而进一步提高稻米的品质。"

"对,不过面包藻和小龙虾的关系更加密切。"萨兰大使说,"面包藻向小龙虾提供氧气、住所和食物,小龙虾控制面包藻的数量不会过度繁衍。二者配合得天衣无缝,非常有意思。"

"所以……"我还是不明白端一个微型面包藻龙虾养殖场来干什么。

"请品尝。"萨兰大使一边说,一边打了个手势。

智能控制的水盆迅速加热,同时各种香喷喷的佐料从四周注入面包藻中。面包藻如同有生命一样翻动起来,里面游动的小龙虾一个个被烫得蹦了起来,随即又跌了回去。看来,这就是"飞向星空"这个名字的由来。

罗茜有些不忍,问:"它们疼不疼啊?"

"为了保证新鲜,加热的速度会非常快。"我安慰她,"它们感受痛苦的时间应该不会比一般的做法长。"

不一会儿,巨碗周围伸出八条机械臂,灵活地剥去虾壳,让白里透红的虾仁充分地浸泡在渗透着佐料的面包藻中,闻起来就香气四溢。我食指大动,尝了一口,没想到味道鲜美得令人难以置信。

这种小龙虾比昨天品尝的要大一倍,但肉质并不老,反而更为柔软细嫩。加入的调料也不多,只是为了去掉腥味,并淡淡地勾勒出虾肉本身的鲜味。面包藻充分加热之后,就像是炖烂的土豆,既吸收了小龙虾的鲜美,中间又出现许多香脆的颗粒,几种口味完美地融合在一起,令人回味无穷。

"好吃!"我一边吃一边赞道,"想不到小龙虾还能这么吃!这道菜要是推广出去,潜龙星就火了!"

"太奇妙了,小龙虾和外星海藻共生,简直就是大自然的一曲和谐的赞歌!"欧阳帅也由衷说道。

就连挑剔的泰斯特也打了139分,这在他的打分表中,能排到银河系前20名了。

凯瑟琳见我们如此夸赞,连忙品了一口,装模作样地说:"味道还可以,不过不是能够真正触动灵魂的美味……萨兰大使,我期待的美食,是能让人像和挚爱之人久

别重逢一样热泪盈眶的。"

萨兰大使微笑着说:"当然,凯瑟琳……梦……小姐,这只是开胃菜。明天,在一个更神奇的地方,各位将品尝到潜龙星美食的至高境界,那将是一次梦幻般的体验!"

听他这么说,好像还有更神奇的菜肴在等着我们。我们自然十分好奇,想要刨根问底,不过他怎么也不肯吐露实情,只说会给我们一个惊喜。

晚上还有点儿时间,他给我们安排了斗虾表演,好像是让一种特别培养的凶猛的小龙虾厮斗。不过我没什么兴趣,恐龙和剑齿虎互斗我都看过,小小的龙虾打架有什么看头!

我去升龙城逛了一会儿,回来后看到罗茜居然在门口等我。

"姜老师,关于您的采访,我还有些问题。"她说。

"好的,你说。"我客气地说。

"您记忆中,母亲给您做过的最好吃的一道菜是什么?"

"这个嘛……"我心想怎么记者老爱问这样的问题,但罗茜的下一句话让我吃了一惊。

"我查了资料,之前《德里星日报》的采访中说是咖喱摩羯尾,《新纽约生活》的采访中说是分子组合素食,《中华菜系回顾》上又说是毛家红烧肉……到底是什么呢?"罗茜认真地问。

我没想到她会如此较真,一时噎住了。想了想,才说:"个人经历和记忆很复杂,关于什么是最好的,其实没有确切的答案。不同的时候想到的答案当然也不一样,这是要靠美食本身激发的……"

当然,主要得靠各个饭馆的广告费用。

"但是总有……某种……"

我高深莫测地笑了笑,说:"你要明白,美食有三层境界,一是见银河,二是见众生,三是见自己。如果只是停留在食物本身,就落了下乘。"

罗茜被我镇住了,一时说不出话来。

次日,飞机带我们掠过升龙大陆以东的广袤海洋,飞向大洋深处。姜纯告诉我们,大海中心有一片群岛,名叫海心群岛。其中最大的是米尔斯岛,名字自然来自当年那个倒霉的飞行员弗兰克·米尔斯,因为这里就是他当初降落的地方。

在米尔斯岛上,我们看到了当年运输飞船的残骸。它已面目全非,表面覆盖着本地的植物,宛如沉睡的巨人一样。一旁有三维动画解说,历史学家通过对飞船电脑上残存数据的分析,研究出了事故发生的过程:一个叫CPU-130的机器人被帝国控制,试图劫持这艘飞船。但在弗兰克和机器人搏斗的过程中,飞船失控,掉出了超空间,落到了这里。

这些史实是早已知晓的,大部分人对此没有太大的兴趣。只有凯瑟琳在哀叹,那个来自古老地球的飞行员远离文明世界,落到这个蛮荒之地,再也无法回去,是何等可怜可悲!她忘了前一阵儿她还在寰宇网上说自己得了社交恐惧症,想找个没人的星球隐居起来。

"不过,即便他能顺利返回,也不知等待他的会是什么。"欧阳帅说。

"是啊,文明如此脆弱,时间如此无情……"凯瑟琳珠泪盈盈地说。

这时罗茜却问:"帝国为什么要劫持这艘飞船呢?"

"什么?"姜纯没有反应过来。

罗茜似乎觉得自己说错了话,有些胆怯地说:"这个……我想它不过是一艘运输食品的普通飞船,为什么帝国要劫持它呢?"

姜纯一时不知所措。萨兰大使听到,连忙替她解围:"战争嘛,一个重要的战术就是切断对方的补给线,所以劫持运输飞船也很正常。"

"但是黑进军用机器人的操作系统应该不容易吧?我查过数据,那次宇宙大战,联盟平均每天有三万多条运输船只在超空间来往,但十年中,总共只有一千多条运输船遭到攻击,且绝大部分都是运输极其重要的武器和军事物资。按理来说,运送粮食和副食品的船只,应该无足轻重才对。"

"这个……"萨兰大使也应付不来了。

我插嘴说道:"要说这也不奇怪,也许就是帝国想检验一下自己的网络黑客技术,这艘船其实就是个试验品而已。"

"这样啊……"爱提问的罗茜总算不再纠缠了。

姜纯见状忙说:"各位老师这边请!"

米尔斯岛上有一个山洞,据说弗兰克曾经在此居住过,里面的石头上还刻着一个女人的名字,那大概是他深爱的人吧!

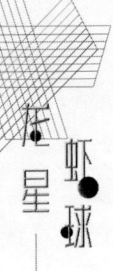

这种绝望之中的爱恋难免令人动容。遥想当年可怜的弗兰克在这里，痴痴凝望着银河深处的故乡和恋人，却永远无法回去，是何等的悲怆。我不禁感慨道："弗兰克的悲剧证明，机器人是靠不住的啊……"

我的声音不大不小，但正好能让泰斯特听见。

泰斯特朝我看过来，居然反唇相讥道："是人类发动了宇宙战争，并劫持了CPU-130。如果人类拥有机器人的理性，这件事就不会发生了。"

"这……"我一时噎住了，转头对罗茜说，"我就说机器人靠不住吧，这年头机器人都可以和人顶嘴，不用遵守三定律了！"

"那个，姜老师。"罗茜怯生生地纠正道，"机器人三定律里好像并未禁止他们的言论自由……"

泰斯特悠然说道："弗兰克在这个星球上度过了他的后半生。虽然我们不知道他是什么时候去世的，不过从残留的生活用具来看，他至少又活了十多年。这些生活用具都是他身边的机器人制造的，要是没有机器人，也许他一年也熬不下去。"

"如果有一天我沦落到要靠机器人来拯救自己，我宁愿马上去死！"我恶狠狠地说。

"那么对您的同伴来说，也不失为一件幸事。"泰斯特冷冷回道。

"你……"我还想还嘴，泰斯特却微微一笑走开了。

罗茜问我："姜老师，你们两个经常这么拌嘴吗？"

"什么经常？这是五年以来我第一次碰到他。"我气鼓鼓地说，"我早就拉黑他了，压根儿不想和这台破机器有任何关系。"

"我觉得，您是不是对机器人有偏见……"罗茜自以为委婉地说。

我怒气直往上冲："我没有任何偏见，只不过觉得机器人要搞清楚，自己的位置在哪里。"

我不想再失态，于是快步走到前面，和欧阳帅说话去了。

米尔斯岛上的遗迹没什么好看的，我正有些不耐烦，却听到姜纯说："好了！各位老师，真正的参观要开始了，请跟我前往潜龙星美妙的秘境——潜龙豪庭万花水晶宫！"

欧阳帅一听来了劲，嘀咕道："哇，是洗浴中心吗？"

我咳嗽了一声，尴尬地说："你没看导游手册吗？是水族馆啊……"

第四章　宴席之争

我们来到一个山洞，乘坐一部电梯下到米尔斯岛底部，顿觉眼前一亮。这里有一条钢化玻璃廊道，从岛底通向大海深处。廊道下是自动步道，载着我们在海底穿行。

阳光透过海面照在温暖的海底，周围是千姿百态的珊瑚礁，当然这并非地球上的珊瑚虫，但其生态位却相当类似。还有各种类似花卉的姹紫嫣红的软体生物，依附着珊瑚或海底礁石，在海水中荡漾着。各种动物穿梭其间，其中有许多小龙虾的后裔。它们显然已经演变成了新物种，有的轻盈似海马，有的肥胖如巨蟹，在迷宫般的海底自在地悠游着。

我们一路走来，一一观赏着海底的美景。这条玻璃廊道其实有三四条支线，每条穿过的海洋区域都不相同，悬崖、山洞、森林等不同的景观一一呈现在我们眼前，千变万化的，感觉完全可以在这里消磨一天，甚至可以建一些水底度假屋。

从一组山洞出来，姜纯带领我们来到一处开阔的地面。只见一片浅绿色的丝状植物覆盖着整个地面，由近及远，如同一片大草原。植物差不多有半米高，许多小小的龙虾在绿丝间游动或是栖息。

我见这个场景有些熟悉，于是不假思索，一道菜名立即脱口而出："飞向星空！"

姜纯笑道："姜先生，没错，这就是藻类和小龙虾的共生系统。不过这种藻类不能食用，其实整个潜龙星一半以上的海底都被这种植物覆盖着……"

"啊！"罗茜忽然尖叫一声，身子一缩，几乎要缩到我怀里了。

我慌忙扶住她，同时看到一个巨大的影子从头顶掠过。仔细一看，那是一种一米多长的巨虾，身子扁而宽，就像草原上高飞的雄鹰一样。

巨虾自在地游远了，我放开罗茜，她满脸通红地跟我道歉，然后问姜纯："那是本地生物吗？"

"不，这也是小龙虾的一种后代，我们叫它麒麟虾，可能就是传说中的深海魔龙的原型。"姜纯说。

"奇怪，小龙虾来这里也只有一千多年吧，怎么能进化出这么多的种类？就算是

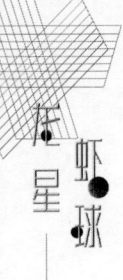

人工养殖，要培育出新品种，也没有这么高的效率。"我忍不住说道。

"这……这……科学上的事我就不懂了。"姜纯抱歉地说，"可能是潜龙星的水土特别吧，这里的自转比一般殖民星球要快很多。说到这个，天色已晚，晚宴即将开始，大家请跟我来！"

我以为她会往回走，不想她却带着大家继续前行。我们越过一个小小的海底山丘，眼前出现一栋豪华气派的水下建筑。它大部分地方都由透明材料建成，里面透出辉煌的灯火，原来这就是所谓的"水晶宫"了。

我在寰宇网上查了一下，水晶宫集餐饮、住宿、旅游、休闲于一体，是星海灯塔承包的潜龙星大工程之一。之前还有环保人士抗议，说这些工程会破坏珊瑚礁的原生态，不过现在看来好像没什么影响。建成之后，美轮美奂的建筑反而与海底森林相得益彰。

服务员已经等在门口，我们一一入席，宴会厅四面都是透明的，中间装饰着海底礁石和生物标本，宛如大海的一部分。菜肴的食材也取自附近的海域，与昨天在升龙城的那顿晚宴相比，少了几分官气，多了一些特色：花形的烩海百合、肥嫩的烤七足鲎，还有几种美妙的软体动物，每一种都好吃到令人回味无穷。就连巨大的麒麟虾也被端上餐桌，但令人略感失望的是，这种虾口感有些粗粝，实在算不上美味。

"怎么样，姜先生？"萨兰大使又充满期待地问我。

"呃……"我斟酌了一下，说，"口感当然很不错，不过我更喜欢昨天的飞向星空……这就是您说的梦幻般的体验吗？"

"当然不是，真正的主菜还没上来呢……您看，它来了！"萨兰大使说。

这道菜的出场方式十分魔幻，几只挥舞着手足的小动物从我们上方缓缓降下，仿佛在海里自由游动一样。这些甲壳动物体长大约30厘米，仍是龙虾一族，但甲壳是半透明的，身体晶莹剔透，上面有一些淡红色花纹，触须也比一般的龙虾要长得多，如金线般舞动着。想不到克氏原螯虾竟然能生出这样美丽的后裔！但龙虾再怎么进化，又岂能在空中飞舞？我仔细一看，它们被一个微不可见的透明球体笼罩着，里面显然有水和氧气以供生存。球体被上方垂下来的细索吊着，缓缓降到我们身前，每个人面前都有一只龙虾。

"这……这是……"我惊讶地问。

"这就是传说中的深海魔龙，它们生活在距离水平面十公里以下的海洋深处，轻易不会离开那里。如果游到海面，很快就会因压力过小而死亡，所以这么多年都无法捕获它们。"萨兰大使说。

"深海魔龙？"我回忆着网上看到的说法，"不是说它们非常大吗？有十几米长呢！"

萨兰大使微微有些窘迫："呃，细节并不重要，传闻嘛，总归会有偏差……您不是说过吗，重要的是有一个好故事。"

他倒是活学活用。我笑了笑，说："的确如此，这种龙虾生活在深海，外表又如此奇特，称之为深海魔龙也不为过。"

"是的，我们的海洋学家最近几年才发现它们。本来以为那么深的海底，最多只会有一些低等生物，没想到地球来的小龙虾可以在那里安家，而且繁衍得很多。回头给大家看看探测器拍摄的镜头，成千上万的深海魔龙密密麻麻地趴在那里，实在太壮观了！"

"那里是哪里？"我问了一句。

萨兰大使一时没答上来："就在北面，大概一千……两千多公里……"

我对潜龙星也不了解，压根儿不知道他说的是哪里，于是没有多问，继续观察着那个球体说："这个水晶球体也是特制的吧？应该有几千个大气压？"

"应该是的，这样才能保证捕捞的龙虾肉质鲜美，每一只都活蹦乱跳的。"

"它有什么特别之处吗？"欧阳帅问，"虽然看起来挺好看的，但是吃起来……"

"它能让您的味蕾爆炸！您无法想象它的滋味有多么鲜美……如果勉强打个比方的话，就像我们吃生牛肉的祖先，无法想象香煎牛排有多么可口一样。"

"不过是小龙虾而已，有那么大的区别吗？"欧阳帅不太相信，"老萨，你推销自家的菜肴也不能太言过其实……"

"这倒不一定。"我插嘴道，"味觉——当然也包括必不可少的嗅觉——植根于大脑最原始的皮层，与感知、记忆、情绪的深层结构密切相关。某种特殊的味道，有可能成为激发大脑深层活动的密钥，就好像输入一行特殊的指令，就能进入电脑的根目录一样。"

"难得姜先生也会承认味觉是一种程序。"泰斯特忽然说道。

"没错，但遗憾的是，这是机器人不可能具有的程序。"我立即反唇相讥。

萨兰大使打圆场说："好了，各位老师，现在就请大家鉴赏一下这道美味的程序

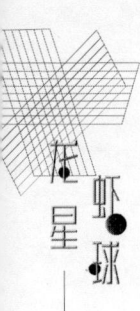

吧！对了，这个水晶球……是怎么操作的？"

他似乎也不太明白，扭头问边上的服务员领班。

领班解释道："这个水晶球能进行分子级别的精细烹饪，我来给大家操作一下……"

他娴熟地按了几下，水晶球边上弹出一个虚拟界面。

龙虾们似乎知道死期将至，拼命挣扎起来，我隐隐觉得有些不对。

忽然，泰斯特说："萨兰大使，我有一个问题，我们有充分的理由食用这种龙虾吗？"

"您说什么？"萨兰大使没听明白他的意思，我们也没有。

"我刚刚检索过了，这种新发现的龙虾不在潜龙星的可食用动植物目录里，不能保证其安全性。"

"原来您是担心这个。"萨兰大使感觉轻松了一点儿，"很简单，深海魔龙发现得比较晚，所以目录还没有更新。不过您不用担心，我们早已做过相关检测。实际上几个月前，潜龙星已经将有关资料上传给联邦食品安全署，获得了可食用许可。您可以在联邦的相关网站上查询。"

泰斯特没有说话，我知道他正通过自己的芯片在寰宇网上搜索资料，于是忍不住讥笑道："我说，这里需要担心食品安全性的，应该是人类而不是机器人吧？"

泰斯特没有理我，片刻之后，对萨兰大使说："信息的确在食品安全署的网站上更新了，但并不等于这是合法食品，我没有找到生态学方面的许可……"

萨兰大使微微有些不耐烦："泰斯特先生，我们在十几公里的深海发现了成千上万——不，也许是百万千万只深海魔龙，数量可能比你们刚才吃过的很多海鲜还要多！只要合理捕捞，绝不会损害生态系统。"

"但我并未看到环保机构出具的证明。"泰斯特干巴巴地说。

"这个……还来不及申请，不过也只是走个程序而已，所以各位可以说是第一批享用深海魔龙的星际嘉宾。"萨兰大使笑着说。

"管那么多干吗？"欧阳帅说，"快点儿煮吧，我们要开吃了！"

"很遗憾，我的程序恐怕不允许我食用这种不具备合法性的食物。"泰斯特面无表情地说。

领班无奈地看着我们争论，不知道该不该动手烹饪。

他们争执不下之时,我面前的那只深海魔龙动作幅度越来越大——我终于发现问题出在哪里了。

龙虾不是高等动物,照理来说只要处于舒适的环境中,不应该对死亡这么敏感。但眼前这只却剧烈地扭动着,而且并不是毫无章法,似乎按照特定的节奏转圈、挥手、舞蹈……

"它、它好像……会说话!"身旁传来一声惊呼,罗茜也发现不对劲儿,指着面前的龙虾结结巴巴地说。

众人笑了起来,当然也包括我。她自然在胡说八道,龙虾哪儿能说话!

我定了定神,打算不管这些奇怪的现象,先煮了它再说,于是将手伸向水晶球。然而我面前的龙虾,却做出了令我更加毛骨悚然、无法理解的举动。

它停止了古怪的舞蹈,伸出左边那只钳子,在面前比画着。一个好像是字母"S",一个像是字母"B"……不对,是"O",然后又是"S"……

SOS——这分明是求救信号!

我大惊失色,扭头看向萨兰大使:"你看,这……这是……"

萨兰大使朝我使了个眼色,打哈哈说:"水晶球太难操作了,是不是?没事儿,让我们的服务员来操作吧。你们愣着干什么?!快点儿!"

气氛变得诡异起来,几名服务员上前,要加热水晶球,将龙虾们煮熟。我面前的龙虾举动却更加疯狂了,仿佛是在打躬作揖。这是一幕无比荒诞的场景,我的食物正企图求我救它一命!

"别这样!"罗茜带着哭腔说,"说不定这种龙虾有智慧呢!"

她把面前的水晶球解下来,抱在自己怀里,不让其他人靠近。

"这从何说起呢……"萨兰大使有些尴尬,"你冷静一点儿……不要误会……"

欧阳帅也说:"小罗,你这是干什么?快放下!"

罗茜一边哭一边向我求援:"姜老师……"

我心中也有些不忍,却装作没有看到。忽然间,我好像看到了十多年前的自己。那个拒绝与世界妥协,一路横冲直撞,直至撞得头破血流的少年……

"我发现这种龙虾的确有一些较高的智力活动。"泰斯特又开口了,"这也意味着烹饪可能给它们施加特殊的痛苦。根据《银河联邦动物保护法》,我认为应该暂停食用,进行深入研究。"

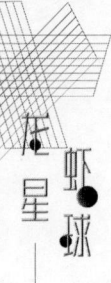

"泰斯特先生,您听我解释……"萨兰大使试图劝说他,但机器人哪里劝得动?怎么说他都不松口。

"我说泰斯特,这香喷喷的小龙虾你不吃,就让给我好了。"欧阳帅从一旁扑上来,想要虎口夺食。

泰斯特好像忘了不能伤害人类,轻轻一躲。欧阳帅站立不稳,摔倒在地上,骂骂咧咧了好半天也爬不起来。

萨兰大使见局面越来越难看,无奈地说:"好了,既然各位还有疑虑,那么这顿深海魔龙宴就先取消吧。"

他拍了拍手,剩下的几个水晶球立刻往上升去。我面前的龙虾挥舞着钳子,仿佛更加惶恐了。

"救救我!"我依稀听到一个声音在呼喊,心中一急,不知哪里来的勇气,连忙抓住水晶球,解掉了上面的碳素索。再看看身边的泰斯特,他居然也这么做了。

"姜先生、泰斯特先生,你们这是干什么?"萨兰大使厉声问道。

"大使先生,这几只龙虾挺漂亮的,不如留给我们做个纪念吧?"我答道。

"您想养着它吗?"萨兰大使显然觉得这个想法非常可笑,"根据球体的设置,它顶多二十四个小时就会失压。"

"这……那就玩一两天吧。"

"好吧好吧。"萨兰大使不得不妥协,"几位喜欢养就养着吧……几只龙虾而已,真是的……"

第五章　深宵密会

不用说,晚餐在尴尬的气氛中结束了。闹得鸡飞狗跳的,却没吃到深海魔龙,也不知道是不是真有传说中那般神奇的滋味和梦幻般的体验。我带着水晶球回到自己的房间,盯着那只不知还能活多久的怪虾,觉得自己做了件傻事儿。

这家伙继续扭动着笨拙的身体,挥舞着钳子,但再没写出"SOS"或其他字母。我怀疑一切都只是幻觉,可能这本来就是它的习惯性动作,和智力没有任何关系。

这时有人敲门，我开门一看，是欧阳帅。

"你今天干什么呢？"他一进门就埋怨，"跟一个小姑娘和一个机器人一起瞎闹！我跟你说，这回你可得罪了萨兰大使！"

"我……"我想为自己辩护几句，但刚才那一幕又浮现出来，欧阳帅一直坚定地站在萨兰大使一边，难免有些可疑，于是我说，"不对吧，欧阳，你是不是知道什么？"

"我、我能知道什么！"欧阳帅说，但在我质疑的目光下，他很快软了下来，"好，我说，其实没什么大不了的，是你们庸人自扰……"

他从冰箱里拿了一瓶海藻汁，坐在沙发上一边喝一边对我说："我们来这里是为了什么？是为了星海灯塔搞的旅游开发项目，对吧？"

"废话。"

"你知道我去年就来考察过。这个星球吧，说实在的景点没什么特别的，谁想过来看模仿地球的拙劣歌舞表演或是某个倒霉飞行员的遗迹呢？就算那条海底隧道还算漂亮，但其他星球上也有更美的风景。所以要开发旅游业，只能从美食上入手，这里的美食纵然不能排第一，但排前五名总没问题。所以我就朝这个方向给他们做了个策划……"

"你能不能说重点？"我有点儿不耐烦。

"好，重点是那种透明的深海怪虾，真是……无法用语言来形容它的美味。就像你猜测的那样，它含有一种特殊的成分，能够通过味蕾直接激活人的大脑皮层，让人全身心地沉浸在美食的享受之中……谁也无法抵挡这样的诱惑。"

"你说的好像毒品似的……"

"不是毒品，却胜似毒品！我是说肉体上不会成瘾，可心理上很难离开它。几年前，探险队员捕捞到这种虾的时候，就发现了这一点，但是没有推广。光靠口耳相传，不知何年何月才能传出这个偏僻的星系。所以组织这次'寰宇大V潜龙行'，主要就是为了推广这种美味的龙虾。我应该事先和你沟通一下的。"

"那它是否拥有智能？"

欧阳帅轻蔑地瞥了一眼水晶球里正凝视着我们的怪虾，说："有什么智能？说到底不过是一只虾而已。当然，研究者发现它们的群体组织比较复杂，和一般的龙虾不一样，但顶多也就相当于猴子——不，相当于猪而已。你也知道，猪是古地球上最聪明的动物之一，我们还不是一样吃它们吗？你吃猪肉的时候，想过它有一定的智慧

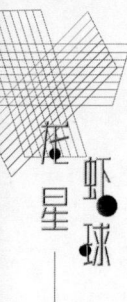

吗?"

"这倒没有想过……"

"可不是嘛!这种龙虾看起来是有些小聪明,潜龙星的科学家也做过实验,它们的智商比一般的动物要高一点儿,但也高不到哪里去。不过它们的确会跳舞,还会通过复杂的肢体动作进行交流。这些信息一旦传出去,那些动物保护主义者必定会唱反调!"

"发现一种聪明的龙虾,本身也是新闻嘛,可以用这个来吸引游客。"

"宇宙中聪明的动物多了去了,这种吸引力根本微不足道。再说了,龙虾不可能变成猫、狗那样可爱的宠物,再聪明又有什么用?它的价值就在于充当食材!当然,我不反对留一部分给科学家进行研究,但是不能打断我们产业链的进程。"

"产业链……"

"所以啊,姜云,你得终止这场闹剧。"

"怎么中止?"

"所谓'智慧龙虾'的破事儿,绝对不能再炒作了!我已说服凯瑟琳不把相关视频发到寰宇网上去,还得再提醒你一下。还有,这个张牙舞爪的玩意儿,你要么吃了,要么赶紧还给萨兰大使。"他指了指水晶球体,说。

他颐指气使的口吻不免让人生气,我皱起眉头说:"等等,我什么时候成了你的跟班了?"

"不是不是……"他态度软了下来,故作亲热地搂着我的肩膀,"我是说兄弟一场,这事儿你肯定得帮我呀。"

"欧阳,你拿了他们不少好处吧?"

"没多少、没多少……"欧阳帅谦逊地说,"当然,自家兄弟,我也不会亏待你。这事儿摆平了以后,我给你这个数儿。"

他伸出三根手指晃了晃。

我心头一喜:"三百万?!"

"想什么呢!"他忙说,"我拉这么多人才二十万!我说服他们也给你开二十万,够对得起你了吧?对了,等我拿到全款,就把欠你的十万点还了。"

我一盘算,相当于拿到了三十万,也算不错,于是便痛快地答应了。

欧阳帅见谈妥了,一边笑着出门,一边嘱咐我赶紧把龙虾还给萨兰大使。

我看了看水晶球里的龙虾，有些不忍。不过说到底，不就是一只像猴子一样聪明的龙虾吗？猴子我都吃过，何况是龙虾……

稍微休息了一阵儿，我正打算出门，又有人按门铃，开门一看，竟是罗茜。她满脸愁容地抱着那个水晶球，一上来就问："姜老师，您说我该怎么办？"

我一问，原来是欧阳帅去找了她，威逼利诱了她一番。她一个涉世未深的小姑娘，听后六神无主，便来问我。在她看来，我和她自然是同一阵营的。

"咱们刚才确实有点儿激动，几只龙虾而已，不要闹得不好收场。"我吞吞吐吐地说。

"可我感觉，它的确在跟我做手势，让我救救它……"

"你确定那是手势吗？龙虾怎么懂得人的手势？"

"这个……"罗茜无言以对。

"跟你讲个故事吧。"我叹了口气，说，"十三年前，在塞尔达星，那时我还是《环银美食》的一个小编辑，跟着主编去参加一个宴会。席间上了一种鳄龙，清蒸全鳄龙，你知道吧？"

"我知道，这是塞尔达的名菜。"

"鳄龙这种动物比较珍稀，而且性格怪异，无法养殖，一般食用的都是培养皿里的克隆体。只要加上一点儿激素，三个月就能长到两米多长。不过它们没有在野外奔跑过，肉质太软，没有味道。所以正宗的清蒸鳄龙，必须用野生鳄龙。当然，野生鳄龙受到保护，这就违法了。"

"那您怎么办？"罗茜专注地看着我。

"当时为了证明吃的是野生鳄龙，会先把它拉出来遛一圈儿。记得那只鳄龙被牵上来的时候，冲着我惨叫。我一时不忍，劝大家不要吃，还偷偷报了警，闹得不欢而散。结果警察压根儿没有来，回去以后，我就被开除了。然后业内媒体整整封杀了我三年，后来新的社交媒体兴起，传统媒体没落了，我才好不容易绕过以前那些人，重新混迹在美食界。有时候人在江湖，身不由己啊……"

"所以您的意思是让我放弃……"罗茜目光锐利地盯着我。

我心虚地避开她的目光："想开点儿，这种龙虾未必有智能，但如果事情闹大了，联邦会派专门的机构来调查，那些动物保护组织也会介入，那就一发不可收拾了。拖个几年，潜龙星和星海灯塔的投资都会落空，很多人都要倾家荡产……"

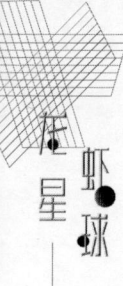

"您说得也有道理……"罗茜低头说道。

我心中一喜,感觉三十万就快到手了。

"但万一它们真的有智商呢?我们……我们岂不是在灭绝一个种族?"

我心头一凛,一时无言以对。

这时又有人按门铃,我心中正不痛快,开门一看更不爽了,居然是泰斯特。他来找我干什么?

泰斯特捧着他那个水晶球,看到罗茜也在,不禁一怔:"我没有打扰二位吧?"

罗茜脸一红:"没有没有,我是因为龙虾的事儿,过来请教姜先生。"

"我也是。"泰斯特说,"我要研究一下,它们是否有智能。"

"怎么研究?"我说,"它们一直在扭动,也不知道是不是代表着什么。"

"如果这种龙虾是社会性动物,那么它们在一起的时候应该会有明显的互动,可以看出智能水平。"

我心中一动,连忙望向我的那只龙虾。它看到同伴到来,的确有些兴奋,八只小脚不断划动着,不知是在表示友好还是敌意。

"行,你把它们放在一起看看。"我表示许可,心想最好它们打起来,都死掉了,问题就解决了。

不过怎么打开水晶球,把虾放一起呢?这种高压球,不是一打开里面的东西就会死掉吗?

还是机器人了解这些东西,泰斯特将两个球体倒扣起来,球体中间一瘪,贴在了一起。他又在操作界面上按了几下,两个小球居然合并为一个大球。

"这是智能变形材料。"他解释道。

我"哼"了一声,表示一切尽在掌握中。

泰斯特又把另一个球体扣上去,如法炮制,几秒钟后,三球合一,三只龙虾待在一个大球里,开始互动起来。它们急速摆动着触须,你碰碰我,我碰碰你,仿佛是在打招呼。但坦白讲,这跟蚂蚁差不多,也看不出什么特别的地方。

过了片刻,发生了更奇妙的事——一只龙虾爬到另一只龙虾背上。紧接着,第三只龙虾也爬了上去,三只虾重叠在一起。

这是什么操作?

"看它们的触须!"泰斯特喊道。

只见三只透明的龙虾几乎以相同的速度朝着同一个方向摆动着触须，就像集体操练一般齐整。虽然不明白是什么意思，但肯定不寻常。

"看它们身上！"罗茜说。

我定睛看去，果然三只龙虾身上的淡红色斑纹也在发生变化，变得更加明显了，而且似乎在移动……

"毫无疑问，这是一种奇特的生物现象。"泰斯特说，"这种生命形式非常值得研究，我要向联邦生物研究院报告。"

他抬起双手，仰头望天，做了个古怪的动作，表示在发送讯息。我知道他所看到的一切都会录成视频，只需在电子脑中将视频发送给研究院就行。电磁波转换成安塞波，安塞波再转换成电磁波，几秒钟后就会在生物研究院那里备份。所以只要他一发送出去，我那三十万就有可能泡汤。

我想让他停下，却说不出口。失望之余，只好安慰自己，看来这笔钱注定不是我的，就这样吧……

过了好一会儿，泰斯特还是一动也不动。

"你好了没有？"我没好气地问。

"断网了。"

"断网？"我有些惊讶，但想想又觉得不奇怪，"这种偏僻的地方网络确实不好，我刚才想下个三维电影都费劲儿……"

"嗯，没有 Wi-Fi 了。"泰斯特说。

"用你自带的 7G 网络嘛！"

"也不行。"泰斯特说，"本地的基站好像都关掉了，这个……"

这时又有人敲门，是欧阳帅还是凯瑟琳？总不会是萨兰大使亲自造访吧？

我打开门，门外却是一个我万万没有想到的人——我们的美女导游姜纯身穿紧身黑衣，手拿一支电击枪，站在我面前，将枪口对准了我！

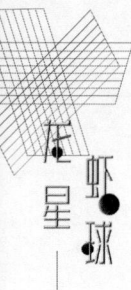

第六章 水晶惊魂

"老实点儿,别乱动!"姜纯厉喝道,一改往日的温柔。然而她很快就看到屋里的情形,露出惊讶的表情,然后以迅雷不及掩耳之势开枪了。

电光从罗茜耳边掠过,罗茜本能地躲闪,却撞到一旁的泰斯特。泰斯特不能避开,否则罗茜就会跌倒。他立刻扶住她,并转身护住她,让她不再有被枪击中的危险。

电光石火之间,姜纯突然撞开我,飞身而入,抱起那个刚合成的巨型水晶球就跑。

事后想来,她的动作肯定精心计算过。用电击枪制服泰斯特是不可能的,就如同给他挠痒痒一样。而无论那一枪打向谁,她都很难过泰斯特那一关。因此她唯一的胜算,是用罗茜牵制泰斯特,再让我退开,然后趁机夺取她想要的东西。

我们先后发足追去。姜纯熟悉地形,在狭窄的楼道里东拐西弯,想把我们甩掉,但好在一个小姑娘抱着沉甸甸的大球也跑不快。

"姜云……"泰斯特在后面叫我。

"泰斯特,你快跟上她!"我回头对他说。

"姜云……你……"泰斯特好像有什么事儿要跟我说。

"追人要紧,有什么事儿以后再说!"

"请你让一下。"泰斯特说,"没有你挡在前头,我三秒钟就追上了!"

"你不早说!"我这才明白过来,尴尬地让开了。

泰斯特的两条腿如同风火轮一般,以惊人的速度向前疾驰。片刻间,就把姜纯堵在一扇紧闭的大门前。

姜纯徒劳地想要抱住水晶球,但泰斯特一伸手就把它夺了过来。三只龙虾还在里面玩叠罗汉,似乎丝毫不为外界打扰。

我和罗茜也赶到了。

"姜纯,你想干什么?"我不满地问。

姜纯诡异地笑了一下,说:"你们才不明白自己在干什么!"

"你不说我们能明白吗?"我问。

"好吧,我说,事情不像你们看起来那么简单,这背后有一个大阴谋,关系到整个潜龙星的命运……"姜纯郑重地说。

我们面面相觑,都觉得她的说法十分可笑。

"姜纯,你听我说……"罗茜试图挽救她。

"不,应该是你们听我说!潜龙星……"

突然,"轰"的一声巨响传来,我们的身体开始摇晃起来。

"地震了?"我惊讶地问,同时听到雷鸣般的响声从上方传来,滚滚海水竟直接倾泻而下。

姜纯立即明白过来:"糟了,有人炸了水晶宫!"

"什么?"我们还云里雾里的,根本不知道发生了什么。

"快走!"姜纯转身在密码锁上按了一通,想要打开门,却没有反应,"糟了,他们换了密码……"

还是机器人管用,泰斯特二话不说,一拳砸在门上,门顿时洞开。此时上方的水流也如瀑布般倾泻而下,转眼便淹到我们的小腿。

门里面,是一艘小型海底观光潜艇。

我们蹚着水扑向潜艇,水位迅速升高。我们游起泳来,总算在水没到屋顶之前,狼狈地爬到了潜艇顶上。还好潜艇的密码没变,我们顺利打开顶盖,依次钻进潜艇中。潜艇很快开动起来,打开了通向外界的大门,引擎急转,径直驶向大海深处。

潜艇开出几十米后,我回头望了望水晶宫,发现它已经坍塌了。

"欧阳先生、凯瑟琳,还有萨兰大使他们……"罗茜惊叫道。

我心中一痛,其他人也就罢了,欧阳帅虽然贪财,但是我多年的好友,我怎么忍心看着他葬身鱼腹。而且我那十万点标准币……不,眼下不是想这个的时候。

"我们回去救人!"我连忙跟姜纯说。

"来不及了,我们刚才跑到最边上才躲过一劫。欧阳帅和凯瑟琳他们就在爆炸点的正下方,哪怕没被炸死,巨大的水流冲击下来,也……"姜纯说。

"万一没事儿呢?还是回去看看吧!"

"姜先生,你觉得这是偶然事故吗?有人要杀你们,杀死所有的知情人。他此刻应该躲在什么地方,如果他发现我们还活着……现在我们走得越远越好。"姜纯犀利地说,与之前那个浑浑噩噩的女导游简直判若两人。

分裂▼宝树

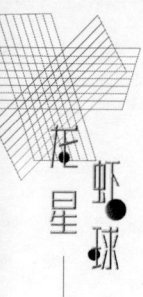

我想了想,觉得她说得有道理,于是只好放弃了。

潜艇在花团锦簇的海底越开越远,周围的景色也越发引人入胜,但我们已无心欣赏。

过了一会儿,罗茜说:"那个……要不我们还是报警吧?"

姜纯摇了摇头说:"刚才网络断掉,我就知道他们可能要动手了。警察局都被他们渗透了,报警……恐怕是羊入虎口。"

"姜纯,你到底是什么人?还有他们……又是谁?"我忍不住问。

"我是龙渊的守护者。"姜纯淡淡说道。

"什么?"我感觉像是在玩什么中二的武侠游戏。

"龙渊是潜龙星上最深的海渊,据说是被一块陨石砸出来的,深达十五公里,而一般的海域最深的地方也只有三五公里。所谓的深海魔龙就生活在那里,我们世代的使命,就是守护龙渊,不让它被发现。"

"这……越说越乱了。人类殖民潜龙星才一百多年,顶多五六代吧,怎么就有了世代的使命了?"

"说到这个,事情的确和我的高祖父有关,当年他来到潜龙星……"

姜纯向我们讲述了一个难以置信的故事。

她的高祖父在一百年前来到潜龙星,是最早的殖民者之一。他在米尔斯岛上探索了几年,找到了老前辈弗兰克的另一个居住地,并且发现了一个古代的数据存贮装置。总之,历尽艰辛之后,他读到了其中的资料。

罗茜曾经问过,为什么帝国要劫持一艘普通的运输船?弗兰克余生也在思考这个问题。他认为答案是这艘船并不普通,其中运载着某种重要的货物,可能是秘密武器,也可能是什么重要的装置,但他和 CPU-130 仔细清点了船舱,却一无所获。最后,他将注意力集中到他最喜欢却一直未曾注意到的货物——小龙虾上。有一种龙虾体型大了一圈儿,形态与其他龙虾略有不同,它们被单独放在一种密封的冬眠箱中。旁边有一些语焉不详的养殖说明,关键部分还使用了暗语,他花了好长时间才破译出来。这种来自 X 星球的小龙虾具有超越其他龙虾种族的智能,可能已经达到哺乳动物的水平,这是人类在一次生物实验中意外取得的收获。而且它可以单性繁殖,其优势基因不仅不会被冲淡,还能不断地自我复制。而大量智能龙虾的互动,又形成了社会性,令其进化速度更快了。

X星上的小龙虾是太白5号的后代，而太白5号又出自太白。20多个世纪过去了，虽然X星上的小龙虾没有智能，但野心家们对于超级智能龙虾的追逐却从未停止。地球方面运输如此多的X星龙虾到江汉星进行试验，未必没有对其进行改造，利用其扭转战局的企图。

为了掩人耳目，他们将X星的小龙虾混在大量普通的小龙虾之中，交给普通的运输船运输。不过想必是敌方的间谍出卖了相关情报，所以运输船才会被劫持。

既然已经远离战场，弗兰克和CPU-130就开始养殖这种龙虾作为消遣。最初感觉像是养了一群小狗，可以和人进行各种互动，倒也有趣。就这样养了许多代，渐渐地，龙虾居然有了智能。有一天，浅海的养殖场受到暴风雨侵袭，大部分龙虾忽然失踪了，剩下的几只也逐渐死去。弗兰克以为他的宠物都死了，一直闷闷不乐的。有一次在较深的海域发现了它们，再去时却又不见了。他终于明白，龙虾们是有意离开人类，寻找自己的新生活……

"不可能吧？哪儿有这么向往自由的龙虾……"我嘟囔着。

姜纯说："我刚听到时也觉得不可思议，不过在潜龙星上，什么都有可能发生。一件事物既然存在了，背后一定有自己的道理。"

她这番话说了等于没说，但我不想和她争辩，就静静地听了下去。

她说她的高祖当年看到这些资料，也燃起了查找智能龙虾的兴趣。不过在弗兰克记载的海域搜寻了几次，发现了不少龙虾，但没有一种是智能龙虾。日子一长，查找智能龙虾的念头也渐渐淡了。他甚至没敢公布弗兰克留下的记载，怕说出来被人攻击自己胡编乱造，那就百口莫辩了。然而几年之后，他去探索海底，无意中进入龙渊，却发现了智能龙虾的王国！

"什么？"我惊叫道。

姜纯继续说了下去。

她的祖先看到龙渊底下有房子，有纪念碑，有教堂，有宫殿，还有广场……俨然是一座龙虾之城，成千上万的智能龙虾生活在那里。他甚至看到一些用石头制造的工具，而他的潜航器滚下龙渊，失去动力，就是被龙虾们抬上来的，他也因此捡了一条命。从此以后，他就住在龙渊附近的岛屿上，让子孙世世代代守护着这些小生灵。

"听着像童话一样，倒是蛮动人的。"我说，"所以你抢走那些怪虾，是想让它们回到自己的国度？"

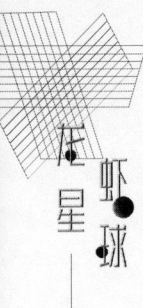

姜纯点了点头。

"那为什么有人要杀我们呢?"我说,"这说不通啊,就算萨兰大使对我们保护这些龙虾感到不满,也不至于为此杀人啊!"

"萨兰大使那帮人只是利欲熏心而已。"姜纯说,"他们无非盼着能推出深海魔龙这道美食,让潜龙星成为网红纷纷打卡的星球,好大赚一笔……所以他才千方百计地安排你们吃这顿宴席。"

"那他为什么要让我们见到这些活的龙虾,并且发现它们可能具有智能?如果早就煮熟了,我们再聪明也不可能发现有问题。"

"这不是他想要的。"姜纯说,"是我动了手脚,暗中调换了做菜的程序。自从三年前,新的深潜探测器在龙渊发现了智能龙虾,我就知道这个秘密守不住了。我本来希望联邦有关机构能够担负起保护龙渊龙虾的责任,但不知是有意还是无意,这个秘密一直不为人知,潜龙星上下只打算将它们当成一种美味的食材来开发。我几次匿名写信向相关机构反映情况,但都石沉大海。我甚至发现有人跟踪我,好在我留了个心眼儿,及时逃走了。后来我去外星球整容并改换了身份,重新以导游的身份回到这里。"

"这么说的确有一股强大的势力想要掩盖这个秘密……"我沉吟道。

不过,仍然有很多地方说不通。推出一道美食利润有那么高吗?让人不惜杀人放火?何况如果这种美食受到关注,曝光率也会大大增加。这怎么看都是自相矛盾的事情,其中一定还有我们不知道的重要关节……

泰斯特也跟我想到了一起:"因为不想暴露智能龙虾的秘密就杀人?这也太愚蠢了!如果众多的寰宇大V都死在这里,潜龙星立刻会成为联邦瞩目的焦点。恐怕要不了三天,全银河系的记者、侦探、小说家和网红等都会跑到这里一探究竟……"

罗茜忽然说:"也许这正是他们想要的呢?"

"什么?"

"也许他们从一开始就想让我们死在这里呢?"罗茜说着打了个寒战,"制造一起大新闻,全银河系不知会有多少人来到这里,然后深海魔龙一举成名……"

我说:"杀人进行负面营销?这个……风险也太大了吧,除非……除非那些智能龙虾的确有某种我们还不知道的意义……让他们觉得可以铤而走险……"

我们说了半天,始终不明就里,正在苦思,忽然头顶有一大群本土的水母类生物游过，遮住了大部分光线。后面跟着十几只麒麟虾，摇头摆尾地大吃特吃，眼前的景象一下子变得模糊起来。

"小心点儿，撞上这些家伙就麻烦了。"我对姜纯说，"被挡住视线，撞上礁石更麻烦。"

"自动驾驶系统应该能处理……"

话音未落，忽然一道强光照下，海水立即沸腾起来，几只正在大快朵颐的麒麟虾顿时被煮得烂熟。

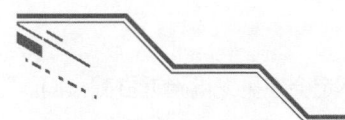

第七章　游艇土豪

瞬间熟透的麒麟虾和无数水母一起沉入海底，我们不由得看呆了。只有一个人无动于衷，不，泰斯特自然算不上是人。他扑到控制面板前，立刻接管驾驶系统，让潜艇关掉所有光源，然后斜斜地沉向海底。

诡异的光柱又闪烁了几次，每次都间不容发地从潜艇边上掠过，将许多动植物变成了熟菜。我终于明白过来："这……不会是激光吧？"

"我们的位置已经暴露了，正被军事卫星以激光进行攻击，快关掉身上所有的通信设备。"姜纯清醒过来，大喝道。

我们手忙脚乱地关掉身上的智能眼镜、手机和内置耳机等，心中所存的最后一丝幻想也破灭了。毫无疑问，的确有人想要杀死我们，而且是不惜一切代价。好在刚才碰巧被一群海洋生物干扰，激光卫星无法准确判断我们的位置，否则此时我们已经被几万度高温的激光烤成了焦炭。

"你们不能再和外界联系了，否则我们瞬间就可能被定位和攻击。"姜纯说。

我欲哭无泪，本来是想轻轻松松地玩一趟，吃点儿好的，赚点儿小钱，没想到却碰到这种事儿，差点儿搭上了性命。

"那我们要去哪里呢？"罗茜问。

"我要送这些龙虾回去，让它们回到龙渊，是我的使命。"姜纯说。

我摇头说："不，这并不能让我们摆脱危险，也不可能真正帮助这些龙虾。我们

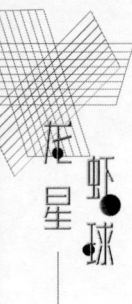

应该把这件事公之于众,如果全银河系都知道了,再杀我们也就没意义了。"

"姜云的策略不错。"泰斯特难得夸了我一句,然后说,"但是潜龙星上上下下都可能被敌人渗透了,如果我们用个人的身份账号连接寰宇网,在0.01秒内就有可能被发现……"

我说:"这好办,我们用别人的账号上网就可以了。"

罗茜苦笑道:"茫茫大海,去哪里找其他人?"

姜纯打开一个虚拟界面,空中出现一幅潜龙星的三维地图。

"这里是我们现在所在的位置。"她指着大洋中的某个地方说,"这里是升龙大陆,这个港口叫见龙港,距离我们只有三百公里,不过……"

"那赶紧去见龙港!"我说。

泰斯特眯着眼睛说:"这恐怕不行,对方说不定会在见龙港附近拦截我们。"

"不一定非去港口,找个附近没人的海滩登陆就行了嘛。"我说。

泰斯特像看着白痴一样瞪着我,说:"亲爱的姜云,这不是19世纪,而是43世纪!虽然潜龙星没有天帝都、海魔都诸星那么高科技,但在港口附近几百公里布满监控还是做得到的。只要空气中任何一个监控粒子拍到我们的脸,下一秒就会有无人机飞出来突突我们了!"

"那你说怎么办?"

"我们绕过升龙大陆,在北岸比较荒僻的地方登陆。"他倒是胸有成竹,"多走三四千公里而已。"

姜纯提醒我们:"这艘潜艇恐怕开不了那么远,它是……柴油动力的。"

"不是反物质驱动的?"我一惊,"怎么现在还有这么落后的发动机?"

"观光潜艇本来就是为了怀旧嘛,没人打算让它跑远。"

"既然如此,那还是去见龙港吧……"我说。

"恐怕我们哪里也去不了了……"姜纯吞吞吐吐地说,"潜艇没加满燃料就开出来了……而且现在已经耗得七七八八了……"

"还有多少?"

"勉强能开十来公里吧……"

我几乎要晕倒了,看了看地图,距离最近的是海心群岛,我们当然不能回去。东方还有一个极乐岛,但我们距离那里至少七八百公里。本来在星际时代,这种距离比过条马路也远不了多少，但眼下真是毫无办法。我们的位置已经暴露，很快追兵就会跟上来，这可如何是好？

我看了看泰斯特，说："泰斯特，你是什么动力的？是反物质还是核动力？要不把你的心脏拆下来借潜艇使使……"

"我可没装心脏……我用太阳能。"泰斯特警觉地拒绝了我。

"那说不定也可以试试……"我还不死心。

"你们别吵了！"姜纯喝道，"看，雷达有显示！有船过来了，速度很快！"

"追兵来了！"我大惊失色。

"熄火，把潜艇藏在礁石后头。"姜纯临危不乱地指挥着。

不一会儿，我们从探测镜中看到，一艘豪华的气垫船从海上呼啸而过，显然是富人的游船，看样子不是来搜寻我们的。我忽然觉得，这也许是一个机会。

"呼叫他们，我们设法上那艘船！"泰斯特的想法跟我一致。

半个小时之后，我们站在了那艘气垫船的甲板上。

我们一行人是个有点儿奇怪的组合：一个穿着休闲装的中年男人和两个看上去都很稚嫩的年轻女孩子，还有一个一脸严肃的机器人。机器人手里抱着一个硕大的水晶球体，里面是三只正在嬉戏的半透明的龙虾。

巧合的是，我们面前站着一个同样的组合：一个懒散的中年男人，身旁站着两个年轻的姑娘，还有一个孔武有力、戴着墨镜的仿生机器人。虽然机器人脸上没有标志，但是那张死鱼般的臭脸，和我身边这位毫无二致。

那人打量了我几眼，似乎也感觉很巧，好奇地问："你们怎么了？"

"我们坐观光潜艇出来玩，结果潜艇出了故障走不动了。没办法，想请您带我们到附近的港口。"我们上船前，已经编好了一套说辞。

"给交警打个电话，不就有人来处理了吗？"

我凑上去赔笑道："那不得留下记录吗？我是偷偷跑出来的，没跟家里人说。"

"了解。"男人点头说道，"我要去极乐岛，可以捎你们过去。"

我向他道了谢，便带着罗茜和姜纯进了船舱。我见他把机器人保镖留在门口看门，于是对泰斯特说："你也在门口守着。"

"是，先生。"泰斯特回答。

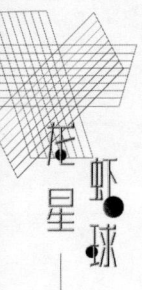

要说机器人还真有一套,泰斯特仿佛换了个保镖人格,语气无比恭谨。

我心下大乐,还想再多说几句,不想男人看到泰斯特手中的水晶球,说:"我能看看你的斗虾吗?"

"斗虾……好,好。"我虽不明其意,但还是让泰斯特把水晶球递给了他。

男人盯着里面的三只龙虾,惊讶地问:"你怎么养的,三只虾能养在一起吗?"

"这个……它们是好朋友嘛,所以……"

我也不知道自己在说什么。好在男人没再追问,很快就把水晶球还给了我,然后摇头说:"你的斗虾虽然个头挺大,但是体格不够强壮,怕是拿不到好名次,哈哈。"

我越听越狐疑,但又怕露出什么破绽,不好问他,只能旁敲侧击道:"对了,先生,您怎么称呼?"

我们这才交换了姓名,男人名叫萨姆·哈德,是个商人,而且背景似乎不一般。我随意捏造了一个名字——西乡,身份是旅居在潜龙星的科幻小说家,因为口音的关系,实在没办法冒充本地人。

哈德似乎很了解地说:"哦,科幻小说!我小时候最喜欢看科幻小说了,最喜欢看那个莫言的《三体》……"

我心想真会附庸风雅,流传盛广的名著也能搞错。我自然不会说破,有一搭没一搭地跟他闲聊着,终于知道他是去极乐岛参加斗虾比赛的。斗虾虽然人人爱玩,但是高级一点儿的品种养起来价值不菲,现在已经完全成为富人的爱好。极乐岛每年都会举办斗虾比赛,供富人们消遣。

我问得多了,哈德有些起疑,说我既然来参加比赛,怎么连这些都不知道!我只得推说自己移民到这里不久,很多事情还不了解。但他还是有疑虑,说:"这瓶酒是93年的赤羽星葡萄酿造的,您品品,还正宗吗?"

我小品了一口,微笑道:"您过谦了,这应该是82年的江汉星葡萄酿造的,价格比93年的赤羽星葡萄要贵十倍以上。"

有道是"小偷碰到贼祖宗",虽然我对酒不算精通,但这种小把戏还难不倒我。

哈德一听,不由得竖起拇指。我又往美食上拓展话题,终于让他相信我是如假包换的外星球富豪。我正暗自嘚瑟,忽然客厅中弹出一个虚拟界面,是一则突发新闻:"本台刚刚收到的消息,本地时间今天早上三点五十分,在海心群岛发生了一起事故,潜龙豪庭万花水晶宫发生不明爆炸,整体坍塌……"

哈德一拍大腿："哎呀，那地方我去年还去过呢，怎么会被炸掉？啧啧，给我放大声音。"

我们顿时吓得面如土色，不知接下来会不会出现我们的照片，那样我们的身份就会暴露。不知电视台是没有收到具体的信息还是有些避忌，居然没有说出死者的姓名。我正稍感庆幸，电视上又说："一名名叫姜云的男子目前下落不明，警方认为，他可能与案件有关。姜云是一位小有名气（不知怎么，这个词让我觉得颇为扎心）的美食作家，出生于4197年……"

好在罗茜有意无意地挡在哈德面前，让他看不到画面："哈德先生，这82年的江汉，我能尝一口吗？"

"当然，当然。"哈德说，"不过让我先看看……"

此时屏幕上跳出我的照片和视频，还是立体的。

罗茜发现不妙，一咬牙，故作不经意地撞翻了哈德手中的杯子。哈德和其他人的目光顿时都被她吸引了过去，哪里还有人注意到新闻里出现了谁。

"抱歉抱歉，我太不小心了。这样，我自罚一杯！"

罗茜硬着头皮喝了一口酒，哈德不由得目瞪口呆。

这则新闻总算过去了，画面变成了联邦总统竞选的花边新闻。

我见状，连忙抚着头说："哎呀，好晕啊……"

罗茜意会过来，一翻白眼，竟然晕过去了。

哈德吓了一跳，我跟他说这姑娘体质不行，喝口酒就会醉。然后跟他要了个房间，把罗茜扛了进去。

哈德纳闷地目送我们离开了。

回到房间后，罗茜立刻醒了过来，叹了口气说："我现在明白您昨天说的话了。"

"什么？"

"如果我们昨天假装没看见那些龙虾的举动，当作什么也不知道，也许现在什么事儿都不会发生。逞英雄是要付出代价的，那么多人的生命都……"

"你后悔吗？"我问。

"我不知道。"罗茜有些茫然，"我当然希望能像姜纯姐那样保护龙虾和它们的世界，但是我也不希望害了欧阳先生和凯瑟琳小姐他们……这太难了。"

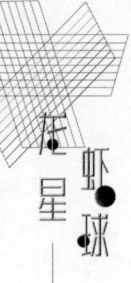

我安慰她:"很多事情不是我们能控制的,我们也不应该为此负责。我们先做好自己认为对的事情,其他暂时不去想了。"

忽然,外面传来哈德的声音:"哎呀,怎么一下子全都出来了?"

我想到一件事,顿觉不妙,冲出去一看,只见我们带来的水晶球倒在地上,满地是水,三只龙虾正努力扑腾着。

第八章 初战斗虾

我大惊失色,这些龙虾生活在距离海平面一万米以下的深海里,一旦暴露在空气中,不是会立刻死亡吗?

我连忙过去查看,身后的哈德说:"不好意思啊,我想看看你的斗虾,不知怎么乱按了两下,虾就掉出来了。没事儿,我给你个智能鱼缸装它们……"

我见这些龙虾活蹦乱跳的,似乎暂时不会死,才略感放心。它们翻了几个跟头,便站在地上,用钳子支撑着自己的身体。我试探着伸出手,它们的确有灵性,一个个依次爬到我的手掌和胳膊上。

"兄弟,调教有方啊。"哈德赞道,"不过你的斗虾太温顺,不一定能打……要不,我们先比一场?"

"这个……还是算了。"我敬谢不敏。

哈德很不乐意:"要不是我,你们现在还困在那艘破潜艇上呢,怎么斗一场虾都磨磨叽叽的?到时去了赛场,不是一样要斗吗?"

我也觉得不好交代,于是望向龙虾们,却发现它们都在冲我点头,挥舞起钳子,仿佛听懂了刚才的话。它们的智商真有那么高吗?

我比画了几个手势,想告诉它们,是和那些凶恶的龙虾打架,也不知它们看懂了没有,结果它们纷纷"摩拳擦掌",似乎十分兴奋。既然如此,我也就冲哈德点了点头,说:"那我们就比一场吧!"

哈德大喜,说:"好!如果我赢了,你的龙虾可就归我了。它们看上去挺聪明的,可以当宠物养着。"

"胡说什么呢？！"罗茜柳眉倒竖，走了过来，"哼，要是你输了怎么办？"

哈德一拍胸脯："那我就把两个仿生机器人送给西乡兄！"

我摇了摇头说："这样吧，我们赌十万点值如何？"

现在我们几个账户里的钱肯定都难以动用，正缺钱，于是我便把主意打到了哈德头上。

哈德笑着答应了。

说定之后，我就开始准备比赛了。我把龙虾们放回水晶球，换了水，又跟哈德要了点儿饲料，让它们饱餐一顿。我心中疑窦丛生，这些龙虾其实可以生活在浅水中，至少生活一段时间没有问题，为什么萨兰大使说它们只能生活在深海里呢？想必是怕我们和它们过多接触，露了马脚吧？

无论如何，这种龙虾的智能水平看起来相当高，姜纯没有骗我们，我们卷入了一场不清楚敌人是谁的大阴谋中……

不过目前首先要应付的敌人是哈德，或者说是哈德的龙虾。我看了一眼，他带了三只强壮的巨虾，形体和甲壳上的花纹的确有点儿像智能龙虾，难怪他会搞混。但它们一只只张牙舞爪的，透着杀气。能不能赢，我心中一点儿底都没有。我把最大的一只龙虾放进水里，它似乎被敌人吓坏了，一下子沿着我的手臂爬了上来。

"哈哈。"哈德笑了起来，"胆子这么小……我赢定了……"

忽然我想到了什么，看了看那几只龙虾，它们凑在一起，正跳着怪异的舞蹈，我顿时明白过来："三对三。"

"什么意思？"

"一只只比太慢了，三只一起吧！"我说。

"好啊，这样更有意思！不过就怕你那三只虾一下子都败了。"哈德欣然应允。

六只龙虾分成两组，分别从两边放进一个一人长、半人高的大玻璃缸中。哈德的龙虾杀气腾腾地冲了过来，我的龙虾则吓得四处逃窜。

看到这个情景，哈德哈哈大笑，我却眼前一黑，心想这次死定了。

一瞬间，几只龙虾拉开了距离。我的那只龙虾，就叫它阿尔法吧。它不住逃窜，哈德的两只龙虾紧追在后面。而泰斯特和罗茜的龙虾——贝塔和伽马——跑了一阵儿之后，忽然回头，四只钳子齐出，缠住了剩下的那只最大的斗虾。

以二对一！它们居然懂得运用战术！

分裂 ▼ 宝树

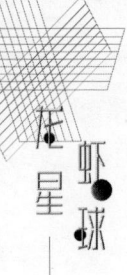

我仔细观察，阿尔法并不应战，而是不住地逃命。逃得远一些后又放慢了速度，回头挥舞着钳子，引对方继续追下去。那两只斗虾跟在后头，身体互相碰撞，毫无协同观念，竟自相残杀了起来……

此时贝塔和伽马分进合击，迅速卸掉了对手三只步足。那只斗虾步履蹒跚，又被贝塔和伽马乘胜追击，触须全被咬断，再也没有取胜的机会了。贝塔和伽马没有痛下杀手，而是转过去帮助阿尔法。此时，哈德的斗虾还剩下一只。阿尔法以逸待劳了很久，三虾齐上，那只斗虾已是强弩之末，转眼便倒下了。

我方大获全胜！

哈德大开眼界，口中啧啧称奇："哇，虾还能这么斗。太厉害了！太神奇了！这么复杂的斗法，你是怎么训出来的？"

这种玩法我也是第一次见到，又怎会知道是怎么训出来的？但我微微一笑道："这个嘛，当然有一些方法，不过天机不可泄露。"

哈德十分感兴趣，连声恳求，我也只好现编："这个训虾，首先虾要选好，你明白吧？最好是一母同胞，彼此要熟悉，那个……还要有默契……"

"老弟，我说你这个阵容参加斗虾比赛，夺冠十拿九稳啊！"哈德赞赏地说，"不过你的龙虾少了点儿，三只可能不太够。这样，咱们组个队行不？奖金平分……"

带着光环的龙王星在天边升起时，我们终于抵达了极乐岛。我从哈德那里得知，这里是整个潜龙星东半球最繁华的岛屿城市，酒肆赌场无所不有，专供有钱人享用。极乐岛当然也是潜龙星府的管辖范围，但因为许多当地的富商大宦、头面人物经常光顾，所以监控也是睁一只眼闭一只眼。

在极乐岛登陆后，哈德还在跟我商量组队参赛的事儿。我怕露馅儿，委婉谢绝一番，然后拿着他开的电子支票离开了。我想先把相关资料发给大角星的朋友老潘，他是某家影视公司的老总，兼任联邦美食协会秘书长，善于交际，人面广，应该可以将这件事曝光。问题是得找一个网吧，而且还是不需要实名认证的。

不过这事儿很快就解决了，转过街角，就有一个简陋的网吧。我让泰斯特和两个女孩儿在外头等着，自己走了进去。网管说，只要刷一下电子支票就能上网。不过这里没有单独的隔间，每个人都可以看到身边之人的虚拟界面，一点儿隐私空间也没有。我想了想，还是冒险交了钱，连通网络，打通了老潘的视频电话。

"姜云？"老潘看到我，明显吃了一惊。

"我惹上麻烦了。"

"你……你在潜龙星吗？具体在哪里？"

"我在……"我刚想细说，忽然又看到一张老潘的脸。不是在我自己的界面上，而是左边的人正在看新闻。

"姜云？我们见过几次面，但是不太熟。"老潘说，"这个人有点儿怪，我怀疑他可能有反社会人格……他和那个欧阳帅关系也不好……"

我斜眼看到，打扮得人模狗样的老潘正在接受记者的采访。

"那您是否认为他就是这次水晶宫爆炸案的主谋？"

"这就不好讲了。"老潘继续说道，"没有证据什么都不好说，不过他和那些激进环保人士走得挺近的……也许……"

"潘汉文，你在跟媒体胡说些什么？"我忍不住骂道。

"怎么了？"面前的老潘还想抵赖，"老弟，你别听人家瞎说，我说你到底在哪里？"

我果断掐断视频，正好跳出来一段新闻调查，我瞅了两眼，字字句句触目惊心。

水晶宫爆炸案在整个联邦引起了轰动，现在当地警方已查明我、罗茜和泰斯特都已失踪（没有提到姜纯，可能根本没有在意这个小导游），应该是爆炸时乘着一艘潜艇离开了。

失踪三人组里，罗茜是个背景清白的实习生，泰斯特是个"严格遵守"三定律的机器人，我这个油腻的中年男人自然最可疑。我以往的很多事情都被翻了出来，还被添油加醋了一番。什么曾经为了保护一条鳄龙和上司打架，什么和泰斯特仇深似海，和欧阳帅也有财务纠纷（当然了，毕竟他问我借了那么多钱）。看到最后，虽然没有明说，但读者很容易就会得出结论：激进环保主义者姜云，因为和一些人有宿怨，再加上对潜龙星的海底水晶宫建设破坏生态环境感到不满，于是策划了这次水晶宫爆炸案。

那么姜云这个激进环保主义者是如何做到的呢？一位不愿透露姓名的资深警方人士声称：他可能是黑进了泰斯特的操作系统（我又变成了黑客高手），利用泰斯特体内的核聚变动力源（泰斯特还骗我说是太阳能的），让其自爆，摧毁水晶宫。然后带着女实习生罗茜，开潜艇逃走了。

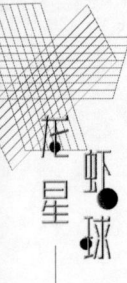

最后说,谁能提供姜云的下落,悬赏五十万点。

周围似乎有怀疑的目光向我投射过来,我越看越心惊肉跳,不敢多待,连忙溜了出去。拐角处猛然跳出三只大龙虾,吓了我一跳。

"戴上这个!"一只龙虾说,这是姜纯的声音,她递来一个头套,我赶紧把它套上。

"现在你们的照片铺天盖地!"姜纯压低声音说,"必须遮着脸保平安。"

好在斗虾大赛期间,戴着龙虾头套的人不少,这副扮相倒也不显眼。我们一边走一边商议,他们三个也在外面看到了有关报道。

姜纯说:"一定是有人想把水搅浑,让你背这个黑锅,你再说什么就都不可信了。"

"可不是!"我愤然说道,"要是让我知道是谁干的……"

罗茜说:"居然说您是激进环保人士,太可笑了!您和环保有什么关系?"

"话也不能这么说……"我觉得这不像是什么好话,连忙解释道,"前几年有个自然母亲学会,推崇什么无机物合成素食,我跟他们合作了一阵子,帮他们做了点儿宣传……"

"赚了点儿广告费?"泰斯特补刀道。

"没钱你愿意干啊?谁知道后来他们被当成骗子查封了,我也受了牵连……"我暗骂自己为了蝇头小利,和这些乱七八糟的家伙扯上了关系,这回真是说不清楚了。

"现在看来,公之于众是不行了。"姜纯说,"既然你已经受到公众的怀疑,那么即便我们说出龙虾的事儿,也会被当成骗子,没人会信的。"

"那怎么办?"

"看来只有去龙渊,拍下海底的龙虾王国作为证据。"

"龙渊离这里有几千公里,怎么过去?"我问。

"不是有十万个点值吗?租一艘潜艇就可以了。"

"那地方在海底十几公里,一般的潜艇未必下得去。"

泰斯特说:"我可以,我的身体设计可以承受2000个大气压,去那里探查一番问题不大。"

"泰斯特先生,你真棒!"罗茜赞道。

我听了有点儿酸,反对道:"还是不行,就算拍了三维视频,人家也可以说是特效合成的。"

泰斯特说:"没关系,我们再公布龙渊的位置,邀请联邦有关部门去调查就好了。

此等大事,潜龙星的势力不可能一手遮天。"

我想了想,觉得好像也没有更好的法子了,于是说:"好,那我们去……"

"姜云,你们最好还是留下吧。"身后传来一个熟悉的声音。

我回头一看,哈德正冲我们微笑,他身后还站着一群黑衣人。

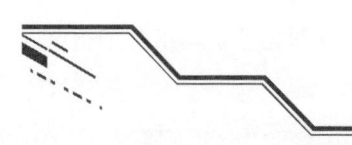

第九章　备战大赛

"哈德先生,你怎么在这里?咦,你叫我什么?"我试图遮掩,当然这表演要多拙劣有多拙劣。

"姜先生,不用抵赖了,我早就觉得你们可疑。上岸之后,看到新闻就恍然大悟了。"

"这……那你怎么找到我们的?"

哈德拍拍手,一个微弱的光点从我衣服的夹层里飞了出来。

"一只窃听蝇而已。"他得意扬扬地说。

我万万没想到他居然在我身上装窃听器。这会发出电磁波啊!怎么机器人都没察觉?我不由得怒气冲冲地瞪着泰斯特。

"看我干什么?我又不是军用型的,也没这个探测功能……"泰斯特说。

我看了一下哈德身后的黑衣人,他们完全是一个模子里刻出来的,应该是军用机器人。真打起来,泰斯特也许还有希望逃命,我们几个怕是死定了……

"行,我认栽……把我交给警方吧,有五十万悬赏呢。"我有气无力地说。

"交给警方干什么?"哈德笑道,"我会在乎那五十万小钱吗?再说刚才我听了半天,知道你们是被冤枉的。不过兄弟,我想请你,不,你的龙虾帮个忙……"

我立刻明白了:"你是说组队,让它们帮你赢得斗虾比赛?"

"冠军的奖金可是五千万!"哈德说,"只要你的龙虾拿到冠军,我可以给你五百万,怎么样?"

"你做梦!"罗茜和姜纯大声驳斥道。

"对,你做梦!"我也大声说道,"五千万奖金你就给我们五百万?按照之前的

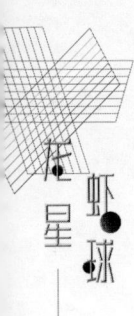

提议来,对半分!"

哈德哈哈大笑起来,让手下的机器人带我们离开。

罗茜气鼓鼓地瞪着我。我小声跟她解释,说我们落在人家手上,暂时只能虚与委蛇。要钱嘛,不过是麻痹哈德,让他以为我们愿意合作。

罗茜听了,脸色好看了一点儿,说:"参加这种比赛很危险,万一阿尔法它们死了……"

"只有走一步看一步了,放心,我会尽力保护它们的。"我言不由衷地保证。

哈德把我们带到他的别墅,往好的方面想,至少我们的住宿问题解决了。但往坏的方面想,哈德这人未必可靠,说不定别有用心……算了,糟心事太多,也不在乎多这一件了。

我研究了一下比赛规则,龙虾不比人类,一场比赛下来两败俱伤的不少,所以无法采用人类的循环赛或淘汰赛制度。而是以主人为单位,一个人最多可以带十二只龙虾参赛,如何安排比赛场次也由主人决定。既可以派出不同的虾兵去打不同的比赛,也可以让同一只龙虾从头战到尾。不过倘若失败次数过多,此人及其所有的龙虾也就被淘汰了。

最后的决赛简直是为阿尔法量身打造的,一共八支队伍,每支队伍最多可以有三只龙虾参赛。二十四只龙虾大混战,场面十分壮观,这也是观众最喜欢看的内容。我以前对这个比赛不太了解,现在才知道决赛的直播,收视率在整个联邦境内能排到前一百,据说有好几十亿人观看。

在一对一的比赛中,我们的龙虾没有优势,智力上的优势肯定比不过那些精挑细选出来的体格强健的战斗龙虾。就好像一个人对上一只猛虎,再聪明也打不过它;但群体赛中,人类可以发挥分工合作的优势,放大自己的战斗力,而老虎不但不会合作,反而会自相残杀,从而大大提高了胜算。

"你说得天花乱坠的,三个人对三只老虎,你确定人能赢吗?"听了我的解释后,姜纯问。

"这个……这只是个比方嘛……"

"所以何必参加什么比赛?!我们还是设法溜走,去龙渊好了。"姜纯说。

罗茜也点了点头。

"不,我想到一个更好的法子。"我说,"比赛有直播,而且是全银河系的现场直播,对不对?十万光年内,八万个有人居住的星球上,几十亿观众都能看到智能龙虾突出的智力和协同合作关系,我们可以不费吹灰之力地向全银河系公布龙虾王国的存在。到采访的时候,我再说出真相,当着全银河系媒体的面,为自己洗清冤屈!"

我兴奋不已,等着众人称赞我是个天才,但却没人接话。过了一会儿,泰斯特才说:"计划很不错,但前提是……我们的龙虾能获胜。"

"在船上你们也看到了它们的实力,干掉一般的斗虾跟玩儿似的。"

"但其他斗虾可能远比哈德的厉害啊……"

"这样吧,先训练一下,打一两场比赛看看。反正我们一时半会儿也逃不掉,如果和哈德撕破脸,就会把所有人都置于危险之中。"

这个提议总算勉强过关了。

我们开始对阿尔法它们进行训练,先是从市场上买了一些体型很小的斗虾,把它们放进水缸。很快这些斗虾就被三只龙虾一一杀死,然后吃掉。接着又换了大一号的斗虾,也被轻松击杀了。最后换成和它们大小相若的斗虾,强弱悬殊仍然很大。事实上,斗虾没有团队意识,在面对它们之前,就已自相残杀,伤亡惨重。

经过几次训练,众人渐渐有了信心。很快,阿尔法它们就开始了第一场正式比赛,对阵另外三只斗虾。但真的比赛并非训练可比,这三只斗虾体型很大,钳子就占据了小半个身体,看起来异常凶猛,我们不由得捏了把冷汗。

战斗一开始,这三只斗虾虽然没什么智能,但是大概从小养在一起,并没有自相残杀,而是缓缓逼近,形成一个包围圈,将阿尔法它们逼到了角落里。

阿尔法它们频繁地触碰触须,似乎在商量应对的办法。

突然它们伏下身体,挥动着钳子,扬起一团团泥沙,缸中顿时一片混浊。斗虾们受到惊吓,本能地退了几步。阿尔法和贝塔交错而行,躲过眼前两只钳子的夹击,反而让它们碰到了一处。接着螯钳一开一合,射出一道高速水流,击在对面斗虾的眼睛上,让它痛得一时什么都看不见了。这时伽马扑上去,迅速将钳子捅进对方最脆弱的腹部。另一只斗虾冲上来,伽马翻滚着躲开了,而它却撞在受伤斗虾的腹部。两只斗虾打了起来,很快便成不死不休之势。任主人在一旁呼喝连连,也无济于事……

片刻之间,大局已定。

战斗结束后,我仔细研究了对战的视频。发现三只智能龙虾配合十分巧妙,简直天衣无缝。譬如阿尔法荡开一只斗虾的钳子的时候,对方身下短暂露出空隙,贝塔便扑上去攻击它的尾巴。而当它试图反扑时,伽马又从另一面发起攻击……一般的动物合作捕猎,譬如狼群或者鬣狗群,大都各行其是,哪儿有什么配合?就算是人类,虽然明白相互配合的道理,但动作想要如此敏捷,不训练个几年也绝对做不到。这些龙虾是怎么做到的?

我实在想不通,不过可以确定的是,这两千五百万奖金我们拿定了。

正好罗茜走了过来,我便告诉她自己的发现。罗茜却愁眉不展,打断我说:"姜老师,我想问您个问题。"

"你的采访还在继续吗?"我笑道,"好,你问吧。"

"如果没有哈德许诺的两千五百万奖金,您还会坚持让龙虾参加比赛吗?"

"动机可能弱一点儿。"我承认道,"但能顺便赚到钱,不也是好事儿吗?没有人不喜欢钱。"

"我……没想到您是这样的人。"罗茜噘着嘴说。

"你没想到的事儿还有很多……"我叹了口气,说,"刚才新闻里说,因为你是在逃的从犯,所以你的银行户头已经被永久充公了。"

"什么?"罗茜叫了起来,"我……我辛辛苦苦攒的二十万啊……他们怎么能这样?!"

我忍不住笑了起来,罗茜这才明白我在骗她。

"我就说吧,没有人不喜欢钱。"我笑道。

"姜老师……"罗茜欲言又止。

"还有什么事儿?"我问。

"没……没什么……"罗茜没再多说什么,转身离开了。

我又看了一会儿视频才回去。我和泰斯特住一间房,好在这个室友不打呼噜,每天晚上就在那里静坐。我也不理会他,想要上床睡一会儿,却翻来覆去睡不着,面前总是浮现出罗茜楚楚可怜的模样。

我翻身起来,忍不住问泰斯特:"你有没有觉得罗茜最近怪怪的?"

"她的面部表情的确偏离了正常值,不过考虑到我们已经被软禁了,这也并不奇怪。"

"嗯，她今天想跟我说些什么，但是又没说。"

"她刚才来找过我了，说打算主动接近哈德，也许可以趁机偷到钥匙、密码什么的，帮我们逃走。我觉得这不失为一个可行的计划。"

"什么？！这太犯傻了，你……你应该阻止她！我们快去救人！"我霍然起身。

"你才犯傻，哈德身边有十二个机器人保镖，每个的战斗力都比我高七成。"

"你不去我去！"我无心和他多说什么，连忙开门走了出去。

我一边走一边想，罗茜今天想跟我说这事儿，但我却一直在谈钱，她一定认为我根本不会帮她……想到这里，我的心仿佛拧成了一团儿：罗茜，等等我，我一定会救你的！

我来到哈德房门前，有两个机器人保镖在那里站岗，我跟他们说有紧急情况，然后按了按门铃。

"谁呀？"哈德不耐烦地问。

"是我，姜云，我想聊一聊龙虾的事儿……"

"太晚了，有事儿明天再说吧。"哈德回答。

我心里一急，连忙大叫道："哈德先生，你今晚送来的饲料不对吧？龙虾快死了！"

"什么？！"哈德大吃一惊，连忙开门问道，"怎么回事儿，我看看……"

"去你的！"我大吼一声，一掌砍在他的脖子上。

按照电影里的情节，这家伙应该一翻白眼，斜斜倒下才对。但可惜，他肥胖的身躯只是晃了一下。

"去你的！"哈德大怒，给了我一拳，打得我眼冒金星。

我正摇摇欲坠，却听到他惊恐地叫道："来人……"

"去你的！"身后传来一个声音，同时从后面伸出一掌，重击在他的脖子上。

他一翻白眼，斜斜倒下了。

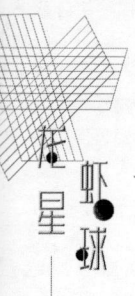

第十章 基因之谜

我回头一看,竟然是泰斯特。

"你还会骂人呢?"我惊讶地问。

"高效深度学习是我运行程序的突出特点。"泰斯特面无表情地说。

我看了下身后,那两个机器人保镖已经倒地了。

我无心跟他多说,闯进房间大喊道:"罗茜,你在吗?"

房间很大,除了两个正在泡茶的仿生机器人,并没有其他人。

"你们在干什么?"

一个动人的女郎出现在门口,一脸惊讶地看着我们。来人正是罗茜,她显然精心化过妆,穿着低领晚礼服,看上去楚楚动人。这一刹那,我承认自己以前大大低估了她的颜值。

"你怎么才来?"我不得体地问,"我们来救你,算了,我们快逃吧……"

罗茜看了一眼地上躺着的哈德,似乎明白了什么:"姜老师,难道您是为我……我……"

她眼圈一红,顿时泪光盈盈。可惜我没时间欣赏她的柔情,从哈德身上摸出一串钥匙,说:"快叫上姜纯,我们偷他的游艇逃走!"

"姜老师,要是我们就这么走了,您那两千五百万……"罗茜泪眼婆娑地说。

"现在哪儿还顾得了这些?"我苦笑道。

不知怎的,罗茜哭得更厉害了。她不是不在乎钱吗?现在是在哭什么?

我们手忙脚乱地冲到外面,逃走的计划就破灭了,大门上有密码锁,我们根本打不开。

"泰斯特,快把门撞开!"我回头说。

泰斯特摇头说道:"这种保险门,强行打开后会发生剧烈爆炸,我的身体不是用中子星物质制造的……"

"就算是用中子星物质制造的,你们几个也会粉身碎骨!"身后传来哈德愤怒的声音。

我回头一看,哈德抚着自己的脖颈,怒气冲冲地瞪着我们。他身后十个保镖都拎着奇形怪状的枪械,我根本叫不出名字。

"误会误会!"我连忙赔笑道,"哈德哥,有话好好说嘛。今天是我女朋友的生日,我们就是想出去透个气,至于搞那么大阵仗吗?要是吓得我们把水晶球给打碎了,龙虾有什么三长两短,那五千万的奖金……"

事急从权,我只有冒认罗茜当女朋友了。话一出口,我明显感觉到,罗茜握着我的手顿时一紧。

哈德脸色一变,盛怒之下,他忘了还有更重要的事儿。他审时度势一番,说:"那你们……刚才无礼殴打我的事儿怎么办?"

"泰斯特,快跟哈德先生道歉,机器人怎么能打人呢?"

"我是为了救你,根据机器人三定律第九修正案第三款,在紧急情况下可以对攻击者采取自我防卫措施……"泰斯特一本正经地说。

"好了好了。"哈德气消了一些,"这事儿就这么算了,你们继续给我训练龙虾。一切按原计划来,别再给我出幺蛾子了。不过我那几个机器人的维修费用,你们得出。从奖金里扣掉两百万!走!"

说完,就拂袖而去了。

那天之后,风平浪静了一段时间。龙虾战队又参加了两场比赛,赢得了决赛的入场券。

我每天看新闻,关注着水晶宫爆炸案后续的动态。因为我们的失踪,这个案子始终没有进展。由于舆论的压力,银河联邦美食协会已经开除了我的会籍。他们决定在潜龙星重办一场盛宴,届时许多著名的美食家都会前来,日期就定在决赛那天。

"好啊,我的老朋友们,到时我一定会给你们一个大大的惊喜……"我心想。

至于罗茜,那天以后,我们的关系亲近了很多,既然宣称是男女朋友,那么总得装一装。不过训练的事儿她帮不上太大的忙,只是在网上查查资料。

有一天,她突然对我说:"姜老师,您上次不是问为什么潜龙星的龙虾进化得如此之快吗?"

"是啊,那天你不是也在吗?不过也没问出什么结果。"我想起了这事儿。

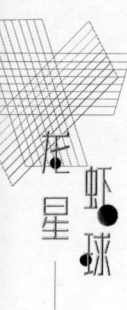

"我在银河知网上找到一些东西。"她说。

"银河知网是什么?"

"您不是有博士学位吗?"罗茜好奇道,"这是写论文必须要查的网站呀。"

"咳咳,这就说来话长了……"

的确说来话长,我那个人类营养学博士学位是经欧阳帅牵线,在克莱顿星际大学花了三万点买来的……

好在罗茜没有追问下去,而是继续自己的话题:"知网上有篇论文,是六十年前一个本地学者写的。其中提出一个理论,潜龙星的生物在进化的过程中,身上出现了一种非常细小的微生物,类似于病毒体,可以在宿主身体里提取遗传基因片段,然后转移到另一个宿主身上。总之,它们可以在不同的物种之间交换基因片段。这样一来,每一代生物的变异性就大为增加,速度是地球生命的一万倍以上!"

我微微一惊:"这么说来,这里的小龙虾也是被这种微生物影响,感染了本地生物的基因片段?所以他们的形体也迅速发生了改变?"

"是的,根据他的估算,这里一千五百年的变异速度相当于地球的一千五百万年,足够发生巨大的变化了。"

"真有意思,不过照这样算来,本地的生物进化也有几亿年了吧,相当于地球上几万亿年,怎么还没有出现智能生命?"

"巧了,这篇文章也有解释,说恰恰是因为基因交换过于频繁,导致生物难以形成稳定的性状,所以积累智商的基因难以稳定地遗传下去。这一代稍微提高一点儿,下一代又没了,演化虽快,但真正的进化反而很慢。"

"那么……"我好像想到了某个关键点,但一时又表达不出来,只好放弃,转而问道,"这篇文章发表了这么多年,为什么没人知道这事儿呢?"

"学术上有争议,好像主要是他找不出这种微生物,或者找出了几种又都被否定了。"

"那就只是一个凭空的假设呀。"我不以为然地说。

"不过这位教授有一些信徒,虽然人数很少……他们说真相其实被潜龙星府压制了。因为那些微生物既然可以转移动物基因,那么也可以转移人的……这会引起巨大的恐慌……"

我顿时不寒而栗:"那么这一百多年下来,姜纯和哈德这样的本地人,不是应该……我看也没什么不同啊。"

"也有猜想说，因为陆地上没有这种微生物，它只能生活在海里，所以这种基因转移主要发生在海洋生物上。不过资料很少，基本是这个学派的文章，也没法发表在主流生物学刊物上。"

"让我想想。"我凝神思考起来，"水晶宫爆炸案……潜龙星在遮掩什么……智能龙虾……进化……转移基因的微生物……"

这一切似乎有某种联系，但这种联系却缺失了，怎么想也想不起来。

"算了。"我摇了摇头说，"目前也不可能想明白，我们还是好好准备最后的决赛吧！"

两天后，决赛日期到了。

决赛的环境是一个显眼的"水立方"——边长六米的巨大水箱。

为了提高仿真性，里面模拟了海洋环境，有珊瑚、礁石、海草、淤泥……地形复杂，宛如立体迷宫一般。场馆的各个角落装有四十多部高清立体摄像机，可以拍到各个场次的对战镜头。

八组参赛的斗虾被从不同的方位送进立方体。大部分队伍都有三只斗虾参赛，毕竟龙虾越多获胜的概率也就越大。但其中一支队伍只出了一只斗虾，而且最为显眼。

我一看便倒抽一口冷气。那是近乎一米长的赭红色怪虾，身体比其他龙虾要长一倍以上，钳子又大又锋利，浑身不仅覆盖着厚重的甲壳，上面还长有许多恐怖的尖刺。它全副武装，冷静地睥睨着水箱中所有的敌手。

斗虾是非常特别的品种，它们见到同类，会不死不休地干掉对方。根据比赛规则，不允许其他虾种参赛。所以一般来说参赛的只有斗虾——只有我们的智能龙虾混进去了，算是个例外。而斗虾的大小一般在20～40厘米之间，但这只简直称得上是巨无霸。我看了看屏幕上的名字，原来它叫"红巨星"，真是虾如其名。

"天哪，这么大……"罗茜惊呼道。

"是啊，这么大……"我说，"至少有二十公斤吧？怎么吃才好呢……我觉得最好用原生椒来爆炒……"

"您在说什么呀！"罗茜娇嗔道，"阿尔法它们怎么打得过这种怪物？"

我哈哈一笑，故作轻松，其实心里也在发毛。这段日子，我们和智能龙虾的关系

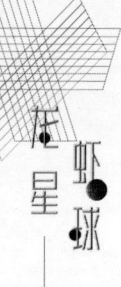

越来越亲密,当然不能看着它们葬身于此。但比赛开始后生死不论,想退出已经来不及了。

"没事儿,不行的话,只有执行B计划——让泰斯特打破水箱,救走阿尔法它们。"我在罗茜耳边说道。

这是我们早就商量好的办法。无论是输是赢,反正只要成为新闻焦点,我们就可以设法公布智能龙虾的存在。

说话间,水箱中的各个龙虾已经开始了混战。阿尔法它们距离红巨星还远,面前的对手不多。何况对方是单打独斗,它们是集体作战,按照之前的办法,很快就干掉了好几只斗虾。

我正觉振奋,忽然听到身边传来一阵惊呼。再看红巨星那边的视频,这家伙居然用巨钳夹起一只较小的斗虾,将其挥到空中,生生夹成了两半儿!它脚下满是甲壳和足钳,不知击杀了多少对手。

"麻烦了……"我想。

罗茜突然捅我,我终于发现除了红巨星,我们的龙虾还面临着另一个麻烦。

一组漂亮的斗虾出现在水箱一角,它们的颜色同样是半透明的,带着淡红色花纹,正用触角交换信息……

它们同样左右夹击、上下配合,干掉了一个又一个对手……

竟然有另一组智能龙虾!

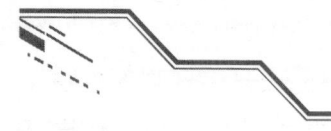

第十一章　意外中断

"那是什么?"我梦呓般问道。

罗茜说不出话来。泰斯特回答:"好像是另外三个智能龙虾。"

"废话,我是问怎么还有三个智能龙虾?"

"这不奇怪,有五千万的奖金啊……利用智能龙虾来争夺冠军,我们能想到,别人也能想到……"

屏幕上慢慢打出这个战队的名称——三位一体,还真是形象。老板是哈德经常挂在嘴上的一个对头,大概只有这样的大亨才能得到极其珍贵的智能龙虾。

"它们从未参加过之前的比赛,我的数据里什么也查不到。"泰斯特说。

我知道他说的是实情,如果有这么令人瞩目的龙虾战队出现,我们之前也不会一无所知。但现在我们一点儿准备也没有,而两支战队却越来越近。它们如果打起来,到底谁胜谁负?我心里一点儿底也没有,难道让泰斯特直接出手吗?

两组龙虾本来相距甚远,但在我犹豫不定之时,却清晰地感受到对方的气息。它们都抛下残余的敌人,迅速翻过礁石,绕过珊瑚,在中间一处平坦之地相遇了!

这一镜像般怪异的场面,迅速吸引了场上所有人的注意,就连红巨星的恐怖杀戮也不能与之相比。

两组龙虾冲向对方,先是绕着对方盘旋,然后打成一团儿,八足二螯上下挥舞,触须也紧紧缠绕在一起……连我都分不清楚,哪些是我的龙虾了……

我闭上眼睛,不忍看到想象中残酷的画面,但转眼又把眼睛睁开了,因为感觉有些不对。

只见眼前的屏幕上,六只龙虾动作虽然剧烈,但是却并无敌对之意,反而像是在跳舞。它们一个抱着一个,身体旋转着,触须缠绕在中央,身上的花纹发生着奇异的变化。正如当初阿尔法、贝塔和伽马相见时那样,但又比那时还要复杂。

忽然我看明白了,那些花纹竟然越过龙虾之间的界限,在不同的龙虾身上移动着,就好像霓虹灯组成的图案一样不断变化着!

"这是怎么回事儿……"我喃喃说道,虽然不明所以,但至少知道,它们不会打架了。

"它们一定是在为久别重逢而欢呼。"罗茜激动得都快流眼泪了,说,"您看它们多开心呀……啊,那家伙来了!"

罗茜的声音有些焦急,我顺着她的目光看去,刚刚放松的心情顿时又紧张起来。

斗虾之王——令人恐怖的红巨星从一块礁石后面出现了,它已经干掉了其他对手,正朝智能龙虾们逼近!

这是令人绝望的处境,即便六只龙虾能在不可思议的瞬间团结起来,协同作战,也很难战胜体型悬殊太大的红巨星。这就好比七个小矮人再怎么齐心协力,也打不过绿巨人一样。

六只龙虾互相碰了碰触须,然后退了几步,松散地围成一个圈子。红巨星挥出钳

虾星球

子,想夹住前方那只龙虾,却被它灵敏地躲开了。其他龙虾趁机攻击红巨星那宛如钢铁般坚硬的八足,但是没什么用处。

红巨星转了半圈儿,又用巨螯扫过去,这回有只龙虾——好像是伽马——没那么幸运,一下子被夹中了,拼命挣扎着。红巨星哪儿肯放手,眼看就要将它夹成两半儿。

"哈哈,干得好!这次赢定了!"旁边一个身材矮小的家伙大声叫了起来,显然是红巨星的主人。

此时阿尔法一跃而起,大螯一开一合,射出一道水流。水流去势极快,正中红巨星的一只眼睛。这是它的拿手绝技,红巨星吃痛,立刻放开伽马,反过来对付它。它抓住红巨星的钳子,迅速攀爬起来。红巨星的另一只钳子向它钳来,它躲避不及,被钳住了,用力一挣,竟然挣断了一只螯足。

"啊!"在场的观众立刻惊呼起来。

智能龙虾们一拥而上,抱住红巨星的螯钳,让它暂时无力行凶。阿尔法趁机拍打着尾巴,游到红巨星头顶,它的触须和红巨星的触须缠在了一起……

红巨星似乎十分难受,在水底挣扎起来,带起一团团泥沙。我们再也看不清水箱中的情形,只能看到红巨星的大螯时上时下的。

"阿尔法不会已经……"罗茜紧紧抓住我的手,我感觉到她的手心汗津津的。

"没事儿……"我安慰她,同时也安慰自己。

忽然,一个红色的影子宛如巨龙飞腾,从还没落地的泥沙中蹿了起来,正是红巨星,而它头顶还有一个小小的影子……

"阿尔法!"我忍不住叫了起来。

红巨星的身子一伸一曲,游动了起来。最初我以为,阿尔法还在和它搏斗,但很快就发现不对。红巨星动作悠闲,不像是在作战,而且对头顶的阿尔法也不在意。阿尔法驾驭着它在水箱中自由地游走,就像骑手骑着骏马一般……

其他龙虾也游了过来,跟在红巨星后面,留下一串美丽的背影。我们看得目瞪口呆,想不到场面会变得如此和谐。这到底是怎么了?

龙虾们又游了几圈儿,眼看再打起来的希望已十分渺茫,红巨星的主人喃喃说道:"这……这算什么?到底谁赢了?"

"就算打个平手吧。"我说。

想必这一幕已经在银河系几万个星球上引起了关注,现在是我出场的时候了!我清了清嗓子，大声说："各位，我有事要宣布，我……"

话没说完，空中突然传来一声巨响，同时一道阳光照射下来。

我定睛一看，整个屋顶都被掀飞了，一只又长又粗的机械手臂迅速从上方伸了下来。

"怎么回事儿？"哈德问，"这是什么玩意儿？附近的吊塔施工出故障了吗？"

话音未落，机械手臂伸出八根手指，迅速抓住水立方，将它拉了上去。

众人都看呆了。

"不好，有人要抓走龙虾！"我迅速反应过来，这可是我翻案的唯一机会，绝不能让这些龙虾有任何闪失。

我猛地扑上去，抓住水箱边沿的凸起。这只是本能的反应，事实上已经来不及了，我整个人都被带了起来。

一片迷乱的光影中，只听得到罗茜在身后叫着我的名字，但声音越来越小，渐渐化为呼啸的风声。我拼命抓牢水箱，定睛一看，发现自己已经在离地好几十米的空中，仿佛有一股大力把我使劲儿往下拽，我吓得尖叫起来。

"姜云，不要怕，是我。"泰斯特的声音不知从哪里传来。

"泰斯特，你在哪儿？"我心中涌起一丝安慰，"快救我……"

"我就在你下面。"

我朝下看去，果然看到了泰斯特——他正抓着我的脚踝，怪不得我觉得有股大力拽着我。

"快松手！"我本能地蹬了起来，"你这堆废铁，都快把我给拽下去了！"

"姜云，你对战友的态度真是令人感动。"

"我不行了。"我感觉手指越来越无力，"反正你掉下去也摔不死，就算摔坏了，不是还能修复吗？"

"说得也是。"泰斯特说着松开了手，但是却没有落下。他背上奇迹般出现一对机械翅膀，上下扇动着，让他可以在空中停留。

"我去，你还能飞啊，快点儿救我……"

"你曾经说过宁死也不要机器人救你，所以我需要确认一下，这是你的真实意愿吗？"

"我就说你靠不住……"我不禁怀疑他是真的那么刻板还是有意为之，心神一分，手上一滑，竟真的掉了下去，连忙大声尖叫道，"快救我！"

分裂 ▼ 宝树

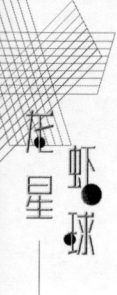

片刻之后，泰斯特接住我，飞了起来。我们飞到水箱上头，上方出现一个圆圆的巨大的影子，原来龙虾们是被一个碟形飞行器劫持了。

我们飞到飞行器下方，那里打开一条缝儿，仿佛是在欢迎我们到来。我们从缝里钻了进去，进入飞碟内部。

驾驶舱中，一个女人回过头来。我们见是一张熟悉的面孔，都大吃一惊。

"姜纯，原来是你！你在干什么？"

姜纯早上还和我们在一起，后来到了赛场，她说要去卫生间，然后就消失了……我们关注着比赛，没太在意她，没想到她竟然以这种方式出现了。

"想不到你们也跟来了，那就一起走吧。"姜纯无奈地耸了耸肩。"去哪里？"

"去龙渊……见这个星球真正的主人。"

第十二章　惊天阴谋

飞碟越过极乐岛，飞向远处波光闪耀的大海。

"这到底是怎么回事儿？为什么你在这里？我们去龙渊干什么？"我一连串地发问。

姜纯摆摆手，表示自己正忙。她按了几个按钮，将水箱收了上来。阿尔法和它的伙伴们一齐看着我们，它们在箱子里游动的时候，仿佛在跳一支古怪的集体舞。淡红色的花纹在甲壳上流动着，就连刚才还气势汹汹的红巨星也加入了进来。

"红巨星和它们是同类？"我惊问道，"它们到底是什么？"

"这就是群体智慧。"姜纯终于给出了解释，"弗兰克带到潜龙星的龙虾中，有不少是太白5号的后裔。它们经过进化，渐渐有了智能。每一只龙虾智能其实相当有限，但是几只聚在一起，智慧就会增长。龙虾聚合得越多，智慧也就越高。这相当于人类大脑中的脑细胞，没有一个神经元拥有智慧，但是加起来却成了聪明的人类。所以，有人称这种龙虾为'虾人'。"

"原来如此，那红巨星是……"我仍然有些困惑。

"它是另一种虾人，或者说是另一种脑细胞，智力较低，但是放在集体智慧中却有不可替代的作用。龙渊被发现后，有一些虾人被作为斗虾带走了。我之所以同意让阿尔法参加决赛，就是想设法引出其他虾人，让它们组成一个更高级别的智慧体，成为我们和龙渊之间沟通的桥梁。"

我突然明白过来："这么说，龙渊就如同虾人的大脑？"

"可以这么说。当年我的高祖误解了虾人王国的性质，认为它们是和人类差不多的智能生物社会。直到我爷爷这一代才发现，它们其实是一种集群智慧体，由太白5号的后裔进一步进化、繁衍而来……"姜纯继续解释。

因为潜龙星的进化方式有局限性，数亿年来，虽然涌现出无数物种，但是并没有出现智能生命。但是一千八百年前，X星的小龙虾来到这里，从此如鱼得水，不断分化，逐渐成为智慧生命的滥觞。

按照地球的进化论原理，本应物竞天择，让最聪明的龙虾种族占据统治地位。然而因为潜龙星本身的诸多物种互相交换遗传物质，所以形成了共生型进化。龙虾们也适应了这一点，分化中又相互依存，逐渐形成了集体型智慧，甚至通过遍布整个星球的藻类系统，和其他生物也形成了共生关系。结果，整个星球宛如形成了一个智慧生命体！

"这也太不可思议了吧……"我喃喃说道，"虽然有三千多个有生命的星球，但这种共生型的智慧星球，还只是一种未经证实的假说。"

"因为共生本就不容易发展出智慧，而发展出智慧又依赖物竞天择的原理，必然会破坏共生关系……只有在地球生物与潜龙星生态系统的离奇碰撞中，才有可能形成这样惊人的生命形态。"

"我们待了这么多天，除了人类和虾人，也没发现什么有智慧的生物啊？"

"这种智慧——干脆叫它'潜龙'吧——不同于太白和太白5号，它没有外向的追求，主要是用于生态系统的内部调节，甚至没有语言。而且它依赖覆盖海底的藻类系统之间的生物电传播，传递信息的速度也很慢。本来一千多年来都自给自足，但人类到来之后，就不一样了。"

一百年前，人类殖民这个星球。对于潜龙来说，人类宛如渺小的微生物，一开始它并不在意，但人类的活动范围越来越大，捕猎和食用的生物越来越多，令它感到不适。但作为一个内向型的智慧体，它并没有攻击性，只是在设法自我调整。

"我爷爷醉心于研究潜龙星的生态体系，他认为有一种微生物能够在不同的生物

间交换遗传物质,但却怎么也找不到这种微生物。他发表的论文也因此被人嘲笑……直到晚年,他才发现自己大错特错了。"

我心里有些发毛:"你的意思是……"

"根本没有那种假想的微生物,只是其中若干遗传物质本身结构奇特,能够不被直接分解而被生物体吸收罢了。当你吃掉一种生物,其实也就被它同化了一点点……"

"什么,那我们……吃了那么多……"我想起这些日子在潜龙星的诸多大餐,脸色开始发白,下意识地想要呕吐。

"没这么严重啦,我们在潜龙星生活了这么多代都没事儿。人类的消化系统和潜龙星的生物完全不同,绝大部分外来的 DNA 都会被分解。少数进入人体的,也无法直接被细胞吸收,最后还是会自行分解。但虾人是例外,或许是因为本身的智慧生命属性,虾人体内有一种难以检测的成分,能够对人的大脑产生作用。你们听过深海魔龙的故事,什么几十米长的巨龙……其实就是食用者产生了幻觉。"

我呆住了,半晌才问:"那……会有什么后果?"

"食用虾人者,有可能吸收其特性,将大脑连接起来,形成集体智慧,并且会不断地扩张这种集体意识,成为超级智慧体……"

"这个……听起来也不错嘛。如果全银河系的人类都成为拥有集体智慧的共生体,也许……就不会有仇恨和战争了吧?"

"没那么简单,潜龙的集体智慧是历经亿万年进化而来的,况且也没有掌握先进技术,所以能够和平地存在。人类却不一样,集体智慧并不能消除人性中的贪婪、野心和暴力等倾向,如果这种集体意识被别有用心者利用,恐怕只会带来灾难。"姜纯冷冷说道。

"会有这么严重吗?你又是怎么知道的呢?"

姜纯幽幽说道:"你还不明白吗?我的高祖其实就是当年那支探险队中的重要一员,为了寻找深海魔龙,他发现了龙渊。他一生都想保护龙渊不被发现,却被潜龙星府当成异类和破坏者追杀……"

"原来如此……"

"所以他们的想法,我非常清楚。我的父母曾经尝试说服他们放弃这一计划,却被当成危险分子关押了起来。对于集体智慧来说,个人几乎不能算是人!而人类不再拥有个体意识,这将是多么可怕的事情!"

我听得毛骨悚然，说："所以……水晶宫爆炸一事是你干的，目的就是为了阻止潜龙星府推广食用虾人。虽然你的初衷是好的，可这样做毕竟会伤及无辜啊！"

"我事先策划好一切，想办法把所有人都调离水晶宫，确保万无一失之后才行动。当然事情解决之后，潜龙星府想要追究责任，我愿意付出应有的代价。"

"那现在怎么办？我们得赶紧去阻止他们！"

"没用的，只要到达米尔斯岛附近，我们就会被发现和击落……"

话音未落，雷达便传来警报。原来数百架无人机接到报警紧急起飞，以数十倍音速的高速跟在我们的小飞碟后面，正在呼叫我们，命令我们停下，否则就会向我们开火。

"你懂了吗？"姜纯说，"我们现在自身难保，根本不可能接近会场。"

"那你到底要干什么？"

突然，飞碟剧烈震动了几下，被无人机的电磁炮击中了防护力场。我们站立不稳，一时都狼狈地倒下了。

"我跟你说过……"姜纯奋力爬起来，气喘吁吁地说，"我们得去龙渊，只有去那里才能解决危机！啊……"

说话间，飞碟又中了一炮，打着转儿迅速下坠，落入海里。舷窗很快被海水淹没，飞碟上闪烁的指示灯都熄灭了，地板不断晃动……

我吓得大叫起来，以为这次死定了。我怎么能就这么死了？我不甘心！我还没有吃遍十大名菜，还没有在海魔都买到房子，还没对罗茜这丫头表白心意……她现在怎么样了？会不会受到了牵连？我不能再保护她了吗……

然而等这些乱七八糟的念头都想完了，我发现自己竟然还没死。事实上，飞碟根本没有进水，墙壁和天花板正在进行复杂的变形。很快，指示灯又重新亮了起来。

"已变形为潜艇模式。"飞碟AI说。

"什么？潜……潜艇？"我还没反应过来。

姜纯慢慢站起来，拍了拍手说："这是我老爸改装的，可惜他老人家没等到这一天。下方就是龙渊，是时候了，我们下去吧！送阿尔法它们回到自己的母体！"

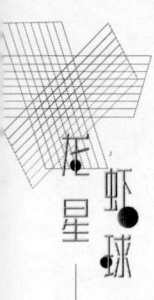

第十三章　潜龙之力

随着飞碟，不，潜艇不断下沉，来自水面的光亮逐渐暗淡下来，很快周围便一片漆黑。潜艇打开了灯光，我看到周围壁立千仞，仿佛是在一个大峡谷边缘。石壁上覆盖着大量红色藻类，深不见底的深渊上，偶尔有一些奇虾怪鱼游进灯光中，转眼又没入黑暗……

这就是龙渊。

"你还没回答我，我们去龙渊有什么用。"我问，"即便要送它们回家，也不急于一时吧？"

姜纯在水箱边上敲击了几下，七个虾人便游了过来。事实上是众多虾人骑在红巨星身上，仿佛母亲负着孩子一般，游到我们身边。但我知道，它们其实已经成为一个不可分割的整体。

姜纯指着它们说："它们已经融为一体，拥有强大的智慧。我们送它们回来，让更多的虾人聚合在一起，这样就能向它们解释发生了什么，它们也会把这些信息带给潜龙星府，避免悲剧发生。"

"可是它们能听懂人类的语言吗？"我觉得这仿佛是童话故事里的情节，就算虾人拥有智慧，也听不懂人话吧？

"姜云，你忘了最初虾人是从哪里来的？"

"是地球……的飞船……"

"根据我高祖的发现，当年弗兰克和CPU-130教过虾人人类的语言。从此以后，虽然虾群早已更新换代，但当时的集体智慧，并未随着个体的死亡而死去，而是在不断更新的个体中，一直保存了下来。当然，作为集体智慧，单个的虾人储存的信息很少，理解能力也有限，但是三四只的组合已经可以理解一些比较简单的内容了。"

"怪不得我有时跟它们说话，它们好像能听懂一样。"我恍然大悟。

"这么多虾人的组合，毫无疑问已经具备了与人沟通的能力，现在就看我们的了。"

她把虾人们放出来,开始和它们说话。随着她的讲述,虾人们做出一些奇怪的手势。她说这是米尔斯时代和虾人沟通的手语,难为这种交流方式今天仍然储存在虾人的集体记忆中。

她和虾人们沟通了很久,然后转向我说:"它们有几个问题想要问你。"

"我?我知道的都是你告诉我的啊⋯⋯"

"你是来自银河系的人类,更了解外面的世界。"她说,"它们想和你谈一谈。"

"说到这个⋯⋯"泰斯特插嘴道,"我那庞大的数据库倒是可以帮点儿忙⋯⋯"

姜纯有点儿尴尬:"但是⋯⋯它们更想和姜云聊。"

"好吧。"泰斯特嘟囔着,"我就知道碳基生命再自相残杀,在硅基生命面前还是一伙儿的⋯⋯"

我走到虾人们面前,心里虽然有些发怵,但还是挥了挥手,勉强挤出微笑说:"你们好⋯⋯"

虾人们挥舞着螯钳,伴随着姜纯的翻译,开始了我人生中最怪异的一场对话。

"你是一个美食家,什么是美食?它有什么意义?"

"美味的食物就是美食⋯⋯至于意义嘛,说起来也许比较残酷,但这是人和宇宙沟通的一种方式。通过自己的舌尖,和宇宙的其他事物产生联系,从而获得不一样的体验。"

"我们的祖先,曾经是你们的食物吗?"

"呃,对,不过在更古老的过去,在节肢动物统治世界的时代,我们的祖先或许也是你们祖先的食物。一切都在变化中,我们和你们并没有绝对的界限。"

"如果美食是一种沟通方式,为什么在水晶宫里,你们没有吃掉我们?"

"因为你们表现出了智慧,智慧生命之间应该有更美好的沟通方式。但很可惜,之前我们对此了解得太少。"

"宇宙中还有多少其他的智慧生命存在?"

"我们了解得很少,大概只有十几种,但无限的宇宙中,有无穷无尽的可能性。"

"那么,以后我们能和平共处吗?"

"我不知道,我希望能,我相信我的同胞们也希望能。请你们⋯⋯给我们一个机会。"

"我们的故乡潜江在哪里?"

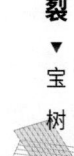

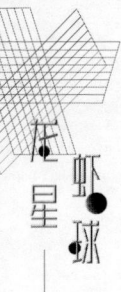

"这个……它在古地球的中国。据说那里有古老的文明和美丽的湖泊,你们的祖先生活在稻田中,稻在水中长,虾在稻下游,比生活在面包藻中舒适、自在多了……也许有一天,你们可以回那里去看看。"

"我们从没想过与人类为敌,而姜纯的高祖也竭尽全力守护着我们,所以我们一直把人类当成朋友和守护者。我们的祖先很想回到潜江,它们对故土有着深深的眷恋。也许回到那里,才是我们最好的归宿。假如人类愿意,我们可以把一部分还没有完成进化的子孙送往潜江,继续把过去那种种养结合的生态模式发扬光大,让龙虾美食在潜龙星甚至全银河系推广开来,让所有人都能感受到潜龙星的博爱和美好。不过已经拥有智慧的龙虾,需要人类的保护,就不能再食用了。"

"今天潜龙星府要举办晚宴,让各媒体和美食家品尝他们捕获的几百只虾人,我们必须想办法阻止他们。"

"这个我们可以办到,不过你要负责说服他们。现在……我们还有最后一个问题——你更喜欢罗茜还是姜纯?"

"我……这都是什么问题?我更喜欢泰斯特!"

姜纯"哼"了一声,脸上一片绯红。

"这真是他们的问题吗?"我感觉不对,"喂,姜纯,你不会是拿我寻开心吧……"

"快看,我们到了!"姜纯答非所问,指着窗外。

只见大量半透明的虾人匍匐在海底的沟壑间,组成了复杂多变的图案。有的一动不动,有的却如士兵方阵一般在变换位置,还有许多按照上上下下的线路巡游着,一眼望不到边。这里既像一座繁华的都市,又像某个巨人的身体内部。既是多,也是一。

"潜龙的本体在哪里?"我问。

"我们已经在它内部了。"姜纯说。

"那我们怎么和它对话?"

"我们不是对过话了吗?阿尔法它们就是潜龙的化身,我们只需让它们回到这里,将一切信息汇入潜龙即可。"

所以,分别的时刻到了……

我忽然有些不舍,伸出手,想去抚摸一下阿尔法它们。阿尔法暂时脱离虾人的队伍,沿着我的手背爬了上来,一直爬到我的肩膀上,然后用长长的触须拂过我的脸颊。这一刻,它就像一个可爱的孩子,而不是一个伟大生命体的一小部分。

"阿尔法……"我怔怔地抚摸着它的脊背,泪水不觉盈眶。

贝塔和伽马也下来与我和泰斯特告别。很遗憾,罗茜不在这里,不然她会多伤感啊……

最后,虾人们又重新聚在一起,做了个奇怪的动作——交错双螯,摇晃身体,摆动尾巴。

"它们在说'谢谢'。"姜纯告诉我。

阿尔法它们离开潜艇,很快在舷窗外出现,围绕着潜艇转了三圈儿之后,便游向无边无际的黑暗尽头……

周围又陷入死一般的寂静。

"走吧。"过了很久,姜纯说,"我们该回到上面去了。"

潜艇慢慢向上升起,离开龙渊下的隐秘世界。然而就在我们将要离开的时候,出现了惊人的一幕,令我终生难忘。

成千上万,不,也许百万个原本在海底自由活动的虾人,刹那间不知被什么力量激活了,一个个伸展身体,浮了起来。它们围绕我们旋转着,舞蹈着,身上的纹路不停地流动,如同一片绚烂的星海……

一切美得不可思议,我想这是这个星球的主人在对我们说"yes"。

潜艇渐渐变成了飞碟,再度在空中飞行。与此同时,潜龙的意志以生物电的形式在遍布星球的藻类和其他植物之间传递,速度比我们还要快。驰向米尔斯岛之时,我们看到了直播中令人难以置信的新闻画面:

晚宴开始前,在海边有一个纪念仪式。当美食协会的成员们站在海边为潜龙豪庭万花水晶宫默哀时,一朵怪云出现在海天尽头,迅速向他们掠过来,转眼就已遮天蔽日。那是成千上万只涡轮鸟,它们鸣叫着飞来,仿佛示威一样,在米尔斯岛上空一圈圈盘旋着。

海潮变成了奇怪的红色,不知有多少只红艳艳的小龙虾在紫色藻类的簇拥下涌现出来。它们爬上海岸,排成奇怪的阵列。人们惊得目瞪口呆,萨兰大使和欧阳帅居然也在。他们早已忘了这是自己喜爱的食材,只想弄明白究竟发生了什么。

我们一路畅通无阻,降落在米尔斯岛的海滩上,潮水般的小龙虾见到我们,都神奇地躲开了。许多智能无人机在空中盘旋,我知道全星球,甚至全银河系的媒体都在看着,于是深吸一口气,走上前,对他们说:"这是潜龙星,在对全宇宙说话。"

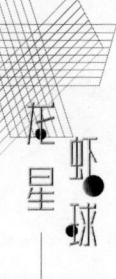

我说了很久,告诉他们关于潜龙星的秘密,以及虾人的来历和故事;告诉他们虾人目前拥有什么样的智慧,以及这些智慧怎样才能为我们所用;告诉他们虾人的真实意愿,以及去认识另一种智慧生命的必要性;告诉他们潜龙星的美食文化产业应该如何打造,以及虾人能向他们提供哪些帮助……

等我说完之后,涡轮鸟飞走了,小龙虾退回大海之中,一切又重归平静。然而我知道,此刻大家的心情都不平静。

人们立刻释放了其他虾人,由姜纯的飞碟将它们送回龙渊。已经成为集体智慧一部分的萨兰大使他们则被隔离医治,假以时日,便能恢复正常。

在虾人们的帮助下,潜龙星府终于找到潜江所在的位置,一部分小龙虾被送往潜江。我有幸作为嘉宾,亲眼见证了这激动人心的一刻。

临空鸟瞰,潜江宛如一幅生机勃勃的绿色画卷,又恰似一颗流光溢彩的绿宝石,镶嵌在广袤无垠的大地上。这里风景宜人,空气清新,到处都充满着淡淡的水乡气息。秀丽挺拔的水杉带、清澈见底的排灌水渠、绿色环保的龙虾养殖池塘……此情此景,足以令人心驰神往、流连忘返。

没过多久,我们再次来到米尔斯岛,参加潜龙星府举办的盛大的小龙虾星际美食节。鲜美可口的潜江龙虾作为潜龙星的主打美食,一经面世就征服了美食协会和其他专家、嘉宾的味蕾。借助此次推广,小龙虾一炮而红,迅速成为风靡全银河系的十大网红美食之一。来自四面八方的食客纷纷到这里打卡,他们不仅为不断推陈出新的小龙虾烹饪方法和无与伦比的人间美味而折服,更为美轮美奂的水晶宫和其推出的别开生面的旅游文化节目和体验而醉心不已。

重建后的水晶宫更加注重生态和环保,已完美和谐地融入海底世界之中。

萨兰大使不仅带我们参观了有名的景点,还安排我们观看了一场精彩绝伦的表演。成千上万只虾人不断变换阵列,先是以独特的交流方式向我们表示欢迎,然后跳了一支独一无二的舞蹈。游客们在欣赏潜龙美景、品味潜龙美食的同时,还能获得与虾人进行沟通、交流的机会。潜龙的旅游文化产业迅速发展起来,成为全银河系排名前三的旅游星球之一。

第二天黎明,我早早起床,一个人走在米尔斯岛的海滩上。巨大的龙王星半垂在西边,明亮的光环横过天际。海平线上,一轮红日渐渐跃出海面,照亮了充满生命力的大海。

这是潜龙星新的一天,也是一个新的历史阶段的开始。我想,从今天起,这个星球上的两种智慧生命形态,都将学习如何与另一种智慧体和平共处。虽然很可能会出现一些摩擦和碰撞,但我们将从彼此身上学到很多东西,也将一起缔造更美好的生活……就像悠远的古地球时期,两种生命系统第一次接触时一样。

我想起了弗兰克,当他第一次降落在潜龙星上时,是什么心情呢?他一定很寂寞吧?恋人在宇宙尽头,身边只有一个机器人相伴。不过他最终缔造了一个新的世界,一个令人难以忘怀的美食天堂……不,这好像不是重点……

我任由思绪纷飞,脚步却不停,慢慢走向弗兰克和CPU-130曾经漫步过的海滩。那里竟然站着一个人,那是……

"早上好,姜云。"

"早上好,泰斯特。"我亲切地回答,心中略感失望。

突然,一个长发女孩从我的机器人朋友身后出现,然后……是另一个短发女孩。

"早上好,姜老师。"

罗茜和姜纯微笑着看着我——她们的笑容宛如银河中最美的星辰。

永生

阿 缺

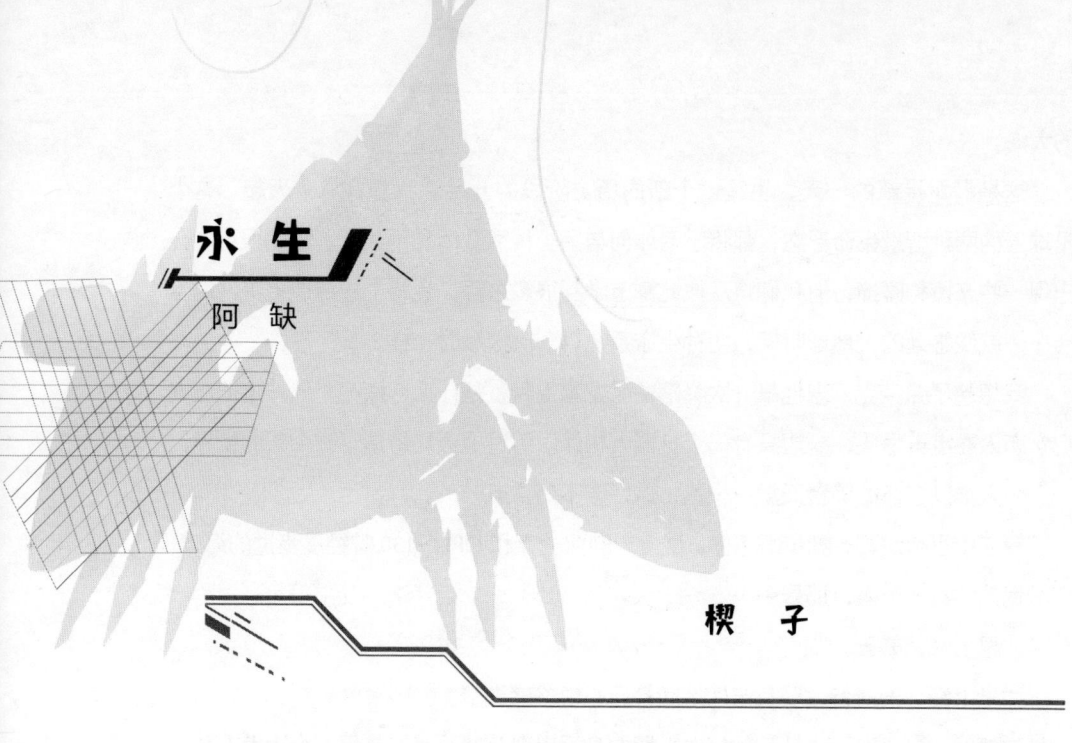

楔 子

"如果你在狩猎时，遇到下腹有彩色条纹的巨型龙虾，就赶紧跑。"父亲临死之前，抓紧姜彦的手臂，说，"什么都不要管，钱扔下，老婆和孩子也不要了……没用的，他们死定了，你想救也救不了。你只能逃跑，跑得越远越好……打死也不要回头看。对了，你还要穿一双质量好的鞋子，什么机械外骨骼、飞行器之类的辅助物，全都靠不住，只有自己的双腿最管用。你答应我，千万不要去比斯特星，再穷也不要去……"

父亲的声音越来越小，姜彦不得不凑近他，才能听清他说了什么。他力气很大，姜彦的手都被勒出了红痕。他身上布满伤口，这都是巨型龙虾的杰作，也成为日后姜彦无数噩梦的根源。

"答应我，儿子，答应我！"

父亲的声音突然高昂起来，这最后的遗言仿若嘶吼一般，在姜彦心头回荡。紧接着，父亲瞪大的眼睛便一片混沌，再也没有一丝神采。然而从始至终，姜彦都没有点头。他默默地把被父亲勒红的手臂抽出来，一边揉着淤血，一边仰头看向舰船外的夜幕。

在这个十四岁少年的视野里，一颗闪着蓝色光芒的星星镶嵌在夜空中，如同吊诡的眼球一般，与他冷冷对视着。

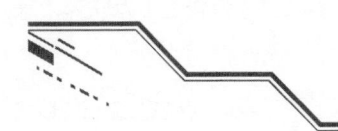

第一章 怀璧

那天下午，年迈但头脑清醒、为人谨慎又狡猾的商人迈克尔·维奇站在自己的商铺里，对面前的少女犯了难。

现在，有一笔大生意摆在他眼前。

说实话，当看到店员慌慌张张跑到自己的办公室，说有人带着七十万联邦币来买龙虾髓时，他是抱着怀疑态度的。他做龙虾髓的买卖有很多年了，比斯特星向整个联邦供应的龙虾髓，他占有近十分之一的份额。然而七十万联邦币抵得上他半年的收入，怕是能清掉他一半的库存。更让他感到惊奇的是，少女不是想用这七十万联邦币买大批量的常规龙虾髓，而是只买五百毫升的高纯度龙虾髓——纯度高到百分之百。

"这位……"迈克尔停顿了一下。

"玛莎·休。"女孩说。

"玛莎小姐，您可能不太懂这个……我来给您解释一下吧。龙虾髓，顾名思义，是龙虾兽的尾髓。龙虾兽这玩意儿呢，危险性就不说了，让人头疼的是它虽然有三米多高，但只有脊背的第三节和第七节挤出来的髓质才能入药。一只龙虾兽身上能挤出来的髓质不超过两百毫升，而且纯度通常在百分之七十左右。"

玛莎不为所动，等老人口沫横飞地说完，才淡淡说道："你说的是通常情况，但据我所知，体型越大的龙虾兽，髓质越多。而年龄越大的龙虾兽，髓质就越纯净。"

迈克尔愣住了，觉得这个少女是有备而来，不那么好糊弄。

"但你想要五百毫升的纯髓质……"他咳了一下，说，"上哪儿去找体型庞大的老虾兽呢？"

玛莎露出似笑非笑的表情。在她的注视下，迈克尔知道自己装傻没用，吞了口唾沫，说："好吧，我瞒不过你，有一种虾兽符合这两个条件。"

"嗯，彩纹龙虾。"玛莎平静地说。

即使有了心理准备，"彩纹龙虾"这个词还是让迈克尔老朽的身体发了抖，背上那道被褶皱遮住的疤痕又开始隐隐作痛了。他收起一贯狡猾的笑容，正视玛莎，一本

正经地说:"既然你知道彩纹龙虾,那么肯定也知道它有多危险吧?"

"我知道。"玛莎拍了拍自己的双肩包,说,"所以我才带着七十万联邦币来到这里。"

迈克尔叹了口气,说:"看来你这笔钱我是挣不了了。我以前碰见过一次彩纹龙虾……我们那支队伍,全部……唉,还是算了吧。"

玛莎失望地把包背上,包里有七十万联邦币,这足以让人趋之若鹜的巨财,却被她如此随意地随身携带着。她的身材十分纤瘦,跟沉甸甸的背包形成了鲜明的对比。

"等等。"迈克尔突然开口叫住她。

玛莎停下脚步,转过头,俏丽的脸看向老人。

"彩纹龙虾,整个比斯特星都没人敢去招惹——除了他。如果你能找到他,说不定有机会弄到高纯度的龙虾髓。"

两轮太阳挂在比斯特星的天空上,大的叫泰坦,圆润如盘,放出炙热的光和热,而惕厉——那轮小的则暗淡许多,此刻正默默地镶嵌在辽远之处。街上行人很多,半空中布满飞行器。现在正是兽类在比斯特星上苏醒、繁殖的季节,联邦开放了狩猎权,许多狩猎师带着武器赶来,处理完手续后从安全区离开,然后进入满是狂野兽类的原始区。

安全区不大,玛莎步行一小时就到达了城东边缘。淡淡的防护罩肉眼可见,里面人潮汹涌,而到了外面,便会看到这个星球最可怕的一面。

她按照迈克尔的指点走进一条小巷子,狭窄的巷道犹如羊肠一样曲折。

"巷子尽头住着一个年轻人,他有猎杀彩纹龙虾的勇气。"迈克尔的声音犹自在耳畔回响,"不过光有勇气不够,不知道他有没有这个能力。而且,这是你唯一的机会。"

玛莎正思考着迈克尔的话,几个人影突然从一旁闪现出来——他们此前藏在货箱后面,佝偻着身躯,耐心等待着肥羊到来。

"嘿,小妞。"领头的刀疤脸大汉亮出光子匕首,手柄上吞吐的聚能光刃令人胆寒,"把背包留下,我可以让你完好无损地离开。不然,我这几个兄弟可不好对付……"

玛莎立刻后退,但刚退几步,后颈就被人抓住了,一个身高近两米的大汉挡住了她的退路。

"你们是迈克尔派来的吧？"稍微一想，她就回过神儿来了，"他让我到这里来找什么猎手，其实是骗我的，你们正等着我把七十万联邦币送上门来！"

刀疤脸扬起脸，笑了笑，一边向她逼近，一边说："迈克尔是谁？能叫得动我们吗？我们可是黑手帮！"

"狩猎师倒是真有，也确实敢去杀彩纹龙虾，但这个人……"他顿了一下，随即摇摇头，说，"这个人独来独往的，白天永远在睡觉，谁知道他在哪里。"

"嗯。"玛莎点点头，突然暴起一脚，踢向刀疤脸。随后腰部发力，翩若惊鸿一般，一下子绕到两米高大汉的背后。

大汉反应不及，正要转身，脚下突然传来剧痛，整个人顿觉天旋地转，直接摔倒在地上。

两个魁梧的大汉本来占尽优势，却在身量娇小的玛莎的反击下落败了。形势顿时逆转，刀疤脸趴在地上呻吟不已，壮汉则被摔得七荤八素的。

其余人见状，立刻大呼小叫地扑过来。玛莎冷笑一声，把背包解下，踢到一旁，随即身体紧绷，正面迎敌。汉子们个个身强力壮，都是打起架来不要命的人物，但现在力气却像是使在了棉花上，怎么都抓不住玛莎。玛莎凭着身形娇小，行动灵活，在重重黑影间穿梭，时不时出手伸脚，借力使力，打得他们左支右绌，狼狈不堪。不一会儿，五六个男人就都气喘吁吁地倒下了。

"下次，搞清楚对手的实力再出手。"玛莎呼吸有些急促，脸上却带着得意的笑容。

"哼，龙牙格斗术——这是联邦禁卫军的招数，你跟禁卫军是什么关系？"刀疤脸强忍着疼痛，咬牙问道。

玛莎没有回答。

"就算你受过格斗训练又如何！"刀疤脸突然直起身子，手上多了一柄小巧的手枪，细细的枪口闪着星星点点的寒光，"难道你的拳头比我的光子弹还快吗？"

没有人的拳头能快过光子弹，所以，玛莎没有动弹。

刀疤脸努努嘴，他的手下一边揉着被打肿的脸颊，一边走向背包。玛莎不敢乱动，但内心已经有些慌乱了。

"砰"，突然，一声枪响在那个手下脚边响起。所有人都吓了一跳，他们四处张望，但周围却空无一人。

刀疤脸沉吟几秒，喝道："把包拿过来！"

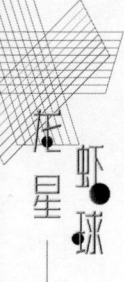

手下正想伸手去捡背包,一道肉眼难见的光束却擦着他的手指划过,在地面上打出一个小坑。他顿觉指尖灼热,连忙把手收了回来。要是光束稍微偏移一点儿,他的手指可就没了。

"是谁?"刀疤脸终于警惕起来,大喊道,"不管是谁,打这个主意之前,先想想我刀疤杰克的名字和事迹!"

话音未落,一个带着讥诮的声音就传来了:"我知道你的名字,也知道你的事迹……呵,不就是威胁老人和孩子,抢女人的钱吗?"

所有人顺着声音的来处看去,只见一侧的墙头上竟坐着个瘦削的年轻人,手上正把玩着一支长柄集束枪。显然,刚才那两记枪击就是他发出的。

杰克眯起眼睛,寒声问道:"姜彦,我们一向井水不犯河水,你想做什么?!"

"你们在这里大呼小叫的,打扰我睡觉了。"

"我们马上就走。"

"好的,你们赶紧走吧。"姜彦点点头说。

看到传闻中十分难缠的对手居然这么轻易就松口了,杰克暗自舒了口气,冲手下使了个眼色。

手下战战兢兢去拿背包,但刚走一步,集束光就又从姜彦的枪管里蹿了出来。这次它直接从手下耳边擦过,吓得他抖个不停。

"我是说,你们可以走。"姜彦嘴角扬起,勾勒出一抹迷人的笑容,"但这个女孩和她的东西,你们不能带走。"

"姜彦,你别欺人太甚!"

坐在墙头的姜彦淡笑不语,手里的枪管缓缓指向杰克。

杰克咽了口唾沫,语气略微缓和了一点儿,说:"你知道我们是谁派来的吧?"

"迈克尔那个老家伙嘛。"姜彦满不在乎地说,"让他来找我好了,正好,我跟他还有一笔恩怨没有了结。"

看来今天是不能善了了,杰克掏出通信器,深埋于耳蜗中的微信传音器里,旋即传来某个中年男子阴森森的声音。

"怎么样?"

"我们惊动那小子了,现在正对峙着。"杰克小声说道,"要不要硬拼?那小子枪法很好,不过硬拼的话,应该有把握干掉他。"

通信器里沉默良久,最后传来一声叹息。

"算了,你们先回来吧。"

第二章　猎兽师

"你就是迈克尔让我找的人?"

玛莎好奇地看着姜彦。他比自己高一个头,五官硬朗、棱角分明,如同雕塑一般冷峻刚毅。他看上去十分瘦削,不过衣服下偶尔露出的肌肉,显示出他常年坚持锻炼的好习惯。

姜彦也眯起眼睛,细细地打量玛莎。

玛莎心中满是疑惑,她原以为迈克尔叫自己来找姜彦,是安排好的陷阱,自己傻乎乎就跳进来了。但现在看来,迈克尔没有骗她,应该是有人听到了风声,特意来这里截击她。

天快黑了,惕厉已完全没入云层之中,泰坦倒还坚持着,但散发出来的光辉已十分暗淡。夜色正在吞噬这颗行星,城外传来野兽隐隐的嘶吼。天黑了,这个星球真正的主人也就苏醒了。

兽类,是比斯特星的主宰。

这个星球最初被发现时,联邦所有的行星生态学家都大吃一惊,随即蜂拥而至进行各种研究。比斯特星如同被精心培育的生态乐园,多样的生态环境孕育了无数大型兽类,海洋、天空和陆地上,到处都是千奇百怪、令人震惊的兽类,几乎让整个宇宙已知物种的资料库丰富了一倍。

人类外空探索舰队在茫茫宇宙中飘荡,继续前往未知的空间,谁也不知终点在何处。但比斯特星的发现,无疑让外空探索事业倍受鼓舞——在广阔的宇宙中,人类并不像想象中那么孤独。

比斯特星上的野兽大多非常凶猛,刚开始总是疯狂地进攻人类的营地。后来人类利用高精武器斩杀它们,它们渐渐退向星球各处,偶尔才会有巨兽来袭。人类在比斯特星的扎根比想象中艰难,付出巨大的代价后,舰队继续向宇宙深处进发,留下部分

人在此地驻守。而在漫长的厮杀中，某些兽类特有的功能逐渐被人所知，其中以龙虾髓最为珍贵。

虾兽生性狡猾，极为凶猛，它们体型庞大，螯钳强健，尾部边缘的鳞片锋利如刃。没人愿意招惹这种生物——如果它体内没有龙虾髓的话。所以渐渐地，一种名为狩猎师的职业便兴起了。他们大多是健硕的男人，远离了安逸舒适的舰队生活，来到比斯特星猎杀野兽，然后将它们卖给贩卖商。贩卖商再把它们运上飞船，超光速跃迁到舰队，卖给那些一辈子在舰队生活的达官贵人。

狩猎师与野兽的较量，是这个星球永恒的旋律。而比狩猎师更令人尊敬的，是专门以猎杀虾兽为生的猎人。他们不屑与普通凶兽纠缠，所有精力都放在虾兽身上，就是他们，为大家带来了珍贵的龙虾髓，只是这类人越来越少了。眼前的年轻人，真的是可以猎杀彩纹龙虾的狩虾师吗？

"你就是那个带着七十万联邦币，来这里收购龙虾髓的傻子？"姜彦开口问道。

玛莎一愣："你怎么知道的？"

"整个比斯特星，恐怕没人不知道。"姜彦不屑地笑了笑，说，"狩猎师内网都传遍了，不出意外的话，这两天找你麻烦的人会很多。他们想得到这笔钱，但又不敢去猎杀彩纹龙虾，所以只好来找你了。你这个小女孩，总比彩纹龙虾好对付吧？"

"抱有这种想法的人，会后悔的。"玛莎撇嘴说道，"刚才要不是你出现了，他们都会遭殃。"

说着，她张开手掌，露出一直藏在里面的黑色球状物。

姜彦点点头，说："我知道。我本来也不想管这事儿，但如果你真的用了焚烧弹，这里就会被炸垮。为了我的家，我还是出来打个招呼比较好。"

天完全黑了，浓重的阴影笼罩了这条深巷。对玛莎这样漂亮的女孩子来说，深夜待在外面是危险的。不管是外面的野兽，还是安全区内的狩猎师，都对她不怀好意。

她抱了抱肩，说："废话就不多说了，那个老骗子说你能弄到高纯度的龙虾髓，是吗？"

"是的。"

"喏。"玛莎把背包提起来，说，"这里面有七十万，你给我五百毫升百分百纯度的龙虾髓，我就把这些钱给你。"

"现在整个比斯特星，没有人手里有高纯度龙虾髓。"

"怎么才能弄到？"

姜彦伸手遥指远方，只见茫茫夜幕深处，有一片黝黑的丛林。那里野兽密布，天险无数，电磁干扰使得大部分科技产品都不能使用。不知多少冒险进入那里的狩猎师，最终却成了野兽嘴里的美食。

"去那里找到彩纹龙虾，杀了它，然后从它的脊骨里抽取髓液。"姜彦说这话的时候，脸上带着一丝阴狠，似乎所有的仇恨都在唇齿间撕咬着，"这是得到纯龙虾髓唯一的办法。"

"谁去猎杀彩纹龙虾？"

"我……只有我能做到。"

玛莎再次打量姜彦，这一次她看得更仔细了。夜风从巷子口吹进来，拂过她的头发。她的头发不长，额前几缕碎发轻轻晃动着。

"好！"她把背包扔过去，爽快地说，"我现在雇你捕猎虾兽，这七十万就是报酬。"

这句话换来的，是姜彦的嘲笑。

"杀死彩纹龙虾是我最大的愿望，但我在安全区待了四年，一直没有出手，你以为是因为钱吗……"他顿了顿，补充道，"好吧，钱也是一部分因素，但绝不仅仅是因为钱。"

"还需要什么？"

"还需要三个人。"

就在玛莎和姜彦在小巷里达成协议，打算去寻找那三人时，一架小型飞船趁着夜色悄悄停在了安全区边缘。

它的到来没有在舰队的宇航系统备案，因此比斯特星的港口没有关于它的任何信息。事实上，港口的监察系统也没有察觉到它的降落。它以崭新的技术避开了所有侦查，仿佛黑夜里悄然而至的幽灵一般。

在安全区边缘停好后，它立刻扫描周围的一切，然后以可见光的波段在身体上投射出光谱散射。只花了一秒钟，它就完美隐形了。

十来个身着军装的人从飞船里走出来，前面几人敏锐地查探四周，确认没有人之后，打了个手势。一个身材颀长的青年这才走了出来，一身西装，发型一丝不苟，大步如飞，一直走到安全区的防护罩前才停下。

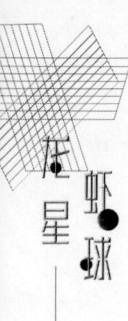

"少校。"一个军人走上前来,低声说,"这是高密度光子护罩,是战术级护场。"

青年说:"我知道。"

他掏出一个巴掌大的盒子,按下按钮,盒子边缘立刻伸出四个爪片,紧贴防护罩。

防护罩由纯能量构成,能抵挡绝大多数物理攻击,有好几次野兽集体围攻过来,都被它牢牢挡在了外面。但现在被爪片贴上之后,这个淡黄色的弧形光晕突然闪烁了一下,然后以青年为中心开始消散,逐渐向四周扩大。足够容人通过之后,他把盒子收了回来,率先走了进去。

他身后十多个军人始终保持沉默,纷纷鱼贯而入。

安全区依旧沉浸在夜色里,谁都不知道这群不速之客的来访。他们进入之后,防护罩的缺口便慢慢合上了。

安谧的夜晚分外沉静,只有兽吼声隐隐传来。

老赵揉了揉眼睛,大半夜的,所有人都在沉睡,只有他还老老实实地守着警局。

说这地方是警局,其实不太合适。安全区里狩猎师居多,每个得到认证的狩猎师也都拿到了武器持有许可证——这玩意儿太好拿了,在舰队的人事处塞几百个联邦币,就能通过审核。所以所谓的安全区,其实就是混杂了大量持枪莽汉的地方,绝对算不上安全。

好在狩猎师们所求的不过是荣誉和金钱,为了保住这两样,他们基本不会冒险。更重要的是,安全区由黑手帮把持着,虽然向贸易商强制收税,从中抽成,但也因此震慑了不老实的狩猎师,维持着表面的和平。老赵当了十多年警察,向来唯唯诺诺,胆小怕事,一直没有遇到什么风浪。在他的预料中,今夜也会像其他夜晚一样平安度过。

"老赵,怎么还没走?"同样值夜班的年轻警察詹姆斯路过,敲了敲门说,"这可不像你,大半夜早该溜号了。"

老赵值班的资料室在警局大楼侧面,相对偏僻,半夜趁人不注意,可以提前回家。当初被分到这里时,他欣喜若狂,经常一到半夜就回家了。詹姆斯路过泡咖啡,跟他开开玩笑,他也不介意,探出头,乐呵呵地说:"我马上就走,这里还要麻烦你多看几眼。"

"放心放心。"詹姆斯抿了一口咖啡,回到主楼。

老赵整理了一下,打开门,正准备出去。谁知眼前突然一黑,居然闪进来一个大汉,一个肘子打在他的脖子上。他顺势向地上倒去,但另一个人随即走进来,从容不迫地扶住他,没让他发出任何声响。他瞬间失去意识,倒在这人怀里。

前一人迅速走到电脑前,在某个端口插入数据盘,电脑顿时发出"嗡嗡"的震颤声。他手指如飞,在虚拟键盘上点动着,全息屏幕被调出来,上面显示着无数人脸。数据盘上的蓝灯亮起,一张清秀的脸被导入电脑,随后与全息屏幕上的脸进行对比。

整个房间的全息影像被分为两块:左边是一张静止的脸,右边则是急速翻转的脸,这一动一静,竟让房间处于一种诡异的和谐之中。三秒钟之后,右边出现一个女孩背着背包,低头走过安全区港口的样子。

玛莎·休——影像里出现这个名字,随后显示"吻合率为百分之百"。

男人点点头,抽出数据盘,清除了操作痕迹。

这时老赵悠悠醒来,一睁开眼睛,就看到两双黑色军靴。靴子上风帆与剑的标志,让他悚然一惊,不禁叫道:"禁……"

话没说完,一只手便闪电般伸了过来,掐住他的脖子。同时,身后传来幽幽的声音:"你不该醒过来的,更不该看到我们的标志……"

这人一边说,一边用力收紧五指。老赵的咽喉被卡住了,呼吸困难,脸涨得通红,两脚开始乱蹬……

外面传来脚步声,詹姆斯正向厕所走去。老赵努力挣扎,希望能被詹姆斯听到,但身后之人力气越来越大,他的挣扎越来越无力。詹姆斯渐渐走远了,他越来越绝望……

"咔",清脆的声音终结了这一切。

詹姆斯停下脚步。

他听到资料室传来的声音,虽然很轻,但他还是捕捉到了。他很好奇,老赵究竟在干什么,怎么还没回家?他往资料室走了几步,嘲笑道:"老赵啊,你今晚走得很迟啊,可别让嫂子等急了。"

里面没有回应,从虚掩的门缝里看到的是一片黑暗。他伸出手,打算推开门看一看,但是想了想,最终还是收回手,转身走向自己的办公室。

这个明智的决定救了他一命。他走之后,两个入侵者小心翼翼地走出来,从窗口跃下,

走向不远处的街角。在这里,一群同样装束的人正等候着。

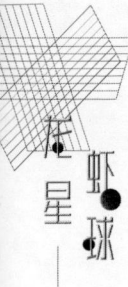

"被发现了?"一个身穿西装的男子问道,在这群军装大汉之中,他看上去格外显眼。

"是的,已经解决了。"其中一个入侵者低着头应道。

"难怪他们叫你'狂暴费尔'。"男子嘴上这么说,但丝毫没有怪罪的意思。

"少校。"费尔轻声说,"查到了,她一天前来到这个安全区,一直在找人买高纯度龙虾髓。因为给的价钱太高,很多人都知道了,所以这个消息不难查到。"

"哼,毛丫头。"男子轻蔑地用鼻子喷出一口气,说,"彩纹龙虾岂是这么好捕杀的!有人接了这个活儿吗?"

"有,狩猎师内网在传,一个年轻人接了。"

男子沉吟几秒,没再说话,转身向街道更幽深处走去。其余人连忙跟上,他们就像一群在黑暗中游走的幽魂,脚步轻盈,身影模糊,很快就消失不见了。

第三章 阿甲

"你说的第一个人在这里?"玛莎难以置信地看着前方。

此地是安全区的港口,平时供飞船停靠或起飞,大量货物也在这里搬卸。但现在是深夜,黑暗中往往隐藏着许多凶悍的飞行类野兽,比如电辐鹫,它能在夜色里滑行,悄无声息地袭击大气层中的飞船。因此比斯特星有个不成文的规定,即所有飞船都必须在白天飞行。

在天光的庇佑下,人类不仅能够维持安全,而且尚有余力猎杀野兽。一旦黑夜笼罩,这里便成为野兽的主场了。

此时的港口格外安静,只有应急用的指示灯间歇地闪烁着,把夜色点染成一幅幅红色画卷。

"你确定是这个地方?"玛莎有些怀疑。

姜彦斜睨了她一眼,说:"不然我带你来这里干什么?"

"可是这里鬼影都没一个,哪儿来的人?"

"那是因为你赶时间,非逼着我深夜来找他。"姜彦说,"走吧,这里确实没人,人在下面。"

他们走向港口边缘，轰隆隆的声音在耳畔响起，仿佛有人在敲击一面大鼓。

"这是什么声音？"

"运货的声音。"

这个回答十分简短，但玛莎还是听明白了。虽然夜深人静，可运货的工人是不会休息的，她眼前仿佛出现热火朝天的搬运货物的景象。

进入一道小门之后，黄澄澄的光芒立刻笼罩了他们。这是一条运输管道，一个个冷藏箱在半空中前行，借用磁力悬浮，金属箱里的狩猎品可以避免碰撞。他们走在悬浮箱下面，影子被拉得很长，一直延伸到管道尽头。走到尽头之后一拐弯儿，便看到甬道分岔了。

"有些货可以用机械运输，有些比较珍贵，需要人工搬运。"姜彦走到一条甬道面前，这条甬道没有灯光照射，黑漆漆的，"有些货物不能见光，因此需要有人在黑屋子里操作。"

他当先跟了进去，玛莎犹豫了几秒钟，也跟进了去。

她并非不害怕，一个陌生男人在深夜把自己带到漆黑的地方，任谁都会觉得可疑。但是她从姜彦脸上看到的，除了略带木然的平静，还有金属般的坚毅。这份坚毅让她感到安心，

何况她身上还有从禁卫军那里偷走的武器。

摸索了一会儿，他们终于来到甬道尽头——真正的尽头。

"咚咚咚。"姜彦非常有耐心，有规律地敲着门。

过了一会儿，金属门开启的声音传来，紧接着一个粗犷的声音问道："谁啊？"

"姜彦。"

"你又来了！俺说过了，俺不去杀虾兽。"

"我带了钱。"

"不够啊。"

"这次足够把你娘赎出来，包括把你的命买下来。"

"多少？"

"七十万。"

玛莎听到一阵急促的脚步声，仿佛有野兽从里面跑了出来。随即又响起窸窸窣窣

的声音,听上去像是对方在检查背包里的钱。

"七十万!"粗犷的声音越来越近,"你从哪里弄来的七十万?"

"这你就别管了,我只问你,走不走?"

"走,去赎俺娘!"

他们慢慢往回走,甬道另一端渐渐有光照过来,玛莎这才看到一个巨大的身影走在前面,大得都把姜彦的身体完全遮住了。光线足够明亮之后,她终于看清他是一个身高两米多的巨汉,手脚又粗又长,佝偻着腰,才能勉强在甬道里行走。

"介绍一下,这是阿甲。"走到外面之后,姜彦指着壮汉说。

玛莎仰着头,在一闪一闪的指示灯下看清了阿甲的模样。他看上去三十多岁,穿了一身宽大的灰色布衣,手脚和腰上用绳子系紧了,像是罩了件床单。他的头发乱糟糟的,不知多少天没有梳洗过了,油腻腻地垂在肩上。五官和肢体一样,都比常人要大上一轮,难怪说起话来瓮声瓮气的。

"你好,俺是阿甲。"他伸出手说。

玛莎硬着头皮跟阿甲握了握手。她的手还不及阿甲的手掌一半大,被握住的姿势格外别扭。但好在阿甲也无心交际,简单寒暄过后,就对姜彦说:"走,去赎俺娘。以后无论你想干什么,俺都跟着你。"

"好。"

阿甲大步流星地走在前面,玛莎和姜彦不得不加快步伐跟着。玛莎小声问道:"他妈妈怎么了?"

"他们是流民。阿甲十几岁时,一家人逃亡到比斯特星,他妈妈生了病,迫不得已找黑手帮借了钱。当时只借了五百联邦币,但一个月后就涨到了一千。之后他爸爸一直挣钱还债,但挣的钱永远还不上欠的债,直到累死也没还清。现在据说已经欠了五十多万联邦币了,黑手帮就抓了阿甲的妈妈,逼阿甲到港口干活儿。"

难得姜彦一次说了这么多,玛莎认真地听着。她知道流民的意思——那是在舰队上从事最艰苦工作的一类人的称呼。人类将等级制度从地球带到了宇宙其他地方,流民大多世代相传,难以翻身,永远处于最累最危险的困境之中。

看着前面急匆匆行走的阿甲,她突然觉得,虽然他看上去傻里傻气的,说话也老土,但是不再像刚从甬道里面出来时令自己感到抗拒了。

"对了,你怎么会知道那么多?"

"因为他天赋过人,我早就想拉他入伙,但他脱不了身,我只好一直等着。现在你带着钱找来了,我终于有机会借他的天赋杀掉彩纹龙虾。"

玛莎正想发问,阿甲却停了下来。前面是一个酒吧,暗红色的灯光慵懒地撑开夜色,照出里面影影绰绰的人影。夜已经很深了,客人并不多。

阿甲转身看了看姜彦,得到姜彦的首肯之后,便大步走了进去。玛莎和姜彦也跟着进去了。

几个酒客喝得醉眼惺忪的,看到玛莎眼睛一亮,吹起了口哨。玛莎面不改色,跟在阿甲身后,穿过大堂,走进吧台一侧的小门,经过一段幽深的旋转楼梯,来到第二层的一个房间。

"黑牙老大,俺来还钱。"阿甲推门走进去,径直来到一个瘦小的中年人面前。

名为黑牙的中年人正在喝酒,看到阿甲突然闯入,一点儿也不吃惊。他笑了笑,露出一排黑黑的牙齿,说:"这个月的账还没到时间,这么着急干吗?"

"不是还这个……月的,是所有的……"阿甲的声音有些颤抖,好几次试图组织语言都无果,干脆冲姜彦伸出手。

姜彦毫不犹豫地把背包递给他,他将装着巨大财富的背包放在黑牙脚边,说:"这是七十万……俺娘呢?"

黑牙踢了踢背包,点点头说:"嘿嘿,这个数字可真巧。下午我的手下去做生意,也是一单七十万的买卖,不过被人给搅黄了。"

说完他突然扬起脸,目光像毒蛇一样狠毒,恶狠狠地盯着姜彦。姜彦则面无表情地与他对视。

"俺……俺娘呢?"

黑牙不理会阿甲,对姜彦说:"我知道你桀骜不驯,有些手段。你第一次来时是傍晚,电辐鲎袭击你的飞船,居然被你用一柄匕首给解决了。听说你是姜老大的儿子……我并不想招惹你,但……你也别招惹我。下午你拦着刀疤脸的时候,我就知道你会来找我,所以一直在这里等你。"

房间的侧门打开了,一伙人陆续走了进来,领头的正是刀疤脸杰克。他们依次散开,虎视眈眈地瞪着姜彦。

"这是什么意思?!"姜彦眉毛一挑,"不打算让阿甲赎人了?"

"他还了钱,可以赎回那个女人。"黑牙一挥手,几个手下把一个瘦弱的老妇人

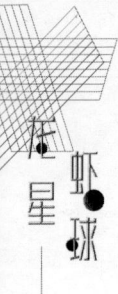

带了出来，推到阿甲身边。

"你快带她出去！"黑牙说，"现在，我要教训一下这小子。"

姜彦露出微笑，对阿甲说："你先出去，在门口等我。记住，要是我能活着从这里走出去，你的命就是我的了。"

阿甲忙不迭地点头，扶着老妇人走出房间。

黑牙的手下们狞笑着围了过来，个个目露凶光。黑牙换了个姿势，拿起一个酒杯，轻轻抿着酒。

"现在，可以把你的焚烧弹拿出来了。"姜彦转过身，对一直保持沉默的玛莎说。

玛莎进来后始终没有说话，人们几乎忘了她的存在。她没有犹豫，上前一步，站在姜彦身旁。姜彦随即紧紧抱住她。

她张开手掌，露出一个乒乓球那么大的黑色球体，然后紧紧握住它。

"咔咔"，球体内部有什么在响。

接下来发生的一切很难描述，如果从当事人黑牙的记忆中挖掘的话，应该是这样的场面：一层球形光罩从玛莎手里扩散开来，半径达到一米时停住，堪堪把紧紧抱在一起的两人包围起来。随后传来噼里啪啦的声响，空中火花四射，这是强大的磁暴令空气瞬间电离而产生的现象。声音越来越响……后面的事情黑牙记不清楚了。

事实上，从听到"焚烧弹"三个字开始，黑牙就脸色剧变，猛地向暗门逃去。刚爬进暗门，爆炸声就响了起来。一瞬间，光和热充斥了这间屋子，手下们全被掀飞了。

暗门虽然关紧了，但冲击波还是袭击了黑牙。他整个身子向后横飞，撞到墙壁上，昏死过去。

炫目的火焰跳着热烈的舞蹈，向光罩中的姜彦和玛莎席卷而去。在这个狭小的空间中，

轰然炸响被隔绝了，炙热的高温也被挡在外面。

他们只听得到彼此的心跳。

"咚咚咚"，如此清晰。

"咚咚咚"，如此悦耳。

玛莎突然感觉脸上有些发热。

阿甲也被巨大的爆炸吓了一跳，但他听姜彦的话，静静在门口等待着。

酒馆被炸塌了，四周烟雾弥漫。一片杂乱中，两个躲在光罩中的人小心翼翼地走了出来。离开烟雾的包围之后，玛莎才按下按钮。光罩从顶部开始破裂，直至消弭。

"你……你们炸了这里？"阿甲难以置信地问。

姜彦有些不自然，脸上不知是因为被火焰照着，还是气血上涌，看上去有些发红。他悄悄看了一眼玛莎，然后连忙收回目光，对阿甲说："走吧，先安顿好你娘，然后我们一起去找另一个人。"

身后火焰腾腾，惨叫连连，他们却不理会，大步离开了。

黑牙醒过来时，已经是十个标准时以后的事儿了。

疼痛一波波袭来，他呻吟着睁开眼睛，首先看到的，是一个陌生男人似笑非笑的脸。

"堂堂黑手帮领袖，居然搞得这么狼狈。"男人蹲下来，轻蔑地说。

这个男人浑身散发着一种危险的气息，让黑牙觉得胆战心惊。这是多年黑道生涯养成的直觉，曾经好几次救过他的命。他喘着气，挣扎着爬起来，问："你是谁？"

"我不会告诉你我的身份，接下来的相处中，你可能会猜出我是谁，但我建议你不要说出去，对谁都不要说。因为这样不仅会让你送命，还会将危险波及其他人。你是一个聪明人，我相信你能理解。"

"接下来的相处？"黑牙一边说，一边退到安全的距离，"接下来我会杀死那两个人，哦，还有阿甲那个傻子。"

"我们的目标是一致的。"男人说，"我叫安德鲁·休。"

黑牙暗暗吸了一口气。他听到脚步声和喧闹声，应该是手下们过来了，嗯，等他们来了，自己就不会这么被动了。眼前这人看上去不好惹，但自己人多势众，并不害怕。还有那对男女……一想到他们，他就恨得牙痒痒的。

安德鲁脸上依旧挂着似笑非笑的表情，不知在想些什么，或者，在等待什么。

黑牙慢慢觉出不对劲儿来。

脚步声突然停了，接连传来一声又一声沉闷的倒地声，看来短短时间，手下们就被干净利落地干掉了。一群身材高大、穿着军装的军人走了进来，面无表情地依次站在安德鲁身后。

黑牙突然明白安德鲁是在等什么了。

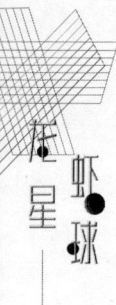

"怎么样,现在我跟你说话,是不是更有效率了?"

"你要我干什么?"意识到对方的力量无法匹敌,黑牙很识趣地服软了。

安德鲁见状十分满意,说:"我在找那个用焚烧弹的女孩,我要抓到她,越快越好。你是地头蛇,这个安全区你最熟悉,带我找到她,其余的我来处理。"

"找到她之后你打算怎么办?"

安德鲁眯起眼睛,脸上透着狠戾。

黑牙立刻闭嘴,不敢多说什么。

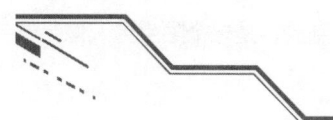

第四章 小骨

这个夜晚发生了太多事情,玛莎感觉一阵疲倦涌来,不由得打了个哈欠。

"你有住的地方吗?"姜彦问。

玛莎摇摇头,说:"我一到安全区就忙着买龙虾髓,还没来得及找住的地方。"

此时更深露重,寒气逼人,夜风穿过防护罩,在小小的城市里穿行。玛莎的肌肤被冷风掠过,不由得打了个寒战。

阿甲已经离开了,把母亲安顿好之后,再来找姜彦。此时长街上分外寥落,只有他们站在街口,年久失修、即将报废的路灯一闪一闪的,把他们的影子拖得很长。

"那去我家休息吧。"姜彦说,"明天还有得忙。"

玛莎站在原地,有些踟蹰。

"放心吧,只是休息而已。何况你身上至少有十来件杀伤力大的微型武器,怕什么呢?!"

他怎么知道我身上有武器?玛莎想问,但转念一想,如果他连这都看不出来,那怎么指望他去捕杀彩纹龙虾呢?于是不再言语,静静跟在他身后,向他家走去。

他们来到安全区西边的一排厂房。房子连成排,大都比较低矮,姜彦熟练地在里面穿行,最后在中间停下了。

"你有好几个据点吗?"

"说据点不太合适吧……之前你去的地方,是我白天睡觉的地方,这是我晚上睡觉的地方。"姜彦想了想,说,"这是我爸爸留下的房子,我用来收集资料。"

"资料……什么资料?"

当灯光亮起时,玛莎终于知道他说的资料是什么了。

整个屋子的墙壁上,都贴满了纸张、照片和全息图文,上面还有密密麻麻的标注。玛莎吃了一惊,细看之下,才发现所有资料都与彩纹龙虾有关。从它的习性、体型和出现的时间,到所有坊间传闻,几乎无所不有。难以想象多少个夜晚,姜彦睡在这样的房间里,睁眼闭眼都是彩纹龙虾。

现在,玛莎相信自己找对人了。她沉沉睡去,醒过来时已经日上三竿。

两轮恒星的光亮照进来,四周雾蒙蒙的,一片氤氲。有什么不对劲儿……她猛地清醒过来,发现满墙的资料都不见了,只有图钉孔还在,像是无声地诉说着什么。

她连忙走出去,见姜彦正蹲在地上烧资料,一蓬火苗在他面前跳跃着。

"你干什么?"她问,"这些资料不是有用吗?"

"我已经记住了。"

"这么多都记住了?"玛莎觉得难以置信。

"从我十四岁开始,整整十年,一直在收集彩纹龙虾的资料。"姜彦把最后一叠动态照片扔进去,火苗一下子蹿了起来,细密感光元件组成的显示屏迅速卷曲、焦黑。

玛莎不说话了,十年时间,足够牢牢记住这些资料上的内容。

简单洗漱之后,姜彦带着她向安全区外面走去。

白天的守卫宽松了许多。姜彦在出口刷了狩猎师认证卡,带着她一起出了城。外面不像人造环境那般舒适,需要戴上呼吸头盔,而白天只是温度稍微有些寒冷,所幸没有致命的辐射,因此不必穿厚重的防护服。

走过一段荒芜的沙漠,再向前走,土地就慢慢湿润起来,植被越来越多,灌木丛生,绿树参天。不多时,他们便走进一片密林,五颜六色的枝叶遮蔽着视野,根本无法辨清方向。

姜彦打开某个仪器,按照指示艰难地前行,玛莎紧跟在后面。四周似乎充斥着无数生灵,一阵阵诡异的"沙沙"声不时传来。

"你要找的第二个人在这里?"

姜彦一边盯着显示屏,一边点头说道:"信号源没错。"

他追踪着某个信号,继续深入密林。突然,一阵嬉笑声从前方传来。听上去……

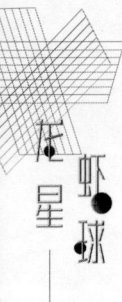

像是小孩子的声音。

玛莎扒开一丛枝叶，探头看去，见前面的草木疏疏落落的，应该已经走到丛林边缘了。外面遍布奇花异草，一片蓝色的草丛一直铺向视野尽头。这些草大都有一米多高，微风吹过，起伏不定，仿佛海浪一般涌动着。草丛中间，一个十来岁的男孩子正开心地奔跑着，不时发出阵阵欢笑。

玛莎正想发问，突然眼皮一跳，定睛看去，发现男孩居然没有戴头盔！

他直接呼吸着比斯特星的空气！这怎么可能？！

比斯特星上氧气稀薄，活跃着一种名为"烈气"的气体，其分子式非常复杂，易与其他物质产生反应，释放能量。但烈气对人体有害，它太霸道，甚至能直接与氧气产生反应，使得人体瞬间极度缺氧。可是这个小孩子奔跑在烈气浓度这么高的草原上，却没有觉得不适。

更让玛莎感到惊奇的是，他身后还跟着一群灰色的小型犬类生物。玛莎在有限的知识库里搜索，隐约知道这是蝠狼——一种杂食类生物，敏捷，腹下有翅，能短途飞行。蝠狼危险等级好像是四级，倒不是特别凶猛，但从来没人敢近距离接触它们。

眼前的男孩似乎专为颠覆玛莎的常识而存在。

"小骨！"姜彦招呼一声，拂开枝叶，走进草丛之中。

男孩回头一笑，大喊道："姜彦哥哥，你来啦！好久没有看到你了！"

他迈开步子向姜彦跑去，草丛一阵涌动，像是水面上泛起了阵阵涟漪。

"原来他们认识。"玛莎一边想着，一边走进草丛。

蝠狼警惕地围在一旁，幽幽的眼睛里透出难以琢磨的光芒。

"小骨，我把阿甲的娘赎出来了，我们终于可以去找彩纹龙虾了。"

小骨眼中的神采稍微暗淡了一下，随即高兴起来，说："好啊好啊，我一直等着这一天呢。"

"嗨。"玛莎蹲下身子说，"我叫玛莎，是你姜彦哥哥的朋友。"

"女朋友吗？"

玛莎有些着恼，但看着小骨乌溜溜的大眼睛，又生不起气来，只得站起来，对姜彦说："小骨就是第二个人吗？"

"是的，他的身世很奇特，能完美适应比斯特星的环境。跟我们一起去，能帮很多忙。"

玛莎想都没想，就摇头说道："可是虾兽那么危险，他一个小孩子跟着去怎么能行？还有，怎么跟他的父母交代呢？"

小骨听到他们的争吵，转身指着身后的蝠狼，说："我没有爸爸妈妈，我是被它们养大的……我是野兽的孩子。"

姜彦也点点头，说："我第一次看到他时，就是在野外。我承认比斯特星很危险，但就算所有人都处于危险之中，小骨也不会有危险的。"

他停顿了一下，轻轻跺了跺脚，又说："这里……是他的主场。"

小骨冲蝠狼们喊了一声，蝠狼立即散开了，转眼就消失在草丛间。

三人往回走，一阵风吹来，柔韧的细草纷纷摇摆起来，"沙沙沙"的声音充盈于天地之间，如同奏响了一曲欢快的生命赞歌。

"等等。"快走出草丛时，姜彦突然站住了，皱眉看向前方，问，"谁在那里？"

风大了起来，草叶摇摆不定。恍惚之间，玛莎看到了一个人影。视线被摇晃的叶子干扰着，她看得不太清楚，但本能的，她的心揪了起来。

终于还是找来了……

姜彦护着她和小骨，慢慢走到前面。人影渐渐清晰起来，原来是一个高大的黑衣男子，他面无表情地迎风而立，衣摆猎猎作响。

"你是谁？"姜彦问。

黑衣男子看向姜彦身后的玛莎，说："几天不见，你瘦了。"

玛莎咬着嘴唇，没有回答。

姜彦转过身，小声问："你们认识？"

"快跑……"玛莎的声音更小，比蚊蝇还轻，语气中明显带着深深的恐惧。

男子摩拳擦掌，轻轻笑了起来："你跑不掉的，玛莎，难道你还不明白吗？你从舰队一路跑过来，穿越无数光年，以为逃脱了我的追捕。但现在，我们又见面了。"

姜彦凝神观察周围的环境，不由得皱起眉头。男人说得没错，确实有人在向这边靠近，而且人数还不少，显然经过专业的训练。他们每一步都应和着风声，难怪自己没发觉。

他敏锐地发现一个熟悉的脚步声，抬头一看，果然看到满脸怒气的黑牙。

"现在……"黑衣男子说，"我带走玛莎，剩下的交给你处置。"

说完他抬抬手，所有靠近的潜行者都举起枪，瞄准光点全部汇聚在姜彦身上，以

至于姜彦竟产生了被灼痛的错觉。

姜彦这才明白,这句话是对黑牙说的。显然,是黑牙把他们带了过来。被这么多支枪瞄准着,他可不敢乱动,一句话也没说。

"我只是想救父亲。"玛莎突然开口说道。

黑衣男子点点头,说:"我知道,但是我亲爱的妹妹,父亲不能活着。他活着,很多人就会死。"

他的语气有些奇怪,哀伤之中带着一种难以言明的狂妄。他不愿多说什么,扬了扬下巴,几个手下立马走过来,把玛莎押走了。

姜彦一方面被枪械胁迫,一方面又震惊于玛莎的身份。他试图上前阻拦,却被一个枪托打在脑袋上,顿时觉得金星直冒,疼得跪在了地上。

黑衣男子和他的手下带着玛莎走远了。黑牙笑吟吟地走过来,一脚踹在姜彦后背上,一下把姜彦踹得趴在地上。

"嘿嘿,胆敢炸掉我的老窝。"他蹲下来,阴森森地说,"现在,是你付出代价的时候了。"

"不准欺负姜彦哥哥!"小骨大叫一声,扑了上来,但黑牙随手一挥,他便摔倒在地上。

姜彦努力爬起来,撑起脑袋向前看去。远方草木扶疏,一片幽蓝之中,玛莎的背影已经有些模糊了。

第五章　第三个帮手

迈克尔总觉得眼皮在跳。

他已经上了年纪,曾经身为狩猎师中的风云人物淬炼出的种种直觉,早就随着时间的冲刷消磨殆尽了。有时他坐在店铺门前,看着稚嫩的狩猎师们扛着猎物来这里出售,看着他们脸上洋溢的发自内心的喜悦,就会想起当初的岁月。

那些关于青春的记忆里,有心爱的妻子,有忠诚的部下。他们往返于星际之间,开怀痛饮,放声高歌——直到遇上那头怪兽。

他打了个寒战,强行中断回忆。因为他知道,接着回忆的话,那些支离破碎、血腥悲惨的画面会再度在眼前闪现,他将再也无法安然入睡。

玛莎来找他买高纯度龙虾髓时,他其实有点儿动心,苍老的心脏居然在胸腔里跳动了一下。这种感觉很难得,平稳、漫长的岁月里,他已经很久没有出现这样的体会了。七十万足够买下许多东西,但彩纹龙虾?还是算了吧。

他最终还是拒绝了,虽然内心深处抱着一丝期盼。

他向玛莎推荐了姜彦。是的,姜彦这孩子有天赋,从眼神里就可以看出来——跟当年那个男人一样,尽管那个男人死于猎杀彩纹龙虾。

他心烦意乱地在店里走来走去,天气越来越热,两颗恒星的光芒炙热无比,整个安全区亮堂堂的。

"老板,快看狩猎师内网。"一个店员在上网,突然看到了什么,大声说,"他们说黑牙抓到了姜彦,那个随身携带七十万联邦币的女孩被另一伙人抓走了。唉,七十万啊……"

店员见没有回应,扭头一看,老板已不见踪影。

黑牙收回拳头。

刚才那一拳比较重,他的手有些疼,想必被打的姜彦更难受吧。但他定睛一瞧,发现姜彦只是脸色发青,咬紧嘴唇,愣是没有发出一声呻吟。

"嘿,装硬骨头是吧?"黑牙不怒反笑,"硬骨头我见得多了,不过,最后都变成了骨头渣子。"

草丛里响起一阵窸窸窣窣的声音。

"你现在放了我,还来得及。"姜彦嘴角流血,但目光灼灼,坚定地说,"这样的话,我或许还会饶你一命。"

"嘿嘿。"黑牙以一记狠踹回应他。

姜彦叹了口气,小骨突然站了起来,嘴里发出一声呼哨。

草丛里暴起几道黑影!是蝠狼。它们比先前的潜行者更加隐忍,从不同的方向悄悄潜近,一瞬间,黑牙就被它们给围住了。

"不过……已经来不及了。"姜彦站起来,抹去嘴角的血迹,冷冷说道。

他牵着小骨转身离去,把黑牙留给了蝠狼们。

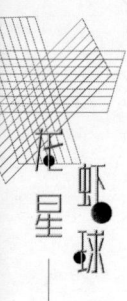

安德鲁走在前面,他的手下押着玛莎,却并不回城,而是沿着外围行走。它们的飞船隐藏在港口外面。

安德鲁脸上带着笑,任务比他想象中要简单得多。现在他只要带着玛莎回到飞船上,然后返回舰队,荣华富贵就都来了,想要的一切就都来了。

此刻安全区内人声嘈杂,狩猎师们熙熙攘攘的。不过这一切都与他们无关,顺利的话,他们再也不会回到这个星球。人类舰队跨越一万光年,不止发现了这一颗行星,还有许多更加繁华、适合享乐的殖民星球。

这时,温顺的玛莎突然猛力一挣,身子向上跃起。但一旁的费尔训练有素,立刻加大劲道,伸手把她拽了下来,摔在地上。

"啪",一声巨响传来。只见安德鲁收回手掌,冷冷地看着费尔。

脸上被扇出鲜红巴掌印儿的费尔一动也不动,仿佛僵硬的石头一样。

"你做得很好,费尔……但她是我妹妹。除了我,无论是谁伤害她,我都会为她报仇的。"

费尔依旧一动也不动。

安德鲁饶有兴味地蹲下身子,盯着玛莎,说:"我亲爱的妹妹,你还想跑吗?"

玛莎摔得有点儿重,疼痛如潮水般袭来。她试着爬起来,但双手无力,又摔倒在地上。她看着凑近自己的脸,这张脸很英俊,但现在却让她觉得分外危险,就像慢慢吐着芯子的毒蛇一般危险。

"跟我回去吧。"安德鲁罕见地叹了口气,说,"该发生的总会发生,谁都拦不住。父亲太守旧了!在探索宇宙的过程中,人类一往无前的时候,守旧就是一种罪过。让他躺在冰棺里,让他亲眼看看我们开拓的疆土吧。"

"但他是我们的父亲。"玛莎艰难地说出这句话,她看着安德鲁,眼神中带着一丝期待。

"他是你的父亲。"安德鲁站起来,神情十分冷酷,"你还记得我原来的姓氏吗?"

玛莎心中一沉,她隐约听父亲提起过,安德鲁是抱养的。他原本姓什么来着?诺兰还是萨兰?

安德鲁·萨兰!没错,就是这个名字。

"玛莎,我不会伤害你。"安德鲁望着她,诚恳地说,"只要你不阻拦我成为联邦舰队的总指挥,你就永远都是我最亲爱的妹妹。"

玛莎暗暗叹息,抬头四顾。四周空荡荡的,偶尔有一两个狩猎师路过,但看到眼前的阵势,根本不敢靠近,都径直离开了。

安德鲁冷笑道:"不会有人来救你了,为什么你还这么天真呢?他们答应你,是因为你那七十万联邦币。说起来,狩猎师真是卑贱的职业,为了区区七十万,就不要命了。"

说完他一摆手,费尔连忙抓起玛莎的肩,把她提了起来。

飞船的隐形模式已经解除,舱门打开,几个手下依次走了进去。

在玛莎眼中,舱门如同怪兽的血盆大口一般,一旦进去,便再难脱身。她闭上眼睛,任由绝望的感觉在心头涌动。原来,无论多么努力的挣扎,都会败于残酷的现实和强大的势力。

她被费尔提着,一步步走向舱门。突然,身后风声大作。

"隐蔽隐蔽,大量怪兽来袭!"费尔大声嘶吼起来,他一成不变的脸上终于出现了恐慌的神色,因为他们后方,已不再是空无一人的荒野。

数量庞大的怪兽群正向飞船扑来。

地动山摇之下,蝠狼、电辐怪、青藤、巨地鼠……所有待在安全区外围的怪兽,在白天本应躲避狩猎师的怪兽,全部跑出来了,疯狂地向飞船袭来。而在这群怪兽中间,有一个拼命奔跑的身影,赫然是姜彦。小骨坐在一头多足象的背上,口中吹着呼哨,从容不迫地指挥着兽群。

"那个黑牙,堂堂黑手帮之主,竟然连两个普通人都对付不了!"安德鲁皱起眉头,咬牙切齿道。

费尔非常熟悉他的这个小动作——这代表他很生气。那么,后果会很严重。

"反击!全力反击!"

费尔疾呼起来,抽出光子匕首,将功率开到最大。高能粒子聚合起来的锋刃长达一米,他是武技崇拜者,从不使用远距离武器,所有敌人在光刃下都会被撕裂。他的手下们也纷纷抽出武器,但面对排山倒海一般的敌人,脸色都有些发白。

这时一阵剧震伴随着轰然巨响传来。他们回过头,只见一个大汉浑身挂满武器,腰侧的小型离合炮炮口正冒着青烟。

费尔立刻认出他身上的武器——竟然有七种以上的大规模杀伤性武器和难以计

数的精准武器。很难想象,一个人能把这么多武器挂在身上,而且还能准确射击——刚刚那一炮,无比精确地击中了飞船的发动引擎。

"你看,狩猎师其实还不错。"玛莎笑起来,对目瞪口呆的安德鲁说。

"谢谢你。"玛莎远远看着被兽群围住的安德鲁等人,轻声说道。

姜彦点点头,没有说话。他很不习惯现在的处境,顿了顿,才说:"我们得赶紧出发了,兽群困不了他们多久。不过,还有两件事要准备。"

他们转身往城里走去。

阿甲也赶紧跟上,他携带满身武器,走起路来却丝毫不发出声音,看来武器在他身上的排列是有讲究的。看到他威风凛凛地炮轰飞船时,玛莎才明白姜彦为什么非要等到他加入,才去捕杀彩纹龙虾。他确实是罕见的武器狂人,一接触武器,身上的木讷感就消失了,取而代之的,是一种毁天灭地的霸气。这种人才即使在禁卫军中,也很难找出来。

"是不是还要找一个人。"玛莎记得姜彦说过要找齐三个人,捕杀彩纹龙虾才有胜算,"现在还来得及吗?"

"这个人最重要,但是我最没有把握……"姜彦说着,突然停了下来,眼神定定地看着前方。

那里站着一个老人。

玛莎觉得有些眼熟,细看之下才发现,竟然是迈克尔·维奇。

隔得太远,他脸上的表情看不清楚,但是一种奇怪的气息笼罩在他身上,使得他身上的沉沉暮气一扫而空,老迈的身体竟然变得铁骨铮铮。

"现在,第三个人找到了。"姜彦脸上慢慢浮现出笑容。

"你不是说有两件事要做吗?人已经找到了,还有一件是什么?"

"买一双好鞋。"姜彦回答,"一定要穿一双好鞋,每个人都要有。"

兽群失去小骨的控制,渐渐分散开来,但饶是如此,安德鲁等人也花了很长时间,才从兽群中脱身。看着狼狈的手下,他的牙齿再度摩擦起来,发出"沙沙沙"的响声,听上去分外阴寒。

"现在怎么办?"费尔问。

"他们去哪里，我们就去哪里。"安德鲁咬牙说道，"哪怕他们会被彩纹龙虾吃掉，我们也要亲眼见证这件事发生。"

距离安全区千里之遥的某个深渊中，一只巨兽像是感觉到空气中传来的波动，愤然嘶吼起来。

"哗啦啦"，无数飞鸟被惊起，纷纷振翅飞出深渊。

第六章　狩猎区

浓云集卷，雷声隐隐。空中传来诡异的"滋滋"声，像是细微的电流于耳边蹿过，又像是有人在轻轻摩挲着砂纸。

从进入云层开始，飞船的显示屏上就一片空白，全息投影也只能投射出掉帧的闪烁不定的图像。

"这里已经是无线电的静默区域了。"姜彦脸色凝重，操纵着飞船在云层间隙中飞行，"定位、导航和通信都中断了。"

迈克尔却好整以暇地坐在舱室的角落里，深吸一口雪茄，说："这不正好吗？我们可以躲开那个疯……"

说到这里，他看了一眼玛莎，修改了一下措辞："躲开那艘飞船的追击。"

安德鲁的飞船一直如附骨之疽一样跟着他们。他的飞船是联邦舰队的最新产品，装了诸多黑科技，远非他们这艘退役多年的陈旧的飞船能比。一路上他们屡遭轰击，好几次险些被擒。幸好他们及时赶到了狩猎区，铺天盖地的磁暴吞没了他们，一切远程感知技术都失效了。在浓雾中，所有飞船都成了不辨方向的飞蛾。他们这才逃离安德鲁的纠缠，继续向狩猎区行进。

玛莎听出迈克尔话里的意思，眉头一皱，说："哼，要怪就怪你给的这艘飞船实在太旧了，随便颠一颠都会散架。要是拥有好一点儿的飞船，我们也不至于这么狼狈。"

"嘿，小姑娘，话可不能这么说。"迈克尔闭上眼睛，慢吞吞地说，"这个型号的飞船可是得了很多设计大奖的，深受狩猎师的欢迎。它体积小，加速快，机动性强，

装配的武器多，大大小小的兽类都能直接抓捕。我们坐的这艘'安琪号'更是顶尖配置，还找高手改装过，想当年……"

他微微睁开眼睛，脸上流露出对往事的怀念："它飞到哪里，哪里的猎人就会自动离开。因为他们知道，这一块儿的猎物，都归姜……"

说到这里，他突然停下了。玛莎敏锐地察觉到，姜彦的表情有些异样，暗淡无光的双眼中，竟透着一丝愤恨。

迈克尔叹息一声，深吸一口雪茄，然后吐出一长串烟雾。

旁边的阿甲立刻扇了扇鼻子，瓮声瓮气地说："离俺远一点儿！俺娘说，吸二手烟会致癌。"

迈克尔瞥了他一眼，又喷了口烟雾，说："你还好意思说我！你看看你身上这大大小小一百多件武器，哪一件不比癌症更危险？"

"这是姜彦让我戴上的。"

迈克尔不理他，转过身，继续吞云吐雾。

飞船穿过裹挟着大量电磁暴的浓云，前方豁然开朗。玛莎走到舷窗前，向下俯视，只见下方山峦起伏，郁郁葱葱，古木参天，几条河流由平原入林，旋即被树木遮住。此地类似于古地球的鸿蒙时期，数千万年之前就如此原始而野蛮——直到人类的飞船发现它。

隔得老远，玛莎就看到几艘小型飞船在林子里上下翻飞，时而有炮火声响起。她眯眼细看，发现那几艘单兵飞船正围绕着一棵直径达到十米的巨树，不断轰击。每一发光子炮闪过，粗壮的树干上就会爆出一个大坑，随即木屑纷飞。

"他们在……伐木吗？"阿甲凑过来问。

"是在捕猎。"低头操纵飞船的姜彦回答。

"可是,他们明明是在……"阿甲有些疑惑，正准备继续发问，突然看到巨树一震，坑坑洼洼的树干上，居然探出一个黑黝黝的脑袋，不由得惊讶得闭上了嘴巴。

见树上钻出硕大的头颅，单兵飞船明显振奋起来了，立刻集合，从上至下排成一列，同时向头颅开火。

头颅被轰炸，吃痛不已，发出阵阵嘶吼。

这棵巨树怕是生长了上千年，粗壮得如同小山一般。那颗头颅挣扎着，百米高的巨树开始晃动起来，树叶簌簌往下落。不一会儿，树皮被挣开了，头颅连着蛇形躯干从中抽出，吼叫着扑向飞船。随着巨树轰然倒地，怪兽的整个身体都暴露出来，上半身形似大蛇，下半身却布满甲片，长着四只脚，仿佛穿山甲与蛇的结合体。

"这是木甲虫。"迈克尔瞥了一眼，嘴边升起袅袅烟雾，"只在一千年树龄——不，换算成地球年的话，恐怕得五千多年——的巨树里产卵，边啃树心边生长。成年后整个树心都空了，它就会从树顶钻出来。"

"那这棵树岂不是要枯死了？"阿甲问。

"不会的。"回答他的是小骨，"对树木来说，只要树皮还在，根还在，叶子还在，就能继续生长下去。比斯特星上的生物，跟环境是相互依存的。"

所有人都一愣，看向小骨。小骨却缩在角落里，抱着膝盖，脸上看不出任何表情。

说话间，外面几艘飞船已经围住了木甲虫。木甲虫愤怒的嘶吼渐渐变成痛苦的呜咽，不再攻击飞船，而是蹿进树林，仓皇奔逃起来。但它体型太大，飞船总能轻易跟上它，并随时向它发起攻击。

它的速度越来越慢，最终只能无奈地躺下，痛苦地喘息着。飞船悬停在它上方，射出抽取管道，将探头扎进它的身体里。在高压泵的全功率运行下，蓝色血液源源不断地被抽到飞船下方的存储罐里。

小骨虽然没有凑到舷窗旁观看，但木甲虫殒命的同时，他的肩膀也不易察觉地抽搐了一下。

"安琪号"保持着最低的速度，缓缓掠过青翠的山峦。时而有鸟群从林中惊起，向它冲来，快撞到它时，又如波浪一样分开了。

狩猎区外面的磁暴形成了严密的屏蔽，他们的通信和扫描系统都无法使用，只能由姜彦手动操作。这时"安琪号"的优势才体现出来，在去掉了普通飞船极其倚重的远程功能以后，它依然能够扫描附近的地形，为姜彦提供路线参考。

按照迈克尔的回忆，虾兽一般藏在狩猎区深处，被诡谲的地势和天气保护着，而彩纹龙虾就更加隐秘了。所以，他们一刻不停地朝着被浓雾笼罩的狩猎区腹地飞去。

现在正是狩猎的旺季，一路上可以见到许多狩猎师在捕杀猎物。凭着先进的装备，以及对比斯特星球上生物习性的了解，他们往往能够轻易地从树木里、泥土中、原野上抓捕野兽。有像木甲虫这样单独进行捕杀的，也有将黄金羚羊、百足犬之类的群居动物驱赶到一起再集中轰炸的。郁郁葱葱的丛林里，爆炸声此起彼伏，兽群惊慌逃窜，一片混乱。

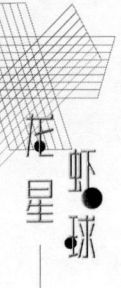

姜彦留意到，自从进入狩猎区，小骨就一直精神不振地缩在角落里。偶尔抬起头来，脸上也总是挂着莫名的悲伤。

夜幕降临时，他们停在一处山坡上，准备在这里休息一晚。此处地势开阔，一览无余，如果有野兽冲击，立刻就会被发现。因此除了他们，其他狩猎师也将飞船停在了这里。数百艘大大小小的飞船随意摆放着，这里俨然成了临时的驻扎点。他们已经在飞船上待了好几天了，所以停好"安琪号"之后，便戴上面罩，一起走了出来。小骨本来想待在船舱里，但玛莎担心他闷坏了，所以强行把他拖出来透透风。

"这是……'安琪号'？"一个老狩猎师看见姜彦他们走出来，双手颤抖，喃喃问道。

他身旁有个年轻人，闻言诧异地问："吉姆老爹，你认识它？"

"搁在十几年前，整个比斯特星球，几乎没人不认识它。"老吉姆说，"听到它的引擎声，不管多凶猛的野兽，第一反应都是——赶紧逃跑。"

"有那么邪乎吗？"年轻人看了看"安琪号"斑驳的外壳，撇撇嘴说，"再怎么厉害，也是十多年前的产品了，太落伍了吧？"

"好的飞船就像剑一样，只要认真对待，抽出来的时候依然无比锋利。但是……"老吉姆叹了口气，摇摇头说，"姜老大死后，这柄剑怕是生锈了啊。"

他们的话一字不落地传到姜彦一行人耳中。迈克尔停下脚步，看着老吉姆说："死鬼吉姆，嘿嘿，过了这么多年，你还没死啊。没死就好好活着，别来狩猎区，也别背后乱嚼舌头——这样会害你送命的。"

老吉姆跟迈克尔年纪差不多，都是刚到六十的样子，但他肌肉隆起，体态魁梧，比迈克尔高出一个头。然而面对迈克尔的讥讽，他只是喉头动了动，就垂下眼睑，说："很久没看到你来狩猎区了。"

"所以这些新出来的小崽子们，都快忘记我的名声了。他们以为我只是个缩在安全区里挣联邦币的老奸商？"

老吉姆没有回答，看了一眼迈克尔身后的几个人，说："你又组建队伍了？我缺钱才出来卖命，你这些年不是挣够了吗？"

"有笔债……一直没有收回来。"迈克尔眯着眼睛，看向夜色笼罩下的狩猎区深处，视线尽头浓雾纠缠，隐隐传来一声声兽吼。

老吉姆琢磨着他的话，脸色突然一变，说："你是说，彩纹……"

他及时住嘴，仿佛那几个字说出来就是忌讳，就会引来那个只存在于传说中的魔鬼一样。

迈克尔点了点头。

老吉姆还想说些什么，目光落到姜彦身上，脸色大变，说："你……你长得很眼熟……"他忽然想起了什么，颤抖着声音问："你跟姜老大是什么关系？"

姜彦冷眼看了看他，不予理会。

老吉姆上前一步，抓住姜彦的肩膀，苦苦哀求道："听我说，快回去吧……我明白你们要做什么，但是办不到的，没有人可以杀掉它……回去吧，姜老大就只有你一个儿子……"

姜彦后退一步，冷冷说道："我会回去的——但是得带着彩纹龙虾的脑袋。"

说完，他径直走向营地边缘，其余人见状也连忙跟上。

晚风乍起，凉意袭来，老吉姆依然愣在原地，嘴唇颤抖不已。

这片驻扎区里大多是年轻人，像老吉姆这样上了年纪的人不多，所以他们基本再没遇到过认识的人。狩猎师们聚集在一起，围着篝火喝酒聊天，大多在谈论这一天的收成。

姜彦走到驻扎区外面，驻足远眺。旷野幽深，寒意奔涌，四周诡异的声响不绝于耳。在黑暗的庇佑下，这片土地终于散发出危险的气息。

玛莎也顺着他的目光望去，喃喃问道："彩纹龙虾就在那里吗？"

"无论在哪里，我都会把它找出来的。"姜彦缓缓回答。

夜色已深，只看得到飞船的灯光和跳跃的火光。阿甲裹紧衣服，说："我们回去睡觉吧。"

姜彦和玛莎互相看了一眼，都有些尴尬，不约而同地往回走去。

路过一丛篝火时，他们听到几个狩猎师正在夸夸其谈。其中一个壮实的男人指着脸上喷了加速结痂剂的伤口，说："你们看到没，这是水晶虎抓的！嘿嘿，要是再往前一厘米，现在坐在这里跟你们说话的人，就不是我了。不过水晶虎更惨，心脏被我剖出来了。"

说着，他比了个手势："这么大一颗，少说也值两个联邦币吧。"

一旁的人鄙夷地说："这点儿小伤也好意思拿出来说，你瞧瞧你喷了多少结痂剂，

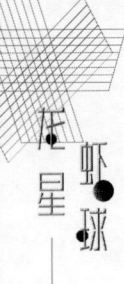

恐怕明天早上连个疤都不留了。"

另一人也附和道:"猎杀水晶虎有什么值得炫耀的?你瞧瞧人家'独眼水手号',才真是抓到了好东西——一群小蓝猴,而且还是活的……舰队里那群达官贵人最喜欢这种小玩意儿了,一只就能卖一百多联邦币。"

这人一边说,一边指向不远处的一艘高档飞船。只见飞船由脚架支撑,离地半米,船底拖着一大片绳网,网中躺着十几只蓝色小猴。它们只有足球那么大,大大的眼睛水汪汪的,看着就让人心萌化了。

几个狩猎师看着小蓝猴,心中羡慕不已。

路过"独眼水手号"时,小骨的脚步变慢了,眼睛紧紧盯着这群小蓝猴。

"怎么了?"玛莎捅了捅姜彦的腰,小声问,"从进入狩猎区,小骨就有点儿不对劲儿。"

姜彦说:"小骨从小在野外长大,可能就是这样的性格吧。"

话虽这么说,但他还是留了个心眼儿。当晚,所有人都沉睡之际,他突然耳朵一动,仔细聆听周围的动静。

果然,小骨轻手轻脚地从船舱里走出来,赤着脚向前方走去。等他下了飞船,姜彦才睁开眼睛坐起来。

"快跟上去啊。"黑暗中响起玛莎的声音。

"原来你也没睡……"姜彦无奈地说,连忙和玛莎一起悄悄下船,远远地跟在小骨后面。

小骨穿着单薄的衣衫,并未佩戴呼吸面罩,然而却如同漫步在自家的院落中一样轻松。他绕过一个个火堆,径直走到"独眼水手号"跟前。

那群小蓝猴已经睡着了,似是感应到小骨走近,竟不约而同地睁开眼睛。

比斯特星球的夜晚并非一片幽暗,虽然磁暴笼罩,但浓云散去,空气格外澄澈。漫天星辰像是镶嵌在天花板上的灯泡,触手可及。地平线上,几颗卫星的轮廓被星光照亮,如同舒展开来的幽蓝色的花朵。

在微弱的光线里,小蓝猴们与小骨对视着,眼中竟泛出点点星光。随后,这些光点从它们眼睛里流淌出来。

"小骨在干什么?"玛莎轻声问道。

"恐怕是想放了那群猴子。"

"可是动别人的猎物，不是狩猎师的大忌吗？"

"是啊。"姜彦皱着眉头说，"不过，小骨又不是狩猎师……"

话未说完，小骨已上前一步，钻到飞船下面，伸手去解绳网。但绳子是聚合材料编成的，十分结实，他使劲儿扯也没有扯开，于是思考了一下，从兜里掏出一柄光子刃。

"咦，那不是我的刀吗？怎么到他手里了？"姜彦拍了拍自己的口袋，里面空空如也。

光子刃的喷口探出一指长的高能光子集束，慢慢切割绳网，终于撕开一个缺口。小蓝猴们振奋起来，"吱吱"叫着。小骨把食指竖在嘴边，"嘘"了一声，它们顿时安静下来，眼睛依旧睁得大大的。

"它们听得懂小骨的话？"

姜彦点点头说："小骨跟我们不一样。"

玛莎还想再问，这时，小骨割开的缺口已经能让小蓝猴们钻出来了。可它们却并未逃走，而是跳到小骨肩上，用毛茸茸的脑袋去蹭他的脸。

自从进入狩猎区，小骨一直闷闷不乐的，此时脸上终于露出笑容。

"走吧。"他轻声说，"离开这里，这里很危险。"

小蓝猴们"吱吱"叫着，恋恋不舍地排着队，往驻扎区外面走去。

突然"咚"的一声，一束强光斜斜地扫来，罩住了小骨和正打算离开的小蓝猴们。

是"独眼水手号"上的巡逻灯！

小骨一愣，声嘶力竭地喊道："快跑！这里危险，快回家去！"

小蓝猴们立刻逃窜起来，荒坡的浅草上，留下一道道蓝色轨迹。等"独眼水手号"上的人下船时，它们已经消失得无影无踪了。

"这是怎么回事儿？"一大群船员围住小骨，为首的是个五大三粗的男人，头发蓬乱，不怒自威，显然是船长。

小骨站在这群男人中间，身高还不及他们的大腿。他环视一圈儿，咬着嘴唇，一句话也不说。

"等等，你为什么没戴面罩？"船长一愣，随即想起那个在狩猎师中流传甚广的故事，"你……你是那个孩子？"

其余人都看向小骨，他们神色各异，不知在想些什么。正僵持之时，一对年轻男女穿过人群，来到小骨身边。

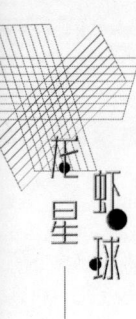

"姜彦,你来干什么?"

"维克船长,他是跟我一起的。"姜彦把手放在小骨肩上,直视着维克船长说道。

维克船长上下打量了他们一番,最后目光落到玛莎身上,眉头如山峦般拱起来,说:"你就是那个出七十万联邦币捕猎彩纹龙虾的女孩?"

他摇了摇头,语气变得冷峻起来:"所以没人跟我解释一下,刚刚是怎么回事儿吗?"

"什么怎么回事儿?不就是放跑了你的猎物嘛!"一个老迈的声音在身后响起,是迈克尔。

"今天真是奇怪,平时连影子都见不到的人,一下子全聚到我的飞船这儿了。"周围的灯光越来越亮,显然,此处的喧哗声把其他狩猎师也吵醒了。维克船长自恃占理儿,提高音量说道,"迈克尔,你当了十几年商人,恐怕都忘了狩猎师公会的基本守则了吧?偷窃他人猎物者,剥夺狩猎师资格!"

迈克尔看向小骨,小骨愧疚地低下了头。迈克尔咳了一声,转身望向维克船长,笑道:"什么叫偷窃?你哪只眼睛看到我们偷窃了?我们只是放跑了蓝猴,可没想过将它们据为己有。"

"你!"维克船长不擅长辩论,脸都气红了,"你别这么嚣张,现在已经不是你们那帮老头子的世界了。姜老大死了,没人保得了你!"

"你胆敢再提这三个字,身上就会多个窟窿。"说话的是姜彦,他抬头,面罩下面的面孔无比冰冷。

维克船长心中一窒,本能地后退一步。然而一想到自己人多势众,胆气又恢复了。他正要说话,却发现身后的人"哗啦"一声散开了,一个比自己还要高大的汉子走了过来。

这个大汉身上挂满大大小小的武器。别的不说,光凭腰间那一串湮灭雷,就能把整个山坡给炸毁。

阿甲一言不发,径直走到姜彦身边。其他人见状,连忙如潮水般退开了。

"好,既然你们要保这个孩子,我就给你们面子。但你们好自为之,别看他样子乖巧,可是个小煞星啊,跟他待在一起的人……嘿嘿,最后都会倒霉。"说完,维克船长便转身离开了。

走了几步,他又转过身,一字一句地说:"毕竟他不是人类啊。"

第七章　过往

他行走在荒野里。

没有人知道他的来历，他是一个谜，比比斯特星上最诡异的野兽更加诡异。只有一个人可以解开谜底，那就是他自己。可他如此消瘦，如此沉默，眸中永远泛着警惕的冷光，对所有人都讳莫如深。

他只有十一岁，然而在鱼龙混杂的比斯特星，在并不安全的"安全区"，却没人敢打他的主意。他身上的秘密太多了，只要不是傻子，就不会去动一个完全不了解的人。尤其是，他经常会带着野兽的牙齿或眼珠来安全区交易，这些货物大都来自珍奇的野兽，最厉害的狩猎师也难以获取。那些商人们也有意无意地维护他，以确保不会断了财源。

他永远不在安全区过夜，这么多夜晚，他都去哪里了呢？

曾经有人跟踪过他。

一个好奇心旺盛的年轻狩猎师，借助光学隐形装备，悄悄尾随他出城。他不用戴面罩，直接呼吸着危险的烈气，信步穿过荒野，走进丛林，走向比斯特星球最幽寂的深处。彼时泰坦和惕厉都已经西斜，恒星的光芒微弱无力，黑暗蠢蠢欲动。

在比斯特星，黑暗代表着危险。无数只眼睛悄然睁开，放出幽幽的光芒。

年轻的狩猎师有些胆怯，但好奇心依旧驱使着他继续前行。他小心翼翼地跟踪这个孤单的男孩，已经有野兽出现了，漆黑的羽翼于夜空中掠过，狂暴的走兽奔跑着，在荒野上犁出一道道沟壑，地底也传来令人心悸的"隆隆"的回响。

夜空中星辰密布，星光照亮了这片幽闭的土地。男孩走啊走啊，仿佛永远不知疲倦。他在荒芜的大地上投下瘦弱的剪影，走到漫无边际的草地上时，终于停下了。

狩猎师松了口气，现在总算可以看看男孩深夜来危险的荒野干什么了。他的心脏怦怦跳动着，兴奋不已地慢慢潜伏上前，然而却发现男孩展开双臂，居然往后仰倒在草地上。

这片金黄的草地深可没膝，有些类似于古地球时期的稻草丛，涉足其间时，只听

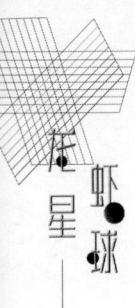

得到簌簌的响声，仿佛微风拂过海岸一般。

狩猎师悄悄上前，发现男孩以怀抱星空的姿势躺了下来。

原来所有的夜晚，他都像这样睡在荒野里，睡在星空下。

随着向狩猎区腹地深入，地形越发险峻，四周的飞船也越来越少，变得稀稀拉拉的。有时飞了半天，也看不到一艘正在捕猎的飞船。人类的踪迹在减少，兽类则出现得频繁起来，时常有震耳欲聋的吼声从树林里传出。巨鸟掠地而起，有些比飞船还要大，姜彦不得不小心地避开它们。

外面生机勃勃，"安琪号"里面却一片沉默。

那天过后，尽管他们都非常默契，没有询问小骨放走野兽的原因。然而维克船长临走前说的那句话，还是像幽灵一样盘旋在小小的舱室里。有好几次，迈克尔都抬起头，但刚要说话，就被姜彦用眼神制止了。

"我知道你们都很好奇，但他说的是错的。"一天黄昏，飞船沿着蜿蜒的山脉上下飞行，所有人都沉浸在凄艳绝美的晚霞盛景中时，小骨突然开口说道，"我是人类，只是……我跟你们不一样。"

其他人面面相觑，不知该如何接话。阿甲突然没心没肺地问："哪里不一样？"

"在比斯特星球，我不用面罩就可以呼吸，我能跟动物交流。那是因为……比斯特星球就是我的家。"

"家"这个字眼说出来，就像弹球一样，在飞船的各个角落跳动起来。

迈克尔沉吟了一下，说："比斯特星球也是我的家，我从二十一岁来到这里当狩猎师，就再没离开过。我在这里结婚生子，又眼睁睁看着妻子被袭击，然后送走一个又一个伙伴……我最好的时光和最坏的时光，都是在这里度过的,这里也是我的家……但我还是不能呼吸这里的原始空气，也不能跟那些野兽打交道。"

"你是在别的星球出生的，而我一生下来，就在狩猎区。"

"比斯特星球也有医院，很多孕妇在里面生……等等……"迈克尔一愣，"你说，你是在狩猎区出生的？"

小骨点了点头。

玛莎也觉得难以置信，连忙看向姜彦。姜彦则沉默不语，一副早就知道的表情。

"我不知道我的父母是谁，但我敢肯定，我是在狩猎区出生的。我一生下来，母亲就去世了，但我活了下来。这里的空气没有杀死我，野兽也没有吃了我，相反，是它们哺育了我。"

"哦,原来是一则人猿泰山的故事。"迈克尔又点燃一截雪茄,深吸了一口。

"是真的。"姜彦终于开口了,"我第一次遇见小骨,就是在野外,当时他只有六岁。后来我们找到一具女性的尸体,做了DNA比对,的确是小骨的母亲。当时发生了什么,导致一个孕妇会在危险的荒野分娩,已经没人知道了。"

玛莎说:"是你教他说话的吗?"

姜彦先是点点头,然后又摇摇头说:"我只是把他带到安全区,让他跟人类一起生活。但他还是喜欢往野外跑,晚上都会回狩猎区睡觉,野兽们也不会伤害他。"

"何止不会伤害他,它们还听从他的命令呢。"玛莎想起小骨坐在多足象背上,指挥兽群把她从安德鲁手里救出来的场景,犹自惊叹道,"所以这次猎杀彩纹龙虾,你特意带上他,因为他对狩猎区非常熟悉。"

她又看向阿甲,说:"阿甲就不必说了,这一身武器,肯定是用来杀死彩纹龙虾的。"

"呃……"最后,她望向迈克尔,表情有些迟疑。

"怎么,瞧不起我?"迈克尔放下雪茄,瞥了她一眼。

"没有没有,就是有点儿……好奇。"玛莎认真组织着措辞。

"看在你是金主的分儿上,我就告诉你原因好了……"迈克尔解释道,"十二年前,我曾经猎杀过彩纹龙虾。现在我是整个联邦舰队里,唯一见过彩纹龙虾还能活下来的人。"

玛莎联想起在荒坡驻扎地听到的话,点了点头,说:"他们提到的那个姜老大,是跟你一起去猎杀彩纹龙虾的人吗?"

"是的,他是我们的老大。"迈克尔看了姜彦一眼,似乎因为往事不堪回首,脸上的皱纹都在微微颤抖。

那个时候,"姜老大"这三个字不仅是一个绰号,更代表着狩猎师这份职业最高的荣誉。

每个狩猎师每次结束行动后,都必须向狩猎师公会递交报告。公会仔细核查资料,确定无误后,会将所捕杀猎物的明细标注在狩猎师的履历里。如果去公会的官网上下载姜老大的履历,会惊讶地发现,他几乎捕杀过比斯特星球上所有备注着"危险"的野兽,尤其是危险程度超过S级的物种。毒虎、诺曼蛇狼、红唇蜥蜴……每个野兽的

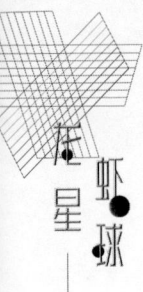

名称上,都盖上了"已完成"的印章。当然,除了彩纹龙虾。

彩纹龙虾是只存在于传说中的怪物,连它是不是真实存在都还不确定。所以这一栏的空缺,并不影响姜老大的地位。

在官方举行的表彰活动里,"年度狩猎师"这个称号,姜老大一共拿了七次。而民间私下进行的五百年来最杰出的狩猎师评选中,姜老大位列第九——排在他前面的人都死了,要么埋尸于狩猎区,要么尸骨无存。

作为最优秀的狩猎师,他曾会见过联邦舰队的最高领导——总指挥官卢迪。当时卢迪接见各行业精英,站在其身边的有科学家、政客、商人和艺术界的登峰造极者。所有人都积极忙于社交,只有他脱下西装外套,敞开肚皮,专心地享用美酒佳肴。周围的人都皱起眉头远离他,卢迪却走了过来,在他面前停下,说:"你跟他们不太一样。"

他点点头,答道:"是的,如果不出意外,明年他们还会出现在这个酒会上,而我很有可能会成为野兽的美食,再也出席不了这样的场合。"

卢迪一愣,说:"我倒是希望会发生意外。"

周围的人脸色都有些不豫,但卢迪没有理会他们,笑着说:"政坛就如同狩猎场啊,谁也不清楚哪天意外就会发生。"

他举起酒杯,与姜老大碰了一下,一口气喝掉了半杯酒。

后来酒会的视频流出,这个片段在星域网上广泛传播,姜老大的声望一时无两。一直以来被人们视为野蛮和血腥行业的狩猎师,终于得以扬眉吐气。就连狩猎师公会也向他抛出了橄榄枝。只要他点头,就可以远离危险的狩猎区,从事舒适的行政工作,每天泡泡茶,接受一下采访就好。

然而他却拒绝了公会的邀请。他认为对于狩猎师来说,每一天都有可能是死期。很多狩猎师在第一次狩猎时就惨死,能够活下来的是极少数。他一次次躲过了"意外",活着的每一天都是额外的恩赐,所以名声和金钱对他来说根本就不重要。他的手握惯了枪支,已经拿不稳茶杯和乏味的行政文件了。

不久之后,他接受了一份巨额委托,带领自己的团队,前往狩猎区深处,去猎杀彩纹龙虾。

迈克尔的讲述格外漫长,飞船里始终保持安静。小骨和阿甲都认真地听着,连呼吸都放慢了。姜彦别过脸,看不清他的表情,但从剧烈起伏的胸膛可以看出,他的心绪正随着迈克尔的话在波动。玛莎也聚精会神地听着,不过当迈克尔提到舰队总指挥官卢迪时,她的脸色有些泛白。

"老头儿,继续说啊。"阿甲见迈克尔停下,晃了晃脑袋,问,"你是不是也在姜老大的团队里?"

"是啊,虽然我名气不如姜老大,但也是公会认证的四星级狩猎师。除了我,还有其他跟了姜老大很久的兄弟,老鬼、狼牙詹姆、罗一鸣……"

迈克尔念叨着这些名字,神情有些恍惚,他眼前仿佛浮现出一幕幕熟悉的场景。一帮兄弟在一起纵酒高歌,每个人心中,都充满恣意挥洒热血的欢快和坦荡。

阿甲挠挠头说:"这些名字我都没听说过。"

"想当年,一个个可都是响当当的名头。要不是跟着姜老大,随便哪个出去,都能成为独当一面的人物。也有财团让我组建一艘飞船,自己带队伍。但我拒绝了,只想追随姜老大。"

此时两颗恒星逐渐沉入地平线,凄艳的晚霞也一点点收敛了光芒。云层仿佛鱼鳞一样远远排开,几只阔翼鹰在斜阳下上下翻飞,身影时而涌现,时而又消逝在绯红的晚霞里。

霞光透过窗子,落在迈克尔脸上,令他那层层叠叠的皱纹有了一种油画般的质感。他沉默了一会儿,继续说道:"总之我们的队伍是当时的狩猎师团队里最优秀的,加上姜老大正值巅峰的名声,我们自然都信心满满。当'安琪号'从安全区的港口起航时,所有人都出来围观。我站在舷窗边,只看得到一片黑压压的脑袋。他们不停地鼓掌、欢呼,每个人都期待我们能带回彩纹龙虾的尸体,终结这个传说。我们进入狩猎区之后,一路上碰到其他狩猎飞船,不管是正在捕猎的,还是赶路的,只要一看到'安琪号',就会停下来向我们致敬。那真是最光荣的时候啊……"

他脸上满是缅怀之色,再次沉默了。直到最后一缕光芒沉入黑暗,这才缓缓说道:"带着这样的荣耀,我们一路不停,直接驶向狩猎区深处,传闻中彩纹龙虾出现过的地方——恶魔渊。"

玛莎听得入迷了,见他停下,下意识地问:"后来呢?"

话一出口,她就意识到这个问题是多余的——那次狩猎当然是以失败告终。

迈克尔轻轻闭上眼睛,似乎有些疲惫。他伸出微微发颤的手,解开上衣,露出前胸。

所有人都倒抽了一口凉气。

迈克尔瘦骨嶙峋的,皮肤完全失去了光泽。但令他们吃惊的,不是迈克尔的干瘦

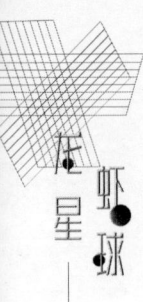

和老朽，而是他胸口那条触目惊心的伤口。这条伤口由右肩蜿蜒至左腹，像是趴着一条巨型蜈蚣一般。可以想象得到，当时的场景有多么惨烈。

"后来？"迈克尔干笑一声，把衣服扣上说，"后来只有我还活着。"

"你们找到彩纹龙虾了吗？"

迈克尔点点头，但已经没了说话的兴致。他往后缩了缩，靠在角落里。

玛莎还想再问下去，一直沉默不言的姜彦却扭头说道："够了，我们是来狩猎的，要听故事的话，去安全区的茶馆好了。早点儿休息吧，我们已经进入狩猎区腹地了，要养足精神，应对随时可能出现的危险。"

飞船外面已经一片漆黑，诡异的号叫声不时传来，仿佛在印证姜彦的话。众人只得收起好奇心，睡在各自的地铺上。而姜彦继续守着操作台，警惕地避开不时闪现的电蝠龙和其他飞行野兽。

下半夜的时候，轮到玛莎值守。她坐在显示屏前，看着飞船缓缓前进的路线，有些百无聊赖。她身后，小骨和迈克尔呼吸都很均匀，阿甲的鼾声比外面的兽吼还要响。然而在这样嘈杂的环境里，姜彦却睡得无声无息的。

过了一会儿，她突然听到一阵急促的呼吸声。扭头一看，只见幽暗的灯光下，姜彦紧闭双眼，脸上的肌肉不停抽动着，显然已被噩梦牢牢攥住了。

她不由得一愣，之前姜彦一直很机警，睡眠极浅，稍微有点儿风吹草动就会醒来。难道是因为迈克尔讲的往事？

她正准备叫醒他，突然听到他在喃喃说着什么。

"快跑……它来了……"他的梦呓充满深深的恐惧，"快跑啊……"

第八章　追猎

经过漫长的捕猎，许多飞船都收获不菲。驻扎区里停靠的狩猎船逐一启航，向着安全区飞去。

"独眼水手号"飞船也在其中。

本来他们丢失了那群小蓝猴，损失不小。但也该维克船长走大运，第二天他们进入密林，一脚踩空，竟然掉进水晶蛇的巢穴。这种蛇浑身透明，只有一根细细的红线贯穿首尾，仿佛工艺品一般。不过它的昂贵并非因为颜值，而是因为含有轻微的毒素。咬中人的手臂之后，能产生强烈的快感，比毒品强多了，而且不上瘾。在权贵们的派对上，它千金难求，一旦出现，派对立刻提升了档次。所以这一窝水晶蛇在维克船长眼中，就是一堆闪着诱人光泽的联邦币。

捕获猎物之后，维克船长便调转飞船，朝着安全区进发。他们是这个狩猎季第一批满载而归的猎人，进入安全区屏障的时候，一定会受到欢迎。

"独眼水手号"毫不停歇，但碍于电磁云，不敢超光速，一直以肉眼可视的极限速度航行。

到了傍晚，恒星隐没，光线暗淡，维克船长隔着舷窗远眺，却依然看不见安全区。看来今晚是到不了了，于是他下令让飞船悬停在低空，准备休整一夜。

"船长，有飞船靠近，已经在十公里范围内了。"大副看了一眼操作平台，脸色突然凝重起来。

维克船长摆摆手说："这不是很正常吗？这个季节，大家都是来讨……"

话没说完，他突然反应过来："已经在十公里以内了吗？"

"五公里！"

这可不是好兆头，意味着这只飞船之前一直是隐身的。维克船长扑到操作平台前，将扫描信息投影在空中，果然，一个红色的小点正飞速向这边靠近。速度这么快，又装载了反侦察设备……这无论如何都不像是寻常的狩猎飞船。

维克船长心念电转，猜测着来者的身份，但还没等他想出答案，全息地图上的红点就停了下来。此时，它已近在咫尺。

这下不用通过雷达了，维克船长直接看向外面，只见暗淡的光线下，一艘像尖刺般狭长的黑色飞船悬停在窗外，几乎要与"独眼水手号"撞上了——这也足以说明对方的飞船制动系统的卓越。

除了幽灵般惊悚的外表，飞船上没有任何标识，根本看不出归属。它纹丝不动地悬在对面，犹如魔鬼一般与维克船长隔窗对视着，维克船长心中不由得掠过一丝不祥的感觉。

"对方是什么人？"他悄悄问大副。

"查不出来，通信频道里也没有回应。"

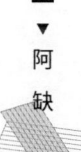

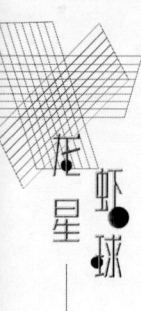

"肯定不是狩猎飞船……"

大副一愣,随即点头说道:"嗯,船身太小,侧翼有很多武器模块,不能携带大量猎物——倒像是战舰。"

"战舰"这两个字让所有人心头一凛,他们正猜测着,对面却突然发来了登船请求。船员们都看向维克船长,船长犹豫了一下,咬牙说道:"是敌是友,总要看看再说。我们的船大多了,真有什么事儿,也不怕。"

他下令开启连接舱道,又叮嘱道:"拿上家伙,看我的眼色行事。"

连接舱道里很快响起脚步声,从"独眼水手号"的舰桥上走来一个人影。维克船长疑惑不解地朝他身后看了看,确认没人跟过来,才说:"你一个人过来的?"

来人笑了笑,说:"我只是过来打听一点儿事情,不需要太多人。"

这人很年轻,长得又高又瘦,只是脸色有些苍白,因此笑容中总带着一丝诡异。维克船长上下打量他一番,问:"你要打听什么?"

"你们有没有看到一艘飞船……嗯,我记得它的名字。'安琪',你们有没有见过一艘名叫'安琪号'的飞船?"

"我见过它,但你问这个干什么?"维克船长说,"你是谁?"

年轻人皱了皱眉,说:"是我在问你问题,你最好老老实实告诉我答案,这很重要,关乎着你们能否活下去。"

维克船长眯起眼睛,声音中隐隐带着怒气:"你无故跑到我的飞船上大言不惭,还做出威胁的暗示。你知不知道,光凭这些,我就可以把你捆起来,丢在深山旷野里?"

年轻人往后退了一步,似乎胆怯了:"你听错了,我没有做出威胁的暗示……"

船员们见他认怂,有些得意,又有些不屑。

"我明明是赤裸裸的威胁。"他继续说道。

维克船长一听,怒火中烧。

船员们见年轻人孤身一人,于是摩拳擦掌,把他围了起来。他们个个五大三粗的,个头都比他高,但他站在一群壮汉中间,脸色却丝毫不变。

"你真的想知道我的身份吗?"他的视线穿过人群,落在维克船长脸上。

"嗯。"

"你们也要听吗?"他又问周围的船员,得到的自然是此起彼伏的嗤笑声,他不以为意地点点头说,"我叫安德鲁 休,你们可能对这个名字不太熟悉,因为父亲不希望他的儿女们经常露面。但是我的父亲，你们可能了解一点儿，他叫卢迪·休，是联邦舰队的总指挥官。他生了重病快死了……你们不用宽慰我，这是好事儿，一张座椅上坐不了两个人，有人离开了才能留出空位。可我的妹妹死心眼儿，一直想救他，所以我才来这里找她，而她就在'安琪号'上。"

他说起话来慢条斯理的，像是在聊一件再寻常不过的事情，船员们却脸色骤变。因为卢迪·休这个名字谁都不会陌生，它代表了至高无上的权力，新闻里每次提到这个名字，都会格外谨慎。这个男人从平民走向权力的巅峰，历经数次政变，但长眠地底的，永远是他的敌人——他就是强大的象征。

"呃……看你们的表情，似乎有些困惑……难道是我表达得不够清楚吗？"

维克船长将信将疑地看着他，摇头说道："你有……什么证据吗？"

"你问了，我就回答了。仅此而已，我没有指望你能相信。"

说完，他竟转身离开，朝舱道走去。

船员们面面相觑，最后一起看向维克船长。

维克船长咳嗽了一声，说："你不是想问我问题吗？"

"没关系啦！"安德鲁摆了摆手，"你现在回答我也不会信，我待会儿再过来问你。"

很快"独眼水手号"上的所有人就明白，安德鲁所说的"待会儿"是什么意思了。

尖刺状的飞船突然启动，前端的喷口"唰"地喷出一张紫色大网，如同蜘蛛网一般张开，一下子罩住了"独眼水手号"。

维克船长有些震惊，但看到舷窗外的网绳细如蛛丝，一颗提起的心就放下了。这么细的绳子，哪怕是高聚合材料也能轻松挣开。就算挣不断，"独眼水手号"的体积比对方的飞船要大出五倍，引擎的功率也十分强大。即使被网住了，也能直接拖走对方的飞船。

"哼，蚍蜉撼……"

话音未落，只听"滋滋"的电流声传来，网绳倏地亮起，电光如同千百条发光的蛇一样，在飞船外侧蹿动着。一瞬间，"独眼水手号"的引擎停止转动，所有动力消失，坠向大地。

船员们顿觉天翻地覆，在舱室里撞来撞去，之前捕获的猎物也从一扇被撞开的舱门逃了出去。有翅膀的扑腾几下飞走了，幸运的落到地上后还能行动，不幸的则直接

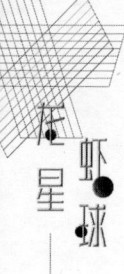

摔死了。

"独眼水手号"下坠几米之后，网绳更亮了，渐渐收紧，将这个庞然大物吊在空中。而整个过程中，对方的飞船只是轻微地移动了一下，便又稳如泰山。

"怎么样？"通信模块里射出一道人影，安德鲁的全息影像出现在维克船长面前，"现在可以回答我的问题了吗？"

维克船长一辈子狩猎，成为猎物还是第一次。他先是愤怒，随即又看了看周围一脸惶恐的船员们，叹息一声，说："我认栽了……"

"那你说吧。"

"我说了你会放过我们吗？"

"我得到想要的答案，就会放了你们。"

维克船长颓然说道："'安琪号'往狩猎区深处去了，沿着远古密林的方向，一路奔向腹地。"

安德鲁沉吟一会儿，点了点头。

"那我们……"

安德鲁露出一抹微笑，雪白的牙齿泛着森冷的寒光。

这笑容里的意味再明显不过了，维克船长急道："你不是说会放过我们吗？！"

"我是说放了你们，不是放过。"安德鲁轻轻摇头说道，"学好语文很重要，可惜你们这辈子没机会了。"

话刚说完，刺尖状飞船前端的喷口骤然收紧，网绳"嗖嗖嗖"缩进去，犹如一群争相钻回蛇巢的光蛇。"独眼水手号"飞船被放开，径直向地面坠去。

维克船长在船舱里翻滚着，被撞得头破血流，但他不顾身上的伤口，迅速扑向操作台，不停地按着引擎启动键。但引擎系统重置需要半分钟，而飞船离地面只有三百米，以比斯特星球的重力，不到十秒他们就会轰然坠地。

按钮一直保持红色，就像一只诡异的眼睛。

维克船长绝望地松开手，看向旋转的舷窗。

窗外，大地正扑面而来。

"少爷。"费尔走上前说，"时候不早了，我们该去追'安琪号'了。"

"等一等。"安德鲁轻声说着，饶有兴味地看着斜下方。

"独眼水手号"飞船正飞速坠落,恒星也慢慢沉入地平线。夜色渐浓,不一会儿,一声轰然炸响震碎了旷野的宁静,火光彻底将夜幕撕开了。

飞船爆炸产生的火花映在安德鲁湛蓝的眼眸中,犹如海面上升起绚烂的焰火。他迷恋地看着,直到火光熄灭,才转过身,吩咐飞船朝狩猎区腹地进发。

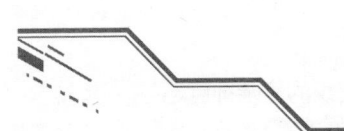

第九章 彩纹龙虾

越深入狩猎区腹地,天空中的"滋滋"声就越明显,空气都被强烈的磁暴电离化了。明明云层不厚,但向上看去,只能隐约看见电流如蛇般蹿动。

姜彦不得不再次降低飞行高度,飞船几乎贴地而行,速度也近乎龟爬。雾气弥漫而出,怪树丛生,前行之路变得越发艰难。幸亏迈克尔经验丰富,凝神观察四周,不断为姜彦指明路线,一路上才有惊无险。

与狩猎区外围那种热火朝天的狩猎景象不同,此处一片死寂,鲜少见到飞船。他们飞了三天,只看到一艘倒在一片灌木丛里的飞船。它已经腐朽不堪,茂密的蔓藤沿着那些被撕开的裂口深入内部,使它看上去格外阴森恐怖。一副人类骨架躺在杂草中,手臂径直向上,仿佛在乞求着什么。

飞船缓缓从这堆残骸上掠过,气氛格外凝重。

"到了这里,就不再是人类捕杀比斯特星球上的野兽了……"迈克尔嘴里吐着烟雾,说,"情况要反过来了。"

姜彦说:"所以我们要更加小心才是。老迈克,还要多久才能到恶魔渊?"

"恶魔渊可不是随便能找到的……"

姜彦一愣,说:"可你不是说过吗?只有你才能找到彩纹龙虾!"

"对,但这里磁场混乱,不辨方向,地形跟十多年前也不一样了,光靠我的记性怎么可能找到?"迈克尔的语气不慌不忙的,慢吞吞地说,"不过我们当初能找到彩纹龙虾,也是运气。"

"运气?"姜彦皱起眉头。

迈克尔表情一滞,说:"好吧,是厄运——我宁愿我们找不到恶魔渊。"

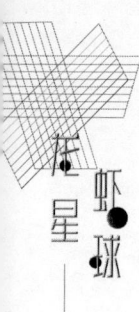

"当时究竟发生了什么?"

迈克尔眯起眼睛,说:"我们在狩猎区瞎转时,目睹了一场狩猎。"

这次轮到玛莎惊讶起来,问:"这么危险的地方,还有其他狩猎师在捕猎吗?"

"不是狩猎师,而是……"

话没说完,一声尖锐的兽吼突然从飞船身下传来,如利箭穿耳,所有人不由得悚然一惊。

"这是?"姜彦问。

迈克尔的耳朵动了动,脸上掠过惊喜和畏惧交织的复杂神色。

时值午后,两轮太阳的光芒穿过云层,落在茂密的树林里。古木参天而起,枝繁叶茂,飞船躲在枝叶间,又开启了隐蔽模式,很难被发现。

当然,林间的野兽们也不会抬头搜寻飞船的身影,它们正忙于逃命。

灰龙、大牙吞噬兽、星系蛇、太古鬼熊、科尔多吉蓝虫,以及其他让大部分狩猎师心动或者畏惧的猛兽,都在拼命往前奔跑。一些不太粗壮的树木甚至直接被它们撞倒,然后被无数兽脚踩成了一堆木渣儿。它们向同一个方向奔跑着,仿佛一股洪流一般,而在它们身后,闪动着一些黑色身影。

姜彦眉头一跳,眯眼看去。隔着重重枝叶,他只能看到那些黑影如幽灵般掠过,一闪即逝。它们无疑让野兽们产生了巨大的恐慌,他甚至看到八齿虎和星系蛇并肩奔逃的景象。要知道,这两种凶兽因生活习性类似,经常在同一区域抢占地盘,互相厮杀,算得上是天敌了。一只垂死的八齿虎,只要闻到星系蛇的味道,也能奋起咆哮,露出獠牙。他实在难以想象,这两种野兽居然能并肩奔跑,而不是去撕咬对方。

其实原因只有一个,那就是身后有让它们更加害怕的东西——那些闪动的黑影。

姜彦看向迈克尔。迈克尔颤动着嘴唇,握紧拳头,好一会儿才镇定下来,说:"是虾兽……在狩猎。"

一种莫名的恐惧在每个人心头弥漫开来,使得飞船里的空气也变冷了。所有人都看向舷窗外面,目光穿过层层枝叶,试图捕捉那些黑影。但它们速度实在太快了,根本看不清真容。

一头灰龙奔逃的时候,右后足被粗大的藤条扯住,一下子摔倒在地上。灰龙体型本就巨大,这一头尤甚,身高超过二十米,如同移动的小山一样,摔倒时难免地动山摇。它不敢休息，打了几个滚儿，压倒了几棵树木，挣扎着爬了起来。但这时，它已经被其他野兽远远甩在了后面。

它眼中掠过一抹悲哀，张开嘴，肥厚的嘴唇中发出一声长啸。

四野震动不已。

啸声未落，三道黑影从枝叶间蹿出来，疾电般扑向它。

它的啸声变成了哀鸣。

所有奔逃的野兽明显停顿了一下，随后更加拼命地向前逃去。

黑影再次掠过，这一次，灰龙背后出现三道伤痕，仿佛被巨大的齿耙犁过。它惨呼不已，回头去咬黑影。但黑影一触即退，远远跳开了。

这时，飞船上的人才看清它们的样子。

在此之前，所有人都见过虾兽——在照片或全息视频里。他们都以为对此次狩猎有了足够的了解，但当虾兽来到现实世界时，一切就完全不一样了。那种阴沉恐怖的气息，一下子扑面而来。

这是多么美丽又危险的生物啊！

它们的身躯还保留着龙虾的形状，上面布满红色鳞甲。这些甲片如鱼鳞一样整齐，紧紧包裹住要害部位。虾身边缘伸出的足肢错落有致，有的像尖刺，有的如锯齿，似乎每一根都在按自己的想法不断进化。足肢底下是遒劲的爪子，枯瘦干硬，此刻深深抓进木头里。再往后，腹鳞开始分叉，衍生出两条约两米长的尾巴，不停地在地上扫动着。

"你们看清楚它们的尾巴。"迈克尔从久远的回忆中回过神儿来，眯起眼睛说，"它们的钳子和腹下的怪爪都很危险，但真正致命的……是尾巴。"

姜彦操纵着飞船的摄像头，捕捉到了虾兽的尾巴，将影像放大。只见虚拟影像中，那两条丑陋的黑黑的尾巴不停地晃动着，令人心生寒意。他仔细观察了一下，发现它们虽然又长又灵活，但总比布满尖刺的钝齿看上去要舒服很多。

"这尾巴……"他皱起了眉头。

话没说完，地上那只虾兽就动了。两排小足一蹬，弓身一跳，再次化作一道闪电，扑到灰龙头顶。下一秒，灰龙便倒地不起，没了声息。

动态摄像头瞬间将精度调到最高，但也只能勉强捕捉到虾兽的动作，画面闪烁不定，有些掉帧。姜彦将影像调慢，不放过任何一个细节，终于看清了。

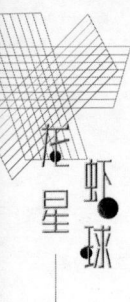

原来虾兽落到灰龙头顶后,用两条尾巴缠住了它的脖子。随后,尾巴一侧伸出一排透明的鳍,如同弹簧刀伸出利刃一般,直接切向灰龙的脖子。

"看到没,这种生物简直就是为杀戮而生的,浑身上下,没有一处不是武器。"迈克尔说。

姜彦低下头,发现自己右手握紧了,手心里满是汗水。他想松开,但手指似乎痉挛了,完全不听使唤。他悄悄用左手把右手的指头一根根掰开,在裤子上擦干汗水。然后咳了一声,说:"这种虾兽不是我们的猎物,我们是为了杀彩纹龙虾而来的。"

玛莎连忙附和道:"彩纹龙虾肯定跟它们不一样吧?"

"是不一样。"迈克尔顿了顿,说。

玛莎拍拍胸口,说:"那还好一点儿。"

"彩纹龙虾要比它们危险一百倍。"迈克尔说。

所有人都愣住了,下意识地看向全息影像里染血的虾兽,然后又将目光转移到迈克尔脸上。

"你们不信?接着往下看吧。"

灰龙死后,兽群越发惊恐,如洪流般四处奔涌。几只虾兽跟在后面,发现有掉队的野兽,立刻上前杀死它们。偶尔还会跳到兽群侧面,吓得兽群连忙改变方向,向着越发幽暗的丛林深处跑去。

它们简直如同有经验的牧民,正从容不迫地驱赶着羊群。

姜彦操纵着飞船,悄悄跟在后面。

几个小时之后,傍晚来临,光线越来越微弱,黑暗从每一棵树后面滋生出来。渐渐地,草木越来越稀疏,再行进数百米,眼前突然出现一片开阔的荒野。星月低垂,勉强可以视物,荒野前方是幽暗的深渊,仿佛有巨人拿着一柄大刀,将其劈成了两半。

深渊里弥漫着浓浓的迷雾,吞噬了所有的光线。

虾兽把兽群驱赶至此便散开了,远远地游弋着,既不靠近兽群,也不让任何一只野兽逃走。兽群聚集在深渊边上,"呜呜"嘶吼着,声音里满是恐惧与哀怨。

"它们在干什么?怎么不上前呢?"玛莎好奇地问。

"等等,这应该是……献祭。"

迈克尔话音未落,一道巨大的阴影突然投在荒野上。众人十分紧张,连忙抬头看去。

只见半空中盘旋着一头十多米长的巨型猛虎，皮毛鲜亮，六足强健，两肩还各自伸出几根骨刺。骨刺间有薄膜连缀，形成了翅膀。它扇动着翅膀，虎目悲愤，嘴里不停咆哮着。

"这是骨刺虎啊。"玛莎说，"但也太大了……好像是虎王。"

迈克尔也皱起眉头，眯着眼睛，往兽群中扫视一番，说："你们看，有几头骨刺虎也被驱赶到了这里，看样子都是公虎……我明白了，骨刺虎是尊崇母系的生物，虎王肯定是来救它的侍妾了。"

果然如迈克尔所言，地面上的几头骨刺虎扬起头，向着天空呜咽了几声。它们的翅膀都已折断，无法飞起来了。而兽群里其他有飞行能力的野兽也是如此，只能在地上奔逃。

虎王发出一声声震四野的怒吼，翅膀突然合拢，朝下俯冲！

几只虾兽也如星丸般跳跃起来，它们的尾巴在高速移动中竟连缀起来，形成一张大网。网绳间伸出鳍刃，寒光闪烁，直扑虎王。

虎王怒吼一声，收起翅膀，尾部朝下，两只后腿笔直地踏入虾兽的大网。

玛莎轻轻"啊"了一声，不忍看到虎王受伤的惨状。

然而虎王双足一触即退，避开网刃，其余足肢张开，如同在空中绽放了一朵明黄色的六瓣花朵，竟然巧妙地踩在虾兽的身躯上。

它携千钧之势，将虾兽击落。轰然坠地之后，两只虾兽翻滚着想要躲开，但仍有一只虾兽被它踩在脚下。

"我很少见到虾兽吃这种亏，这头虎王确实厉害。"迈克尔表情复杂地说。

兽群显然也这么认为，纷纷昂首嘶叫，叫声中不再充满哀怨和绝望，而是带着生机和喜悦。

虾兽伏低身子，嘶吼不已，却不敢靠近虎王。虎王则回之以怒吼，两爪用力，爪下的虾兽挣扎了几下，渐渐没了动静。

看到同伴惨死，其余虾兽眼睛血红，叫声震天，眼看就要扑上去。

这时它们身后的深渊里，突然涌出大团大团的迷雾。仿佛有人在下面点燃了火焰，浓浓的烟尘雾时冲天而起。

这个场景令迈克尔眼皮一跳，虾兽们也停止嘶叫，慢慢后退。

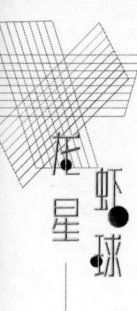

"怎么回事儿?"姜彦问。

"它……它来了。"迈克尔咽了一口唾沫,声音颤抖不已。

所有人都明白过来,眼睛一眨也不眨地盯着迷雾。然而雾气越来越浓,逐渐吞噬了光线,没人看清里面是什么。

兽群骚动起来,纷纷缩在虎王身后,惊恐的情绪如同病毒一样蔓延。虎王也感觉到了危险,蹲下身子,探出长爪,做好跃击的准备。

雾气终于弥漫过来,将它们吞没了。

"安琪号"上的所有人都屏住呼吸,睁大眼睛,但哪怕是动态摄像头,也捕捉不到浓雾中的情形。

姜彦咬了咬嘴唇,手指张开又捏合,如是三次,系统立刻识别了他的操作手势。飞船底部射出一个苍蝇那么大的摄像头机器人,迅速飞向浓雾之中。

"这个机器人很小,应该不会被发现。"他一边说,一边把画面切换到苍蝇机器人的视角。

迈克尔抬抬手,欲言又止。

苍蝇机器人飞进雾气之中,但所见仍是一片昏暗,只能看到一个个仓皇奔走的黑影,夹杂着惨叫和痛呼。

雾气里似乎有让它们极为害怕的东西存在。很快,所有人就知道那是什么了。

它在疾速游动,雾气奔涌间,它的身影根本无法捕捉。它始终沉默着,仿佛与空气达成了协议,再快的速度也不会发出破空的呼啸声。它散发着危险的气息,仿佛跟地狱达成了协议,游走到哪里,哪里就被扫荡一空。

一声声闷响传来,一头头野兽接连倒地。

苍蝇机器人体积很小,无法安装精准度高的摄像头,只能努力振翅,视线紧紧跟随着黑影。慢慢地,他们在快速移动的画面中,发现黑影中段隐隐透着一抹金色。

"彩纹……彩纹龙虾?"姜彦颤抖着声音说。

迈克尔点了点头,他后背上的伤疤又开始隐隐作痛,恐怖的记忆如同眼前的雾气一样翻涌而来。

"想跑的话,现在还来得及。"他吞了口唾沫,说。

杀戮还在继续。

一只只野兽接连倒地,迷雾之中的荒野仿佛炼狱一般,只有那头虎王昂首嘶吼,不断跳跃，似乎想去捕捉彩纹龙虾，但黑影倏忽闪过，根本无法触碰到它。

渐渐地，除了虎王，其他野兽都没有动静了。

虎王有些焦躁，眼看着几头骨刺虎倒地不起，它的叫声越来越凄厉，开始胆怯起来。突然，它张开骨翼，振翅而起，打算逃离此地。

这时雾气翻涌，一直游离不定的彩纹龙虾突然闪现，仿若黄金与黑铁混制的箭矢一般，射向虎王。

姜彦连忙操纵苍蝇机器人凑近了去看，但已经来不及了。只见刚才还不可一世的虎王，胸口竟出现七道伤口，整个身躯也向后仰倒。

苍蝇机器人连忙调转方向，想去捕捉彩纹龙虾的身影，但只能勉强看到虎王倒地。浓雾之中一片沉寂，仿佛刚才杀死虎王的，只是一个幽灵。

"它去哪里了？"姜彦喃喃问道。

苍蝇机器人轻盈地扇动翅膀，全息视频的画面也由前到后随之转动。所有人瞪大了眼睛，但是只能看到一片黑雾，直到画面里出现两只血红的眼睛。

它的瞳孔仿佛凝聚了无数鲜血，幽幽反着寒光，即使透过几毫米厚的晶片膜，也能感受到里面充斥的暴怒。它压抑着愤怒，保持沉默，与苍蝇机器人的摄像头对视着。

苍蝇机器人慢慢后退，彩纹龙虾的身躯逐渐呈现在全息画面里。

刚才它一直躲在苍蝇机器人身后，苍蝇机器人转过身，才与它的视线对上。但它的目光透过镜头，沿着短距网络的信号一路蔓延，直至出现在全息视频里，落到飞船上已经呆住了的几个人身上。

它张嘴嘶吼起来，巨大的音波震得草木瑟瑟发抖，一瞬间，苍蝇机器人内部所有的元件全部破碎了。

全息视频闪了闪，最后一帧画面里，只能看到它口中那密密麻麻的利齿。齿尖寒光流转，如同一幅诡异的星空图。

然后，画面突然归于黑暗。

"现在，我们可逃不了了。"迈克尔眼角一抽，语气复杂地说。

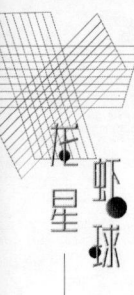

第十章 激战

"咚","安琪号"突然一个剧震,众人差点儿摔倒了。

"怎么回事儿?"玛莎抓住桌腿,惊惶地问。

姜彦则奔到舷窗旁边,努力向外看去,惊疑不定地说:"彩纹龙虾不见了!"

一片慌乱中,只有迈克尔倚靠在墙角,没有摔倒。他嘴边浮起冷笑,说:"又来这招儿!"

"怎么了?"

"抓好!它已经缠上来了!"迈克尔扑到操作台前,大吼一声,按下几个组合按钮。

众人虽然惊骇不已,但也知道此时生死攸关,连忙就近抓住固定物。刚刚抓紧,就感觉一阵天旋地转,脑袋顿时晕乎乎的。

此时如果有人在飞船外边,就会惊讶地发现,飞船下面的引擎矩阵均匀分布着,每一个小引擎都张开同样的角度,功率运行到最大,使得空中的飞船变成了急速旋转的陀螺。更让人惊讶的是,飞船上半部分被一个诡异的黑色生物缠绕着,它的螯足已经嵌入金属船壳,长尾蜿蜒如蛇,吸附在船体上。

翻转持续了半分钟,才将这个诡异的黑色生物甩开了。它"嗖"的一声冲入浓雾之中,仿佛从未出现过一样。

"准备战斗!它还会回来的!"迈克尔又按下几个按键,飞船很快稳定下来,并且迅速上升。

姜彦大致明白刚才发生了什么,咬咬牙,对阿甲说:"把所有武器的保险都打开!"

阿甲立即听命行事。

飞船在空中巡逻,浓雾里的黑影迅速游走,双方正在对峙。

"先缠住飞船,现在又藏在黑雾里……"迈克尔操纵着"安琪号",嘴角扬起冷笑,"这么多年了,你的花样都没有变化……可惜,我一直在做准备!"

说完,他猛地拍下一个蓝色按钮,飞船底部弹出数百个四翼无人机,簌簌扎进黑雾之中。很快雾气开始变淡，游移不定的黑影几乎肉眼可见。

"炸！"姜彦心头狂跳，怒吼道。

阿甲坐在武器舱，周身全是操作系统的投影。他没有经过专业的训练，但他的手放在这些全息投影中，仿佛一下子就有了灵感。他两手下滑，然后往前一刺，"安琪号"底部的两门电磁炮忠诚地实现了他的操作——炮口倾斜，喷吐出威力巨大的电磁束。

彩纹龙虾身子一扭，电磁束擦着它的外壳掠过，在地面炸出一个巨坑，一时尘土纷飞。它尾巴颤动，再次起飞，但阿甲的手如同弹钢琴一样，在繁复的操作界面上跳动着。飞船上装载的武器逐一喷射，即使它想扑上来，但火力太猛，无奈之下只得避让。

"对！不要停！"迈克尔见状，兴奋地喊道。

阿甲没有回答，短短一两分钟，他的额头上已经沁出细密的汗珠。他太过专注，根本听不到迈尔克的声音。他的动作已经快于思维，姜彦看着他，有些担忧。

阿甲在武器使用上有极高的天赋，一碰到武器，就如同最出色的音乐家拿到了乐器，知道如何充分利用它弹奏出最优美动听的曲子。但现在他要对付的，是超出人类理解范畴的物种。

"嘶"，一阵啸声打断了姜彦的思考。他凑到操作台前，发现这声音是彩纹龙虾在躲避炮火时，尾巴于空中震动发出的。紧接着，地面上普通的巨虾突然跳了起来，向飞船扑来。

阿甲用电磁炮打落了几只巨虾，但仍然有两只扑到近前，一左一右地附在飞船的机翼上。随后它们向炮口挪动，巨螯伸出，夹住了钢铁炮口。

即使隔着厚重的船身，姜彦他们也听到了刺耳的金属刮擦声，像钻头一样使劲儿钻着他们的耳膜。如果不是亲眼所见，他们根本想象不到，这些代表人类科技巅峰的合金武器，在龙虾原始螯钳的摧毁下，竟缓缓变形，冒出火花和黑烟，最终失灵了。

彩纹龙虾见状，随即扑了上来。它速度奇快，撞得整个"安琪号"都震了震。没有炮火牵制，它的可怕暴露无遗，竟直接用前螯撕裂钢铁，一时火花四射。它头顶的触须探了进来，像两只眼睛一样，一一扫视着舱内诸人惊惧、绝望的面孔。

当看到迈克尔时，它停顿了一下，触须顶端的眼睛微微眯起，流露出如同见到故人一般的神情。

"快逃！"迈克尔直视着这个每每出现在自己噩梦里的生物，两眼血红，大吼道，"有机会替我杀了它！"

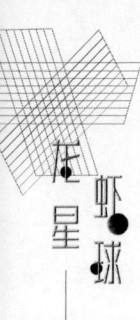

这是姜彦最后听到的声音。

迈克尔吼完之后，就按下了紧急逃生舱的开启按钮，然后朝其他人看了一眼。

迈克尔眼中的情绪太过复杂，姜彦一时不能理解，好在直觉告诉他应该怎么做。他一把抓住玛莎和小骨，把他们推向逃生舱。正准备转身拿起武器与彩纹龙虾对抗时，阿甲却扑了过来，紧紧抱住了他。

"安琪号"外壳上的裂缝更大了，寒风呼啸而来，彩纹龙虾赤红色的身躯从缝隙中一闪而过。

迈克尔满头白发根根竖起，手背上的经脉如山峦般隆起。他把手往前一伸，操作台前的摄像头立刻射出几十道红色细光，汇聚到他手上。

阿甲带着姜彦，向另一艘逃生舱扑过去。姜彦突然有一种不好的预感，连忙扭头看向迈克尔。

迈克尔正专注地盯着自己手掌上汇聚的光束。

他的手青筋暴露，满是褶皱，血管里的血液也黏稠得近乎凝固了。几十个红点汇聚到他的手掌上，温度在弥漫，皮肤越来越灼热。他突然想起很多年前，他和一群志趣相投的伙伴们一起，在旷野里肆意驰骋，再凶恶的野兽遇到他们也无法逃脱的情景。

他握紧拳头，然后伸出双手，手指互相交叉。

姜彦从未见过这个手势，但整个操作台都开始震颤了，光点逐渐熄灭，台下的外壳突然裂开，露出一个炮口——黝黑、寒冷，"呼哧呼哧"地往外冒着寒气。

血红色身影再次掠过，但这一次，炮口预判并成功捕捉到了彩纹龙虾的行动，随之移动，射出一柄血红的双刃钩矛。

"轰"，钩矛击穿"安琪号"的外壳，随后矛尾的高分子绳索骤然收紧。紧接着，外面传来一声令人耳膜震颤的嘶吼。

"彩纹龙虾受伤了？"姜彦惊喜地想。

接着便是一阵天旋地转，他努力集中精神，但在最后的画面里，他只看到迈克尔站在炮口前的笔挺的身影，以及其灰暗的眼睛里慢慢亮起来的光芒。

第十一章　失散

阿甲受了重伤，姜彦吃力地扶着他，像扛着一座山一样，走不了几步就喘得厉害，腹下的伤口也隐隐作痛。

过了一会儿，他停下来，想让阿甲倚着树站着。谁知阿甲头一歪，竟然往一旁栽倒。他只好坐下来，让阿甲靠在自己身上。他吃力地撩开下腹，那道蜈蚣一样的伤口立刻暴露在寒气中。

阿甲的重伤是由于逃生舱坠机造成的。当他戴着呼吸罩，从破损的舱室里爬出来时，四周除了被撞倒的断树和枝条，就只有陷入昏睡的阿甲。

玛莎与小骨不知去向，他只得拖着阿甲，在丛林里走了半夜。其间有一头燃骨狼从树丛里蹿了出来，它的牙齿闪着幽幽的蓝光，掠向他的胸膛。

它一路跟着他和阿甲。以它的智商，能看出他们一个重伤，一个精疲力竭。可它保持着燃骨狼特有的谨慎和耐心，远远跟了很久，确认没有威胁之后，才悄悄绕到前方，潜伏在树丛中。

它打算等他们路过这里时，猝不及防地发起一记猛攻。唯一的疏漏是，即使姜彦已十分疲倦，但依旧保持着最起码的警觉。于是一瞬间，它从捕猎者变成了猎物，虽然在姜彦腹下留下一道伤口，但自己却付出了生命的代价。

"娘，风车坏了……"耳边传来阿甲的呓语。

姜彦一听，更加忧心忡忡了。阿甲的伤比想象中严重，而自己的伤如果不及时处理，恐怕也很难撑下去。可他们的逃生舱早已损毁，不能起飞，连信号都发不出去……

谋划了这么多年的狩猎行动，哪怕在梦里，也会一一完善每一个细节。然而只跟彩纹龙虾打了个照面，所有准备工作，所有自以为是的优势便都土崩瓦解。他握紧拳头，连指甲掐进肉里都浑然不觉。

过了一会儿，身后突然传来草叶摇晃的声音。

"糟了！"他心中一惊，正要起身反击，一点儿冰凉已经抵住他的脖子。

"如果来的是我哥，你早就死了。"身后的声音微微带着喘息。

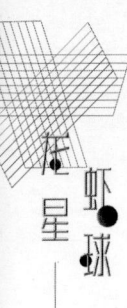

他心中大喜,转身唤道:"玛莎!"

从草丛里钻出来的,的确是玛莎。她的脸色有些发白,嘴唇轻轻颤抖着,手里拿着一根树枝——就是这根树枝抵住了姜彦的脖子。

"你没事儿就好,小骨呢?"姜彦往她身后望了望,问道。

"小骨被抓走了。"

"被谁抓走了?"一瞬间,姜彦脑子里掠过无数猛兽的身影。

"被我哥抓走了。"

姜彦心头一凉——这可比被野兽抓走了更麻烦!

"安琪号"向着深渊旋转坠落的时候,两艘逃生舱都被甩了下来。姜彦和阿甲那艘被抛得比较远,落地时平衡引擎还未调整好,舱体撞来撞去的,所以他们受了不同程度的伤。而玛莎和小骨还算幸运,逃生舱很早就开启了,不但保全了他们,连舱体都没怎么受损。

不过他们的运气也仅限于此。

从逃生舱出来后,玛莎带着小骨去找姜彦,没走几步,就听到头顶传来气流声。刚开始她以为是某种飞禽发出的,但阴影将她和小骨笼罩起来。她抬起头,从飞船底部投射的全息影像里,看到了哥哥的笑脸。

"好久不见,我亲爱的妹妹。"安德鲁笑道。

玛莎丝毫没有犹豫,立刻带着小骨逃跑。

飞船除了投射全息影像,还射出一片紫色光束,将他们笼罩住了。玛莎跑了十几步,就感觉脚下轻飘飘的,周围的草木和石头也往上漂浮。这是一个反重力牢笼,牢笼的边缘就在她身前,但她就像溺水的人一样,无论怎么挣扎都无济于事。

这时,小骨突然推了她一把。她往外飘去,小骨却在反重力作用下,一点一点向中心移动。

"抓住我!"她冲小骨伸出手,小骨淡淡一笑,由于隔得太远,两只手根本碰不到一起。

"后来我落到反重力圈外,小骨却被吸到我哥的飞船里去了。我没有能力救他,只好自己先逃了。"玛莎坐在火堆前,往里面丢了一根枯枝。

听完她的讲述,姜彦的眼睛却亮了起来。

"也就是说……你们的逃生舱还能运作。"他眼中的光芒比火光更亮。

玛莎回忆了一下自己离开逃生舱时的情形，点点头，说："不过当务之急是要找到小骨和迈克尔，还有……尽快给阿甲疗伤。"

"只要回到逃生舱，一切问题就能解决！"

姜彦笃定的口吻顿时让玛莎阴郁的心情变好了，她点点头，在前面带路，姜彦背着阿甲跟在后面。等到头顶的阳光被枝叶切碎，野兽们都因闷热而躲在巢穴里时，他们终于找到了那艘逃生舱。

果然如玛莎所说，舱体几乎没有受损。姜彦先钻进去，找到资料包，把凝固剂和修复虫都打进阿甲的身体。

阿甲依旧昏睡着，但呼吸均匀了许多。姜彦和玛莎都松了口气，凝固剂会减轻阿甲的痛苦，而纳米机器人会钻进他体内，帮他修复伤口。现在他最需要的，是长时间的睡眠。

"让他睡一会儿吧，你也需要休息。"玛莎说。

姜彦眼珠上沁出一缕血红，摇摇头说："我们还没有输，我要找到彩纹龙虾。它受了伤，现在是杀它最好的时机。"

"用什么去杀它？"

玛莎的意思不言自明，连装备精良的"安琪号"都失败了，现在难道要用逃生舱去杀了它吗？

这个问题熄灭了姜彦眼中的狂热，他闷闷不乐地低下头，前额的头发垂下来，遮住了眼睛。玛莎心中涌出一丝不忍，然而她知道，如果不劝他回头，所有人就都得埋葬在这个危险的丛林里。

"我来驾驶吧。"她低声说。

姜彦摇摇头说："没事儿，我把生存区设置为目的地就好了。"

说完，他在操作台上按了几下。

"对了，你跟你哥哥之间……其实也只是家事吧？"他问。

玛莎不明白他问这个做什么，但还是点点头回道："是啊，说到底，也只是家事。"

"所以你哥哥，其实不会真的伤害你？"

"嗯，他只想把我抓回去，阻止我救父亲。"

姜彦"哦"了一声，继续低头调整导航目标。玛莎奔波了一夜，脑中有根弦儿一

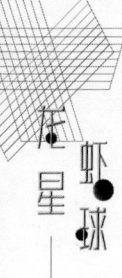

直紧绷着，此时一放松，疲倦就如潮水般席卷而来。她靠在角落里闭目养神，刚眯了一会儿，突然感觉脖子一痒，像是被蚂蚁咬了一口。

"你，你给我注射了什么？"她睁开眼睛，看到沉着脸的姜彦，以及他手里的注射器。

姜彦别过头，不忍与她对视："放心，是很小剂量的凝固剂，不会对你有危害的，只是让你……休息一会儿。"

玛莎明白了姜彦的用意，试图挣扎，但凝固剂似乎真的将她的四肢百骸凝固了，她动弹不得，只能眼睁睁看着姜彦将自己搬到舱外。阿甲也被扛了下来，只是他酣睡不醒，并未察觉。

"对不起。"

姜彦说完，立刻钻进逃生舱。一分钟后，逃生舱喷出气流，向不远处的恶魔渊驶去。

过了半个小时，玛莎身体里的凝固剂才慢慢失效。她的手指、手臂、脚趾逐一恢复了活力，但她并不觉得开心，因为头顶传来大型飞船临近的气流卷动声。

安德鲁一脸困惑地跳到地面上，蹲下来，看着自己的妹妹。

"你哭了？难道有人欺负你了？"他难以置信地看着玛莎眼角沁出的泪水，嘴角上扬，露出森白的牙齿，"虽然我在追捕你，但你始终是我的妹妹。如果有人欺负你，那我还是得当一个合格的哥哥。"

一滴泪珠终于从玛莎眼角滑落。

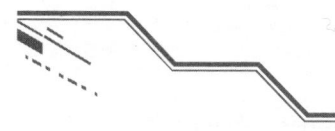

第十二章　恶魔渊

即使在白天，恶魔渊里也一片幽暗。它仿佛一道被巨斧劈砍出来的伤口，永不愈合。黑色迷雾不停地从中涌出，逃生舱一进去，就完全消失了。

导航仪在磁暴中已经完全报废，姜彦只能凭借本能，小心操控着引擎，一点点往里探。这个过程比想象中要长，需要极大的耐心。他本来有些焦躁、沮丧，但时间一长，心态竟渐渐平和起来。

他突然想起了玛莎。

"对不起……"他喃喃说道,"你说得对,死了就什么机会都没有了。所以,你得活下去,而我……有自己的使命……"

可惜这番话,玛莎已经听不到了。他离开前向四周发送了信息,即使是电磁暴遮蔽,信息被扰乱,安德鲁也能检测到信息乱流,然后据此找到玛莎。他是玛莎的哥哥,终究不会伤害玛莎的性命——可彩纹龙虾就说不准了。

突然舱体一震,经过漫长的下坠,飞船终于抵达恶魔渊底部。

姜彦戴好头罩,找出逃生舱里唯一的一柄爆能枪,把它插在腰间,爬了出去。

一出舱,周围的景色就让他愣住了。他原以为这里不说有多恐怖、幽闭了,至少也应该漆黑一片。但他环顾四周,竟然发现了亮光。

亮光来自四周的蔓藤、古树和流水,还有水里一晃而过的精灵般的生物。一切都在幽幽发亮,连地面上的石头也晶莹剔透的,里面的纹理清晰可见。他像是坠入一个光怪陆离的童话世界,双脚踩在水里,一股舒适的暖意在皮肤上缓缓游走着。

一只手掌那么大的生物从他脚边爬过,他吓了一跳,定睛一看,发现它的身体鲜红鲜红的,尾巴上生长着节状纹路,看上去很眼熟——这不是龙虾吗?

在他身后,越来越多的龙虾爬了出来,渐渐汇聚起来,向前方一个幽深的山洞涌去。他看了看这片陌生的土地,下意识地跟着这些龙虾进入山洞。周围的光芒更加明亮了,他能看到洞壁如同镜面一样光滑,偶尔还有光晕流转。凑近了瞧,就连石壁也是透明的,能看清内部的……

突然,他停了下来。石壁内,竟然有一艘飞船。

这艘像是被镶嵌在石头里的飞船并不大,他屏息一瞧,飞船的造型十分奇特,哪怕最前卫的飞船也没有这样的设计——前部如锥形,顶端伸出一些细长的红色触须,中部浑圆,尾部则变得扁平,一排排光子引擎嵌入尾部边缘,看起来就像是……龙虾?

他觉得十分好奇,绕了几十米,到石壁另一端查看。

只见飞船最顶端隐约写着几个汉字,这么说来,它是古地球时期的中国发射的飞船……

他一边思索着,一边眯起眼睛。看了许久,才看清上面刻着这样几个字——潜江号。

这些年他虽然执着于复仇,但也略微了解一点儿古地球的往事,知道潜江是中国的一个特色城市,以小龙虾闻名。它风光秀丽,历史悠久,如同一颗璀璨的明珠,镶

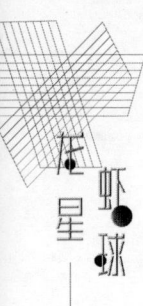

嵌在美丽富饶的江汉平原上，素有"曹禺故里、江汉油城、水乡园林、龙虾之乡"的美誉。由于北枕汉水，南接长江，境内湖泊星罗棋布，所以为小龙虾的生长发育提供了得天独厚的条件，也给潜江人民带来了富裕的生机。当然，最值得一提的是当地的龙虾文明，不仅成立了龙虾博物馆、龙虾学院，还成功举办了一届又一届国际龙虾节，形成了独具潜江特色的小龙虾美食文化、环保文化、美学文化、健康文化和创新文化。

姜彦不停地在脑海里搜索关于潜江龙虾的资料，试图找出一些蛛丝马迹，以便理清纷乱的头绪，然而却徒劳无功。

"不管了，继续深入吧。"他告诉自己。

脚下的龙虾汇聚成流，在曲折的山洞里绕来绕去，他谨慎地跟在后面。偶尔有一两只龙虾爬上他的裤腿，他轻轻捏着虾背，把它们放了回去。随着不断深入，虾群越来越密集，不仅脚下，连四周的洞壁上也密密麻麻地爬满了龙虾。

山洞原本被荧光笼罩着，此刻因为布满龙虾，竟一片晕红。龙虾爬行的声音铺天盖地般袭来，如同磅礴的洪流正猛烈冲刷着海岸。

这恐怖的景象使得他有些犹豫，但好在前进时，龙虾会避开他。每一脚踩下去，龙虾群都会提前散开，让他能够踩在空地上。而如果后退，虾群就不会让开。

这无疑是一种邀请。

他留意到，被他无意踩死的龙虾竟被其他龙虾托着，缓缓往前行进。

在这诡异的恶魔渊深处，时间仿佛凝固了。不知走了多久，他终于到达这趟奇怪旅程的终点，也就是洞穴的尽头。一面光滑的巨大的墙壁横亘在视野中，整个洞穴如同一个平放的漏斗，前面幽深曲折，但越往里越宽敞。照理来说应该到了出口，然而却被巨大的墙壁挡得严严实实的。

他站住了，龙虾群却继续往前，窸窸窣窣地从他脚边掠过。他惊讶地看到，龙虾爬到墙壁前却并未停下，而是一个接一个地钻进墙壁里。虾尾消失时，墙壁上竟然泛起一圈儿涟漪。

他有些怀疑是自己看错了，连忙走过去，可那面墙却又实实在在地挡住了他。他把手放在墙壁上，触感十分冰凉；他又推了推，墙壁依然纹丝不动。

他愣在原地。尽管银河广阔，人类疆域遍布星海，再奇诡的景象也不陌生，但眼前这种魔法般的墙壁，却是生平未见。这种超出理解的存在，让他一下子忘了彩纹龙虾，怔怔地发起呆来。

再回过神儿来时，窸窸窣窣的龙虾爬动声已经消失，虾群完全钻进墙壁，巨大的空间里，只剩下他一人。他后退一步，四周回荡的脚步声格外清晰。

他转身准备离开，然而一刹那，四周的石壁散发出来的光芒全部熄灭了。黑暗如沉铁一般压抑，整个空间似乎凝固了。他有些喘不过气来，在身上摸索了一下，想起手中的枪是有瞄准系统的，可以照明。然而还未启动保险，光芒就又出现了。

这一次，光芒全部汇聚到对面的墙壁上。墙壁变得透明起来，光晕渗入，他竟看到了厚重的墙壁里的世界。

是的，这面墙壁里，有一个完整的世界。

飞船在渊底悬停着，安德鲁率众跳了下去。还没站稳，就看到了不远处的逃生舱，不由得瞥了瞥脸色惨白的玛莎，说："这人的胆量真不小呀！"

见玛莎眼中露出担忧之色，他又疑惑起来："等等，你说的这个人，究竟是仇人，还是我的……妹夫？"

玛莎没有理他，左右看了看，问："竟然是这个地方……他到底去哪里了？"

一切看上去如此神奇，水木怪石都散发着晶莹的光芒。一阵风掠过，叶子飘落下来，刚离开枝头时还带着光晕，待落到玛莎头顶时，就完全熄灭了。玛莎拾起树叶，手还没用力，这片叶子便化为灰烬，随风散开了。

他们在渊底仔细搜索着，但找了半天，别说姜彦了，四周连一只动物都没有，整个渊底静悄悄的。

"不对劲儿。"安德鲁皱眉说道。

突然，连续不断的巨响从不远处传来，声音闷闷的，像是从某座山内部传来的一样。安德鲁等人面面相觑，检查武器开关后，循着声音往里走。他们也走过那条漫长的甬道，诡异的是，无数只龙虾从甬道里争先恐后地涌出，仿佛里面发生了什么可怕的事情。

最后，他们来到一面巨大的墙壁面前。墙壁不再光滑平整，上面出现一个被炸出来的大坑，裂缝里流出大量液体。

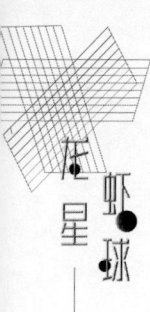

第十三章　永生

这个大坑是姜彦炸出来的。

他站在墙壁前，静静看着里面的世界。墙壁明明无比坚实，里面却游弋着无数小龙虾，忽而群聚，如同风暴一样四处卷动着；忽而分散开来，奔向不同的方向；也有落单的，其中一只离他最近，好奇地打量着他，人和虾之间，仿佛只隔着一道玻璃。

更匪夷所思的是，他居然看到了"安琪号"。

迈克尔与彩纹龙虾战斗时，"安琪号"近乎解体，翻滚着坠入深渊，此时却在洞穴深处的墙壁里出现了。它悬在半空，微微浮动着，许多龙虾钻进钻出，随着电火花的闪现，舱外的裂缝逐一愈合了。

在龙虾螯钳的敲打下，钢铁仿佛有了生命，正慢慢生长着。"安琪号"轻轻旋转着，渐渐露出后面的人影。

"迈克尔！"姜彦大喊起来。

这一声呼唤响彻整个山洞，龙虾们全部回过头，无数只眼睛闪烁着微光，洞壁像是缀满星辰的星空一般。

迈克尔竟漂浮在墙壁里，龙虾们似乎听得懂姜彦的叫喊，在迈克尔身后推搡着，将他推到墙壁前。

迈克尔紧紧闭着眼睛，姜彦看到他的肚子微微起伏，显然呼吸均匀，应该是陷入了沉睡。

"老迈克！"姜彦再次大喊起来。

迈克尔眼皮跳了跳，茫然地睁开了眼睛。他的眼神有些涣散，好半天才将视线聚焦在姜彦脸上，嘴角慢慢扬起。

"嗨，好久不见。"他说。

由于隔着墙壁，他的声音传出来时闷闷的，但这的确是他的声音。姜彦眼圈儿一下子红了，凑得更近了，说："你没事儿，真是太好了……"

迈克尔却缓缓摇头说道："我的确没事儿，但不是你理解的那样。"

这时洞壁开始震颤起来，墙壁慢慢移动，露出一个暗格。格子里是一具老朽的尸体，正是迈克尔。

姜彦后退一步，难以置信地盯着墙壁里的老人，问："你……你是谁？"

"我是……迈克尔·维奇。"老人笑了笑，说，"当然，他也是，只不过我们属于两种不同的状态。"

姜彦彻底迷糊了。

"我理解你的不理解，其实我也一样。"另一个迈克尔说，"我从没像现在这样清醒过，衰老不再折磨我，伤痛也离我而去。"

姜彦喃喃说道："你已经死了……"

"那要看你如何定义'死亡'。我现在在一个新的文明里，这是龙虾建造的文明，在这里，生命以另一种形式存在。我们不再依赖蛋白质、神经元和生物电，而是依靠电磁信号、波能量以及龙虾独特的触须感应。"

这些话听起来格外费解，姜彦不由得皱起眉头。

墙壁里的迈克尔耐心解释道："这些我也是后来才知道的。把你们的逃生舱弹射出去后，我跟彩纹龙虾一起坠入这里，它受了重伤，而我受了致命伤。我以为我会死去，但醒来后，我就在这面墙壁里了。龙虾文明上千年的历史，也一股脑儿地植入我的大脑中。它们来自地球上的潜江，它们的进化速度远超人类，它们十分伟大，也非常脆弱。原来这个布满野兽的星球，是它们改造出来的……"

迈克尔慢慢诉说着，远古文明出走、进化的影像轮番出现在墙壁上。姜彦看到一幕幕匪夷所思的景象：

2050年，人类为了战胜王虫，制造出第一代智能龙虾太白。此后姜桦又将盘古2号系统植入太白5号体内。而人类为了打造完整的基因库，带着太白5号进入西王母号，但西王母号上的研究员进行了不当的实验，引发了一系列纠纷……太白5号操控西王母号来到X星，并克隆出诸多分体。之后虽然数次面临灾难，但太白5号的后裔不断进化、变异，最终在X星上形成了自己的文明。

2200年，人类造访X星，发现成为X星主宰的太白5号。2300年，双方达成友好互助协议。太白5号的克隆分体太白7号入驻人类重新打造的基因库，人类协助其研究如何开放高级繁殖权限。

2400年，中国发射了潜江号飞船。飞船携带着太白7号和与之同源的潜江小龙虾，

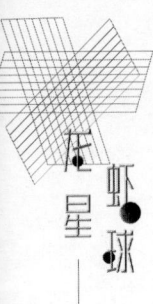

以及其他基因样本探访宇宙其他地方,但潜江号在太空中遭遇意外,流落到比斯特星这个贫瘠的星球上。当时这里的环境十分恶劣,但太白7号,也就是现在的彩纹龙虾,有着超强的适应能力,在多次选择性进化后,最终存活了下来。它还用分泌的龙虾髓与同源的潜江小龙虾重新建立起了联系,并催生了许多种动物,使得这个星球渐渐充满生机。可惜好景不长,当人类开始拓宽版图,贪婪就如同蒲公英的种子一样,被飞船带往宇宙各处。而这个隐秘的世界,也暴露在人类的炮口之下……

姜彦后退一步,问:"那你现在……是加入它们了吗?"

"我只是了解了另一种文明的意义。你知道吗?虾兽是龙虾文明的分支,之所以这么凶悍,是为了保护此地。而彩纹龙虾是它们的领袖,它的髓液养活了它们。我将死之时,也是它用髓液将我浸泡起来,让我能够以另一种形式存在。龙虾是善良聪慧的,即使面临人类的捕杀,它们也试图与之和解,甚至用自己的技术制造了一个人类,希望他能成为连接人类文明和龙虾文明的桥梁……小彦,我们的捕杀是一种错误。"

姜彦的眼睛里闪现一抹微光:"那你在里面……看到我老爹了吗?"

迈克尔摇头说道:"姜老大受伤后被带了回去,死在了……你的怀里,没能浸泡龙虾髓……"

"那么对我而言,它们就是仇人。"姜彦说着,掏出枪问,"它在哪里?"

"仇恨只会影响个体,上升到两个文明之间,仇恨便不再有意义。"迈克尔的声音里透着悲悯。

姜彦却充耳不闻,吼道:"它在哪里?"

迈克尔没有回答,他身后的龙虾群游了过来,隔着墙壁打量着姜彦。姜彦将爆能枪的威力调到最大,对准迈克尔,扣下了扳机。

"轰",剧烈的能量在墙壁上爆开,这面分隔了两个文明的墙壁慢慢裂开了,缝隙间有红色液体流下。龙虾们感觉到了威胁,纷纷从墙壁里爬出来,逃向洞外。

迈克尔试图阻止,但说什么都没用,最终叹息一声,说:"好吧,既然你想见它,那就见吧。"

话音刚落,之前带有暗格的墙壁再次移动,出现了一条分岔路。吞噬一切视线的幽暗里,无数只眼睛亮了起来。

那是虾兽,每一只都是龙虾文明的守护者。

很快这些眼睛又熄灭了,洞穴最深处,一个庞大的身躯站了起来。它起身时,所有虾兽都匍匐着，瑟瑟发抖。

姜彦连忙握紧枪。爆能枪刚才频繁发射，枪柄发热，他的手心满是汗水。

彩纹龙虾——整个狩猎区最可怕的巨兽，正缓缓向他靠近。那可怕的尾部在地面拖动着，发出簌簌的声响，彩色腹部也露了出来。

彩纹龙虾浑身都是坚甲，只有腹部……姜彦吞了口唾沫，一甩枪头，对准它的腹部。它似乎也感知到了危险，尾巴高高扬起，如同死神的镰刀一样，挥舞着甩向这个身材单薄的人类。

安德鲁也发现了这条分岔路。

无人机在前方引路，灯光驱散了幽暗，他饶有兴致地走了进去。

只见众多虾兽匍匐着，将触须伸到彩纹龙虾的伤口里。它们在给自己的领袖疗伤，所以越来越虚弱。尽管它们感觉到了安德鲁的恶意，却无法起身，只有尾巴能够虚弱地划动着。但这种威胁在安德鲁看来，相当无力和可笑。

他走到彩纹龙虾面前，仔细观察着它。

这个曾经不可一世的凶兽已被铁锚贯穿，摔落时又刮擦出不少伤痕，而最致命的，是它下腹上被爆能枪击中的伤口。

安德鲁摆摆手，无人机向角落里一扫视，果然看到了奄奄一息的姜彦。

"哈，不愧是我妹妹看中的人物，居然能给彩纹龙虾这种凶兽造成致命一击。"安德鲁笑道。

玛莎一见，也想跑过来，却被费尔拦住了。

"放心，他还没死。"安德鲁没有回头，"当然，他快死了，活不了多久了。"

他拍拍手，兴奋地说："看来这一趟来得很值！既然都两败俱伤了，那么就让我来帮你们收拾残局吧。"

说完，他让费尔带着军人们回到飞船上，将爆破武器搬了过来，被绑得严严实实的小骨和沉睡的阿甲也被带来了。

无人机与爆破模块无缝磁吸，飞旋着停在洞穴的各个角落。每一处闪烁的光点，都如同毁灭之前的低语一般。

一架无人机从姜彦眼前划过，刺眼的亮光让他从撞击后的昏迷中醒了过来。他睁开眼睛，迷迷糊糊之中，阿甲、小骨、安德鲁、玛莎的身影依次出现……等等，玛莎，

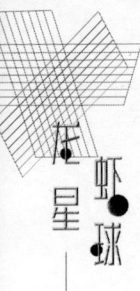

没想到还能再见到她……

最后,他看到了彩纹龙虾的眼睛。那双曾经闪烁着暴躁、嗜血的幽光的眼睛,此时黯然又疲倦,竟带着一丝恳求。

人类的眼睛与龙虾的眼睛默默对视着。

彩纹龙虾的触须扬了起来,慢慢伸向被捆得十分扎实的小骨。小骨脸色苍白,脑袋低垂着,在这生死关头,不知在想着什么。

"甚至用自己的技术制造了一个人类,希望他能成为连接人类文明和龙虾文明的桥梁……"突然,迈克尔的话如同惊雷一般在姜彦耳边炸响,他慢慢坐了起来。

"咦,你醒了?"安德鲁惊讶地说。

姜彦咳嗽一声。

安德鲁蹲到他面前,露出森白的牙齿,说:"怎么,想亲眼看看你的小伙伴们是怎么被我杀掉的?这可有点儿残忍呀!"

安德鲁太过得意,没有留意彩纹龙虾尾部已渗出黏稠的液体,慢慢扩大,流到姜彦身下。

姜彦觉得有些凉,轻轻闭上了眼睛。

"这才对嘛。"安德鲁站了起来。

此行所有目的都达到了:妹妹被抓住了,唯一能救父亲的彩纹龙虾也即将被埋葬,至于这里,是有些神神秘秘的……但是没关系,一场爆炸过后,所有的麻烦都将不复存在。

他正准备离开,姜彦突然开口说道:"你知道你即将毁掉的,是什么吗?"

"是我的阻碍。"安德鲁转身看着姜彦,有些不解。

"是一个伟大的文明。"

安德鲁笑道:"你是糊涂了吗?"

姜彦说:"这个文明的重要性,远胜于联盟的权力斗争。你就算当上了执政官,也只是无数代执政官中最平凡的一个,但眼前的一切可以改变这一点——人类在宇宙中是寂寞的,发现另一个与人类对等甚至超过人类的文明,其意义能让任何一个执政官永垂青史。"

安德鲁皱眉问道:"我怎么才能相信你?"

姜彦答道:"那个孩子是连接两个文明之间的桥梁,你放开他,他会证明一切。"

安德鲁狐疑地来回打量姜彦。没什么让他担心的，姜彦已经受了重伤，彩纹龙虾也无力反抗，阿甲昏迷不醒，妹妹则被自己最强的手下控制着……他点了点头，一个手下上前，解开了小骨的捆缚。

几乎同一瞬间，姜彦动了，速度之快，远不是垂死之人能够做到的。他一跃而起，一把推开安德鲁，抓住小骨的衣领，将他扔向彩纹龙虾。

彩纹龙虾抬高上半身，原本覆盖得严严实实的甲壳依次张开，露出壳里的空间。而小骨径直被扔到里面，吞没他之后，甲壳渐渐闭拢。紧接着，彩纹龙虾发出震撼天地的吼叫。声浪之大，连无人机都承受不住，纷纷坠地。

安德鲁意识到情况不对，连忙吼道："开火！"

手下们随即开火，光束、爆弹等此起彼伏地在宽阔的洞壁前炸响。而彩纹龙虾已经恢复敏捷，从容不迫地躲闪着火光，每一次扬尾，都有一个禁卫军撞向墙壁。连安德鲁最倚仗的费尔也抵抗不了虾尾的挥击，径直飞了出去。

安德鲁眼圈儿红了，从怀里掏出一个方形小盒。

玛莎眼皮一跳，大喊道："哥哥，不要！"

"我输了！"安德鲁的声音有些癫狂，"但谁也赢不了！"

说着，他按下小盒上的按钮。

离他最近的一个无人机爆炸了，火光一下子将他吞没。随后所有无人机都炸开，洞壁里隆隆作响，碎石如暴雨般激射。那些没被彩纹龙虾击中的军人，也被落石砸中了，纷纷哀号不已。姜彦和玛莎也险些被砸中，亏得他们反应快，逃到了安全区域，这才躲过一劫。然而一块硕大的石头朝着他们落下，这一次，无论如何也躲不开了。

死亡的阴影渐渐笼罩过来。

姜彦以为这次注定逃不掉了，下一秒却听到石头被弹开的声音。他还没反应过来，便感觉身子一轻，不知被什么提了起来，悠悠向洞外飘去。

他尽力扭头看去，这才明白发生了什么——彩纹龙虾的尾巴缠住自己和玛莎，另一只螯钳抓住阿甲，正飞快地向洞外爬去。

山体正在崩塌，轰隆隆的响声不绝于耳。不时有碎片划过姜彦的脸颊，他紧紧握住玛莎的手。两人相视一笑，随即轻轻闭上了眼睛。

不知过了多久，四周终于安静下来。姜彦和玛莎睁开眼睛，又看到洞外晶莹剔透的奇景。一阵微风拂过，一丝凉意沁入心脾，可二人心中却觉得分外温暖。他们的手

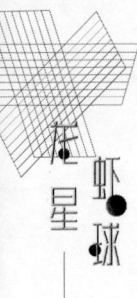

依然紧紧握在一起,没有什么比见到彼此安然无恙更让人感到欣慰了。

他们连忙四处搜索着,寻找其他伙伴的身影。好在总算在角落里找到了他们,只见彩纹龙虾趴在地上,上半身的甲壳打开,小骨掉了出来,静静躺在地上。阿甲则浑然不知发生了什么,依旧熟睡着。

两人松了一口气,好半天没有说话。姜彦抬头看向天空,奇怪的是,从这个角度,竟然能看到深渊之上的月亮。

阿甲发出了鼾声。

姜彦笑了,这时他才发现,他和玛莎的手依然握着。他想松开她,但那只素手反而握得更紧了。

"我该走了。"小骨说。

姜彦扭头看向他,问道:"你要去哪里?我带你回去吧。"

小骨说:"我的家不在安全区,而在这里。进入彩纹龙虾腹部的时候,我跟它已经融为一体。原来……我是龙虾的孩子。这里已经毁了,我要留下来重建它,让它拥有更强大的文明。"

"需要多久?"玛莎问。

"我不知道。"

说完,小骨站了起来,单薄的身子居然在地面投下巨大的阴影。他上前一边抚摸彩纹龙虾的外壳,一边问:"你还恨它吗?"

姜彦犹豫了很久,说:"还恨吧。不过迈克尔说得对,在文明面前,仇恨不值一提,我也该放过自己了。而且,刚才是它救了我。"

"这个送给你。"小骨递给他一个瓶子,然后向坍塌的山石走去。彩纹龙虾慢吞吞地跟在他后面,显然还未恢复。

窸窸窣窣的声音再次响起,之前消失的龙虾群又出现了,密密麻麻地挤在一起,将彩纹龙虾抬了起来,渐渐融入山体之中。

一人一虾,就这样消失不见了。很快,四野再次恢复平静。

"这个给你。"姜彦把瓶子塞到玛莎手里,说,"这是高纯度的龙虾髓。"

玛莎小心翼翼地接过瓶子,紧紧握住它。

"你哥哥的飞船还在,我送你和阿甲上去。"

"然后呢?"玛莎问。

"然后你就得回去了,把你的父亲救活。阿甲会平安回家,跟他的母亲一起生活。"

"我问的是你会做什么。"

姜彦有些苦恼:"我不知道。这些年我只想着报仇,现在突然松懈下来,真不知道接下来该怎么办。"

玛莎郑重地看着姜彦,她的眼睛如湛蓝的湖水一般澄澈。姜彦突然有些心慌——面对凶兽时,他也没这么紧张过。

"我可能……会去别的地方看看。"他低下头,说,"联盟的疆域这么宽广,一定能看到很多美丽的风景。"

"那你要买很多张船票了。"

"是啊。"

"不过我建议你每次买船票,都买两张相邻的座位。"玛莎突然扬起脸,冲着姜彦俏皮地眨了眨眼睛。

"啊,为什么……"

姜彦突然明白了她的意思,惊讶地抬起头,正好看到她笑靥如花的面容。

这张脸距离自己如此之近,能够清晰地感受到她如兰一般的气息;这张脸如此之美,在如水月华的映照下,灿若星辰,熠熠生辉。

图书在版编目(CIP)数据

龙虾星球 / 烟雨江南等著.
—武汉：长江出版社,2020.4
ISBN 978-7-5492-6914-3

Ⅰ.①龙… Ⅱ.①烟… Ⅲ.①幻想小说－小说集－中国－当代 Ⅳ.①I247.5

中国版本图书馆CIP数据核字(2020)第057059号

龙虾星球 / 烟雨江南 等著

出　　版	长江出版社
	（武汉市解放大道1863号）
选题策划	多乐图书编辑部　汤　昱　李　鹏
市场发行	长江出版社发行部
网　　址	http://www.cjpress.com.cn
责任编辑	钟一丹　江　南
特约编辑	刘　敏　张　君
封面绘画	韩三市
封面设计	青空工作室
装帧设计	汪　雪　彭　微
印　　刷	中印南方印刷有限公司
版　　次	2020年4月第1版
印　　次	2020年6月第1次印刷
开　　本	787mm×1092mm　1/16
印　　张	18.25　4页彩页
字　　数	340千字
书　　号	ISBN 978-7-5492-6914-3
定　　价	42.00元

版权所有　盗版必究(举报电话：027-82926804)
(如发现印装质量问题，请寄本社调换，电话027-82926804)